Kevin McCarthy

EL REFUGIO DE INVIERNO
Una novela

Traducción de
Carlos Catena Cózar

Machado
Libros

EDITA A. Machado Libros

Labradores, 5. 28660 Boadilla del Monte (Madrid)
machadolibros@machadolibros.com • www.machadolibros.com

Título original: *The wintering place*
Copyright © 2022 by Kevin McCarthy
© de la traducción: Carlos Catena Cózar, 2023
© de la presente edición: Machado Grupo de Distribución, S.L., 2023

REALIZACIÓN: A. Machado Libros

ISBN: 978-84-7774-459-7
DEPÓSITO LEGAL: M-32.438-2023
Impreso en España

Otros títulos del autor

Lobos del Edén

Para Áine y Eibhlin McCarthy

Así, las hazañas violentas perduran más que los hombres
sobre la tierra, y las huellas de la guerra y los
derramamientos de sangre sobrevivirán en sus formas
fúnebres mucho después de que los causantes de la
desolación no sean más que meros átomos de tierra.

CHARLES DICKENS, *La tienda de antigüedades*

Las leyes de los hombres cambian, pero las de los espíritus permanecen.

Proverbio apsáalooke (crow)

Índice

I
La naturaleza indómita

No nos quedaba otra. La tristeza era tan peligrosa como una pantera, como un oso. La naturaleza indómita requiere de uno toda su atención.

JEANNINE ATKINS, «Tijeras»

1

Al atardecer, van tirando del caballo —color gris, lomo ligeramente hundido, costillas marcadas, dientes largos— por la ruta Bozeman. Les parece más sencillo caminar por las viejas rodadas que dejaron las carretas a su paso, mientras que el caballo los sigue por el centro de la vía, entre las rodadas, tirando del *travois* de pino en el que transportan su preciada mercancía.

Más adelante, al oeste de su lenta caminata, los acechan las montañas Big Horn; el color naranja que tiñe su cobertura de nieve se va tornando morado oscuro a medida que el sol se pone tras ellas.

Thomas O'Driscoll dice:

—Sin una hoguera no sobrevivirá a la noche. Habrá que jugársela, muchacha. Y al caballo hay que darle agua.

La mujer con la que viaja se llama Sara. Hace muchos meses que la conoce, los mismos que lleva amándola, y, aun así, todavía no sabe cómo se apellida, ni siquiera sabe si tiene apellido. No le importa mucho. Él mismo ha tenido varios. Sara se detiene, Tom también. Entonces Sara dice:

—Vamos a hacer una hoguera, pero no en el camino. Nos salimos del camino y la hacemos ahí abajo, en... —No sabe cómo se dice, solo recuerda la palabra en francés: *fossé*—. En un sitio más bajo, por debajo de la carretera. Para que nadie vea el fuego. Y para resguardarnos un poco del viento.

Durante el viaje, han ido recogiendo los excrementos de búfalo secos que el viento dejaba al descubierto al llevarse la nieve que los cubría, y tienen algunas ramas que el día anterior cortaron de un álamo caído y que no han utilizado por miedo a que los indios o una patrulla de soldados vieran el fuego. A decir verdad, Tom no cree que vaya a haber ninguna patrulla del fuerte después de la matanza de la que fueron víctimas los soldados hace algunos días, y menos por la noche. Pero es mejor estar a salvo y helado que helado y muerto, como le oyó decir una vez a su sargento primero. Helado y muerto es como está ese pobre hombre ahora, que en paz descanse.

¿Cuántos días hace? ¿Tres? No, cuatro días de lento caminar por la ruta helada. Cinco desde que desertó y cuatro desde que él y Sara se encontraron, junto al camino y desangrándose en la nieve, al hombre que ahora llevan consigo.

Vaya suerte, piensa Tom. La puñetera y remota suerte de encontrárselo a él, al único ser vivo que había salido de ese campo de batalla con la cabellera en su sitio, las tripas en el cuerpo y los cojones, gracias a Dios, todavía entre las piernas.

Tom no es creyente. Al menos, piensa él, no más que cualquier hombre que haya visto —y hecho— las mismas cosas que él. No puede entender qué tipo de Dios podría permitir que le ocurrieran tantas cosas y tan espantosas a quien se supone que Él mismo creó a su imagen y semejanza para amar con todo su poder divino. Pero, piensa Tom, ¿quién sino un dios desde su propio paraíso podría haberlos llevado hasta donde ese tipo yacía en la nieve, junto a esta ruta de peregrinos que mide más de mil millas de largo? ¿Quién sino el mismísimo Dios?

A Tom no le gusta darle muchas vueltas a la posibilidad de que, por un minuto, por un segundo incluso, podrían no haberlo visto y haberlo dejado allí, desangrándose y congelándose hasta la muerte. Dejarlo allí tirado para que los indios le arrancaran la cabellera o los lobos lo devoraran, para que sus huesos desteñidos aparecieran esparcidos por la hierba en primavera y unos viajeros los encontraran y pensaran «que sea lo que Dios quiera»... Y dale con Dios. Dios está en cada uno de los pensamientos del hombre, en la luz y en la oscuridad, mira desde arriba cómo sus criaturas continúan con un día más de carnicería, de habitual y codiciosa locura. Un escalofrío recorre a Tom. Se sorbe los mocos y escupe, y Sara, que piensa que tiene frío, se vuelve y le pone las manos en las mejillas. Dios mediante o no, Tom encenderá una vela por si acaso, si es que alguna vez vuelve a toparse con una iglesia católica en mitad de esta naturaleza indómita, y si es que se atreve a poner un pie en ella. A Dios poco le importaría su gratitud. El diablo, sin embargo, le abriría de par en par las puertas del infierno y le diría «siéntate, muchacho, quédate un rato conmigo». Tom espanta esos pensamientos. Hay que sobrevivir al día, se dice a sí mismo. Luego, se lo repite en su irlandés natal, *cuir an lá inniu tharat*. De mañana nos preocuparemos mañana. Le sonríe a Sara.

Ella no sonríe a menudo, pero ahora sí, y dice:

—Encendemos un fuego para la noche y montamos otra vez un tipi con los palos y los abrigos. —Sara señala con la cabeza a los finos troncos que componen el *travois*. La noche anterior consiguieron algo de calor en el refugio que improvisaron con los abrigos de búfalo y los troncos de pino, aunque no suficiente para un hombre tan enfermo como este del que tira su caballo sobre esos mismos troncos—. Y tu Michael estará caliente y a lo mejor hasta sigue respirando por la mañana.

El hombre al que llevan es el hermano de Tom. El hermano al que dejó atrás para estar con Sara. El hombre con el que Dios decidió que debía reencontrarse. Vuelven a estar juntos y, si Dios quiere, Michael sobrevivirá a sus heridas. Y dale con Dios. Está en todas partes, piensa, el hijo de puta. Perdóname, Señor...

Y, aunque no haya nada que se lo recuerde, Tom cae en la cuenta de que es Navidad. El día de Navidad de 1866, y él y Sara y Michael, que Dios lo guarde, siguen en marcha, siguen respirando, aunque a duras penas en el caso de Michael. Presta atención al silencio helado y oye las exhalaciones y las inhalaciones irregulares de su hermano.

Van a hacer una hoguera pequeña, piensa, y van a cenar la última lata de ostras que les queda junto con los restos atestados de bichos de unas galletas marineras más duras que una piedra, que van a hervir hasta que se hagan papilla. Mañana no les quedará comida, pero hoy es hoy, y se las apañarán.

Se inclina y le da un beso en la frente a Sara:

—Feliz Navidad, querida.

Sara vuelve a sonreír, pero no dice nada. Para ella, la Navidad es otro día más por los páramos gélidos y helados del territorio de las Dakotas. Un día más, de frío, de hambre. En los veintisiete inviernos que lleva viva ha sobrevivido a cosas peores, y no precisamente a pocas.

2

14 de septiembre de 1867

Es probable que haya escuchado usted historias sobre forajidos y sobre pistoleros y sobre el terrible derramamiento de sangre de sus asesinatos y sus violaciones y sus robos y sus demás acciones. Y por *usted* me dirijo a quien quiera que vaya a leer esto en el futuro y si alguien está leyendo esto es probable que yo ya esté colgando muerto de una soga o lleno de balas que el Señor tenga piedad de mí merezca o no su protección que eso es algo que no debe decidirlo nadie más que Él. Pero me pregunto si alguna vez se ha parado usted a pensar por qué esos hombres que plagan las páginas de los folletines y las novelas baratas y los periódicos han acabado siendo forajidos o al menos por qué se han granjeado una reputación como tales.

Juro por Dios que cada uno tiene su propia historia y que en estas páginas voy a dejar constancia de la mía. Voy a contar por qué empezaron a verme como a uno de esos hombres es decir como a uno de esos forajidos y como a un supuesto asesino acusado de todo tipo de actos difamatorios y falsos. Intentaré explicar de qué modo mi vida se vio tan avasallada por la mentiras de la gente que las personas a las que conocíamos en el camino apenas me miraban a la cara o se sentaban conmigo a beber un trago de whisky o me ofrecían un trozo de pan. Pues es un mundo duro y frío el mundo al que ahora pertenezco que es el mundo de los forajidos y los perseguidos. Una vez fuimos los cazadores mi hermano Tom y yo y ahora somos la presa y ya le digo que no hay ni una m... de justicia en todo ello. Nada de nada como va a ver usted ya mismo.

En el pasado ya he utilizado estas páginas para intentar aclarar algunas cuestiones. Pero hace casi un año que escribí por última vez en este libro de cuentas y no había podido volver a hacerlo hasta ahora que me he comprado un bote de tinta y una pluma en Virginia City que es la ciudad donde por primera vez he visto colgado en la fachada del hotel un cartel en el que figuraban los nombres mío y de mi hermano debajo de dos dibujos que gracias a Dios no se nos parecían en nada aunque ya escribiré sobre eso más adelante. Mucho ha llovido desde la última vez que escribí mi testimonio inocente en este libro de cuentas para el capitán aquel de Galway que nos envió a la horca por crímenes por los que se nos acusó cuando éramos soldados del Fuerte Phil Kearny. Entonces intentaba dejar por escrito por qué habían ocurrido esos crímenes y el misericordioso capitán de Galway aceptó mi testimonio como válido y esa es la razón por la que sigo caminando sobre la tierra y no estoy enterrado a seis pies de profundidad en ella. Esa es la razón también por la que conservo este libro de cuentas pues él me lo devolvió porque según él me dijo este libro cuenta la que es mi historia que el Señor lo tenga en su gloria y lo proteja. Era un hombre sabio y justo y una vez cuando estábamos en ese fuerte del demonio me dijo que nadie puede contar la historia de un hombre mejor que él mismo.

No obstante la de ahora es una historia completamente nueva. Necesita algunas explicaciones de lo que ha pasado desde entonces y eso es lo que voy a hacer aquí en estas páginas. Porque las cosas no son siempre como parecen ni nadie es malo de nacimiento. Al menos eso es lo que yo creo. Y sé que ni yo ni mi hermano Tom lo somos.

A mi juicio son las *cosas* que vive un hombre las que hacen de él el hombre que es en el mundo. A Dios pongo por testigo que lo que sigue es la verdad sobre Tom y sobre servidor. Son las cosas propias de una vida pobre y difícil en Irlanda y aquí en el lupanar salvaje que es este país las que han hecho de nosotros dos hombres que salen en los carteles colgados con clavos de herraduras en las paredes de los bancos y en las tiendas de Black Lodge y Virginia City y hasta en otras ciudades y en otros campamentos de los que a día de hoy no tengo conocimiento.

Sobre esas cosas es sobre lo que voy a escribir aunque tendrá usted que dispensar el mal ejemplo de escritura que supongo pues mis días en la escuela acabaron cuando no tenía más de 9 años y el maestro murió de un flujo que le dio en el 47 o en el 48 ya no me acuerdo exactamente. De todas maneras tampoco es que yo fuera buen estudiante porque yo prefería de lejos los campos y las colinas y las playas y el mar que son mi hogar en Ardroe al oeste del Reino de Kerry.

Pero aunque no tuviera yo hechuras de funcionario ni de cura (madre mía simplemente pensar en ello ahora) pues la verdad es que siempre disfrutaba de las horas que pasaba en la escuela cuando nuestro padre que en paz descanse nos dejaba ir. Adoraba enormemente al maestro de escuela que era un buen hombre de Clonmel en el condado de Tipperary y que con la mejor de las bondades nos enseñaba a una chusma de niños que no juntábamos entre toda la clase ni un par de zapatos nuestras letras y nuestros números y nuestra historia y un poco de latín y otro tanto de francés y a jugar al *hurling* y al críquet (un juego de ingleses pero la verdad es que no se me ocurre forma mejor de pasar el día para un crío). Y sobre todo lo que me encantaba eran las historias que nos contaba y nos leía. Las que nos leía y nos hacía leer a nosotros a la vez estaban casi siempre en inglés. Me acuerdo de *Ivanhoe* de Walter Scott y de que el maestro estaba como loco con el bardo de Shakespeare a quien yo no le entendía ni una palabra pero me ponía más contento que unas pascuas cuando tenía que coger una vara y usarla como espada para representar las escenas que el maestro describía.

Ahora bien las historias que nos contaba él mismo esas sí que estaban en el idioma de nuestra tierra que era el irlandés o el gaélico y eso yo creo que hacía que las historias se me antojaran mucho más reales. Todas esas leyendas irlandesas sobre Cú Chulainn, Tír na nÓg y las *banshees* que eran ánimas lamentándose en la ventana porque vienen a llevarse el alma de un niño bueno que Dios nos proteja. Estas historias nos hipnotizaban a todos y luego por la noche y delante del fuego Tom y yo nos peleábamos por repetírselas a padre y a madre y a nuestras hermanas añadiendo todo lo que se nos ocurría en nuestro esfuerzo por hacer que las historias fueran frescas y nuevas pues nuestros queridos padres ya habían tenido que escuchar esas leyendas muchas veces. Dios mío cómo me encantaban esas historias tanto escucharlas como contarlas yo.

Pero estoy divagando como un viejo soldado que habla de las guerras del pasado. Y en verdad he vivido algunas guerras del pasado aunque no esté todavía viejo pues tengo solo veintiocho años y Tom es dos años mayor que yo. Sin embargo me temo que contar historias se me daba mejor cuando era un crío. Ni siquiera sé para qué escribo todos estos desvaríos. Esto no es un cuento de hadas.

Ni mucho menos. Las historias que contábamos de críos no comenzaban con la profunda impresión de un hombre que ve su propio retrato en un cartel de *se busca* hecho por un dibujante a partir de las descripciones de testigos que obedecen a miserables lealtades y a la usura y desde luego ni por asomo al respeto por la verdad.

Ya le digo yo que es un golpe duro ver la cara de uno mismo en un cartel de esos con palabras que le dicen al mundo que no eres más que un asesino cualquiera. Que le dicen al mundo que no eres más que un bandido asqueroso o un bandolero o un ladrón o un pistolero o un malhechor de nacimiento y con todas las letras y yo juro por la tumba de mi madre que en paz descanse que no nací siendo ninguna de esas cosas y que decir lo contrario es insultar vilmente a mis queridos padres así que que se vayan al infierno los que así dicen.

Puede ver usted el cartel si quiere pues lo he metido entre las páginas del final del libro de cuentas. Y aunque se trate solo de mentiras despiadadas supongo que a ojos de la ley ahora somos forajidos porque al fin y al cabo estamos huyendo de ella. Pero nunca hemos escogido esta vida. Casi siempre es la vida la que lo escoge a uno y qué tipo de vida y por qué le toca a cada uno es algo que solo Dios sabe y que no le cuenta a nadie.

Simplemente las cosas son así en este mundo por mucho que no me entre en la cabeza. Porque ¿para qué vivir si no hay esperanza de que la vida o Dios o siquiera el diablo te iluminen un buen día en el futuro? ¿Para qué sirve nada si lo único que puedes hacer es esperar tener con suerte y Dios mediante algo de buena fortuna?

La verdad es que yo no lo sé ni sé prácticamente qué estoy diciendo simplemente tengo la sensación de que este embrollo en el que nos hemos metido puede que sea el último. Así que me dispongo a escribir cómo hemos llegado hasta aquí servidor y Tom y Sara que es una muchacha muy buena que antes era una furcia con la nariz cortada y ahora es la querida de Tom y tan pronto como demos con un cura será su esposa.

En estas páginas voy a intentar explicar entonces cosas como por qué empezaron a vernos como asesinos si nosotros en verdad no somos sino hombres que actuaron cuando había que hacerlo y que mataron a hombres que a mi juicio había que matar que el Señor tenga piedad de nosotros.

3

Han pasado seis días desde que declararon la desaparición de Michael y lo dieron por muerto en lo que ya están empezando a llamar la masacre de Fetterman, y nueve desde que declararon la ausencia sin permiso de Tom y lo dieron por desertor, cuando el trampero y su ayudante, bajo unas nubes grises y pesadas que corretean por el cielo como caballos por su corral, llegan al campamento.

Vienen atraídos por el olor que desprenden la madera mojada al arder y el pavo silvestre que Tom cazó por la mañana al asarse poco a poco al fuego. Llegan desde el norte, del otro lado del río, y van tirando de tres mulas cargadas con fardos de pieles, cajas de mercancías, un baúl de viaje enorme como el que llevaría una mujer y toda una serie de trampas oxidadas que tintinean a cada paso de las mulas.

Desde la entrada de la cueva, Tom y Sara los ven acercarse, rompiendo el hielo de la otra margen del río, vadeando las aguas frías, evitando con cuidado las piedras resbaladizas y los carámbanos de hielo sueltos; uno de ellos lleva el rifle en alto para evitar el agua.

Mientras coge su propio rifle y luego lo vuelve a dejar en su sitio, Tom piensa en qué tipo de hombres vadean un río con este tiempo para visitar el campamento en el que están pasando el invierno unos forasteros medio hambrientos.

Quizá sean hombres que ya hayan utilizado este campamento en viajes anteriores, se imagina Tom, y que esperaban encontrarlo vacío a su regreso. Pues no va a ser el caso. En el campamento ya hay gente y ningún hombre tiene más derecho que otro a usarlo, así que a él poco le importa lo que esperaran encontrar estos tramperos.

Es un buen campamento, al menos, todo lo bueno que se puede pedir en un sitio así. Hay una roca del tamaño de la cabaña de un guardabosques apoyada sobre otra roca del tamaño de un establo, lo que forma una cueva de poca profundidad en la que, cuando llegaron el día antes del primer episodio de buen tiempo en casi una semana, encontraron el círculo de piedras y los restos ennegrecidos de las hogueras que habían encendido otros en el pasado. La entrada de la cueva dista alrededor de treinta yardas de la orilla del río, del que se puede coger agua para beber, y desde ella se ve con claridad la corriente rocosa y ralentizada por el invierno del río, así como su margen contraria.

El río será probablemente el Powder, o el Tongue, o el Little Big Horn, o a lo mejor es solo un afluente sin nombre de alguno de esos ríos. Lo único que sabe Tom es que es una bendición haber encontrado esta cueva para acampar junto al río y al filo del bosque. Está lo suficientemente alejada de la ruta Bozeman como para que no sea probable que los soldados los encuentren durante su patrulla y los pongan entre rejas, pero lo suficientemente cerca como para retomar el camino aprisa si lo necesitaran. No es que crea que ningún soldado en su sano juicio vaya a salir a explorar, vuelve a pensar Tom, tan poco tiempo después de la carnicería que sufrieron hace seis días a manos de Nube Roja y sus guerreros.

Tom y Sara llegaron después de que tuviera lugar, vieron la nieve manchada de sangre, los cadáveres de los soldados que Tom habría sabido reconocer de no ser por la crueldad con la que los habían mutilado. Una encarnizada emboscada en la que salió victorioso Nube Roja y perjudicado, entre otros, el pobre de Michael, que el Señor lo proteja. Así que, por el momento, no deben tener mucho miedo al ejército. En cuanto a los hostiles indios, será lo que tenga que ser, pero imaginan que estarán mucho más al oeste de aquí, en sus campamentos de invierno, celebrando banquetes y contando historias fantásticas sobre su imponente derrota de los casacas azules.

Estos dos hombres, sin embargo, que van tirando de sus reticentes mulas por las aguas heladas, hundidas hasta los espolones, hasta el vientre en mitad del río, estos hombres no han venido a exigir que Tom y Michael y Sara paguen por los pecados que han cometido. Estos hombres no son soldados ni indios, sino que a Tom le parece que son tan bestias como los animales de cuyas riendas tiran, enormes y recubiertos por las mismas pieles que las mulas portan en los hatos.

Tom baja la mirada hacia el pavo que se está cocinando al fuego, sobre un asador improvisado con cuerdas y ramas cortadas. Maldito pajarraco, piensa, de todos los animales que se dice que es el pollo de los pobres, ninguno lo es tanto como este pavo. Apenas los alimentará a ellos, así que mucho menos a dos más, pero sabe también que no va a rechazar a los visitantes. No lo haría en su tierra, en Irlanda, y tampoco lo hará aquí. A lo mejor, aunque parezcan bestias al mirarlos cruzar el río y comenzar a subir la suave pendiente de la ribera, traen una lata de alubias o de melocotones que calentar al calor de la débil hoguera. «Dios, ahora mismo mataría por una lata de melocotones.»

Sonríe para sí mismo y para Sara, que está junto a él preguntándose por qué estará sonriendo ahora, que debería estar preocupado por estos hombres que se van acercando al campamento. Sara no sabe que su Tom sonríe porque, al conjurar mentalmente esas palabras, «ahora mismo mataría por una lata de melocotones», también ha invocado las palabras que su hermano, con toda certeza, le habría respondido, palabras que Michael ya le ha dicho antes, en más de una ocasión:

—Vaya, Tom, si a algunos los has matado por menos...

Tom vuelve a mirar el rifle, luego mira a su hermano que, en el interior de la cueva, reposa sudoroso e inconsciente sobre un lecho de ramas, junto al fuego. En caso de necesitar ayuda, su hermano Michael no le va a servir de nada, pero tiene su revólver Colt Navy, además del suyo propio, colgado del cinturón bajo el abrigo de búfalo. También tiene el cuchillo D Bar Bowie que le robó en la guerra a un rebelde confederado muerto, perfectamente enfundado en una vaina que ganó en el Fuerte Phil Kearny jugando al *chuck-a-luck* con un maderero de Kentucky. Se está desabrochando el abrigo, le da igual si lo ven o no los tramperos, que están terminando de subir la pendiente, sacudiéndose el agua de las botas y tirando de las mulas hacia el campamento.

—¡Con Dios! —saluda Tom.

Los tramperos se detienen a unos pies de la entrada de la cueva, el agua les gotea desde el bajo de los abrigos de castor. Son abrigos que en Boston o París costarían 500 dólares, piensa Tom. Las mulas van hasta arriba de pieles como esas, y Tom está calculando cuánto tiempo habrán necesitado para cazar tantos animales. Es como si los dos hombres barbudos que tiene ante sí les estuvieran trayendo hasta el campamento la riqueza misma de la naturaleza. Las pieles por sí solas no dan tanto dinero, lo sabe por todas las veces que, en los meses de atrás, ha charlado con los exploradores y cazadores del Fuerte Phil. Pero, aun así, algo de valor deben de tener, porque van repartidas entre las dos mulas, muy bien empaquetadas y amarradas aunque expuestas a las inclemencias del tiempo. Supongo, piensa Tom, que para eso están hechas. Para las inclemencias del tiempo.

El más grande de los dos hombres se queda mirando a Tom un momento, que le sostiene la mirada hasta que el hombre sonríe, aunque la sonrisa apenas se vea bajo la mata de barba y bigote. Es una de las barbas más grandes que Tom ha visto nunca, le cae hasta el pecho, donde se funde con el abrigo de castor sobre la que reposa.

Sea como sea, el hombre está sonriendo, y dice:

—Irlandés. Es usted irlandés. Y ha sido usted soldado. Lo sé por los pantalones, y por la herida en la cara. Pero eso aquí no le importa a nadie. No es asunto mío a qué se ha dedicado en el pasado un hombre que está dispuesto a compartir conmigo carne y hoguera. —Tom se pregunta si hay una amenaza implícita en las palabras del hombre, pero antes de tener tiempo para decidirlo, el visitante empieza a reírse con una carcajada breve y sobrecogedora, y luego añade—: No tiene de qué preocuparse, caballero. Yo también he sido soldado. Sé cómo son las cosas. Y lo rápido que cambian las tornas.

—Este calzón se lo compré a un soldado —es lo único que se le ocurre decir a Tom. Antes, las palabras le salían de la boca con la fluidez con la que el whisky cae de un jarrillo inclinado, pero desde que en el 63 una bala minié le atravesara la boca en la batalla de Chickamauga y, a su terrible paso, se llevara consigo varios dientes y parte de la lengua, deja que sea Michael el que se encargue de hablar por los dos y, por tanto, ha acabado perdiendo la costumbre de hablar. Ahora que Michael está postrado en su sueño febril, Tom se da cuenta de que por primera vez en más de un año será él quien tenga que hablar por los dos. A Sara casi no la ha oído hablar con nadie que no sean él o Michael, y su inglés, que el Señor la bendiga, es aún peor que el suyo.

—¿Qué ha dicho? —El trampero espera un instante a que Tom lo repita y, al ver que no lo hace, se gira hacia el otro hombre.

Es más menudo, su barba no es ni tan frondosa ni tan larga, pero sigue siendo llamativa, propia de un hombre de los bosques; el gorro de mapache que lleva calado hasta las cejas le ensombrece los ojos. Tiene los pómulos y la nariz afilados como bayonetas. Con las manos de nudillos robustos, secos y roñosos, se aferra a la escopeta. En la guerra, Tom tuvo que vérselas con hombres así, labriegos soldados confederados, chicos nacidos en los pantanos, tranquilos cuando estaban sobrios, salvajes y con la mirada cegada de los cocodrilos cuando bebían o luchaban, y Tom le mantiene la mirada un instante más, hasta que el hombre menudo se gira hacia el más grande.

Es difícil interpretar la conducta del trampero menudo, piensa Tom, pero presiente algo cobarde en él, tiene la intuición de que no supone ninguna amenaza, al menos no por sí solo, no directamente. Es probable que, después de todo, no se trate de ningún aguerrido rebelde. Tom decide que, más bien, se trata del tipo de hombre que, por sí solo, «ni frente a un ganso dejaría de ser manso». Le gustó ese dicho la primera vez que se lo oyó a un muchacho de su compañía que era de Canton, Ohio, un maestro jugando a las cartas y tocando el banyo, pero no tanto empuñando la escopeta, pues en octubre del año pasado perdió la cabellera y gran parte de la cabeza a manos de los guerreros de Nube Roja. «Y ¿cómo se llamaba ese chaval de Ohio?» Qué más da. Ahora está muerto, piensa Tom, como muchos otros, y sus huesos se están destiñendo bajo el sol y la nieve de Dakota.

—Dillard —dice el más grande de los dos tramperos al otro—, descarga las mulas. Átalas y saca el pienso. Échales de comer, Dillard. Y dale pienso al caballo de nuestros anfitriones. Porque veo que ustedes también tienen su animal ahí, ¿no?

Señala a la arboleda en la que, a falta de un refugio, Tom ha amarrado su caballo. Tenía pensado construirle algo, un tejado de ramas entrelazadas o algo así, pero casi se ha acabado ya el día. Lo hará mañana. Como Tom no dice nada, el trampero añade:

—Este es Dillard. Mi ayudante. —Vuelve a girarse hacia el hombre más menudo—. Y leña, Dill. La más seca que encuentres. Un ave como el que están cocinando merece un fuego más hermoso.

Sara observa a Tom y a los tramperos y sabe que Tom se está preguntando cómo quitárselos de encima. Espera que Tom vea en ellos lo mismo que ella, que no son hombres con los que compartir la primera comida que ingieren en tres días. Entonces, se gira y observa al trampero menudo, que está empezando a descargar las pieles de las mulas, y se da cuenta de que Tom no los va a echar hoy. O que no se le ha ocurrido la manera de hacerlo.

En cualquier caso, no es algo que deba hacerse, negarle la hospitalidad a alguien sin razón alguna. No debe hacerse entre indios, y tampoco debe hacerse entre blancos, al menos no cuando estás en mitad del bosque o en las praderas. En las ciudades y en los pueblos puede hacerse, piensa, pero solo ha estado en un pueblo una vez y, de ese pueblo, cuanto menos recuerde mejor.

No obstante, algo de estos hombres la escama, vuelve a pensar mientras mira a Tom clavar sus ojos en el de la barba larga y observa cómo este le tiende la mano. Lo oye decir:

—Mi nombre es Wallace Robinson. El tercer Wallace Robinson de la familia. Soy de Knoxville, Tennessee. O de un sitio de por ahí cerca. ¿Y usted, señor?

Sara continúa observando a Tom, que sopesa la mano tendida del hombre y, un instante después, la aprieta. Entonces Sara se da cuenta de que van a tener que compartir su comida con los hombres.

—Tomás... —responde Tom al hombre, y luego se corrige a sí mismo y pronuncia su nombre a la inglesa—. *Thomas*.

—¿Thomas qué más?

—Con Thomas vale —contesta incapaz de dar con un apellido para decirle al hombre. Está demasiado cansado, helado y famélico como para acordarse de alguno de los apellidos que ha utilizado en los cinco años que lleva en este vasto y desgraciado país.

4

Cuando lea usted estas páginas quizá piense que estos dos hermanos llamados Michael y Thomas Sugrue (que es nuestro apellido verdadero y no Kelly ni O'Driscoll que son los apellidos que los dos hemos usado en el pasado por motivos que no vienen al caso ahora) se comportaban en efecto de manera impulsiva y salvaje y quizá tenga usted todo el derecho del mundo a decirlo pero yo le pregunto a usted ¿acaso hay otra forma de comportarse en un lugar tan impulsivo y salvaje como América? Si somos forajidos o asesinos o bandoleros pues la verdad es que este país está a rebosar de otros como nosotros. No cabe duda de que la guerra entre los Estados ha convertido a muchos de sus hombres en asesinos o por lo menos así hizo con Tom y con servidor pues nos hizo expertos en el trabajo de matar a hombres. No obstante tal y como ya hice en las páginas que escribí aquí para el capitán aquel de Galway tengo que reconocer que la guerra no fue la primera vez que nosotros vimos cómo un hombre se desplomaba ante nosotros para no volver a abrir los ojos en este mundo.

Porque no estaríamos en este vasto páramo ni habríamos disparado una única bala enrabietados contra los rebeldes confederados ni Tom se habría llevado ese balazo en la boca en la masacre que fue la batalla de Chickamauga si no fuera porque hace seis años un día de verano los Sullivan nos asaltaron en el camino de Killorglin. Los asquerosos chavales aquellos de los Sullivan podríamos decir que tienen la culpa de todo lo que nos ha pasado desde entonces. Los chavales y la suerte de m... de Tom y el palazo que le arreó en la cabeza a uno de ellos y que lo hizo caer redondo al suelo.

Así que sí es verdad que Tom mató de un palazo al c... del Sullivan aquel en medio de una emboscada pero también es verdad que creo yo que ese chaval tuvo la culpa de su propia muerte porque ¿qué va a hacer uno si se encuentra rodeado por una turba armada con palos sino sacar su propio palo? Hasta el buen hombre del párroco de nuestra parroquia de quien no voy a escribir el nombre porque era un buen cura me lo dijo cuando confesé mis pecados y me dio la absolución y me dijo que a Tom y a servidor no nos quedaba otra que coger el barco a América así que alabado sea Dios el misericordioso pero al infierno con los Sullivan y con la Policía Real Irlandesa que la ira de Dios les caiga encima.

Emigrar eso es lo que dijo el santo párroco en la iglesia cuando fui a verlo con la culpa del universo entero sobre mis hombros por algo que ni siquiera yo había hecho. Lo que dijo también fue que al final la emigración le ofrecía a uno un futuro más próspero que la horca. *Que el Señor os dé velocidad para huir muchachos* nos deseó y ese fue en verdad el primer día de nuestra vida como forajidos aunque ya le digo yo a usted que los que han dibujado mi retrato en el cartel y me llaman asesino y bandolero no tienen ni la más remota idea de aquello ni de nada de lo que pasó después. Ni de cuando estuvimos en la guerra ni de cuando fuimos jornaleros en Ohio ni de cuando fuimos soldados de caballería del Regimiento de Infantería n.º 18 del Fuerte Phil Kearny y defendíamos la ruta Bozeman frente a Nube Roja y sus guerreros que acechaban a los peregrinos que la recorrían ni de las cosas tan terribles que le ocurrieron allí a nuestra Sara.

No saben nada de todo eso ni tampoco hay necesidad alguna de volver a contar esa época pues ya lo he hecho una vez. Yo lo que voy a contarle a usted en estas páginas que siguen es cómo acabó mi cara pintada en un cartel de esos y colgada por todas partes como un anuncio de un circo a punto de llegar a la ciudad. Y para poder contarle a usted eso tengo que empezar por la cueva aquella a la orilla del río.

Se lo voy a contar lo mejor que pueda de memoria y también a partir de lo que luego me contó mi hermano porque yo estaba acostado y delirando por la fiebre que me dio la flecha que me clavaron en el campo aquel de hielo y sangre a menos de una milla del Fuerte Phil. Le digo yo a usted que solo pudo ser un milagro que Tom y Sara me encontraran en la nieve con el caballo muerto escondiéndome casi por completo de los crueles guerreros de Nube Roja que andaban arrancándoles las cabelleras y sacándoles las tripas a los hombres muertos a mi alrededor en aquel campo de batalla.

Yo solo me acuerdo de algunos momentos fugaces de ese día que sería mi último día en el ejército aunque entonces aún no lo supiera. Me acuerdo de que iba en el caballo hacia el arroyo que había en el extremo de aquel campo de muerte y que los guerreros de Nube Roja estaban emergiendo de la hilera de álamos y se podían contar por cientos todos ellos sedientos de venganza contra los soldados blancos que estaban asentándose en su valle y matando a muchas de sus gentes. Me acuerdo de mi caballo que en paz descanse galopando a pesar del amalgama de muertos y sangre que me caía encima y que el golpeteo de sus cascos iba al ritmo de mi corazón muerto de miedo. Me acuerdo de disparar a un guerrero o a su caballo desde detrás de él y de que una flecha se le clavó en la pata a mi caballo y entonces mi caballo se tropezó y yo me quedé tendido en la nieve mirando al cielo como si acabase de despertarme sin saber dónde me encontraba. Me acuerdo también de que cuando estaba allí tirado sentía la espalda contra el suelo helado y notaba en la espalda el eco de las pisadas que se acercaban a mí. El dolor y el terror de una mano agarrándome un mechón de pelo. Un cuchillo (si me palpo la frente me noto todavía la cicatriz que me dejó el cuchillo de ese guerrero cuando comenzó a arrancarme la cabellera) y mis dedos revolviendo en la nieve en busca de mi Colt y mi Colt hincándosele en el vientre a ese guerrero que ya contaba con llevarse mi cabellera.

Me acuerdo de Sara y de la fuerza de sus manos cuando me cogió por el abrigo de búfalo y me arrastró por la nieve lejos de la matanza que se avecinaba. Que Dios se lo pague porque de eso me acuerdo muy bien. Me acuerdo de mirar hacia arriba y verle la cara y darle las gracias a Dios por cada bendita pulgada de su rostro.

Pero poco más recuerdo de aquel día o de aquella semana de lucha aunque Tom me haya contado que durante el viaje estuvieron a cada momento acojonados por si un guerrero de Nube Roja que deambulara por allí les metía un machetazo o por si nuestros propios camaradas del fuerte nos metían entre rejas. Si me esfuerzo por hacer memoria puedo ver las gélidas nubes grises del inverno sobre mí mientras Tom y Sara le van metiendo medicinas a mi cuerpo calenturiento que recorre la ruta Bozeman en el *travois* de nuestro caballo.

O puede que se trate de otro cielo pero en cualquier caso me acuerdo de mirar con impotencia al cielo como si fuera un bebé en un capazo al que han sacado a la calle para que le dé el aire mientras su madre bate mantequilla o echa de comer a la gallinas. Puede que incluso sea un cielo irlandés que tenga en la memoria eso no hay manera de saberlo. Fueron días largos que se sucedieron como una pesadilla ardiente porque el veneno de la flecha se me extendía por todo el cuerpo como había visto más de una vez en otros hombres durante mis días luchando contra Nube Roja. Porque una flecha no mata a un hombre directamente ni mucho menos sino que pone fin a su vida días más tarde.

Así que yo todavía me despertaba de vez en cuando y estaba casi siempre dormido cuando el trampero y su ayudante llegaron al campamento según me contó Tom luego.

5

El fuego chisporrotea y proyecta luces y sombras contra las paredes de la cueva. Tom y Sara están sentados en alfombras de ramas de pino recién cortadas, los dos tramperos, en los hatos de pieles que han descargado de las mulas; los cuatro arrancan la escasa carne de los huesos del pavo asado. Fuera de la cueva, en la oscuridad tranquila del invierno, más allá de hasta donde les permite ver el fuego, se oye el río, que arrastra por su lecho cantos rodados y gastados. La temperatura está bajando y Tom sigue teniendo hambre.

De no ser por los desconocidos que han venido a sentarse a su fuego, piensa, habría podido comer hasta ponerse como un cerdo. Y también lo habría hecho Sara. En su estado, necesita comer más carne.

En el claro, por la tarde, se sintió orgulloso al ver el pavo echar a volar con un aleteo repentino, salpicando nieve. Entonces sacó la escopeta y, sin pensárselo, disparó. No es un hombre de los bosques, pero al menos tiene buena puntería. No mejor que la de algunos de los hombres con los que luchó en la guerra y, más adelante, en el Fuerte Phil Kearny, pero mejor que la mayoría de los hombres. Aunque disparar no sea lo mismo que cazar, se puede aprender. Mientras tengan comida que poner al fuego, sobrevivirán. Supone que ha sobrevivido a cosas bastante peores que esta.

Tom no recuerda mucho de *an Gorta Mór*, como se conoce en irlandés a la Gran Hambruna. Él era un crío cuando pasó lo peor, es decir, cuando su padre murió por la fiebre del hambre y tanto él como el resto de la familia sobrevivieron, acaso prosperaron, gracias a la caridad de una familia de cuáqueros que vivían en el pueblo y un casero laxo que no se hacía muy presente. Pero su cuerpo lo recuerda. Lo lleva en los huesos, en las entrañas, en un eco hambriento que lleva siempre consigo y que lo acompañará siempre, a él y a cualquier irlandés o irlandesa que lo viviera y, probablemente, también a sus hijos y a los hijos de sus hijos.

No obstante, que hubiese un pavo silvestre significa que habrá más, piensa mientras le quita la piel al trozo de carne que sostiene en la mano y luego se la come. Tiene que haber más pavos, por Dios, allí de donde este viniera.

—Está bien cocinado, el ave. Le doy la enhorabuena, caballero —dice el más grande de los tramperos, el que se llama Robinson, como si le hubiese estado leyendo la mente a Tom—. ¿Ha visto por aquí mucha caza?

—No —contesta Tom—. Solo llevamos aquí un día. He salido una vez a por leña y, gracias a Dios, fue cuando cacé el pavo. Un golpe de suerte.

Tom mira el mosquete del trampero, que está apoyado contra la pared de la cueva. Es un arma vieja, de ánima lisa y con el mango estropeado, y a Tom se le ocurre que podría preguntarle si no tiene algún perdigón para meterlo en un cartucho e intentar dispararlo con su rifle Springfield, pues ha oído que funciona y que funciona bien para disparar a las aves al vuelo desde una distancia corta. Sin embargo, no le pregunta, de pronto se da cuenta de que es mejor no deberles nada a estos hombres. Cree que sería menos reacio a contraer deudas con ellos si, a modo de ofrenda, les hubiesen traído una lata de melocotones o unas galletas marineras. Pero no, solo les han traído sus barrigas vacías para plantarlas al calor del fuego.

De nuevo como si le estuviese leyendo la mente, el más robusto de los dos tramperos dice:

—Hay que agradecérselo a Dios, porque hacía días que no comíamos. Y lo derribó usted con una sola bala. Qué buena puntería, pero casi me quedo sin diente hace un momento.

Tom piensa en disculparse por no quitar la bala minié de la carne, sin embargo, no dice nada. Si no está contento con la comida, a lo mejor el cabrón del trampero acaba saliendo de la cueva con los pies por delante, por quejica. Sonriente, el trampero añade:

—Y el chisme ese de ahí sí que está bien conservado. Nosotros solo tenemos uno y se encasquilla la mayoría de las veces. —Entonces se calla y espera, como si quisiera que Tom respondiera. Como ve que Tom no dice nada, añade—: Es un buen rifle, el Springfield, si se le da buen mantenimiento. Caballero, usted *es* un soldado. A Wallace Robinson no hay quien se la pegue, no, señor. Y si no lo es, lo ha sido. —Le guiña un ojo a Tom y continúa—: Yo también. Y el Dillard este. Dill sobrevivió año y medio en la prisión de Andersonville. Como lo oye. Se estará preguntando cómo sobrevive uno tanto tiempo en un sitio así. ¿Cómo lo hiciste, Dill? Cuéntale aquí al buen hombre cómo lo hiciste.

—Ni lo sé... —dice, y es la primera vez que Tom y Sara oyen hablar al ayudante del trampero—. Pero habría hecho una buena fechoría por comerme el ala asada de un pavo como este. Cuando estaba en la prisión de A-ville, quiero decir.

Le sonríe a Robinson y Robinson también sonríe. Entonces Sara cae en la cuenta de que los conoce, de que el verano pasado vinieron a la cantina. La mayoría de los soldados, madereros y tramperos que iban por allí a beber, a pagar por acostarse con las furcias, decían que era un rancho de cerdos, en el que ella y las demás muchachas, indias y mestizas, eran, precisamente, las cerdas. Estos dos le pagaron a McKinney un reloj de bolsillo de plata por acostarse con ella y con Azucena Blanca. Apestaban a sangre y a sudor, y a llevar meses en el bosque, y se negaron a darse un baño antes de acceder a lo que venían buscando. Sara ve que los dos hombres llevan ahora relojes como el de entonces, colgados de cadenas que centellean a la luz del fuego, medio escondidos bajo los abrigos de castor abiertos. ¿Y para qué necesitan un reloj hombres como estos? ¿Para algo más aparte de para cambiarlo por putas? A estos hombres les interesa saber qué hora es tanto como a ella.

Se está acordando ahora del reloj de cuco de encima de la barra de la cantina de McKinney, del pájaro que estuvo apareciendo por una puertecilla y pegando chillidos a cada hora en punto hasta que ella lo hizo añicos aquella noche. Hasta aquella noche en la que a McKinney y a su esposa los mandaron al otro lado del río, al mundo de los espíritus, un lugar oscuro en el que siempre será invierno para los McKinney y no el lugar lleno de luz al que van los espíritus buenos. El mismo lugar al que irán estos hombres que están sentados al otro lado del fuego cuando crucen al otro lado. No le cabe ninguna duda. Se encontrarán con los McKinney allí. En el mundo de los espíritus no podrán cambiar sus relojes de bolsillo por gran cosa. Allí no hay tiempo, no hay minutos, ni horas, ni estaciones.

Le sobreviene una imagen débil y afectuosa de su padre, que también era un trampero, aunque no se parecía en nada a estos. Sara empieza a rezar una breve oración al dios de su padre: *mon Dieu, je prie à Vous pour que...* Por que estos dos hombres, que están sentados al fuego frente a ella, crucen pronto al otro lado y se vayan lejos de aquí. Le parece que en el mundo hay demasiados hombres como estos. Y no hay los suficientes como Thomas o como su hermano. Ni como su padre, *repose en paix*. Le tiende a Tom su muslo de pavo a medio comer.

—A ti te hace más falta, pichona —dice Tom.

—No. No tengo hambre. No me queda hambre en el cuerpo.

—Cada día hablas más como nosotros, muchacha —dice Tom sonriente mientras coge el muslo de pavo, aunque no se lo come. Lo pondrá aparte y lo guardará para dársela. Con este frío aguantará sin echarse a perder. Y ella tendrá hambre luego, o por la mañana.

Sara le dedica una leve sonrisa a Tom, tan leve que los tramperos ni se dan cuenta; es solo para él. Mientras roen los huesos del pavo, vuelve a estudiar a los dos hombres y se da cuenta de que, además de los relojes de bolsillo, bajo el abrigo visten chalecos con botones dorados. Y camisas blancas. Recuerda las camisas blancas que llevaban cuando se vieron en la cantina, entonces pensó que era raro que unos tramperos usaran camisas así, blancas pero con manchas en algunos lugares, y con un hedor salvaje. Ropa de gente que juega a las cartas, piensa Sara. Ropa de ciudad. No es ropa de tramperos, desde luego. Ella ejerció en una ciudad de Kansas después de que los pawnees la separaran de los lakotas y la vendieran a Downey, que la maltrató y luego la vendió a McKinney. Así que sabe cómo identificarlos y sabe también quiénes son estos hombres, qué tipo de hombres son.

No obstante, decide que no le contará nada a Tom. No a menos que no le quede otra. A Tom no le sentaría nada bien saber algo así o enterarse de por qué Sara lo sabe. No le gusta acordarse de cuando ella ejercía en la cantina. Para Tom, el pasado, ya sea el de ella o el suyo propio, es un lugar que no le gusta visitar, aunque a veces, en aquella misma cantina, acabara derramando lágrimas sobre el whisky al oír a Michael entonar canciones. Canciones del pasado. De su patria. En eso se parecen mucho, ella y Tom. Su patria es el futuro, algún tiempo indeterminado, algún lugar lejos de aquí, donde el pasado no importe.

El más grande de los dos tramperos dice:

—No te dio ni un poco de cólera allí en la prisión de A-ville, ¿eh, Dillard? Te quedaste en los huesos, pero eso es todo, ¿no, muchacho?

El trampero menudo sigue sonriendo. Como un idiota, piensa Tom. Dillard contesta:

—Exacto. Teníamos hambre *todo* el tiempo.

Tom ya ha escuchado historias del campo de prisioneros de guerra de Andersonville. Historias de hombres que morían el día después de su llegada por un flujo de sangre, hombres que se devoraban entre ellos enloquecidos por el hambre, y hombres que, en malvadas turbas, apaleaban y robaban a otros prisioneros para sobrevivir. Imagínate, pensó al oír esas historias, a un soldado haciéndole algo así a otro soldado. Al mirar a Dillard al otro lado del fuego, arrancando la carne del hueso de pavo con los muñones marrones de sus dientes, es capaz de imaginarlo, aunque le sorprende enterarse de que el hombre menudo vistiera el azul de la Unión y no el gris de la Confederación.

—Y, si no le importa que se lo pregunte, Thomas, ¿cuánto tiempo han estado viajando para llegar aquí? ¿Iban ustedes de camino al Fuerte Smith, que está más al norte? ¿O iban al Fuerte Kearny, que está al sur?

Tom lo mira y decide que mañana los dos tramperos tendrán que reanudar su marcha. No van a pasar ni un día más con ellos. Y si resulta que se encuentran con soldados o con agentes del orden o con cazarrecompensas, y les hablan de Tom y de Sara y de Michael, y les cuentan que están en la cueva a la orilla del río, pues, como dice el dicho, lo que tenga que ser será. Ya lidiará con eso. No le faltan cartuchos, ni pólvora, ni plomo. Aunque la verdad es que hasta ahora no se han portado tan mal como para mandarlos al bosque gélido y oscuro, ni como para intentar quitárselos de en medio. Hasta ahora. Hasta ahora tampoco ninguno de los dos ha mirado a Sara ni de reojo. Pero hay algo en ellos que lo hace querer que se marchen.

—Venimos de donde venimos y vamos a donde vamos —contesta Tom. «Digas lo que digas, nunca digas nada», le decía siempre su padre, que en paz descanse.

De nuevo una breve carcajada, y el trampero robusto, el que se llama Robinson, dice:

—Bueno, Thomas, no he entendido mucha cosa de lo que acaba de decir, pero sé cuándo dejar de hacerle preguntas a un hombre. Los asuntos de uno son de uno y de nadie más. Lo siento por preguntar. Con este tiempo, nadie con sentido común saldría ahí fuera, pues fácilmente podría perderse.

Tom no contesta, sino que se levanta y se acerca a Michael, le pone la mano en la frente. Está caliente, pero no es una sensación tan intensa como lo era por la mañana. Mañana Dios dirá, si Dios quiere.

—Su amigo está muy mal —dice ahora Dillard mientras arroja al fuego el hueso pelado de carne con la misma sonrisa de antes en los labios, que hace que Tom sienta el impulso repentino de querer quitársela a hostias. Es la primera vez que tiene un impulso de este tipo en mucho tiempo, pues se ha sentido excepcionalmente sosegado desde que emprendió el camino con Sara, desde que encontraron a Michael con la flecha clavada en la pierna y desangrándose en la nieve. Hasta hoy apenas había tenido ningún impulso de armar gresca.

Tuvo más que suficiente con la del último año, y se pregunta si es que se ha cansado o es que, ahora que por fin tiene a Sara a salvo y a su lado, ha dejado de apetecerle. Su tendencia a armarla fue la razón por la que tuvieron que huir del fuerte, y del ejército, pero también fue la razón de su liberación. No pocas veces se pregunta si acaso hay otro camino a la libertad que no sea el derramamiento de sangre. Después de todo, por la libertad de los esclavos del sur hubo que derramar todo un océano de sangre, incluida la suya propia.

Sara, sin lugar a dudas, ha visto mucha más sangre de la que debería ver ninguna mujer, pero ciertamente ninguna mujer que porte un niño dentro debería ser testigo de lo que son capaces de hacer los hombres como él, los hombres como, se percata Tom de pronto, los que están sentados al otro lado del fuego. Se propone hacer todo lo que pueda para mantenerla alejada de ellos, y si eso implica comportarse como un hombre sosegado, jura por Dios que así hará. Afloja el puño y vuelve a llevar la mano a la frente de Michael.

—Para mañana se habrá puesto bueno, si Dios quiere —dice Tom mientras se levanta—. Tú échate a dormir, Sara. Yo vigilaré a mi hermano. Tú duérmete, pichona —habla con delicadeza, la única forma en la que sabe hablarle a Sara. Ella es la razón por la que han llegado hasta aquí, y por la que son libres. Ella es la razón por la que Michael, Dios mediante, sigue vivo. Tom siente que, de pronto, se le llena el corazón de amor por ella.

—*Hermano* —dice Robinson—. Es su hermano. Claro. Le pediré a Dios que sobreviva a la noche. Dillard, saca la ropa de cama. Nos vamos a dejar caer en los brazos de Morfeo. —Y, por primera vez en toda la noche, el más grande de los dos tramperos se dirige a Sara—: Y a usted, señora, le deseo que pase una buena noche. Gracias de corazón por su hospitalidad.

El trampero sonríe y Tom vuelve a decirse a sí mismo que, en cuanto amanezca, estos dos van a tener que ponerse en marcha. Fuera de la cueva, en la oscuridad, empiezan a caer los primeros copos gordos de una nevada.

6

Siendo como es el final del verano y estando aquí sentado al calor de un buen fuego de leña seca y al fresco agradable del desierto y las montañas secas a mi alrededor se hace casi imposible recordar el frío del invierno pasado.

Lo juro por Dios que el dolor y el frío cuando se pasan por la mente los olvida pronto pero no así el cuerpo pues si ese no fuera el caso ningún hombre le levantaría nunca la mano a otro más de una vez en la vida ni ninguna mujer volvería a yacer una segunda vez con un hombre por miedo al dolor que le sobrevendrá nueve meses más tarde. Pero hay un recuerdo que sí conservo de la primera noche que pasé en la cueva con Sara y con Tom y con los tramperos y lo que recuerdo es despertarme y recobrar la conciencia por primera vez desde que había caído herido en ese campo de batalla invernal bajo el frío voraz del invierno.

Aunque a lo mejor lo que recuerdo es la recreación de mi cabeza ahora de lo que pensé en ese momento y no la propia sensación de frío. Pero esa noche cuando me desperté en la cueva lo que pensé fue que el frío que tenía era el frío de un hombre tirado sobre unas ramas de pino en el suelo helado y empapado en un sudor febril que le enfriaba la piel y se había vuelto pegajoso bajo sus ropas es decir la sensación normal de tener frío y no la frialdad de haberse muerto o estar moribundo y recuerdo también pensar Michael gracias a Dios que la fiebre te está bajando. Me acuerdo de que el frío me sentó bien allí dentro donde solo yo podía ver el vaho de mi respiración a la luz de la hoguera casi apagada.

Otra cosa que recuerdo ahora de ese momento de despertarme fue mirar alrededor en busca de Tom y de Sara y verla a ella dormida bajo unos pesados abrigos y una manta india y también ver a Tom allí con los ojos cerrados envuelto en su abrigo de búfalo y con la espalda apoyada en la pared de la cueva. Pero ¿y a quién más vi allí? Pues a los dos tramperos.

Entonces no sabía quiénes eran ni cómo habían acabado allí con nosotros ni siquiera sabía dónde estaba yo pero de lo que sí me daba cuenta es de que estaban de pie en la entrada de la cueva y la nieve caía al otro lado a la luz de la luna. O a lo mejor así es como lo recrea mi mente ahora. Pero lo que sí es verdad es que el más grande de los dos tenía en las manos el rifle y estaban hablando entre sí en voz baja de modo que yo no podía oír lo que decían y a pesar de eso no me gustaba ni una pizca todo aquello.

Dos lobos de una misma camada es lo que se me vino a la cabeza en ese momento y me acuerdo de pensar que tenía que seguir despierto y vigilar a los dos extraños que estaban allí de pie a oscuras y hablando en voz baja mientras los demás dormían. Bajo los pesados abrigos y las mantas que me habían echado por encima tanteé en busca de mi pistola pero me encontré con que no la tenía. Y la verdad es que entonces me cundió el pánico y el corazón se me aceleró y se me vino a la mente la imagen del maldito campo de batalla aquel cuando uno de esos guerreros asesinos estaba encima de mí y yo eché mano del cinturón para coger el Colt y me di cuenta también entonces de que no lo tenía y el terror de estar allí tirado en el campo de batalla indefenso como un lechón en una carnicería me volvió en ese instante y me golpeó como un puñetazo en las entrañas.

Pero obligué a mi mente a razonar que estaba tumbado en la cueva aquella y así conseguí calmarme. Porque pensé pues bueno Mickaleen si sigues aquí y no estás allí muerto en el campo invernal será que aquel día sí encontraste el revólver claro que sí que lo encontraste. Aprovecho estas líneas para decir que tal y como les pasa a muchos otros soldados los recuerdos de aquel día todavía me asaltan una y otra vez y cada vez que lo hacen me dejan sin aliento y me aceleran el corazón y un terror paralizante me recorre el cuerpo durante un rato. Pero allí en la cueva aquella en el lecho de ramas me dije a mí mismo que Tom debía de ser el que tuviera mi arma y que Tom estaba a menos de un brazo de distancia de mí.

Le di las gracias a Dios por tener a mi hermano Tom y le pedí sobrevivir a la noche y mantenerme despierto vigilando a los dos hombres con los que estaba compartiendo la cueva porque aunque en ese momento ya supiera que iba a sobrevivir era más que probable que me volviera a quedar dormido.

Pues aunque no esté seguro de que el Señor misericordioso tenga siquiera un minuto de sus pensamientos para alguien como yo o mi hermano o su pobre querida mestiza después de algunas de las cosas que hemos hecho a pesar de eso digo que está por encontrarse el hombre que estando gravemente enfermo no ofrezca a Dios una oración de agradecimiento y negocie con Él y le prometa su mismísimo primogénito a cambio de ponerse bueno y sobrevivir. Claro que cuando sobreviva se le olvidarán todas las promesas hechas y volverá corriendo a sus antiguos modos de vida tal y como yo he hecho en esta y en otras muchas ocasiones anteriores pero ya digo yo que eso es probablemente lo que les ocurra a todos los hombres.

Fue en ese momento que Tom abrió los ojos como si el mismísimo Dios en persona lo hubiese despertado de un codazo en respuesta a mis plegarias y el más grande de los dos desconocidos se giró y al verlo a él y al verme a mí que los estaba mirando le dijo a Tom en voz baja:

—Las mulas están agitadas Thomas. Y tu caballo también. Hay más de un lobo rondando.

Tom se levantó y contestó:

—Voy a ver.

—No hace falta Thomas —dijo el trampero—. Ya hemos ido. Y Dillard se va a quedar vigilando aquí. Dillard será mejor que le eches leña al fuego. Como te duermas me voy a hacer un collar con tus tripas.

Después profirió una breve carcajada sin que le cambiara la mirada un ápice aunque también puede ser que yo me equivoque al respecto porque en la cueva aquella estaba todo demasiado oscuro como para ver las cosas con detalle. Tom estiró los brazos por encima de la cabeza como si quisiera sacudirse el frío de los huesos y luego me dijo lo siguiente en el idioma de nuestra tierra:

—Hermano ¿cómo estás?

Y ya le digo yo a usted que lo que estaba era más que contento de oír que me hablaba en irlandés como cuando éramos críos y vivíamos en Kerry que Dios bendiga la que era nuestra tierra. Yo a veces todavía sigo soñando en irlandés pero cada vez lo hablo menos ni siquiera con mi hermano lo cual me da mucha pena pero así son las cosas supongo cuando vives en un país distinto al tuyo.

—Me ha bajado la fiebre gracias a Dios —le contesté a Tom.

Tom me sonrió.

—Pues duérmete un rato más hermano que dormir es mano de santo. Yo esta noche ya no volveré a cerrar los ojos.

Así pues me volví a dormir tranquilo porque Tom estaba despierto y me estaba guardando a mí y a Sara. Aunque Tom sea a veces un hombre terrible y pueda decirse que es la razón de muchas de las desgracias que me pasan también es mi hermano y lo quiero a pesar de su carga. Ni un alma había sobre la tierra que me fuera a proteger mejor aquella noche y en muchas otras ocasiones anteriores. Ni el mismísimo diablo se le acercaría a nadie si Tom está montando guardia y desde luego que ningún hombre se atrevería a hacerlo. Juro por Dios que los hombres terribles pueden resultar amigos muy útiles en la vida sobre todo si esa vida es como la nuestra.

Pues bueno cuando yo me desperté a la mañana siguiente vi dos cosas que me chocaron y la primera de ellas fue que tenía tanta hambre que podría comerme un maldito buey entero a bocados sin molestarme siquiera en saltarme la valla que lo cercase y la segunda de las cosas fue que la entrada de la cueva estaba casi tapada por varios pies de nieve acumulada.

Tom o a lo mejor uno de los dos tramperos habían mantenido el fuego encendido y chisporroteando y por suerte para nosotros las dos rocas que se juntaban y formaban la cueva tenían un hueco entre medias que servía más o menos de chimenea natural por arriba y que (como sabríamos luego) daba al lado de la roca expuesto al viento por lo que la mayor parte del tiempo dejaba que saliera el humo pero no permitía que entrara el agua. Y digo que tuvimos suerte porque la entrada de la cueva esa mañana estaba casi cubierta por completo pero dentro de la cueva no se había acumulado el humo ni nos picaban los ojos como podría haber ocurrido.

Le aseguro yo a usted que allí medio a oscuras se estaba casi que caliente como si fuera una conejera o como si fuera la cabaña del administrador de una finca en Irlanda que el Señor guarde sus costas e incluso podría decir alguien que en aquel rincón se estaba la mar de bien con la luz de la mañana del exterior atravesando el muro de nieve en un resplandor blanco pálido y el fuego encendido y una olla puesta al fuego con los huesos del pavo que Tom había cazado y que estaban hirviendo en el caldo que sería mi primera comida en una semana. Y la verdad es que a mí también me parecía que allí se estaba la mar de bien y es que es para mí todo un misterio cómo un lugar puede parecer una vez una simple cueva helada y la siguiente vez lo más parecido a un hogar que uno podría desear. Tom y yo habíamos dormido en sitios peores en los años que llevábamos en este país y con la mano en el corazón puedo asegurar que aquel lugar en las montañas y a la orilla del río podría parecer un rincón estupendo y hogareño a cualquiera que lo viera. Claro está que la cosa cambió más adelante pero ya escribiré sobre eso luego.

Sara vio que me había despertado y se me acercó y me sonrió y me puso la mano en la frente. Lo que he escrito antes sobre Tom protegiéndome pues lo mismo pienso de la buena de Sara.

Porque es amable y buena y decente y es todo lo que uno puede querer en una mujer y da igual su pasado horrible ni lo que pueda parecerle su cara al resto de los hombres. Precisamente el resto de los hombres eran los responsables de gran parte de su sufrimiento y su desfiguración y que la maldición de Dios caiga sobre los hombres que la maltrataron de esa manera. Algunos de esos hijos de p... ya estarán sepultados bajo dos metros de tierra (es el sitio donde mejor pueden estar) y confesaré también que a algunos de ellos los hemos metido nosotros ahí por lo que le hicieron a la pobre muchacha. Pero de lo que yo quiero dejar constancia aquí es de que esta muchacha mestiza hija de un franchute canadiense tiene la bondad en ella y eso es algo raro en este mundo y evidente para cualquiera que pueda ver más allá de sus terribles cicatrices y de su vida pasada como una furcia cautiva y de algunas de las cosas que ha tenido que hacer para defenderse. Como ya he dicho antes, puede ponerse tan firme como cualquier soldado pero al mismo tiempo me parece que es como si llevara dentro dos corazones y el primero fuera de acero y el segundo estuviera a rebosar de amable bondad y al Señor le doy las gracias por eso. En estas páginas ya verán ustedes su bondad y a lo mejor también verán lo dura que puede llegar a ser si consigo ponerlo por escrito.

Pero por ahora voy a escribir solo sobre la cueva aquella mañana cuando Sara me tocó la frente y me dijo después de un rato que ya se me había pasado la fiebre y me sonrió como si de verdad estuviera contenta de que así fuera. No puedo poner por escrito lo que significa tener a una buena mujer a tu lado que se preocupa por si sigues vivo o si te has muerto. De verdad es que es una bendición y aunque sea la querida de Tom y Dios mediante un día será su mujer por entonces ella era para mí como una hermana muy querida y por Dios juro que cuando me puso la mano en la frente aquella primera mañana en la que me desperté fue como sentir que me tocaba la mano de un ángel o al menos así es como yo lo recuerdo.

En cualquier caso no me duró mucho esa sensación porque el más grande de los dos tramperos empezó su día cogiendo el hacha y clavándola en la pared de nieve para abrir una entrada. Tom me dijo luego que había sido Sara la que había tenido la idea de traer un hacha cuando unas semanas antes habían salido por patas del fuerte a lomos de un caballo malísimo. Es una cosa que no se le ocurre a uno si no ha tenido que hacer noche en la naturaleza indómita antes pero lo cierto es que un hacha es una herramienta tan vital para un hombre como un rifle. Incluso más si cabe. Y a Sara se le ocurrió llevársela cuando a Tom y a mí con casi total seguridad no se nos habría ocurrido nunca. Había sido nuestra salvadora ya varias veces la verdad.

Rápidamente el trampero abrió un pasillo en la nieve y la luz del sol cegadora y blanca irrumpió en la cueva desde el exterior pues la mañana ofrecía una breve tregua y el sol brillaba intensamente en un cielo del mismo color azul claro de los huevos que ponen los patos. Me incorporé en mi lecho de ramas e intenté mirar afuera pero me costó un rato lograr abrir los ojos de lo cegadora que era la luz del sol reflejada en la nieve. ¡Virgen santa la de nieve que había! Era una cosa que desde ese rincón del mundo parecía universal porque todos los árboles y todas las rocas y todas las colinas estaban cubiertas por una gruesa capa de nieve. Me imaginé que una buena capa cubría el territorio de las Dakotas entero aunque ahora ya sé que puede haber una capa gruesa de nieve en un sitio y mucha menos nieve en otro sitio que está a solo una o dos millas de distancia. Pero estábamos casi a los pies de las montañas Big Horn así que la nieve se había ido acumulando en las nubes al otro lado de las montañas y parecía que iba a estar cayéndonos encima durante los próximos días que se harían de largos como semanas.

Esa mañana sin embargo era una cosa de una hermosura que casi no puedo describir. El río era lo único que interrumpía con un color diferente la blancura y el sol escintilaba en las trémulas aguas negras que lentas descendían como si el mismísimo Dios en persona hubiese esparcido por encima un puñado de diamantes para que lucieran más las maravillas del mundo que Él había creado. Después de toda la guerra y de la hambruna y de la muerte y todas las malditas cosas que Dios nos había mostrado en el pasado aquella mañana era como si para variar quisiera dejarnos ver un poco de una hermosura tan bella que se nos olvidaran acaso por unos instantes todas las otras cosas de las que Dios es partícipe y no hace nada para ponerles fin.

Todo era ligereza y bondad y sé ahora que mucho de lo que estaba sintiendo en ese momento era pura alegría por seguir vivo y estar recuperándome pero cada estación aquí en el oeste tiene sus maravillas y ahora que ya las he visto todas unas cuantas veces puedo decir que nunca uno se cansa de verlas.

Ahora bien una cosa es la belleza cuando has sobrevivido en una cueva en mitad del territorio sin piedad de las Dakotas y otra cosa es la comida y Tom una vez se le acostumbraron los ojos para poder mirar ya no veía la belleza del paisaje sino que veía los problemas que podría traernos. Más de uno de hecho pero por entonces aún no lo sabíamos. Entonces coge y dice Tom:

—Un buen par de piernas es lo que va a hacer falta aquí para poder encontrar pitanza para nosotros o para el caballo.

Y lo dijo a modo de broma pero yo me percaté de la enorme preocupación que había escondida en sus palabras y la verdad es que me pilló por sorpresa porque Tom no es el tipo de hombre que se preocupa por las cosas que todavía no han pasado y nunca se preocupaba lo más mínimo por nada. De hecho es un hombre que cuando ve las cosas reacciona ante ellas y no se preocupa por ellas como quizá sí hago yo. Él no tiene en cuenta que las cosas pueden salir mal como resultado de su reacción y que a veces estarían mejor si no hiciera nada. Y es que Tom la mayoría de las cosas de la vida las ve como un enemigo al que hay que atacar y derrotar. Hacer en el momento y arrepentirse después así es como él ve el mundo y si soy completamente sincero (que es precisamente lo que estoy intentando hacer en estas páginas) la verdad es que esa forma de vivir nos ha traído más cosas malas que buenas y de hecho es lo que nos ha traído hasta donde estamos ahora y donde yo estoy escribiendo esto. Dios mío si es que a veces me cagaría en la estampa del pobre muchacho pero como es mi hermano pues la mayoría de las veces simplemente soy yo el que acaba arrepintiéndose por los dos.

Por eso me sorprendió oír la aflicción de un hombre normal y corriente en sus palabras que ahora sé que respondían al amor que sentía por Sara y su estado y a lo mejor incluso un poco por mí también. Uno puede mirar a Tom y ver a un hombre que está hecho un depredador terrible pero alberga dentro la capacidad de amar a sus seres queridos. Rápidamente se pone tierno incluso con los camaradas en los barracones cuando estábamos en el ejército de lo que no hace tanto tiempo como podría pensarse.

El caso es que el más grande de los tramperos el que se llamaba Wallace Robinson empezó a hablar y dijo:

—Bueno Thomas pues espero que no tenga usted inconveniente en que nos quedemos aquí uno o dos días más hasta que empiece a derretirse la nieve. Temo que las mulas no nos van a venir nada bien con tantísima nieve.

Entonces miró a Tom y al instante yo me di cuenta de que Tom ya sabía que esto iba a pasar y que no le hacía gracia ninguna. No sé muy bien cómo me di cuenta pero probablemente sea porque es mi hermano y llevamos la misma sangre y la sangre hace que uno ya no necesite las palabras.

Como Tom no decía nada, el otro siguió hablando:

—De todas maneras tiene usted suerte porque tengo un par de raquetas y si quiere puede ponérselas. Con ellas es como si uno volara por la nieve según me han dicho aunque yo no las he usado nunca.

Mientras estaba allí sentado bajo los abrigos y las mantas y al calor del fuego que empezaba a calentarme y a despertarme el hambre caí en la cuenta de que ese trampero hablaba como un hombre culto. En cuanto al hambre incipiente pues era una sensación familiar para mí eso está claro y aunque la mayor parte de mi vida le había tenido miedo aquel día la recibí con alegría porque con toda probabilidad un hombre hambriento no es un hombre muerto.

Pero el caso es que la forma en la que hablaba el trampero me pareció rara. Su aspecto no cuadraba con su habla y me puse a darle vueltas. Un hombre que hablaba así debía de tener un trabajo en una oficina o en una escuela o en un banco o en un sitio así. Pero también es verdad que en la guerra y en el Fuerte Phil Kearny cuando luchaba contra Nube Roja había conocido a algunos soldados así pues después de la guerra el ejército quedó repleto de hombres perdidos (hombres como Tom y como servidor) y uno se encontraba a hombres que blandían un puñal en una mano y una botella en la otra y que hablaban como si el mismísimo Charles Dickens les estuviera dictando cada palabra. No sé por qué estoy escribiendo esto supongo que es porque en el momento me preguntaba qué tipo de hombre sería el trampero aquel. ¿Se estaba mostrando tal y como era o había otro hombre escondido dentro de él?

En cualquier caso Tom se giró hacia él y siguió sin decir nada. Yo podía ver que estaba pensando cómo voy a sacar a estos dos hijos de p... de mi campamento pero al mismo tiempo estaba pensando que las raquetas nos podrían venir bien.

—O Dillard —añadió el trampero—. Que se las ponga él y se lleve el rifle. No se te da mal disparar, ¿no es así Dillard?

Entonces me di cuenta de que no había mencionado la posibilidad de salir él a cazar y yo interpreté que era porque se tenía en alta estima a sí mismo o porque en realidad era el dueño de una pequeña empresa de tramperos.

Dillard siguió acostado envuelto en su abrigo de castor y medio dormido como si hubiese estado bebiendo. En respuesta gruñó desde debajo de su gorro de mapache unas palabras que yo no pude oír y más rápido de lo que uno pueda imaginarse para un hombre de su tamaño el trampero jefe que era el más grande de los dos cruzó la cueva y le clavó la bota en las costillas al muchacho. La violencia repentina de la escena me estremeció y Sara se encogió aterrada. Tom claro está simplemente siguió mirando como si estuviera viendo un pájaro alzar el vuelo en una rama.

El trampero rugió ante el ataque y luego mientras el otro estaba encogido de dolor dijo:

—¡Compórtate delante de una mujer Dillard! Ese tipo de palabras no tienen cabida delante de ella ni delante de estos caballeros. ¡Desagradecido! Somos sus invitados y tenemos que comportarnos como tales.

—Me c... en Dios y en su p... madre —dijo el trampero menudo mientras se sentaba y se colocaba el gorro de mapache.

—Pídele perdón a la señora —le dijo el hombre grande—. Usted perdone —dijo sin mirar a Sara ni a nadie.

El trampero grande luego se volvió hacia Tom y le dijo:

—Hoy en día es difícil encontrar a alguien que de verdad quiera echar una mano. Espero que sepa usted perdonar al muchacho y sea usted tan amable de tomar prestadas las raquetas. Me atrevería a decir que usted tiene mejor puntería que nosotros dos juntos. Nos ocuparemos de los caballos y de reunir leña.

Una vez más Tom estuvo un rato callado y yo me di cuenta de que estaba molesto con el trampero que parecía un hombre acostumbrado a que la gente hiciera lo que él dijera y respondiera cuando él hablara y Tom claro está era capaz de sacar de quicio a una estatua de mármol de la mismísima Virgen María que el Señor me perdone por esta blasfemia. Finalmente dijo Tom:

—Vale. Ustedes podrían poner alguna trampa y a lo mejor así cogemos algo que podamos almorzar. Se dice que la cola de castor es una de las mejores cosas que se pueden comer. —Claro que Tom no sabe nada de trampas porque él no es un hombre de los bosques ni yo tampoco lo soy aunque creo que aprendo con rapidez o al menos con la rapidez suficiente.

Por primera vez en muchos días hablé en nombre de Tom sabiendo que probablemente el trampero no se había enterado de todas las palabras que Tom había soltado a trompicones por el tiro que le metieron en la boca. Entonces dije yo:

—Señor él se pondrá las raquetas y ustedes pondrán una o dos trampas a ver qué cazan.

Mi voz era ronca y severa por la falta de uso pero sentaba bien poder emplearla. Un hombre que habla no es un hombre que se esté muriendo a no ser que esté llamando a su madre.

—¡Estupendo! Una idea estupenda —repuso el trampero—. Dillard tú ve a por las raquetas para dárselas a Thomas. Supongo que estarán enterradas en la nieve junto a las cajas de afuera. Y a por tabaco. Me parece que nos quedará algo si rebuscas por las cajas. Creo que no lo saqué anoche.

Ahora puedo decir que por entonces ya no me daba buena espina el trampero ni su ayudante pero que al mencionar el tabaco pensé pues bueno seguro que puedo tolerar su presencia uno o dos días más.

7

Tom tarda dos días en aprender a usar las raquetas. Al principio, se cae a menudo y vuelve a la cueva con el abrigo de piel de búfalo empapado de nieve a medio derretir, el rifle resbaladizo y húmedo entre las manos.

No obstante, no ha necesitado emplearlo, porque la nieve le llega por las rodillas y no ha visto ni un animal vivo al que disparar en los dos días que lleva poniendo trampas y siguiendo huellas diminutas de conejos y huellas más grandes de linces, zorros o, quizá, teme Tom, lobos. De lo de los lobos no puede estar seguro, pues a medida que el sol va derritiendo la nieve, las marcas se vuelven más grandes de lo que eran originalmente.

Tampoco los tramperos han atrapado nada con sus trampas, aunque Sara se pregunta si acaso están utilizando algo como cebo y dónde las están poniendo. El primer día que Tom les sugirió que las pusieran, Sara observó a los dos hombres desenterrar las trampas de la nieve y armarlas, y vio al trampero Dillard marcharse hacia el bosque con el montón de trampas tintineantes. Le habría gustado irse con él para ver qué hacía, pues ella sabe bastante de trampas. Tiene la sensación de que sabe más que cualquier hombre cuando recuerda con orgullo las veces en que su padre las llevó a ella y a su madre a poner o comprobar las trampas, cuando todo el tiempo les iba explicando su funcionamiento, los cebos, las fragancias que usaba, en su cortés francés. Pero estos dos hombres han reunido una pila enorme de pieles, así que Sara cree que, a pesar del atuendo que visten y los recelos que despiertan en ella, deben de saber cosas que ella desconoce sobre las trampas, por lo que no dice nada.

Quizá Dillard sea el verdadero trampero, porque él es el que se está encargando de colocar la mayoría de la trampas. A Sara le parece que es el más apto y, cuando mira a Robinson, sentado como de costumbre fuera de la cueva, en una roca al sol, no puede evitar que le llamen la atención sus manos. Incluso las recuerda —o eso cree— de cuando, en la cantina de McKinney, él y el otro trampero pagaron para acostarse con ella y con Azucena Blanca, y se sorprende de recordarlas porque, durante todos los años que estuvo cautiva, hizo todo los posible para olvidar a los hombres con los que yacía. Normalmente, eran todos iguales.

Sin embargo, a su pesar se acuerda de algunas cosas. De olores, de la forma en la que los soldados olían a pólvora y a caballo. O del maderero que pagó por ella justo antes de lo que les pasó a los McKinney, que tenía una pierna de madera atada al muñón del muslo que no quiso quitarse, y que le cantó una canción en el idioma en que su padre le hablaba cuando era pequeña, lo que durante un instante la puso extrañamente contenta y, luego, la sumió en una profunda tristeza. Recuerda unas pocas cosas, unos pocos hombres, y está convencida de que recuerda las manos del trampero. Dedos largos, color rosado. Uñas limpias. Son las manos de un jugador de cartas, un tabernero o un rufián, por lo que no abundan entre los hombres que ha conocido a lo largo de su vida. Manos suaves. No son las manos de un trampero.

Y en los próximos dos días llegará a darse cuenta de que, si el más grande de los dos tramperos tiene las manos así, es porque no hace nada que tenga que ver con el campamento, sino que, mientras Sara recoge leña, alimenta a Michael con caldo de huesos de pavo y se ocupa del fuego, él se queda sentado en su roca y lee libros que saca de uno de los baúles que cargaban las mulas. Sara también usa el hacha y corta gruesas ramas de pino que coloca delante de la entrada de la cueva para bloquear el viento, aunque apenas haya soplado desde la gran nevada. El tiempo se ha vuelto más cálido desde entonces, el sol del invierno cae con fuerza sobre el valle y hace que la nieve se vuelva húmeda y pesada. Derrite la nieve de las rocas para que Robinson se siente en ellas y se ponga a leer libros.

Sara está a la entrada de la cueva, mira a Tom emerger del bosque, pisando con cuidado sobre sus raquetas de nieve, siguiendo las huellas que él mismo dejó al salir del campamento para que el camino le cueste menos trabajo. Su Thomas no es un hombre de los bosques. No es como los hombres que conoció ella cuando era una cría, como su padre, sus tíos y sus primos de la tribu mandan. Aun así, no se da por vencido y abre sus ojos y su mente al bosque y a lo que este pueda enseñarle, y eso a ella le encanta.

Lo mira acercarse al caballo y a las mulas, que están amarrados a unos pinos a los que han arrancado las ramas más bajas de modo que los animales puedan refugiarse debajo. Fue a Tom a quien se le ocurrió lo de cortar las ramas más bajas de los árboles y atar a las bestias allí para que pudieran escarbar en la nieve en busca de hierba y encontrar bajo las ramas más altas un refugio frente a las inclemencias del tiempo. Va aprendiendo del bosque, intuyendo qué cosas son correctas aunque aún no lo sepa. Aun así, piensa Sara, los animales no sobrevivirán mucho más con este tiempo y tan poco forraje. Habrá que llevarlos al claro que hay detrás del bosque, cerca del camino de carretas, y dejarlos allí. Y con todo, son animales de blancos, están acostumbrados a los establos y al salvado, así que puede que no sobrevivan al invierno como haría el caballo de un indio. Pero su Tom sí sobrevivirá. Y Michael también. Su Thomas se encargará de que así sea, *si Dieu le veut...*

Es un hombre hecho para sobrevivir en este mundo, piensa Sara. Un buen hombre con el que huir. Ella ha estado toda su vida huyendo, desde el día en que los guerreros de la banda Bad Face mataron a su padre, a su madre y a su hermano y la dejaron a ella perdida al final de una ruta de trampas, en el bosque del que tardó semanas en salir para encontrarse entonces con la misma banda que había matado a su familia. Se había quedado huérfana, así que la entregaron como hija adoptiva a una vieja lakota que no tenía hijos, que la explotó y la maltrató y le cortó la nariz cuando Sara rechazó al hombre que la vieja había escogido para que se casara con ella, un hombre al que ella odiaba, un guerrero rico en caballos y hábil en la caza pero cruel, violento cuando bebía whisky, y con una madre que era aún peor que él. En el *tiyospaye* hubo muchas personas que se portaron bien con ella, que le dieron comida cuando la vieja no le daba nada y que se pusieron de su lado cuando se negó a casarse con el guerrero cruel de los ochenta caballos, pero la mayoría de los miembros sentían indiferencia por ella y nunca llegó a aprender bien la lengua lakota. No obstante, había sobrevivido. Luego los pawnees mataron a muchos de los miembros de esa banda, la tomaron cautiva y la llevaron al fuerte de un blanco, donde la vendieron a un hombre llamado Downey, que la puso a ejercer como furcia, primero para los soldados y luego en la ciudad de Kansas. Intentó huir de él, pero él le dio una paliza, la quemó con un atizador y la vendió a McKinney. No le gustaba pensar ni recordar esa época, nada que tuviera que ver con esa época. En su mente lleva toda la vida huyendo y ahora ha encontrado a alguien que es bueno y amable y que aprende rápido. Un buen hombre con el que seguir huyendo.

Entra en la cueva y atiza el fuego, remueve en la olla la última minúscula ración de caldo de huesos de pavo. El hermano de Tom sobrevivirá a la herida de la flecha en la pierna, aunque no está tan segura de qué pensar de él. No lo conoce tan bien como a Tom. Cuando estaba peor, cuando lo recogieron en aquel camino helado junto al campo regado de hombres muertos y pensaban que no sobreviviría más de tres noches, encontró su cuaderno metido entre los pliegues de la casaca, bajo el abrigo, y Tom le contó que Michael había escrito allí su historia. La historia de cómo los dos habían venido desde el otro lado del mar, desde Irlanda, le dijo Tom, y cómo habían luchado en la guerra y por qué, en definitiva, lo que les pasó a los McKinney es lo que tenía que acabar pasando.

Inspecciona ahora el libro, puesto a secar en el estante natural que forma la roca en la pared de la cueva. Es el libro de la historia de Michael y Tom, y Sara se pregunta si habrá escrito algo sobre ella. Siempre se lo preguntará, porque no sabe leer, al menos no completamente, aunque su padre intentara enseñarle una vez. En cualquier caso, fue en *français*, y eso no le sirve de nada. Ahora que lo piensa, el que le recuerda a su padre no es Tom, sino Michael. O, más bien, le recuerda a los débiles recuerdos que conserva de él. Un buen hombre, su padre. Demasiado bueno para este mundo, y para la vida que escogió, aunque fuera un buen trampero. Y, al igual que su padre, o al igual que los débiles recuerdos que atesora de él, Michael parece demasiado bueno para sobrevivir, aunque no tenga la impresión de que él haya escogido su vida, o su mundo. Se dedica a dejar constancia de su historia en las páginas de un libro. No ha escogido vivir esta vida como muchos de los hombres blancos sí han escogido las suyas. No. Él es demasiado bueno para eso, aunque lo haya visto matar a un hombre y sepa que probablemente haya matado a muchos otros durante la guerra. Lo cuidará e intentará que se recupere, porque Tom lo quiere y también ha pasado gran parte de su vida huyendo.

—Me temo que vuelve usted con las manos vacías —oye Sara que dice el trampero cuando Tom llega al campamento, se desata las raquetas, las estampa contra el suelo para sacudirles la nieve de las tiras de cuero y, luego, las deja a la entrada de la cueva, junto al rifle.

—Bueno... —responde Tom, primero sin dirigirle la mirada al hombre, luego mirándolo, allí sentado, en su roca, con el libro abierto en el regazo, la camisa blanca de las manchas negras en los puños, la barba larga y bien cuidada, como si la hubiese peinado y le hubiese puesto aceite solo para sentarse en la roca al sol del invierno a leer y fumar.

El trampero sostiene en la mano una pipa, sin encender, y Tom huele el dulce aroma del tabaco que esta desprende. Le duele la cabeza porque la luz del sol contra la nieve lo ha deslumbrado, y porque tiene hambre y ganas de fumar. Robinson les ofreció la pipa la noche anterior y Tom llevaba unos días sobreponiéndose a su antojo, pero ahora piensa que, de alguna manera, probarlo solo ha servido para volver a despertarle las ansias por fumar. No le va a pedir una calada al hombre. Va a esperar a que se la ofrezca y si el cabrón del trampero, que por lo que se ve no pone muchas trampas, no se lo ofrece, se aguantará y no se rebajará. Los va a echar a los dos, eso es lo que va a hacer, si no le ofrecen una calada. Entonces dice, con un tono contundente:

—Y, usted, ¿ha tenido suerte con sus trampas?

—Pues lo vamos a descubrir ya mismo, Thomas, cuando Dillard vuelva de su ronda. Como no tiene raquetas para la nieve, va más despacio.

Tom emite un gruñido y se quita el abrigo de búfalo, le da la vuelta y lo deja sobre una roca caliente al sol. Está sudando por el esfuerzo de la caza, la temperatura del día es demasiado alta para ese abrigo, y demasiado baja, en el bosque sombrío, para la vieja tela del suéter y la casaca que lleva debajo. Robinson sabe de sobra, piensa Tom, y así lo ha dicho bien claro, qué tipos de hombres son él y Michael, con los pantalones de paño de Kersey y las casacas azul oscuro. Y las botas Jeff Davis. Probablemente los venderán a la primera patrulla o en el primer fuerte que encuentren, pero todavía no han podido hacer nada al respecto. Todavía no. La avaricia, no obstante, piensa Tom, será difícil de esquivar.

—¿Quiere usted darle una calada, caballero? —pregunta Robinson mostrándole la pipa, y Tom, que estaba a punto de desterrar al hombre, acepta.

—Sí, gracias —dice cogiendo la pipa y entrando en la cueva—. Muchacha —dice cuando se da cuenta de que Sara está sentada junto al fuego removiendo la única olla que tienen, los ojos se le van acostumbrando a la oscuridad mientras se enciende la pipa con una brasa—, vamos a tener que comer sopa de pavo otra vez. Por más que me pese que así sea.

Sara no dice nada al respecto, pero sonríe, esboza una sonrisa que le dice que está bien, que sabe lo complicado que puede ser seguir el rastro de los animales cuando hay tanta nieve.

—Gracias a Dios que puedo darle una calada a esto —le dice Tom, devolviéndole la sonrisa y ofreciéndole la pipa para que ella también fume—. Y mi hermano, ¿cómo va?

—Se ha dormido otra vez. Está bien. Por la mañana estará más bueno.

—Se dice *mejor*, pichona. Estará mejor. ¿Se ha tomado la sopa que le has dado?

—Sí, se toma la sopa. Le hace bien. Mañana ya podrás ayudarlo a levantarse. Mañana estará... *mejor*. —Al decirlo, vuelve a sonreír y Tom sabe que se está riendo un poco de él. Su inglés no es mucho mejor que el de ella y, en su boca atravesada por un balazo, apenas resulta comprensible en el mejor de los casos.

—Eres una enfermera estupenda, Sara. Y también una cocinera de sopas de primera. Y una camarada sin mácula, como dirían de ti los muchachos del ejército —dice Tom, con el corazón rebosando amor por ella, por la maravillosa mujer que conoció cuando la ayudó a bajar de una carreta desbocada que él logró detener, en el camino desde el Fuerte Caldwell hasta el valle del río Powder. Le salvó la vida entonces, a ella y también al resto de furcias que iban dentro, como si cumpliera órdenes de Dios, y se enamoró de ella en ese exacto momento, en el camino, en la parte de atrás de una carreta tirada por mulas. Como si Dios así lo hubiese querido, piensa Tom. Y porque lo había ordenado y lo había deseado un Dios en el que él apenas creía, o cualquier poder superior al suyo, lo único que podían hacer él y Michael era liberarla de la cantina de McKinney, aunque para ello tuvieran que cometer actos terribles.

Y, de nuevo, como si Dios así lo hubiese querido, aquí están ahora, los tres juntos. Esto está bien, y es lo correcto, y da igual las condiciones. Da igual que hayan tenido que huir del ejército y de los guerreros de Nube Roja. Gracias a Dios, están los tres juntos. Y aunque hayan acabado encontrándose con dos tramperos, no los echará esta noche, piensa Tom mientras se estira para acariciarle la mejilla a Sara. Lo hará mañana y de nuevo volverán a estar los tres solos. Como debe ser.

Le quita la pipa, se levanta, sale de la cueva, inhala profundamente el dulce tabaco y expulsa una nube que queda suspendida en el aire, inmóvil. Hará frío esta noche, piensa Tom.

—Gracias por la calada —dice mientras le devuelve la pipa al trampero.

—No tiene usted que darme las gracias, caballero —responde Robinson, que otea más allá del río, donde el sol se sumerge en las montañas Big Horn y baña el cielo con su luz lechosa, de color naranja y roja, que proyecta sombras de un azul frío sobre la nieve reluciente.

Los dos guardan silencio mientras observan, escuchan el río, el caer ocasional de la nieve que se desliza desde las ramas de los árboles y golpea el suelo con un golpe sordo. El trampero rompe el silencio:

—Ya viene Dillard. Lo estoy oyendo bregar. Vamos a ver si ha valido la pena.

Tom tarda un instante en oír al ayudante del trampero abrirse camino con esfuerzo por entre el bosque que hay junto al campamento, los crujidos de las ramas, el tintineo de las trampas. Ya no oye tan bien como antes, lo sabe. Eso es lo que le pasa al cuerpo cuando se pasa años disparando el mosquete. A veces, cuando está acostado por la noche, los oídos le pitan tanto que se le espanta el sueño.

Tom se está preguntando por qué el hombre ha vuelto a traer las trampas al campamento en lugar de colocarlas de nuevo y dejarlas puestas por la noche, pero él no sabe nada de trampas y, a cambio del tabaco, está dispuesto a concederles el beneficio de la duda una noche más.

Se le ocurre ahora mismo, y no puede creerse que no se le haya ocurrido antes, que debe haber alguna razón para que los dos tramperos no estén pasando el invierno en el Fuerte Smith, como hacen muchos viajeros y hombres de los bosques como ellos. No les permitirían acampar dentro de la empalizada, pero podrían buscar refugio fuera, con el resto de los peregrinos y los indios que se pasan el invierno holgazaneando allí. A través del trueque o del dinero, les sería fácil conseguir alimentos y, de algún modo, estarían más seguros del ataque de los indios allí que caminando a solas por esta naturaleza sin piedad.

Tom examina al más robusto de los dos tramperos mientras el ayudante se acerca al campamento. Sopesa preguntarle a Robinson al respecto, pero decide no hacerlo. Las preguntas dan pie a más preguntas y él mismo no tiene ganas de responder a ninguna. Los tramperos deben de estar haciéndose las mismas preguntas sobre ellos. ¿Por qué están estos dos hombres y su mujer pasando el invierno en una cueva y no buscan refugio a la sombra de la empalizada del Fuerte Smith? Después de todo, probablemente estará a poco más de dos o tres días a pie por la ruta Bozeman. Tom no está seguro, pero una vez pasó por allí como parte del destacamento que escoltaba a un pagador del ejército hasta el Fuerte Reno y calcula que no puede quedar mucho más lejos.

—¿Has pillado algo, Dillard? —pregunta Robinson.

Sin mirarlo, pero sonriendo para sí mismo de un modo que a Tom no le da buena espina, el ayudante contesta:

—Nada de nada. Ni una mísera presa de mierda.

8

Bueno como el convaleciente era yo pues durante aquellos primeros días yo era el único que tomaba la poca sopa que había. Esto me recuerda a cuando durante la Gran Hambruna se decía que un hombre se tomaba la sopa para dar a entender que se había pasado de la fe católica a la protestante a cambio de un simple tazón de sopa de los ingleses y aunque hace casi seis años que dejé atrás las costas de Irlanda que Dios me las guarde imagino que eso de decir mira resulta que fulano se ha tomado la sopa era lo peor que se podía decir de un hombre pues lo que uno está diciendo con eso es que fulano tiene pinta de ser capaz de vender su propia alma a una religión extraña todo para llenarse la barriga lo que viene siendo ser un traidor a sí mismo y pocas cosas peores se te pueden llamar en Irlanda y probablemente en cualquier sitio.

Pero como este es mi diario personal para poner por escrito mi propio testimonio por así decirlo pues voy a decir una cosa que no diría nunca abiertamente en público que es que es demasiado sencillo criticar a los que se toman la sopa. Porque si uno no ha pasado nunca el hambre que se pasó durante la Gran Hambruna pues no tiene derecho a criticarlos. Un hombre hará absolutamente lo que sea para sobrevivir y yo bien lo sé como también sé que el alma de un hombre cuesta muy poco dinero cuando la alternativa es una muerte lenta y hambrienta. En cualquier caso aquellos que se bebían la sopa y aceptaban los votos de la iglesia de la Reina lo hacían para salvar a sus hijos del hambre y no creo para nada que sea fácil juzgarlos.

Si estoy escribiendo todo esto es verdaderamente porque mi mente está divagando y yo estoy hecho un charlatán increíble pero también porque llevo aquí sentado ocho meses con la barriga llena de tortas de harina y panceta cocida que compramos en Virginia City y entonces escribo todo esto para dejar constancia de que es posible que a un hombre se le olvide el dolor y la tristeza que padeció pero Dios mío lo que no se le va a olvidar nunca es el hambre ni aquello que habría sido capaz de hacer para saciarla. Esto es algo que aprendimos rápidamente en aquella cueva junto al río.

Pues como he escrito antes era mi barriga la que se llevaba la mayor parte de la sopa de huesos de pavo y aunque fuera ya una infusión aguada y ligera que no tenía ni sal ni ningún otro tipo de sabor Sara hacía todo lo que podía para estirarla y así es como recuperé las fuerzas y al fin gracias a la ayuda de Tom pude ponerme en pie por primera vez en dos semanas.

La herida de la flecha que me dispararon los siux y que me tuvo tanto tiempo encamado y asediado por la fiebre ya no era más que una erupción rugosa en la carne de mi muslo que supuraba si me movía en exceso pero que no me dolía mucho cuando cogía cosas que tenía a mano. Tom me fabricó una muleta con una rama que cortó y talló y gracias a eso logré salir de la cueva y ver la luz del día con los ojos supurando también como si fueran la herida de la pierna por la potencia con la que el sol se reflejaba en la nieve.

Bueno a usted que me lee le diré que mis ojos tardaron una eternidad en acostumbrarse y que incluso entonces tuve que entrecerrarlos por el reflejo de la luz pero la verdad es que lo que vi era casi tan hermoso o incluso más hermoso que el valle donde habíamos levantado el Fuerte Phil Kearny hacía muchos meses. Antes había pensado que a pesar de Nube Roja y sus guerreros que estaban acechando detrás de cada brizna de hierba el valle del río Powder era el mejor lugar sobre la faz de la tierra pero ahora pensaba que quizá era mejor el sitio aquel junto al río con los árboles sepultados y doblados bajo la nieve que recubría asimismo la pendiente ondulada hasta las altas montañas Big Horn también ellas coronadas de nieve y sobre nosotros el cielo tan azul y brillante como no ha visto nadie nunca como si de verdad tuviéramos encima la mismísima bóveda celestial que levantara Dios con sus propias manos. Las montañas lo juro parecía que estaban tan cerca que uno podía tocarlas.

—Sí que escogiste bien el sitio para plantar el campamento Tom —le dije yo.

Mi hermano estaba a mi lado y como lo quiero le voy a contar a usted que me lee lo siguiente y es que algunas veces en el pasado lo había querido pero también lo había odiado por meternos en un aprieto tras otro y de hecho si estábamos allí acampados a la orilla de un río en mitad del invierno era por él y por todo lo que él había hecho para defender a su Sara unos meses antes. Y sin embargo estando allí plantado a su lado a la orilla de aquel río solo podía pensar en todo lo que lo quería y en lo contento que estaba de seguir vivo y de estar con él y con su querida Sara. *¡No estamos bajo tierra!* Eso es lo que pensaba yo. ¡Seguíamos en marcha como dos relojes indestructibles colgados en la pared del mundo! ¿Quién habría pensado que seguiríamos vivos el par de dos después de haber visto tanta guerra y después de nuestros combates contra Nube Roja y sus guerreros y después del capitán aquel de Galway y sus terribles secuaces que vinieron a por nosotros para colgarnos por la muerte de tres villanos que claramente se lo merecían?

Pero Tom bueno la verdad es que él es capaz de ponerle faltas a cualquier cosa vaya que sí. Es que por mucho que lo quiera el muchacho es capaz de coger un bastoncillo de caramelo y decir que está amargo. Así que va y me dice:

—Pues sí tan bonito como pegarle a un padre porque es que lo bonito no se come.

—Seguro que hay peces en el río Tom —respondí—. Y algún animal que cazar en el bosque.

Tom dio una patada a la nieve embarrada. El día era cálido a pesar de estar a principios de enero y el sol hacía relucir la nieve como si fuera la arena de la playa en verano.

—Las aguas no son profundas para que haya muchos. Voy a bajar al río a ver. A lo mejor podemos hacer una red para pescarlos pero no creo que haya muchos corriendo en mitad del invierno.

—¿Lo has intentado Tom? —le dije mirando al río—. Porque a ver qué río no tiene un par de peces por Dios.

—Yo no tengo tiempo para andar pescando Mickaleen porque tengo que estar en el bosque intentado espantar algún pájaro o algún animal para pegarle un tiro.

—Pues uno de los tramperos. Alguno de los dos podrá...

—Hermano estos dos son más inútiles que las tetas de una monja y están todo el día con las trampas vacías leyendo mientras todo el mundo a su alrededor se desloma trabajando. El jefe ese tiene los modales de un casero. Y las ganas de trabajar de un casero también.

—Bueno Tom ¿y por qué no los ponemos de patitas en la calle?

—Esa es mi idea pero tienen tabaco para un regimiento. Si no tenemos comida por lo menos que podamos fumar. Hace más llevadera el hambre. ¿Y si sus trampas siguen sin cazar nada? Pues cuando nos quedemos sin tabaco nos quedaremos también sin tramperos.

—Yo ya mismo estaré bien para cazar —dije con la impresión de que dentro de Tom se estaba cociendo uno de sus estados de humor. Yo era una carga para él igual que los tramperos pues era un holgazán más con una boca que alimentar y por ello me sentía mal y estaba deseando poder aportar algo al campamento.

—Lo que vamos a tener que hacer ya mismo es matar el caballo. Eso es lo que va a pasar —dijo Tom.

—Puedo intentar apañar un sedal y un anzuelo para pescar —añadí. Esta vez lo hice en irlandés no sé por qué a lo mejor porque el más grande de los dos tramperos se estaba acercando a nosotros por la nieve.

—Se ha levantado usted —dijo—. Yo me llamo Wallace Robinson. Y usted es Michael. Es el hermano de Tom. ¿No es así?

Le estreché la mano y pensé que estaba demasiado suave para ser la mano de un trampero con los dedos largos cercándome la mano como serpientes enroscándose alrededor de San Patricio lo que me recuerda siempre a una imagen justo de eso mismo que hay en una iglesia en la que estuve una vez en Cleveland. Cuando era un crío nunca jamás habría pensado que alguna vez habría de ver con mis propios ojos una serpiente de verdad pero aquí en América hay serpientes por todas partes tanto entre la hierba como bajo las rocas o por los caminos y se meten en las botas de los hombres que son exactamente iguales que ellas solo que andan con las piernas en vez de reptar con la panza.

Y bueno aunque por supuesto estaba contento de haber sobrevivido a veces las enfermedades hacen que uno vea el lado oscuro de las cosas también así que me temo que estaba empezando a ver el mundo de una forma parecida a como lo veía Tom o al menos a como lo veía antes de conquistar el corazón de su Sara. Aunque ahora tuviera mal genio la verdad es que en comparación con cómo había sido la mayor parte del tiempo después de que lo hirieran en la guerra Tom en ese campamento junto al río y con su muchacha estaba como un rayo de sol. Vaya que podría decirse que era un hombre nuevo aunque dentro de él siguiese todavía el muchacho que me había metido en tantos líos y en tantas peleas a lo largo de la vida. Pues el amor puede ocultar muchas cosas pero el hambre las descubrirá bien pronto ya se lo digo.

9

Al tercer día sin comida, Tom comienza a preguntarse si, después de todo, sobrevivirán en este inclemente campamento. Quizás al final tengan que volver a ponerse en ruta, o incluso parar en el Fuerte Smith a suplicar comida. Pero eso conllevaría exponerse a que les hagan preguntas, a que los aprisionen y los condenen a la horca o a ponerse delante de un pelotón de fusilamiento, y no están tan desesperados. No, todavía no lo están, pero lo estarán pronto, piensa Tom. Está sentado en la roca grande de delante de la cueva mientras amarra las raquetas a su petate de soldado —el saco que le dieron en el ejército y que ha llevado consigo desde la guerra—, levanta la vista hacia las nubes, que se están cumulando en el cielo, y nota el viento ligero que empieza a soplar desde el norte.

Sara sale de la cueva, en las manos lleva una cesta que ha construido con unas ramas de pino y tiras de corteza fresca de abedul. Michael va cojeando tras ella y dice:

—¿Has visto lo que ha hecho la muchacha, Tom? Una trampa de peces, Dios mío. Ya verás como esta noche cenamos pescado.

Tom se fuerza a sonreírles a los dos. Ve a Sara orgullosa de su cesta y a Michael con la ilusión que esta merece.

—Qué cosa tan fina. Dios quiera que su funcionamiento sea tan bueno como su aspecto.

—Yo me ocuparé del fuego y recogeré leña mientras Sara la coloca en sentido contrario a la corriente —dice Michael con una alegría forzada en la voz.

Tom inspecciona el campamento. Robinson se ha llevado las mulas y el caballo al claro que hay más allá de la arboleda para que coman forraje y corran, y Dillard probablemente estará por ahí con las trampas oxidadas y, como siempre, vacías. Tom se siente mareado al levantarse y echarse al hombro el petate y el rifle Springfield. Sabe que es por el hambre. Y que, si no encuentran comida pronto, no tardará mucho en notar que le faltan las fuerzas para cazar.

—Iré contigo hasta la poza, Sara —dice Tom—. Y después cruzaré el río y veré si hay algo que cazar en el bosque aquel. Por Dios, que haya algo más de lo que hay a este lado.

—Con Dios, Tom —dice Michael—, y buena suerte con la pesca, Sara.

Tom y Sara andan durante media hora por la vereda junto al río, que quizá sea un camino de ciervos, o de indios, Tom no está seguro, y luego avanzan con cuidado por las piedras mojadas de la orilla hasta el punto donde una gran roca cuelga sobre el río y forma una profunda poza con palos, ramas y troncos atascados entre las rocas, en mitad de la corriente. Cuando Tom se encontró con el lugar dos días antes, supuso que, de haber peces en el río, deberían de estar en esa poza.

—Aquí, muchacha —dice Tom mientras toma a Sara por los hombros—. Ten cuidado, y vuelve al campamento con tiempo suficiente para que no se te haga de noche. Y toma esto... —Le tiende uno de los revólveres Navy Colt que lleva en el cinturón.

Ella niega con la cabeza.

—No hará falta. Los osos duermen durante el invierno, y...

—Por si acaso. Cógelo. Los siux no duermen durante el invierno, ni tampoco los lobos, ni la panteras. —La abraza y la atrae hacia sí. Pronto se le empezará a notar el crío que lleva dentro, piensa. No será la semana que viene, ni tampoco la de después, pero será pronto. Tiene que comer, y Tom tiene que encontrar algo que darle, algo para los tres. Si no, tendrán que sacrificar el caballo. Calcula que pueden aguantar un día más sin tener que recurrir a él. O quizá puedan sacrificar primero una de las mulas de los tramperos. Ya lo pensará luego. Antes de poner a los tramperos de patitas en la calle, podría intercambiar una de sus pistolas por una mula—. Ten cuidado, pichona —le dice a Sara al soltarla.

Ella le acaricia la mejilla y luego se gira, salta de una piedra resbaladiza a otra hasta llegar al borde de la poza, mientras, Tom se queda observándola. Ella vuelve a mirarlo por encima del hombro.

—Vete ya. Los peces se van a espantar con tanta charla. Y presta atención al cielo. Nevará. Lo presiento.

Tom se abre paso hasta el camino de ciervos junto al río y encuentra una franja poco profunda que, salpicada de grandes piedras, le permite cruzar sin mojarse. Es la primera vez que cruza a la margen norte del río, y ahora está subiendo la pendiente de la pradera, cubierta por nieve a medio derretir y hierba marrón de invierno, que precede al bosque.

Va por la mitad del claro, la capa de nieve es más gruesa y está más suelta a medida que se acerca a los árboles, entonces ve unas marcas. Ciervos, piensa, o antílopes. A lo mejor alces. Dos manadas. Echa mano al petate y saca las raquetas, se las ata a la botas. Entonces se coloca el saco al hombro, empuña el rifle y comienza a seguir las marcas. Se detiene al borde de la arboleda y mira al cielo. Las nubes son ahora más densas y parece que se están moviendo, vienen desde las montañas cubiertas de nieve y avanzan hacia el sureste.

Sigue camino del bosque, por un momento pierde de vista las marcas entre los montoncitos que ha formado la nieve al caer de los pinos, luego vuelve a encontrarlas, se dirigen hacia el interior del bosque, él las sigue. La capa de nieve es profunda, pero el camino está relativamente despejado entre los árboles, el único sonido que se oye en el bosque son los ruidosos crujidos de sus raquetas y los montones de nieve que, ocasional y repentinamente, caen de las ramas.

No esperaba oír el canto de los pájaros, al menos no en mitad del invierno, pero el silencio del bosque lo pone nervioso, y eso lo sorprende. Cuando te pegan un tiro en la cara, hay muy pocas cosas en el mundo que puedan darte miedo, ha pensado muchas veces Tom. No le dan miedo los demás hombres, ni siquiera los que de verdad podrían hacerle daño, y Tom sabe bien —y nunca ha pensado lo contrario— que cualquier hombre puede matar a otro si le dan una pistola. O un arco y una flecha, o un cuchillo. En la guerra ha visto a los tipos más duros caer abatidos por el disparo con suerte de un estudiante aplicado. Ha visto a los hombres con más coraje de su compañía atravesados por las flechas que disparan desde sus ponis muchachos indios a los que todavía no les ha salido el bigote. Ha visto, en una taberna de Cleveland, a un boxeador fortachón y borracho apuñalado en el cuello por un hombre que medía la mitad que él como resultado de una partida de cartas. Pero a hombres y a chavales así no les tiene miedo, ya estén armados o no, y si se para a pensarlo, que es algo que no hace mucho, en realidad tampoco le tiene miedo a la muerte.

Aun así, aquí está, escudriñando el silencio del bosque nevado como si pudiera haber alguna amenaza esperándole mayor que todos esos hombres a los que ha conocido y con los que ha luchado en la vida. Mayor que cualquiera de los conflictivos hermanos Sullivan, que cualquier guardia o rebelde confederado, que cualquier indio siux, que cualquier marrullero jugando a las cartas o cualquier guerrero cheyene. Él es el que ha venido al mundo para infundirles miedo a los demás, piensa, no sin orgullo. Por el amor de Dios, el silencio en un bosque no debería poder causarle desasosiego a alguien como él. «Te has vuelto un cagón, Tomás, por enamorarte de una muchacha.»

Y entonces se le ocurre que, quizás ahora que está con Sara, tema de hecho a la muerte porque por fin ha encontrado algo o alguien por lo que vivir. Su mujer y el crío que lleva dentro. Su hermano. Necesitan que su hermano sobreviva y se recupere, y en su interior una felicidad tranquilizadora sustituye al desasosiego que le despierta este bosque en silencio. «Hay quien me necesita. Hay quien me quiere.» Tom sonríe para sí y continúa en silencio por la nieve, lleva el rifle acunado en el codo doblado.

De pronto, algo se mueve más adelante, en los árboles, y Tom se detiene. Levanta el rifle en la dirección del movimiento y observa cómo las ramas de la parte baja del árbol se sacuden el manto de nieve. Otro movimiento fugaz, esta vez entre los árboles, oculto tras las ramas, hay *algo*.

Empieza a trotar lo mejor que puede con esas raquetas de nieve, y, a través de los árboles, ve el destello de una colita blanca sacudiéndose sobre dos patas cenicientas. Y más allá hay otro ciervo, el pelo salpicado de manchas blancas de un cervatillo que se gira y echa a correr mientras, con las pezuñas, remueve y levanta la nieve. Tom vuelve a levantar el rifle, apunta con la mirilla del Springfield al primer ciervo, que está a unas cincuenta yardas de distancia, y dispara.

Tom corre y llega hasta los árboles y, entre ellos, ve las marcas que ha estado siguiendo, que conducen hasta un abedul de ramas bajas donde unas pocas hojas gastadas resisten al invierno. En la nieve de debajo del árbol han quedado las señales de la repentina huida del ciervo y, unos pies más allá, Tom observa la mancha de sangre, una delgada fila de gotitas carmesí que sigue a las marcas, cada vez más espaciadas porque los ciervos van corriendo.

El corazón le da un brinco al ver la sangre y Tom saca un cartucho nuevo de la cartuchera de cuero que lleva en el cinturón, lo abre con los dientes e introduce la pólvora y la bala en el cañón del rifle. Saca la baqueta de debajo del cañón y comprime la bala y la pólvora, con el dedo meñique vuelve a colocar la baqueta en su ranura, de modo que deja la mano libre por si se produjera un disparo accidental, como una vez vio que le pasó a un camarada durante la guerra. Coge un pistón de la caja que lleva también en el cinturón, amartilla el rifle e introduce el pistón, luego vuelve a colocar el martillo sobre el pistón con cuidado. El proceso completo ha durado menos de veinte segundos. Se pone en marcha, ahora camina más rápido, porque tiene una misión. Rodea pinos frondosos, grupos de abedules muy pegados entre sí, pero sigue la senda del ciervo, las manchas de sangre son más escasas a medida que va entrando en el bosque, pero, si mira con atención a la nieve, sigue encontrándolas.

Reza una oración con convicción —por favor, Dios mío— para que la bala que ha disparado haya dado en el blanco, haya abierto una vena o un órgano, pide a Dios encontrarse pronto al ciervo muerto, tendido en la nieve ante él. Busca el cielo entre los árboles y calcula que le quedan tres horas de luz.

Y, justo cuando está pensando en esto, el bosque acaba de pronto en un barranco, las marcas de los animales desaparecen en la piedra desnuda del borde. Enfundados en sus raquetas, Tom arrastra los pies hasta el filo del abismo. Una caída de veinte o treinta pies, más o menos sesenta yardas de anchura en la parte baja, el lado contrario es una pared de roca escarpada a la que algún que otro pino salvaje se aferra como desesperado por seguir viviendo. No es una caída suficiente para matar a un hombre, piensa, pero sí para romperse una pierna, y un par de piernas rotas aquí es más que suficiente para matar a un hombre.

Por un momento, se pregunta si los dos ciervos habrán bajado por el barranco, que calcula que va de este a oeste. No hay marcas ni signos del ciervo en la nieve que se ve al fondo del barranco, y Tom se agacha y se desata las raquetas, se las quita y las anuda al saco que lleva a la espalda. Al levantarse, nota el viento, que sopla más fuerte, encauzado por el barranco, y empieza a enfriársele el sudor acumulado bajo el cuello del abrigo de búfalo. Mira a ambos lados, recorre el abismo con la mirada de arriba a abajo, y escoge el paso más accesible a través de las rocas desnudas del borde del barranco, hacia el oeste o el noroeste, según él cree. Va tanteando el camino por las rocas del filo, con cuidado del hielo y, cuando después de dos minutos llega a un parche de nieve, ve de nuevo la sangre y las marcas.

Así que no han bajado el barranco, todavía no, piensa, y comienza a seguir las marcas hasta lo que parece otra vereda estrecha y cubierta de nieve, un camino que probablemente hayan abierto las cabras montesas, los ciervos o los alces, y que a Tom le parece que se adentra en el barranco.

Empieza a descender y las botas se le van resbalando a pesar de los clavos, y las marcas de los ciervos y las escasas manchas de sangre vuelven a ser fáciles de ver y seguir, incluso cuando llega al fondo del barranco. En este punto es más estrecho que en la parte que vio antes desde arriba, las paredes de rocas distan apenas treinta o cuarenta pies entre sí y la nieve es más profunda, pues da la sombra casi todo el día. Tom vuelve a sacar las raquetas del petate y a ponérselas en las botas.

Es fácil ver las marcas en esta nieve más gruesa, y continúa hacia el oeste siguiendo al ciervo por el barranco, calcula que está recorriendo una milla, a lo mejor algo menos. En algunos puntos es complicado avanzar, las paredes del cañón están ahora más cerca, la luz es escasa en el fondo, pero a medida que el suelo se allana, avanzar empieza a ser más sencillo, más plano, a su vez las marcas son más claras en la nieve y Tom sigue adelante.

«Me cago en todo, te voy a atrapar. Ya verás que te atraparé.» Otra centena de yardas —el murmullo de sus raquetas y el viento encañonado como únicos sonidos del barranco— y llega a una curva en la senda, al girar ve a los dos ciervos, a cuarenta yardas de distancia, arrancando las hojas de un arbusto que ha crecido en un hueco de la pared de piedra del barranco.

Tom se queda inmóvil, no se atreve ni a respirar. Cae en la cuenta de que el viento le sopla de cara, y que por eso los ciervos no lo han visto ni oído acercarse. Lenta, sigilosamente, Tom se lleva el Springfield al hombro y lo amartilla, el arma que emite un inevitable y nítido clic. Los dos ciervos levantan la cabeza, y el de mayor tamaño dobla sus patas ligeramente, tensa los músculos para huir, Tom dispara y, en cuanto la bala sale por la boca del arma, sabe que dará en el blanco. En ese instante se le viene a la cabeza un dicho que oyó en la guerra —«más tarde o más temprano, toda bala da en el blanco»— y, mientras el viento se lleva el humo de la pólvora, Tom esboza una sonrisa ante lo que ve.

Se aproxima al cadáver del ciervo, que ha quedado bajo el arbusto de su última comida, se agacha y desenvaina el cuchillo, se está imaginando los filetes de venado, la carne de los huesos, el hígado y los riñones del ciervo. Ve el agujero ensangrentado de la bala, perfecto, justo a ambos lados de la pata delantera del ciervo, y también la herida alargada y profunda que su primer disparo le hizo en la pezuña y que ya ha empezado a coagularse. Le alegra haberle disparado las dos veces al mismo ciervo, y que el cervatillo no haya quedado herido. «Quien guarda, halla.» Un cervatillo sin madre, piensa, probablemente será presa de los lobos o del frío y la nieve, pero ya no puede hacer nada al respecto y se lo quita de la cabeza.

De un movimiento de hombros, pone el petate en el suelo y deja el rifle encima, luego levanta la pata delantera del ciervo para echarle un vistazo al vientre y, mientras tanto, oye por encima del viento un leve rumor, el estruendo de una piedra chocando con otra, un silbido hondo. Tom mira en la dirección del ruido, desde lo alto de la pared se precipita una masa de nieve y rocas, va deslizándose, cada vez más rápido, por la pendiente.

Instintivamente, Tom echa mano del rifle, lo agarra por el mango y da dos grandes pasos antes de que lo alcance la avalancha —un rugido blanco cegador, el golpe de las rocas y los cascos de hielo voladores, el polvo de nieve como miles de agujas diminutas sobre su piel desnuda—, que llega al fondo del barranco y lo desborda, derriba a Tom por los pies, le arranca una raqueta de la bota y lo sepulta, todo en un segundo fugaz, con un rugido que suena violento en sus oídos, y luego nada. Silencio, oscuridad, y un peso aplastante.

10

A menos de dos millas de allí, Sara se pone en pie después de colocar la trampa en la entrada de la poza, bajo la roca colgante y un tronco de árbol encallado, el sitio por donde ha decidido que los peces que sigan la corriente del río, de haberlos, deben de entrar a la poza. Algo le llama la atención, un sonido perturbador que trae la brisa, agudiza el oído. ¿Es un disparo? A lo mejor. Y luego un estruendo lejano. Es un trueno, piensa. O un trozo de hielo atascado río arriba. Sabe que, en las montañas, los sonidos viajan de maneras caprichosas por el aire del invierno, y, en realidad, ni siquiera puede estar segura de haber oído algo.

Va pisando con cuidado por las rocas de la orilla hasta llegar a la vereda, e inicia el camino de vuelta al campamento. El viento, excepto alguna ráfaga ocasional, ha cesado por ahora, y Sara mira las nubes blancas y grises, son bajas y están revueltas. Luego mira a las montañas, cubiertas por las nubes, como si nunca hubieran existido. Y a medida que camina, comienza a caer la nieve, primero en chaparrones ligeros, pronto en copos henchidos que se mueven y danzan mecidos por un viento cada vez mayor.

11

Ahora que estoy aquí sentado solo con mi libro de cuentas y mi pluma y la tinta delante del fuego se me antoja que hace una eternidad de todo aquello pero incluso aquí en este sitio con tanto como ha llovido desde entonces se me pone la piel de gallina de acordarme de los dos tramperos y supongo que ahora me toca escribir de lo que acabó pasando con ellos aunque sea algo en lo que no quiera pensar mucho. Aun así pues creo que tengo que hacerlo porque el par de dos fue la chispa que encendió la llama de todos los problemas que han estado a punto de abrasarnos en estos ocho meses. Ya lo contaré todo a su debido tiempo no obstante porque para llegar a esa parte debo empezar por el sitio aquel donde nos refugiamos del invierno y que el Señor me perdone aunque ya verán ustedes que no creo que sea necesaria tanta clemencia.

El día que Tom salió a cazar fue un día como cualquier otro hasta entonces de no ser porque el viento aquel día soplaba diferente y había rachas de viento aquí y allá que soplaban como un látigo golpeando el lomo de un caballo y de pronto se calmaban y desaparecían y dejaban tras de sí solo el sonido del río corriendo bajo unas nubes grises y espesas. La nieve ya estaba casi toda derretida alrededor del campamento por el sol cálido de los dos últimos días así que uno podría incluso llegar a pensar que el invierno casi nos iba a dejar tranquilos aunque claro está que ese no era el caso. El invierno en las montañas puede cogerte de improviso en junio si así quiere.

Llevaba tres días despierto después de mi fiebre y me sentía débil y me asaltaba de vez en cuando una sensación de mareo así que cada vez que me pasaba eso tenía que sentarme un momento hasta que se me fuera. Por entonces ya podía andar un poco pero solo con la muleta que Tom me había fabricado con una rama pelada y ese día Tom se fue con Sara para cazar y para colocar trampas y yo fui al bosque con el hacha a recoger leña aunque la verdad es que cogía ramas sobre todo de los árboles caídos y luego las arrastraba tras de mí sobre el abrigo de búfalo puesto entre dos palos como si fuera un *travois* improvisado. Juro que si hubiese tenido el estómago lleno habría disfrutado la tarea. Bueno a lo mejor no tanto como disfrutarlo porque del trabajo no ha disfrutado nunca un pobre pero lo que sí quiero de decir es que habría disfrutado de la sensación de estar sano y andando y de ser útil en el campamento y no una carga. Pues bueno por fin era capaz de hacer el trabajo porque ponía cuidado en colocar la muleta donde hubiese suelo firme debajo de la nieve y luego iba de árbol caído en árbol caído porque no era capaz de talar un árbol que estuviera en pie pero sí era capaz recoger los árboles derribados por el viento y las tormentas que el Señor nos enviaba.

Como ya he escrito antes en ese momento estaba tan hambriento como todos los demás pero entré en calor trabajando con la casaca arremangada como si fuera ya primavera y no nos quedaran cuatro meses más de invierno.

No estaba muy lejos del campamento y estaba arrancando las ramas pequeñas y la corteza seca de un abedul caído para hacer leña cuando me recorrió entero un escalofrío porque sopló el viento y yo estaba sudando o por cualquier otra cosa que solo el Señor mismo puede saber qué fue. El caso es que algo hizo que me detuviera y que levantara la vista y quién estaba allí a mi lado en mitad de la nieve pues el trampero grande el que se llamaba Robinson fumando de la pipa y mirándome mientras trabajaba. En el mundo hay hombres así que no hacen nada de nada mientras miran a los demás trabajar y él era uno de esos e instantáneamente me mosqueé. No era que le tuviera temor pero había algo en él que no me gustaba y me daba una sensación similar a la que da un caballo cuando presientes que no se va a dejar montar.

Y entonces cojo y le digo:

—Podría usted coger los palos y los leños y arrastrarlos hasta el campamento. Ya casi he terminado por aquí.

El trampero me dedicó una sonrisa entre la barba larga y brillante envuelta en el humo de la pipa. Llevaba un abrigo de castor que brillaba tanto como su barba aunque hacía calor pues lo llevaba igualmente siempre y con el pelo así peinado para atrás casi igual de largo que la barba. Sus ojos la verdad es que no me gusta recordarlos y no lo voy a hacer ya verán ustedes claramente las razones más adelante. Me dijo:

—Tiene usted mejor aspecto caballero. En nada va a estar usted fuerte como los soldados que silban al ritmo de Dixie.

Y yo le contesté:

—Pues yo luché por el señor Lincoln en la guerra así que no creo que me oiga usted a mí silbar ese himno nunca. —Me levanté y dejé la leña en el suelo porque no me gustaba que él estuviera allí mangoneándome desde arriba.

—Claro Michael entonces no. Entonces fuerte como los que corean el Himno de Batalla de la República. Imagino que han sido ustedes soldados hasta hace poco ¿no?

Me quedé mirándolo. ¿Se pensaba el c... aquel que me chupaba el dedo? Me daba cuenta de sobra de que estaba intentando pescar información pero no se le daba nada bien. Se comportaba como si fuera un espía borracho y yo no es que acabara de caerme de un guindo precisamente.

—Pues está usted muy equivocado señor Robinson. Vamos camino de Virginia City como todo el mundo que va a pie o a caballo por la ruta Bozeman. Ni más ni menos.

—Ni más ni menos entonces —me dijo él y un escalofrío me volvió a recorrer la columna vertebral como si fuera una ola cargada de cosas malas. De pronto sí que me entró el miedo y me volví a marear y me apoyé en la rama caída que estaba cortando. Los mismos ojos del trampero que no me gusta recordar son los que me estaban mirando desde arriba como si fueran los ojos de un halcón que mira con fijación a un conejo y aunque me dé vergüenza ponerlo por escrito no era capaz de mantenerle la mirada y por eso se la aparté.

—Todavía no se encuentra usted bien caballero. Está usted como un pobre potro que no sabe ponerse en pie —dijo el c... del trampero con un tono dulce como de mujer pero sin nada de dulzura que sonaba a que se estaba burlando de mi debilidad.

Levantó el *travois* de madera para tirar de él hasta el campamento y antes de darse la vuelta e irse me dijo una cosa que en ese momento no me pareció rara pero que ahora que la recuerdo me resulta una cosa extraña que decir. Lo que me dijo fue:

—Se está haciendo de noche señor. Supongo que Tom y Sara estarán al caer. ¿No cree?

Y yo contesté:

—Claro. ¿Por qué iba a creer lo contrario?

Pero Tom no regresó esa noche ni tampoco lo hizo la noche siguiente y aunque sé que no puede ser verdad sí que pienso ahora que de algún modo el trampero aquel tenía la intuición de que a Tom le había pasado algo. No obstante no me acuerdo de si eso es algo que pensé entonces o lo estoy pensando simplemente ahora.

Para cuando volví cojeando al campamento la nieve estaba cayendo y la luz del día se estaba apagando bajo una nube espesa. Se estaba levantando cada vez más viento y estaba empezando a desplazar la nieve todavía no de lado (porque eso empezaría luego) pero casi. Estuve un rato parado allí afuera de la cueva para mirar hacia el sitio por el que calculaba que Tom y Sara regresarían. Me quedé allí lo juro hasta que se me congeló el sudor encima y empecé a tiritar y al final entré en la cueva para coger mi abrigo. Me lo puse y valiéndome de las muletas volví a salir para esperarlos a los dos y entonces fue cuando vi a Sara venir por la vereda del este. Venía sola y en el cinturón por encima de la ropa llevaba mi revólver. Yo le dije:

—Muchacha dichosos los ojos pero por qué has tardado tanto. Y ¿Tom no viene contigo?

Se paró delante de mí con la nieve soplando cada vez más fuerte y empezando a acumulársele en una gruesa capa blanca sobre la espalda y los hombros. Los copos le caían en el pelo y se le derretían por el calor de la caminata. Llevaba un pañuelo que se había hecho con la manga de un jersey de Tom y se lo había puesto alrededor de la cara dejando solo los ojos al descubierto porque creo que con la nariz cortada necesitaba protegerse del viento y del frío más que la mayoría de nosotros. Ay si es que en verdad ella también iba así en verano así que a lo mejor puede ser que tuviera miedo de que la gente viera su terrible herida. Pero que yo se la viera le daba igual así que entonces se quitó el pañuelo.

—No —dijo mientras se giraba para mirar hacia la vereda—. Cruzó al otro lado del río. Para cazar.

Aunque yo entonces no conocía a Sara tan bien y tampoco sabía que la fuera a conocer así de bien nunca sí sabía que era la razón por la que seguía vivo y respirando y la sangre seguía corriendo por mis venas así que cuando me volvió a mirar me di cuenta de que en sus ojos había preocupación o incluso miedo. Miró por encima de mi hombro hacia la entrada de la cueva y yo también medio me giré apoyado en la muleta y seguí su mirada y vi allí plantados en la entrada a Robinson y a su ayudante Dillard que nos estaban mirando con cara de estar más felices que dos perdices volando por un cielo de verano a pesar de que el tiempo había cambiado y a pesar de que no había señal alguna de Tom y de que el día estaba desembocando en una noche de ventisca. Se me pegó algo del miedo de Sara y entonces le dije:

—¿Estás bien Sara? ¿Qué te pasa?

Ella me miró.

—Tom no va a dar con el campamento. No lo va a encontrar porque está oscuro. Y la nevada será fuerte.

Tuve que apartar la mirada porque la nieve me escocía en los ojos.

—Entra y siéntate al fuego Sara. Tom va a estar bien ya verás. Es un tío duro que está acostumbrado a pasarlo mal. Va a volver. —Esto es lo que dije aunque mientras lo decía no estuviera seguro de creerme yo mismo mis propias palabras.

Dejé sitio para que Sara pasara por mi lado y entrara en la cueva pero ella simplemente siguió allí plantada en mitad de la ventisca de nieve esperando a que yo entrara primero y me siguió después muy pegada a la espalda. En la cueva también los dos tramperos estaban esperando a que Sara entrara pero ella ni los miró ni siquiera reaccionó como si no hubiese visto a Robinson y a Dillard o como si no quisiera verlos.

Ellos no obstante sí la miraron a ella y la siguieron con la mirada de un modo que yo sé que nunca se habrían atrevido a mirarla si Tom hubiese estado en el campamento. Así que les dije yo porque alguien tenía que decirles algo y me tocaba a mí:

—Eh a ver dónde ponen ustedes esos ojos.

Robinson solo esbozó una sonrisa y respondió:

—¿Qué quiere usted decir caballero? —Otra vez haciéndose el inocente pero siendo tan inocente como un cubo lleno de botellas de cristal rotas.

—Sabe de sobra lo que quiero decir —dije yo otra vez sin poder mantenerle la mirada y entonces miré al ayudante que era más menudo y también estaba sonriendo. Me habría gustado poder borrarles la sonrisa a los dos de un puñetazo como habría podido hacer en otro momento pero claro está no podía hacer nada allí apoyado en una muleta como si fuera una paloma con una sola pata. No podía ser más que un fanfarrón y ellos lo sabían así que pasé por su lado y dejé atrás la tormenta que cada vez era peor.

Una vez dentro me coloqué con cuidado sobre las ramas de pino porque la pierna me palpitaba de dolor después del día de trabajo y Sara se estaba entreteniendo con el fuego echando leña y palos y cuando se levantó cogió la olla para ir a por agua al río. Dillard se puso en mitad de la entrada de la cueva y la bloqueó. Entonces dijo:

—Con toda la nieve que está cayendo una muchacha puede perderse incluso simplemente de camino al río. Voy a bajar al río contigo.

Y la verdad es que yo entonces no sabía qué hacer y estaba pensando qué hacer cuando Sara no dejó que nadie hablara por ella y cogió y para mi sorpresa le tendió la olla al trampero.

—Pues vas tú a por agua —le dijo—. Vete tú al río.

Robinson soltó una breve carcajada aunque era imposible saber si estaba sonriendo o no debajo de un mostacho tan frondoso como el suyo.

—Pues bueno Dillard —dijo él—. Ya la has oído. Ahora baja al río y trae agua como te ha dicho la muchacha.

A Dillard aquello no le hizo ni pizca de gracia y se quedó un rato mirando a su jefe hasta que este hizo un ademán y le dijo:

—Venga. Ya la has oído.

Entonces el tipo se giró para irse y Sara pasó por encima de mí y se sentó a mi lado en el lecho de ramas con la espalda apoyada en la pared de la cueva lo suficientemente cerca del fuego como para calentarse pero todo lo lejos que podía estar del hombre que estaba sentado al otro lado. El trampero cogió y se quedó mirándola directamente a ella y sin mirarme a mí dijo:

—Si es usted tan amable y no le importa a usted que le pregunte ¿qué es la antigualla esa que lleva en el cinturón?

Y yo me acerqué lentamente a la cintura de Sara y cogí la pistola y la saqué del cinturón, y dije:

—¿El qué? ¿Esto? Esto es un revólver Colt Navy. No sé si será de Tom o mío pero lo que sé es que es muy útil para hacer trabajos pesados.

Y cuando lo dije no me inmuté ni tampoco le aparté la mirada. Ni mucho menos porque ahora era mi turno de sonreírle al hijo de p... aquel aunque a lo mejor no habría sido tan valiente si no hubiese tenido el Colt en la mano. Lo saben hasta los perros que las armas dan a los hombres el coraje que no les dio la naturaleza.

Todo el mundo ha visto en algún momento de su vida a un hombre que como a Tom le gusta decir ni frente a un ganso dejaría de ser manso pero que le pones un arma en la mano y bueno se crece como si fuera un fiero león. Eso es lo que le hace un arma a un tipo asustado y aunque yo crea que soy más hombre que gallina y me haya cargado a no pocos rebeldes confederados y a un buen número de guerreros de Nube Roja (además de a otros tantos tipos que no voy a mencionar aquí) pues lo cierto es que yo no soy un león por naturaleza o no tengo mucho de león en cualquier caso así que dependo del poder que me dan las armas tanto como los demás hombres. Y puede que no sea un león pero sí que sé jugar a ladrar como un perro de dientes afilados y hacer que un hombre se cruce al otro lado del camino por miedo a provocarme. Ahora me pregunto si los tramperos entonces creían eso de mí o no veían más que un hombre débil por la fiebre de una flecha que todavía no se le había pasado del todo.

—Claro. Entiendo muy bien por qué Thomas habrá pensado que le podría hacer falta —dijo el trampero y yo estaba más que seguro de que detrás de la barba ya no escondía una sonrisa.

Antes de que nadie pudiera decir nada más Dillard volvió a la cueva y al entrar por la puerta que habíamos fabricado con ramas de pino trajo tras de sí el viento y la nieve. Se quedó un momento allí parado sin saber qué hacer con el agua. Entonces Robinson dijo pero ya sin voz de broma:

—Dale el agua de los c... a la muchacha Dillard. Si es que quieres tener algo que beber y comer.

Sara entonces echó en la olla unos tristes caracolillos de río y un pececillo tan pequeño que podría uno usarlo para lavarse los dientes y los cuatro nos quedamos allí sentados con nuestra hambre callada a la espera de que hirviera esa sopa de pobres y preguntándonos cada uno por sus propias razones cómo se las estaría apañando Tom con un tiempo tan malo como el que estaba rugiendo afuera en la oscuridad de aquella noche.

Cuando nos tomamos la sopa lo hicimos en silencio y rápidamente preparamos las camas sobre las ramas de pino y bajo los abrigos de búfalo y las mantas que cada uno tenía y Sara se puso todo lo cerca que pudo de mí sin llegar a meterse debajo de mi abrigo de búfalo y los tramperos se acostaron sobre sus pieles y bajo los abrigos de castor y las demás pieles que tenían.

Nadie dijo buenas noches y yo juro que me quedé escuchando el fuego chisporrotear y apagarse poco a poco hasta ser solo ascuas y que no me dormí. En la mano bajo el abrigo empuñaba el Colt y eso era todo lo que podía hacer sin llegar a amartillarlo para disparar.

Yo notaba que los dos tipos estaban al otro lado del débil fuego envueltos en sus mantas y lo juro por Dios notaba también que estaban tan despiertos como yo. Me imaginaba en mi cabeza los ojos negros del más grande de los dos el que se llamaba Robinson perfectamente abiertos y clavados en el techo oscuro de la cueva aquella mientras rumiaba cosas que a Dios no le gustaría ver. Y esto lo digo ahora que sé lo que ocurrió después pero también es verdad que ya entonces cuando estaba allí tumbado me lo estaba barruntando. Solo con la sensación que me daban estaba a punto de levantarme y echar a los dos c... aquellos de la cueva y lo habría hecho de no ser por lo que ocurrió justo en ese momento.

Por el rugido del viento fuera de la cueva apenas pudieron percibirlo mis oídos pero Sara sí lo oyó y también lo oyeron los tramperos y los cuatro nos incorporamos a la vez cada uno en su cama. Y aunque ahora yo también lo estaba oyendo la furia del viento no me dejaba identificar qué era. Fue el trampero más menudo el que lo dijo.

—Las mulas —dijo—. Algo está atacando a las p... mulas.

Y ya con eso rebusqué detrás de mí en la oscuridad en busca de la muleta y fui hasta la puerta con el Colt en la mano y esta vez sí lo amartillé.

Más que ver podía sentir a los dos tramperos que iban detrás de mí y que me adelantaron porque echaron a correr en nuestro camino hacia la orilla del río. Solo pudo ser un milagro que ninguno de nosotros se tropezara con una roca en la oscuridad pues la nieve cubría la vereda de delante del campamento pero bueno no fue el caso y estábamos ya a un disparo de distancia de la arboleda donde habíamos dejado atados a los animales. A lo mejor tendríamos que haber seguido acercándonos pero ahora puedo decir que nos daba miedo el tumulto que estaba ocurriendo allí en la noche oscura y entre los árboles.

El viento nos azotaba con la nieve y yo casi no podía ver nada por la ventisca nocturna pero podía oír con total claridad que las mulas estaban rebuznando y revolviéndose atadas a sus sogas y que el caballo estaba gritando porque es así como suenan los relinchos de un caballo aterrorizado vivo como si fuera una mujer gritando asesino y a medida que mis ojos se acostumbraron a la oscuridad pude identificar las sombras de los merodeadores que estaban a punto de matarnos al caballo. Eran lobos cuatro de ellos según calculé pero probablemente serían más y entonces levanté la pistola pero me daba miedo disparar y darles a las mulas revueltas.

Los tramperos se detuvieron unos pies por delante de mí y Robinson levantó el rifle y disparó pero cuando apretó el gatillo del arma no ocurrió nada. Bajó el arma y volvió a amartillarla y apuntó a los lobos y esta vez sí que disparó y a la luz del cañonazo durante un brevísimo instante pude ver el amarillo ardiente de los ojos de un lobo y la figura oscura de otro lobo de la manada lanzándose a la pata de una de las mulas amarradas.

Y de nuevo la oscuridad y cuando levanté la pistola una vez más con la idea de disparar y de que una bala seguro que era mejor muerte para una mula que los desgarradores dientes de un lobo resonó un crujido entre el tumulto y también el sonido de unos cascos y la rama a la que estaba atado el caballo se rompió como resultado de su agitación y el animal huyó hacia el bosque para salvar su propia vida. Un segundo más tarde hubo otro crujido y otra vez los golpes y el estruendo de los cascos en el suelo congelado porque la rama a la que estaban atadas las mulas también cedió y los animales echaron a correr hacia el bosque siguiendo al caballo con los lobos detrás pisándoles los talones.

Todo esto no debió de durar más de un minuto y ahora solo se oía ya el rugir del viento y los latigazos de la nieve contra nuestras caras desnudas.

—Se han ido —gritó Dillard al viento—. Me cago en D... y en todo. Estamos pero que bien j... Los lobos las van a alcanzar seguro.

Yo y Robinson no dijimos nada porque sabíamos que era verdad y desanimados volvimos despacio a la cueva donde Sara nos esperaba.

—Lobos —le dije—. Han atacado a las mulas y al caballo. Se han ido hacia el bosque y dudo que volvamos a verlos.

A la tenue luz de las ascuas la vi asentir sin decir nada al respecto como si fuera algo que ya se esperaba que ocurriera en un lugar así y sé también que debía de estar preocupadísima por Tom. No eran solo los caballos y las mulas lo que los lobos se podían comer si tenían hambre. Es difícil poner por escrito en estas líneas lo ansioso que me encontraba por la situación de mi hermano por más de una y de dos razones. Voy a hacer el poco café que nos queda. Me hará falta para poder escribir lo que pasó el día después en el campamento.

12

En el barranco, silencio bajo el peso de la nieve y los cascotes, Tom está boca abajo, el rifle incómodamente atrapado bajo su cuerpo, el cañón se le está clavando en las costillas. El calor de su piel derrite la nieve que se le ha metido por el cuello del abrigo, y tiene el vientre helado, los pantalones calados, la capa de nieve sobre la espalda es gruesa y pesada, le cubre la cabeza y los ojos, las sienes han quedado milagrosamente protegidas por el abrigo de piel de búfalo, que, cuando la avalancha lo derrumbó con la fuerza del deslizamiento, se le envolvió alrededor de la cabeza.

No sabe cuánto tiempo lleva allí tumbado, pero no cree que haya sido mucho y, entonces, un latigazo de terror le golpea la espalda. Está sepultado por la nieve. «Amigo mío, estás enterrado.» Intenta respirar y echa una bocanada de polvo y hojas, la nieve que se le metió en la boca y hace tiempo que se derritió. Se pone a rezar, por primera vez, desde que tiene memoria, con total honestidad y conciencia de hacerlo: «Dios mío, te pido que la nieve no sea tan pesada. Que no me rompa las extremidades, Dios mío».

Primero intenta mover las piernas, levanta las rodillas hasta el pecho, luego vuelve a estirarlas. A continuación, los brazos, y se impulsa hasta colocarse sobre las manos y las rodillas, se arrastra hacia adelante y se va sacudiendo la nieve de la espalda. Escupe más tierra de la boca. Bajo el abrigo, tiene frío y está empapado, está tiritando, pero el principal torrente de la avalancha se vio frustrado por el recodo donde él estaba, y lo enterró solo la cola del alud. Ahora Tom se está poniendo de rodillas, sacando el rifle y comprobando el estado de la llave y el martillo, el cañón y el mango. Parece no haberse estropeado, y Tom da las gracias en vano a Dios por la buena suerte mientras se sacude la nieve del abrigo, agita la bufanda recubierta de nieve, se endereza el sombrero y tantea el cinturón en busca de la cartuchera, la caja de pistones y el Colt en su funda, así como el cuchillo D Bar Bowie, que sigue donde siempre ha estado, en su vaina, casi como si fuera una parte más de su cuerpo.

Vaya hijo de puta con suerte que estás hecho, piensa, ya de pie, mientras se retuerce un poco y luego se endereza con una exhalación profunda. Sobre él, las nubes son un batiburrillo gris, y el lado del barranco desde el que vino la avalancha está ahora libre de nieve, salpicado de tierra y árboles que semejan cicatrices en un cuerpo. Se gira hacia donde dejó al ciervo al huir de la avalancha y ya no se siente tan afortunado.

Se ha quedado sin ciervo, enterrado bajo una montaña de nieve y rocas dos veces más alta que Tom que ha quedado encajada entre las dos paredes del barranco. No habrá manera de sacarlo, piensa. No sin una pala y un pico y la ayuda de otros hombres. Vuelve a observar el cielo, preguntándose qué hora será, cuánta luz le quedará y, como si lo hubiese deseado, un ligero copo de nieve le aterriza en la frente, donde se derrite, y luego comienzan a caer más, lentos, como presagios voladores de una tormenta.

Cae en la cuenta de que la mochila y una de las raquetas siguen, como el ciervo, enterradas bajo la nieve —se mira la raqueta que le queda puesta en el pie y está partida por la mitad, colgando de la bota por sus tiras de cuero—, y de que tendrá que dejarlas atrás, igual que a su presa, y volver otro día a por ellas, si es que consigue regresar al campamento mientras aún sea de día. Entonces vuelve a mirar la masa de rocalla que llena ahora el barranco, y que cierra el paso del camino en la dirección por la que vino. No hay forma de escalarla, piensa. No hay ninguna posibilidad. La masa es un revuelto de rocas filosas, ramas partidas y enmarañadas, rocas envueltas en hielo y nieve que está empezando a derretirse.

Se gira y mira hacia la otra dirección, pero no ve más allá por las curvas del cañón. Tendrá que seguir barranco abajo hasta encontrar otra vereda por la que subir y salir de ahí. Está seguro de que, cuando salga, podrá seguir el borde del cañón hasta el punto donde comenzó a ir tras el ciervo, y desde ahí volver al bosque. Una vez llegue al bosque, seguirá sus propias huellas hasta el río. No debe de estar muy lejos. No más de dos millas. Tres como mucho, piensa Tom.

Una vez más, vuelve a mirar al cielo y en la cara le siguen cayendo los copos de nieve, que brincan en un viento que cada vez sopla más fuerte. Un escalofrío le atraviesa el cuerpo y empieza a tiritar. Más que frío, piensa, es el susto de la avalancha, pero el frío tampoco tardará mucho en hacerse notar. Y el hambre también aparecerá y las huellas que dejó entre los árboles quedarán cubiertas por la nueva nevada.

El miedo se despierta y se retuerce en su estómago, y Tom se pone en movimiento, comienza a andar porque un hombre parado es un hombre que puede ser presa de sus miedos, pero un hombre en movimiento a menudo es capaz de escapar de ellos.

Durante una hora sigue por el barranco, según sus cálculos, principalmente en dirección noroeste, pero no está seguro de nada excepto de que la luz del día se está acabando, de que la oscuridad ya se está apropiando del fondo del barranco donde él lucha por caminar entre profundos ventisqueros y pastosos lechos de piedras, con las botas caladas hasta las medias. La nieve cae con más fuerza a cada minuto y el viento la azota contra Tom como si tuviera la intención de atravesarlo con ella. Cubre de blanco su abrigo de búfalo. Se envuelve la cara en la bufanda y se cala el sombrero de búfalo para protegerse la cabeza del frío.

«Ahora no va a haber forma de salir de aquí.» No queda otra opción que encontrar un refugio, piensa, y empieza a inspeccionar las paredes de roca en busca de un saliente o una grieta donde refugiarse.

Mientras cae la noche, Tom estudia una pequeña roca que sobresale de un codo del barranco y toma la decisión. Le resguardará algo del viento y de la nieve, no va a encontrar un sitio mejor en una noche así, con estas condiciones. Lanza una última mirada desesperada a través de la ventisca de nieve en busca de algo que poder quemar para encender una hoguera entre tanto viento, pero no ve nada. «Muchacho, no se puede quemar una piedra ni un trozo de cielo.» Se resigna ante el frío y la oscuridad venidera.

Se encaja debajo del saliente de roca, satisfecho de haber encontrado un sitio relativamente seco y libre de nieve, aunque lo guarde del viento menos de lo que había pensado; el viento mete en el frágil refugio la nieve, que ya cubre sus botas y sus pantalones, los cuales quedan a la intemperie.

Es entonces cuando toma conciencia de que la sed le atenaza la garganta, se asoma afuera del refugio y busca la cantimplora que lleva al hombro, colgada de una correa por debajo del abrigo. Está rota, y el agua que llevaba dentro se ha filtrado y le ha mojado la ropa. Piensa en deshacerse de la cantimplora, pero decide que pueden cortarla por la mitad cuando vuelva al campamento y convertirla en dos sartenes, como hacían los chavales del ejército durante la guerra. Sale al lecho del barranco y recoge una bola de nieve, vuelve con ella al saliente de roca. La lame hasta que le chirrían de dolor los pocos dientes que le quedan en la boca arrasada por la bala. Por un instante, le alivia la sed, pero le alimenta el frío que tiene metido en el cuerpo y pronto será noche cerrada más allá del saliente, y el viento ruge encañonado por el estrecho paso del barranco.

«Te has visto en peores situaciones, vaya que sí. La nieve no va a poder contigo. Ni el viento, ni el frío.»

Se pregunta si debería ponerse a rezar y decide que preferiría que Dios no reparara en él, no vaya a ser que empiece a sopesar algunas de las cosas que Tom ha hecho en el pasado. Ni mucho menos, piensa. Les va a ir mejor, tanto a Dios como a él, si se hacen poco caso el uno al otro. Se ciñe el abrigo de búfalo alrededor del cuerpo e intenta mover los dedos de los pies dentro de las botas, pero no siente si se están moviendo o no. Tiene una sensación punzante y siente que, de algún modo, se le han hinchado los pies, lo que a Tom le parece incompatible con que se le estén congelando, aunque no tiene mucha idea de qué ocurre cuando hace un frío tan terrible. Dado que es un irlandés que solo lleva cinco años en este país, es algo que le pilla relativamente de nuevas. Pero aprenderá a medida que viva aquí, piensa, como ha hecho con la mayoría de las cosas de la vida. Aquello que estudias y sobre lo que aprendes, piensa, no puede matarte con tanta facilidad, no hasta que se te acabe el tiempo sobre la tierra y llegue el momento de que Dios diga tu número.

Tom presta atención al rugir del viento por el barranco y mueve los dedos de los pies lo mejor que puede, y no cree que esté oyendo, por encima del viento, la voz de Dios diciendo su número, pero tampoco cree que en realidad uno oiga su voz cuando llegue el momento. Probablemente sea como un murmullo repentino, tan bajo que no se oye, aunque los animales a lo mejor sí, igual que los gatos saben cuándo un hombre se está muriendo y se ovillan a su lado en la cama. El débil sonido de un número susurrado. Luego el chasquido de los dedos de Dios y para un hombre, en algún punto de la tierra, un caballo desbocado, un cuello partido. Para otro, el aliento áspero y suave de Dios y, con él, el rasgado fatal de una bala minié o la quemazón de la metralla en el campo de batalla. El maleficio de la infección. El retumbar de una avalancha. El silbido de un cuchillo de pescado en una cantina de mala muerte.

No, aunque está prestando mucha atención, no oye nada por encima del bravo rugir del viento. Sara lo necesita, y también Michael. Michael siempre lo ha necesitado, desde que eran críos, y más desde que vinieron a este país, y es posible que Dios bien lo sepa, se dice Tom a sí mismo. «Sobreviviré a esta noche, me cago en todo que sí. Por el mismísimo Dios que sobrevivo.»

Se vuelve a levantar y cojea afuera del refugio, a la intemperie, comienza a andar de un lado a otro, ocho pasos en una dirección, ocho en otra, balancea los brazos, mueve los dedos de los pies, la piel alrededor de los ojos le pica como si se hubiese restregado ortigas. Pero quedarse inmóvil es esperar la llamada del Señor, y Tom no tiene intención alguna de oírla. Se puede huir del miedo andando. Quedarse quieto, dormirse, es invitar a la muerte a que tome el cuerpo. Esto es todo lo que sabe del frío. Pero, piensa, de vez en cuando, mientras anda de un lado a otro, que a lo mejor no es mala forma de irse, quedarse dormido y no despertarse más. Su muerte nunca sería tan tranquila. Puede que no sea su turno, que su número todavía no haya salido, que su dinero siga aún sobre la mesa.

Ocho pasos hacia arriba, ocho pasos hacia abajo. Se estira y toca el refugio del saliente de roca a cada vuelta, para asegurarse de que no se pierde en la oscuridad atravesada por el viento y la nieve.

13

Esto no nos va a venir nada bien, perder el caballo y las mulas a manos de los lobos, piensa Sara mientas echa leña y palos al fuego. Los hombres han vuelto a la cueva, la nieve y el viento desagradable los persigue, como si todavía no hubiese terminado su labor glacial. Ahora que se han quedado sin animales van a ver quiénes son realmente los tramperos. Está tan segura de ello como de que si arrima un leño al fuego, arderá.

Tom le dijo la noche anterior que podrían negociar con los tramperos y cambiar una pistola por una de las mulas, para emprender el camino hacia Virginia City o hacia un pueblo llamado

Black Lodge. Este no es lugar para pasar el invierno, dijo, aunque ella estaba segura de que podrían quedarse aquí. No quiere irse a un pueblo. No hay nada bueno en los pueblos. Hay muchísimos hombres. Que albergan en ellos muchísimos problemas y muchísima avaricia.

Pero Tom la abrazó y le dijo que vivirían fuera del pueblo, apartados del resto de blancos, en un lugar en el que nadie pudiera verles los rasgos ni a ella ni a él, ni tampoco hacer comentarios o girarles la cara. Vivirían alejados de las peleas y de la avaricia y construirían una casa de troncos de madera, los tres juntos, y cazarían y pescarían y se comprarían una vaca para tener leche. Y luego comprarían más vacas, y plantarían maíz y patatas y lechugas y guisantes cuyos tallos envolverían las estacas clavadas en el suelo, en su propio suelo, lejos del resto de hombres, de las peleas y de la avaricia, los tres solos y felizmente juntos. Y mientras la abrazaba y le susurraba todo esto al oído, ella quería creérselo. Tenía muchas ganas de creérselo, aunque sabía que la vida nunca se desarrolla del modo en que uno sueña.

Ya no van a intercambiar una pistola por una mula ni tampoco van a irse a ningún pueblo, porque Michael no puede viajar a pie y las mulas y el caballo se han escapado para ser pasto de los lobos y los dos tramperos van a demostrar ser lo que ella sabe que son ahora que Tom no ha vuelto todavía de cazar, y la tormenta es tan fuerte que las marcas de sus huellas estarán cubiertas por la nieve y no podrá seguir el camino de vuelta y la nieve transportada por el viento le desgarrará la piel y...

Se tumba sobre el lecho de ramas, está todo oscuro, se dice a sí misma que debe dejar de pensar en todo esto. Tom es un guerrero. Un tipo duro, como ha dicho Michael. Encontrará un refugio o se construirá uno. A lo mejor vuelve al campamento con un ciervo o un pavo. O un antílope. Arrastrando tras de sí un alce atado a unas ramas. Y entonces podrán comer, y Tom echará a los tramperos.

Sara levanta la vista y ve a Michael agacharse para sentarse sobre las ramas de pino, apoyar la espalda contra la pared de la cueva dejando a un lado la muleta, palabra que Sara aprendió cuando Tom la fabricó y se la dio a su hermano. Le cuesta respirar, todavía no está en forma para hacer el trabajo de un hombre en un lugar así, o de un hombre entre hombres como los que están sentados al otro lado de la hoguera, con las caras iluminadas a la luz naranja y parpadeante, marcadas por líneas duras de enfado porque los lobos se han llevado a las mulas. ¿Y qué esperaban?, piensa Sara. ¿Que los lobos no harían lo que hacen los lobos en un tiempo tan desapacible? ¿Que a un lugar como este le importa algo tu enfado, tu miedo o tu preocupación? Ni siquiera a Dios le importa todo eso. Al mundo no le importa. A los lobos tampoco. Deberían haber matado a una de las mulas para comérsela. O al caballo. Entonces Tom no habría tenido que cruzar el río para cazar y estaría allí junto a ella, sentado en las ramas de pino, susurrándole sueños sobre una casa de madera junto a un río a las afueras de un pueblo, donde solo viven los tres juntos.

Volverá si Dios quiere o si los espíritus aún no lo requieren en su mundo. «Tiene que volver.» Se lo dice a sí misma pero no se lo cree, y se pregunta, en mitad de la oscuridad y sabiendo que no podrá conciliar el sueño, si ha sido una buena decisión dejar que Michael se encargue de la pistola. Ahora ya no hay nada que pueda hacer al respecto, ya verán si es capaz de usarla en caso de que los tramperos demuestren quiénes son realmente antes de que amanezca. Está débil y se va a quedar dormido. Su cuerpo lo necesita y así tiene que hacerlo, y luego solo quedará despierta ella, en la oscuridad de la noche con los otros dos al otro lado del fuego.

Así que, aunque en lo más profundo de su corazón sepa que a Dios le da igual y que no escucha sus plegarias, le reza una oración al Dios de su padre, en el francés que este le hablaba cuando era una cría.

Sacré Dieu, laissez Tom retourner...

14

Tom sigue andando en medio de la atronadora ventisca hasta que el frío hace que ya no sienta los pies, hasta que le arden los ojos y teme haberse quedado ciego por los latigazos de nieve y viento. Entones, vuelve al refugio del saliente de roca y se encaja debajo lo mejor que puede.

Es un lecho perfecto para serpientes, piensa mientras el viento emite un zumbido más hondo, mientras se imagina a las serpientes de cascabel que, en un calor veraniego casi imposible de imaginar ahora, dormirán enrolladas bajo este saliente. Es una roca a la que sería mejor no acercarse en un día de calor, piensa Tom, por miedo a despertar a las víboras durmientes. Se estremece al pensarlo y el escalofrío se vuelve una tiritona violenta que es incapaz de detener.

Él ha visto a hombres con mordeduras. En Tennessee, a un muchacho de Ohio que iba a su lado vadeando el agua de un pantano le mordió una serpiente cabeza de cobre, y los matasanos le cortaron el brazo al pobre muchacho, porque se le puso negro y verde por el veneno de la serpiente, con lo que se acabó la guerra para él y, cuando se lo llevaron, se fue dándole las gracias a Dios por la picadura. También en el Fuerte Phil Kearny vio a un maderero borracho morirse lentamente, echando espumarajos durante un día entero después de haber estirado el brazo para levantar una rama cortada de un árbol caído y haber despertado a una víbora que estaba dormida.

El cuerpo de Tom tirita sin control. «Dios mío, tengo que ponerme a caminar. Levántate y ponte otra vez a caminar hasta que vuelvas a entrar en calor.» Y su mente recuerda la serpiente que los unió a él y a Sara, su sinuoso recorrido a través del sendero polvoriento, entre los pisotones de mil cascos y las ruedas en movimiento de las carretas, la víbora irreverente que envió la carreta de las furcias, la carreta en la que viajaba Sara junto con las demás chicas de McKinney, en estampida, hasta la orilla fatal del río Platte, en esa época crecido y salobre. Se está acordando de las pisadas de su caballo mientras galopaba tras la carreta desbocada. Un buen caballo, un caballo indio, pinto capón, al que echa en falta ahora, que el viento ruge y la oscuridad lo rodea por completo fuera del exiguo refugio del saliente.

Y se acuerda también de la pobre furcia que saltó de la carreta siniestrada cuando esta se precipitaba hacia la orilla del río, la que se partió el cuello contra el suelo, y su cuerpo, que sigue tiritando, recuerda la sensación del caballo pasando por encima del cuerpo desplomado y destrozado. El recuerdo es tan vívido que lo siente, se incorpora levemente sobre la roca helada del saliente, cabalgando a lomos de aquel caballo pinto en su cabeza. Recuerda estirar el brazo —y así hace ahora con una mano temblorosa hacia la oscuridad— para coger las riendas de la primera mula, y recuerda agarrarla, recuerda también que se le escurrió y luego volvió a recuperarla, con los cascos del caballo tronando bajo su cuerpo. Cierra la mano en un puño en la oscuridad y recuerda tomar las riendas, tirar de ellas con todas sus fuerzas, y la mula y todas las demás bestias girándose con él y con su caballo para alejarse de la orilla del río. Aprieta el puño involuntariamente y, en la oscuridad, su mente y su cuerpo recuerdan cómo, con la mano enguantada, agarró a la primera de las mulas por las orejas, frenó a su caballo y todas las mulas se detuvieron hasta empezar a trotar a su ritmo.

Imágenes, recuerdos sensoriales en mitad de la atronadora oscuridad. Delirios por la fiebre, piensa mientras se acuerda por un instante de que Michael está en el campamento, y luego recuerda la sonrisa de Sara cuando se bajó de la carreta, junto al resto de las furcias, después de que él la detuviese. Magulladas pero no destrozadas, las furcias, y agradecidas de seguir vivas a pesar de la tristeza de una vida en una cantina clandestina sometidas a McKinney y a la bruja de su mujer. La tristeza que es la vida de una furcia, y la mano de Tom se retuerce y su mente recurre a la imagen de la hoja de su D Bar clavándose en la nuca de McKinney, en aquel burdel infernal, la noche en la que liberaron a Sara. Siente la sangre del cantinero resbalándole por la mano, su calor, o eso cree, en mitad de la ventisca helada, mientras recuerda cómo sacó el cuchillo de la cabeza del hombre muerto.

Tom oye el castañeo de sus dientes entre el viento y no puede detenerlo. Y vuelve a recordar esa sonrisa, la sonrisa de su Sara cuando se bajó de la carreta de las furcias, y sabe que siempre la recordará, independientemente de si vive una hora más, o un día, o una década.

Y, mientras piensa en todo esto, oye una voz que lo llama por encima del zumbido del viento, y en ese justo momento, se da cuenta de que ya no siente los pies. Intenta mover los dedos dentro de las botas y no sabe si se mueven o si alguna vez volverán a hacerlo, y cuando vuelve a prestar atención a la atronadora oscuridad ya no hay ninguna voz.

«Te has librado, gracias a Dios, Tomás O'Driscoll, que te has librado. No. Kelly. Thomas Kelly. No. Tom. Tom Sugrue...» Por un instante es incapaz de recordar cuál es su apellido, deja que su mente repase todos los que han usado desde que salieron de Irlanda, desde que huyeron después de matar a palos al Sullivan aquel, que ojalá se pudra en el infierno por tener la culpa de todo. No sabe por qué apellido decidirse, no está seguro de cuál es el suyo, pero sí está seguro de que Dios está cerca y lo está mirando. No es que esté mirando por él, pero sí lo está mirando. «Esperando, eso es lo que está haciendo el Señor, mirar como un halcón que vuela en círculos. *An seabhac ag ciorcal timpeall...*»

«Pues va a tener que esperar un rato largo, el pajarraco este. Yo no me voy a morir. No. Y a Ti que te den bien por el culo, puedes volverte a tu trono celestial, santo Señor de los cojones.» A Tom le escuecen los ojos llenos de lágrimas, que se le hielan y solidifican en la cara. La nieve, piensa. La picadura del viento en los ojos.

Y vuelve a pensar en Sara, en su mano entre las suyas, y en la sonrisa que le ofreció cuando se bajó de aquella carreta la primera vez en que él posó los ojos en ella, y desde su miserable refugio mira hacia afuera, hacia la oscuridad azotada por el viento, y murmulla algo en irlandés y en inglés, en una mezcla temblorosa de dos idiomas que pronuncia, por entre los huecos de los dientes y la lengua que le partió una bala, para el expectante halcón de Dios, que lo sobrevuela en círculos.

«Por favor, Dios mío, santo padre, permíteme seguir vivo, a cambio llevaré una buena vida. Voy a cambiar. No voy a enfurecerme con otros hombres, ni voy a beber ni a apostar ni a sospechar de mis semejantes, ni tampoco les voy a levantar la mano, Tú eres mi testigo, Dios mío, halcón en la oscuridad celestial, te lo juro. Por mi madre muerta, te lo juro... *Thabharfainn an leabhar, ar uaigh mo mháthair.*»

15

Por supuesto que me quedé dormido cuando tendría que haberme quedado vigilando a los dos tramperos después de que los lobos nos dejaran sin animales pero es que mi cuerpo en ese momento se puso al volante y mi mente pasó a ser un mero pasajero que intentaba curarse y cuando me desperté Sara se había ido y yo empecé a asustarme porque no sabía ni dónde estábamos. Solo después de unos instantes caí en la cuenta de que estaba en la cueva tapado bajo el peso de mi abrigo de búfalo y aferrado al Colt y di muchísimas gracias a Dios por no haberme disparado en el pie mientras dormía.

Los tramperos no estaban por ningún sitio tampoco y me pregunté dónde podrían haberse metido. El fuego no estaba muy vivo y había una olla de agua hirviendo y de lo que sí me di cuenta entonces fue del silencio fuera de la cueva y la luz tan brillante que entraba a través de la puerta de ramas de pino. Imaginé que la tormenta se había terminado y me levanté de la cama pero cuando logré ponerme en pie con la ayuda de la muleta me sentí mareado y volví a dejarme caer sobre las ramas de pino. Un escalofrío me recorrió el cuerpo y una vez más sentí la frente caliente cuando me la toqué estaba tan caliente que hasta yo mismo me daba cuenta. Y me dije a mí mismo que todavía no se me había pasado del todo la fiebre de la flecha aquella.

Así que me tumbé y volví a taparme con el abrigo pues destapado casi que me congelaba de frío pero al echármelo por encima me dio un calor y unos sudores terribles aunque supuse que a lo mejor tenía que sudar hasta que se me pasara la fiebre pues me acuerdo de que cuando éramos críos mi madre nos decía que había que esperar a que el sudor se llevara la fiebre y a que el Señor hiciera lo que tenía que hacer. Estas cosas las decía lógicamente en irlandés pero bueno rápidamente me volví a dormir y estaba otra vez soñando con Irlanda y en el sueño mi madre me arropaba hasta la barbilla y me ponía la palma en la frente y sentía tanta paz como no había sentido en muchísimos años. Lo voy a escribir aquí aunque parezca una barbaridad decirlo pero yo sentía que mi madre estaba allí en la cueva conmigo como si hubiese bajado del cielo para guardarme durante mi convalecencia y me puse loco de contento de verla allí.

Yo lo juro por Dios que la sentía allí conmigo y que la estaba viendo a mi lado y que no era solo un delirio por la fiebre porque me acariciaba con delicadeza la frente y también la mejilla y me decía *Muiscud a Mickalee*n! Y entonces me entró tanto miedo por la forma en la que lo decía que los ojos se me abrieron de par en par y de no haber sido porque mi madre vino y me suplicó que me despertara pues no estaría vivo para poder escribir todo esto.

Porque una sombra tapó de pronto la luz que entraba de fuera de la cueva y aunque intenté incorporarme sabía que no era que Sara estuviera volviendo a la cueva sino que era uno de los tramperos.

16

Nunca ha visto una capa tan profunda de nieve. Es un manto que cubre las rocas y la vereda junto al río, y que se acumula sobre las ramas dobladas de los pinos y los álamos. El cielo está tan azul y despejado que duele mirarlo, el viento se ha quedado en nada y el sol de la mañana da a la nieve un brillo desagradable que a Sara le abrasa los ojos. Mantiene la mirada baja mientras sigue caminando por la vereda junto al río, de vez en cuando levanta la vista con la esperanza de ver a Tom abriéndose paso hacia ella, arrastrando un ciervo, un antílope o simplemente a sí mismo, cansado y exhausto pero de vuelta sano y salvo del otro lado del río.

El extraordinario brillo del sol contra la nieve es tan fuerte que Sara se detiene y se cubre la cara y la cabeza con el pañuelo —un pañuelo que Tom le hizo con la manga de su suéter— hasta dejar solo una pequeña abertura que le protege los ojos de la luz.

Sigue avanzando junto al río, por la misma vereda que recorrió ayer con Tom, y la nieve le llega hasta las rodillas en los sitios en los que la vereda serpentea entre las rocas, hasta las espinillas allí donde la vereda avanza plana junto a la orilla del río. Les reza y pide al Dios de su padre —*mon Dieu*—, a la madre de ese Dios —*sacrée mère Marie*— y al espíritu de su propia madre encontrarse con Tom, que estará de regreso, encontrar sus huellas o los restos de una hoguera, o ver algún signo de vida en esta nieve que todo se lo traga. La barriga le ruge por la preocupación, el hambre, el niño que de vez en cuando nota revolverse en su interior, cuando está tranquila y en silencio.

Delante de ella, ve las marcas de algún animalillo en la nieve, salen del río y cruzan la vereda, el rastro de una barriga peluda y cuatro patas en dirección al bosque. Un zorro, piensa. Observa la leve estela de la cola tras las huellas de la nieve. Demasiado pequeña para un zorro. Un coyote, a lo mejor. Un trampero lo sabría. Su padre lo sabría. Otra vez levanta la vista, hacia el otro lado del río, sin profundidad por los bloques de hielo, y vuelve a rezar por que Tom regrese hasta ella.

Después de media hora de caminata, llega a la poza del saliente de roca, donde puso la trampa. La mayoría de las piedras y los cantos por los que tuvo que pasar con dificultad el día anterior para llegar hasta la poza están cubiertos por montoncillos de nieve, va tanteándolos con mucho cuidado, atravesando la nieve con el pie para encontrar apoyo en la propia piedra. Hoy tarda el doble de tiempo en llegar al árbol tumbado de la poza bajo el que colocó la trampa, y esta vez no se molesta en decir sus *mon Dieu*, sino que reza solo al espíritu del primer hombre, el creador que, según le contó su madre, hizo los peces y muchos de los animales, las praderas y los árboles y —espera Sara aunque no lo sepa ni logre recordarlo— también los ríos y, por tanto, también este río cuyo nombre ella desconoce. No recuerda mucho de lo que le enseñaron su madre y su padre sobre sus respectivos dioses, solo algunos detalles, pero les reza a todos.

Se le han mojado las botas y los pies porque más de una vez se ha escurrido de las rocas, la fina capa de hielo que cubre algunos de los charcos entre las rocas crujiendo bajo sus pies, pero está contenta de llevar botas de soldado. Sus pies estarían mucho peor si llevara los zapatos de mujer que llevaba cuando era una fulana o los mocasines que llevaba cuando era joven.

La señora Carrington, la mujer que se hizo cargo de ella cuando los McKinney pasaron al mundo de los espíritus, le dio las botas un día, sin mediar palabra, porque sabía que el barro y la nieve que rodeaba el fuerte le destrozarían los zapatos de mujer cuando saliera a por agua o a tender la colada. Era buena mujer, la señora Carrington, pero llevarle la colada y limpiarle la casa no era vida.

Era mejor que trabajar en la cantina clandestina, servir a los Carrington, pues era una vida sencilla, con abundante comida y una cama caliente, pero seguía siendo una vida al servicio de los demás. Distinta de la cantina, y sin la brutalidad de ser la esclava —y no la hija adoptiva que se suponía que iba a ser— de una vieja lakota o una furcia, pero, aun así, siempre debía estar a disposición de su señora.

No le pagaban por su trabajo y rara vez recibía algún regalo, como los zapatos y el suéter que lleva puestos y que al hijo de la señora Carrington se le habían quedado pequeños. El hijo le caía bien. Era apuesto, educado y tranquilo, le encantaba leer sentado a la mesa junto a la cocina, pero le daba miedo mirarla y nunca le sostenía la mirada, ya fuera por las cicatrices de la cara, porque era, a ojos de él, una mujer de sangre completamente india, o porque había sido una furcia, qué sabía Sara.

Se portaban bien con ella, los Carrington, pero no los echa de menos. Aunque su vida ahora no sea fácil, al menos es su vida. Una lucha por sobrevivir, pero una vida que ella y Tom han escogido. Ellos decidieron huir del fuerte, de lo que le habían hecho a los McKinney, ellos decidieron robar el caballo. Ellos decidieron dónde plantar el campamento, y también dejar que se quedaran los tramperos. Decisiones. A veces son malas para la cabeza, como le dijo una vez Tom, pero, por lo menos, son ellos los que las toman gracias a la libertad que han encontrado en la huida. Ahora son dueños de sí mismos, para lo bueno y para lo malo.

Como está pensando en Tom, vuelve a mirar al otro lado del río y no ve nada más que la llanura cubierta de nieve y algunos montículos de pinos y abedules sepultados por la misma, el despiadado cielo azul y las montañas nevadas al oeste, imponentes y en silencio.

De vuelta a su tarea, piensa: «sigo siendo una esclava del hambre, algo en lo que amo y esclavo siempre coinciden». Aparta una gruesa capa de nieve del árbol caído, se tumba boca abajo y avanza unas pulgadas por el tronco hasta donde sobresale del agua la parte superior de la trampa. Por favor, le reza al espíritu creador, y se arremanga el abrigo y el suéter y el vestido y mete el brazo desnudo en el agua, rompiendo la fina capa de hielo. Con los dedos entumecidos, agarra la trampa, la saca, el agua cae en cascadas por entre los barrotes de madera.

Se le escapa un leve grito de alegría, por un momento se olvida de Tom, de la nieve, de la tormenta y de los tramperos. En la trampa hay tres gordos peces, uno es casi como su antebrazo, tiene la piel amarilla con motas marrones, el vientre blanco y los ojos grandes, y aletea en el aire asfixiante del mundo fuera del agua.

Sara se sienta en el tronco y se aprieta la trampa bajo el brazo izquierdo, con el derecho se va arrastrando hasta el final del tronco. El pecho se le llena de orgullo, es una sensación que no recuerda sentir desde que era una cría. Hubo una época en que sentía orgullo de muchas cosas, como de su belleza cuando se miraba en el reflejo del espejo de estaño pulido que su padre le regaló a su madre y que se ponía delante de la cara mientras se pasaba por el pelo un peine de espinas de pez ungido en grasa de oso. Sentía orgullo de sus bordados, todo el pueblo de su madre le decía lo buenos que eran, lo rectos y parecidos al patrón que le salían, cinco cuentas de cristal bordadas en fila y una caracolilla recogida en alguna playa y trocada cientos de veces antes de ir a dar con su aguja y su hilo cátgut. Sentía orgullo del cachorrillo que engordó y del estofado que hizo con él, el cual su madre, su padre y su abuela cenaron y comieron con gusto. Son cosas de hace tanto tiempo que casi no las recuerda, pero le sobrevienen ahora por la sensación que tiene al sostener la trampa en la que los peces boquean y aletean en busca de aire, una trampa que ha hecho ella con sus propias manos, siguiendo un recuerdo vago e invocado de ver a su madre hacer las trampas así cuando ella era una cría. Orgullo. Recuerdos de cosas buenas, de calidez y amor. Ahora puede recuperarlo. Calidez, comida, amor. Cuando Tom vuelva, volverá a tener todo eso. Está segura.

Y de nuevo le pide por el regreso de Tom al Dios de su padre, pues es el mismo dios al que le reza Tom, si es que Tom reza.

Se aleja unos pasos del borde del agua y, con cuidado, mete la mano en la trampa, saca los peces de uno en uno, los coge por la cola y los golpea contra una roca a sus pies. Después, pone los peces sobre la roca y vuelve a atravesar el tronco caído hasta la poza, para volver a poner la trampa.

Cuando ha terminado, a pesar de seguir ligeramente bajo el influjo del miedo que siente por Tom, no puede evitar sonreír para sí tímidamente, mientras avanza por entre las rocas nevadas hasta la vereda del río. Esta noche vamos a comer, piensa, tres peces, y los he pescado yo.

Sara está a mitad del camino de vuelta al campamento, está rodeando una roca enorme que hace que la senda se desvíe hacia el interior, hacia el borde de la arboleda, cuando lo ve. Frunce el ceño por la luz del sol contra la nieve y sonríe, y piensa, es *Tom. Thomas.* Su nombre es un bálsamo para ella. Levanta los peces, atravesados por la rama afilada que le ha arrancado a un álamo.

Y, justo cuando levanta el palo para enseñarle los peces, henchida de orgullo, sonriente —*Tom, mi Thomas*—, ve que es el trampero Robinson el que está allí parado, en el camino, delante de ella, y no es, ni mucho menos, Tom.

17

Abro los ojos de par en par y ahí en la cueva plantado de pie junto a mí está el trampero menudo el que se llama Dillard y me llevó un instante ver qué estaba haciendo porque tenía la mano levantada por encima de la cabeza con una roca del tamaño de una sandía. Y en mi mente delirante surgió el pensamiento de bueno y qué hace este aquí plantado con la piedra así en lo alto. Ahora da risa pensar en cómo funciona el cerebro a veces de no ser porque pensarlo me devuelve al terror de aquel momento a medida que lo voy escribiendo.

No dio tiempo desde luego a que mi mente respondiera a su propia pregunta porque ya mientras me surgía la pregunta el hijo de p... aquel llevó la piedra hacia detrás y en un latigazo del brazo me la tiró desde una distancia de menos de seis pies y gracias a Dios en ese instante mi cuerpo enfebrecido y débil como estaba tomó el control de mi mente y salí lanzado como una rata en busca de un agujero en la pared de un retrete.

Nunca en mi vida me había movido tan rápido y la piedra cayó en el hato de pieles que usaba como almohada y como rebotó contra las ramas de pino de debajo chocó con la pared de la cueva y mientras yo me escabullía de su vuelo fatal al mismo tiempo amartillaba el revólver Colt que llevaba bajo el abrigo de búfalo y disparé a través de la piel sin saber a dónde iría a parar la bala pero sabiendo que iría en dirección del m... del trampero.

Fallé el disparo por supuesto pero la bala se estrelló contra el techo abombado de la cueva y al trampero le cayó encima una violenta cortina de astillas de roca y gracias a Dios una de ella le dio de lleno en la frente. No fue suficiente para matar ni para dejar lisiado al hijo de p... aquel pero mientras gruñía y se llevaba las manos a la cabeza me dio tiempo suficiente a sacar el Colt de debajo del abrigo y a amartillarlo y a volver a disparar.

Voy a poner aquí por escrito que nunca en mi vida he tenido tan pocas dudas de pegar un tiro y que al ver el vuelo del abrigo del tipo aquel habría apostado mis ojos (que el Señor me los guarde) a que el trampero había caído muerto como habría hecho cualquier otro hombre al que le hubiese disparado a esa distancia en mis días de soldado. Pero ¿qué hizo el c...? ¿Cómo pudo ser? Porque se giró con una cascada de sangre brotándole de la cara y corrió hacia la entrada de la cueva y quizá cegado por la sangre en los ojos se estampó contra la roca de la cueva y chocó luego también con la puerta de ramas de pino que se quedó hecha añicos.

Disparé otra vez mientras él intentaba huir y logré ponerme de pie pero el dolor de la pierna me pilló desprevenido y me recordó que no estaba en forma para perseguir a ese perro sarnoso por la nieve. Me dejé caer de nuevo por el dolor pero con el calor de la pelea en las venas logré volver a levantarme y de un ademán me quité el abrigo de búfalo y cogí la muleta y con gran dolor fui cojeando hasta salir por la puerta rota.

Fuera la luz del sol contra la nieve se me clavó en los ojos de modo que tuve que agacharme y refugiarme en la entrada de la cueva hasta que se me acostumbraran. Los cerré con fuerza y los volví a abrir y los mantuve abiertos un rato y cuando por fin pude mirar hacia la luz del sol de afuera no había rastro alguno del trampero ni se oía nada más que el río con el agua helada que no cesaba de correr y arrastrar los cantos del lecho.

Y solo entonces el miedo me atenazó por lo que casi había ocurrido y poco después estaba tiritando de miedo o a lo mejor era simplemente porque la fiebre seguía sacudiéndome el cuerpo pero fuera lo que fuera no hizo falta mucho tiempo para que el miedo y la fiebre se tornaran en rabia hacia el c... del trampero y hacia mí mismo por no haberlos echado a los dos la noche anterior como debería haber hecho.

Me habían dado mala espina así que por qué c... no había sido capaz de reaccionar. Quizá por educación o por la convicción de que mis intuiciones eran falsas o equivocadas. No hay tonto mayor en el mundo que un hombre que se fía más de su cabeza que de su intuición y más aún con todas las veces que en mi vida me ha salvado la intuición mientras que los pensamientos perfectamente lógicos o los modales habituales habían sido un obstáculo para mi propia seguridad. Un hombre debe aprender a confiar en sus intuiciones creo ahora más que nunca porque pensar demasiado y hacer lo correcto son dos cosas que suelen entrar en conflicto con lo que es mejor para la vida de un hombre. Esa era la razón única por la que Tom seguía vivito y coleando y no tendido en su tumba en Irlanda o en el sur sublevado o en algún lugar de las praderas de hierba pues él es un hombre que escucha a sus intuiciones antes que a sus pensamientos y eso es tanto un don como una maldición supongo.

¡Ay Tom! Me estaba acordando de él. ¿Dios mío dónde c... andas metido cuando más te necesitamos?

Al pensar en mi hermano desaparecido me pregunté también dónde estaría Sara y dónde estaría el m... del otro trampero y de nuevo sentí miedo y el sudor me empezó a correr por la frente como la sangre le corría por la cara al trampero que había intentado matarme. Calenturiento por la fiebre y el miedo le pedí al Señor que por favor la muchacha estuviera bien.

18

Ya ha terminado. Aprieta la cara contra la nieve, sobre la espalda siente un peso muerto asfixiante, tiene el rostro entumecido por el escozor del frío, por el terror ante lo que le ha hecho el trampero. Por encima de su respiración agitada, cree que oye un disparo. Luego, los breves estallidos de dos disparos más.

El trampero también los oye y se tambalea hasta ponerse de pie y quitársele de encima, los muslos de Sara están desnudos y helados entre la nieve, siente la espalda de pronto fría cuando él retira su cuerpo caliente. Se levanta y se tropieza mientras se aleja de ella, y Sara lo oye abrocharse el cinturón y atravesar la nieve hasta la vereda.

Sara sabe que la va a matar, y sabe que Michael está muerto, que Tom no va a volver nunca y que este es su final. Piensa en los tres peces y en que los ha dejado tirados en la nieve. El trampero se los llevará y se los comerá en la cueva, piensa. La cueva que encontraron ella y Tom y en la que luego acogieron a los tramperos. Y su trampa para peces se quedará en el agua hasta que se pudra, sin que nadie vaya a por la recompensa de peces de su interior. Se pone extrañamente triste ante la idea, sería un desperdicio. Sin saber por qué, se gira y se queda sentada.

Parpadea para liberarse de las lágrimas, mira al trampero, plantado como un bloque de hielo en la vereda, prestando atención, como si se preguntara de dónde vienen los disparos. Da igual, piensa Sara. Ya da todo igual. Decisiones. Las cosas que no le contó a Tom cuando debería haberlo hecho. El Dios de su padre y los espíritus de su madre, ninguno le hace caso a nadie.

Poco a poco se levanta, se coloca el vestido, la cara le escuece por el frío, la nariz cortada llena de mocos, las lágrimas cálidas le recorren las mejillas entumecidas por la nieve y, sin tocarla, nota la sangre caliente corriéndole por las piernas desnudas. Siente un pálpito en la barriga y luego, de nuevo, nada. Nada en el cuerpo ni en la mente ni en el corazón. Busca por el suelo el palo en el que clavó los tres peces pero no lo encuentra, enterrado por la nieve.

El trampero vuelve a centrar su atención en ella y saca un cuchillo despellejador de la funda de su cinturón. El mosquete está apoyado en una roca, a unos pies de distancia, y Sara lo mira, luego vuelve a mirar el cuchillo en la mano del trampero.

—Será mejor que vuelva al campamento —dice Robinson mientras se le acerca con el cuchillo.

Y, sin pensarlo, incapaz de pensar, Sara se aleja de un salto. El trampero blande el cuchillo y Sara nota cómo la hoja rasga el aire cerca de su cuello, ve por el rabillo del ojo la mano libre del trampero, que intenta agarrarla cuando ella ya ha echado a correr, se le escurren las botas por la nieve de la vereda, pero, aun así, sus piernas resisten, la llevan lejos del trampero, va levantando la nieve a su paso, y lo único que tiene en mente es la huida.

19

No sé cuánto tiempo había transcurrido desde el disparo a Dillard pero estuve un rato allí sentado en la peña junto al río mirando hacia la vereda por si venían Sara o Tom pero ninguno de los dos aparecía y el sol brillaba sobre la brillante capa de nieve y el río corría por su lecho de piedras y por lo demás todo estaba en silencio como si en el mundo no hubiese ocurrido nada y al mismo tiempo como si ahora el mundo entero hubiese cambiado.

Si el c... del trampero todavía no estaba muerto no cabía duda de que estaba escondido en el bosque y me giraba de vez en cuando para mirar hacia allí en caso de que se atreviera a volver aunque estaba casi seguro de que no se arriesgaría a que le metiera un balazo por volver. Puede que incluso estuviera desangrándose en el bosque que es lo que debería haber ocurrido si hubiese en el mundo una mínima pizca de justicia pero ya sabemos que la justicia es algo más raro que una escalera real en manos de un pobre jugando a las cartas.

La fiebre seguía fluyendo por mi cuerpo y empecé a sentir el frío del sudor enfriándoseme bajo la casaca. Se me ocurrió volver a la cueva a buscar mi abrigo y estaba poniéndome en pie cuando vi algo por el rabillo del ojo. No venía de la vereda que subía desde el río hasta el campamento sino desde la hilera de árboles de detrás. Era algo grande y oscuro y me giré a tiempo para ver al tipo raro de c... que era Robinson mirándome a menos de 50 yardas de distancia al borde de los árboles y apuntándome con el rifle buscándome por la mirilla del arma.

Así que bueno antes de pensar en nada levanté la pistola y disparé y él disparó también casi a la vez y sentí que la bala me pasaba zumbando cerca del hombro como si fuera una avispa. Conseguí ponerme a cubierto detrás de la roca grande aunque mi cabeza me estuviera diciendo que debía echar a andar hacia delante para acercarme y matar al tipo aquel mientras recargaba el arma tal y como habría hecho en la guerra. Pero claro por causa de lo que me pasaba en la pierna no podía así que me acuclillé detrás de la roca mientras él se ponía a cubierto tras el tronco de un árbol robusto. Saqué el Colt por encima de la roca y esperé a que se dejara ver y cuando pasó más o menos un minuto (porque por mucho soldado que hubiese sido tardó casi un minuto en recargar) asomó el cañón del rifle desde detrás del árbol y puso al descubierto el hombre y entonces disparé otra vez y vi cómo la bala le pegaba un buen mordisco al tronco y a la corteza del árbol. Pero no se oyó ningún grito así que imaginé que había fallado y volví a amartillar el arma para cargarla.

Robinson disparó otra vez y su bala dio en la roca que había más arriba de mí y me cayó encima una lluvia de polvo y astillas de roca. Entonces me poseyó la furia y mi mente se encargó de ponerle palabras.

—*¡Robinson c...! ¡No voy a tardar nada en encargarme de ti! ¡Eres un m...! ¡Un hijo de la gran p...!*

Dejé la rabia a un lado por un instante. Estaba bien a cubierto tras la roca aquella pero de pronto caí en la cuenta de que solo me quedaba una bala en la pistola. Tanteé en el cinturón en busca de pólvora y balas y pistones aunque bien sabía que me los había dejado en el estante de roca que había en la cueva al lado de este mismo diario en el que estoy escribiendo ahora.

Pues bueno Mickaleen ahora sí que estás apañado me dije a mí mismo incapaz de cruzar con la muleta los 30 o 40 pies que distaba la entrada de la cueva a la velocidad suficiente como para escapar de un balazo del trampero. Hasta él podría darle a un cojo desde una distancia de 50 yardas. Sopesé entonces cuántos disparos le quedarían a él sabiendo que probablemente tuviera más que yo.

Así que hice lo único que podía hacer que era agacharme mucho y pensar qué hacer y todo era silencio en torno al campamento y solo se oía el agua corriendo por encima de los cantos del río y en mitad de aquel silencio me percaté de algo extraño. Me percaté de que había un águila posada sobre la rama de un álamo desnudo encima del río y que estaba tieso el pajarillo como si estuviera disecado y colgado en la esquina de un bar de no ser por un movimiento leve de la cabeza.

En ese momento oí detrás de mí el sonido de unas pisadas en la nieve y me giré esperando ver al más menudo de los dos tramperos viniendo hacia mí para matarme pero en vez de eso mis ojos se encontraron con Sara. Era ella era la buena muchacha de Sara que el Señor la guarde y la cuide y la proteja que al verme se estaba llevando el dedo a los labios como si me estuviera siseando para que no la descubrieran.

Volví a mirar al árbol donde estaba el trampero a cubierto y cuando miré otra vez en busca de Sara ya no la vi. No estaba entre los árboles en los que la había visto y solo entonces la vi en el lado de la cueva que estaba más cerca de mí a cubierto del trampero y después desapareció otra vez entre los árboles y me dejó allí preguntándome qué es lo que iba a hacer.

¿Acaso no se daba cuenta del peligro al que nos enfrentábamos los dos? Quise llamar su atención y para advertirla de que siguiera escondida pero por alguna razón no lo hice y supongo que fue mi intuición la que me dijo que no lo hiciera y por una vez le hice caso.

De nuevo el silencio y luego me levanté un poco porque tenía los pantalones completamente empapados por la nieve y la pierna mala me palpitaba de dolor y estaba completamente rígida. Volví a buscar el águila pero no di con ella. Intenté despertar mis extremidades y mientras lo hacía debí de ponerme al descubierto porque el trampero disparó pero el disparo pasó por encima de mí. No es buen tirador pensé para mis adentros y le di las gracias a Dios por ello. De no ser por la pierna mala ya habría corrido por el claro entre nosotros y le habría metido una bala en los sesos para acabar de una vez con esta m...

Lo cierto era que sería noche antes de que tuviera ocasión de volver a la cueva y mientras pensaba en todo esto y me acomodaba para esperar a que la oscuridad me cubriera vi un movimiento entre los árboles a la derecha de donde el trampero estaba escondido y de nuevo una parte de mí pensó que sería Dillard que llegaba para unirse al asesino de su amigo en su escondite tras el árbol. Otra vez algo moviéndose detrás de un árbol y luego detrás de otro hasta que me di cuenta de que era Sara acercándose al trampero con algo entre las manos que no podía ver qué era.

20

Sara espera a que el trampero dispare y luego tenga que ponerse a sacar la pólvora y la bala de la cartuchera que lleva en el bolsillo del cinturón. Mientras está centrado en recargar, Sara avanza de árbol en árbol, no aparta los ojos de él, sus pies no hacen ni un ruido en la nieve al andar cautelosamente. Mira al trampero echar pólvora en el cañón del rifle y le parece que está sonriendo.

Echa a correr y termina de cruzar la distancia que media entre ella y el trampero con un grito que muere en su garganta cuando alcanza al trampero y levanta el hacha. Robinson se gira y agarra el mosquete con las dos manos para bloquear el golpe, la cabeza del hacha parte el mango de madera, dobla el cañón y le arrebata el arma de las manos. Sara vuelve a levantar el hacha y Robinson sale del escondite del árbol. Intenta escapar rodando pero es demasiado lento, pesado, y ella levanta el hacha y siente en los antebrazos una salpicadura húmeda y entrecortada cuando se la clava en las costillas.

El trampero ruge y la sangre le sale a borbotones por la boca, Sara le pone el pie en el hombro y hace fuerza para sacarle el hacha del pecho, luego vuelve a levantarla por encima de la cabeza, la sangre sale despedida y cae en la nieve en forma de abanico.

La mano del trampero busca en su cinturón el cuchillo despellejador y Sara vuelve a blandir el hacha, que esta vez se le clava en la cabeza al trampero y le arranca un trozo pequeño de cráneo, peludo y con forma de cuenco, salpicando sangre y sesos contra los árboles y la nieve. Por cuarta vez, vuelve a golpearlo con el hacha, y esta vez le destroza la cara, luego le pone la bota en el pecho y saca el arma con un sonido absorbente.

Se le pasa por la cabeza arrancarle la cabellera y, en su rabia, lanza el hacha a un lado, se agacha y coge una madeja de su largo pelo, resbaladizo por la sangre y apelmazado por los sesos. Saca su cuchillo del cinturón y posa el filo contra la frente destrozada, la sangre mana de la herida del hacha en borbotones intermitentes hasta cubrir el cuchillo de un rojo intenso, la ola de sangre va perdiendo intensidad hasta que al trampero se le para el corazón y exhala un último, difícil y sangriento aliento.

—¡Sara! —grita Michael mientras cruza, con el apoyo de la muleta, el claro entre la roca y el árbol.

Ella suelta el mechón del trampero y se limpia la sangre de las manos en la nieve. El aire gélido del invierno empieza a enfriar las gotas de sangre que le han caído en la cara y se las limpia con la manga.

—Sara, querida.

Michael se queda de pie a su lado y observa el cadáver destrozado del trampero. Luego se agacha para acercarse a Sara y le pone la mano en el hombro.

—Venga, levántate y vámonos a la cueva. El otro anda por ahí suelto. No creo que vuelva, pero tenemos que recargar el arma y encender el fuego. Y tienes que beber agua, muchacha. Venga, vamos.

Sara deja que Michael la guíe de vuelta a la cueva, donde él recarga el Colt y ella se encarga del fuego en silencio, como en trance, hace una infusión con agujas de pino que, aunque está amarga, beben con gusto antes de arreglar los palos rotos de la puerta de la cueva con los jirones de soga que ha recogido Sara de las ramas en las que estuvieron atados el caballo y las mulas.

Cuando han acabado, y el sol se ha puesto tras las Big Horn y el cielo las baña a contraluz de un color naranja y rojo y morado que anuncia la oscuridad venidera, Sara baja al río a lavarse la sangre de las manos y la cara, de entre las piernas, frotándose bruscamente la piel con la arena helada del río.

La noche cae sobre el valle, el río, el campamento, y Michael y Sara están tumbados en silencio en la cueva, despiertos, prestando atención a la oscuridad, con miedo de dormirse por si vuelve el otro trampero; los dos se preguntan si existe la más remota esperanza de que Tom siga con vida.

21

El día que vino después es un día que no quiero recordar pero que tendré que recordar porque al final sí que acabó trayendo algo bueno. Fue un día en que hicimos cosas que había que hacer y de las que no estoy orgulloso aunque no supongan crimen alguno o no al menos a ojos de nuestro Señor misericordioso ni a ojos de nadie que tenga la más mínima idea de lo que es la justicia.

Así que contaré lo que pasó aquel día a pesar de que no quiera porque me he comprometido a contar en estas páginas la verdad de nuestra historia y también porque habla muy bien de cómo es de buena muchacha Sara. Pues ella es una mujer como no encontrará nadie en ningún sitio y no puedo sino agradecer al Señor que está en los cielos que Tom se enamorara de ella y que estuviera allí conmigo el día siguiente cuando me desperté y fui cojeando hasta la hilera de árboles donde estaba el cadáver del trampero todavía casi intacto por los lobos y el resto de los animales salvajes.

¿Y ahora qué hacíamos con el muerto? El hijo de p... del trampero era grande y el suelo estaba en gran parte congelado o lleno de rocas y yo tampoco es que estuviera en forma para meter un cadáver a rastras en el bosque o para ponerme a cavar tumbas. Me quedé allí un rato junto al cadáver con su máscara de sangre y sesos endurecida por el frío y me estaba preguntando qué hacer con todo aquello mientras la bola del sol de un color blanco pálido luchaba contra las nubes bajas que cubrían todo el valle. Apenas se veía la margen contraria del río a través de la capa de niebla lo cual me pareció en ese momento que era casi perfecto de algún modo para poder cumplir la tarea de deshacerse del muerto aquel del demonio.

Con toda la honestidad de la que un hombre es capaz voy a decir que no sentía en ese momento ni un ápice de culpa. El c... aquel allí tirado con la cara destrozada lo que había intentado era matarme y aunque Sara todavía no había dicho nada yo ya lo sospechaba y luego más adelante me acabaría enterando de que la había violado terriblemente así que allí mirando desde arriba lo que quedaba de su cabeza y su cuerpo en ruinas me dije para mí *pues la verdad Robinson es que demasiado bien nos hemos portado contigo porque te lo has buscado pero bien buscado hijo de la gran p...*

Fue entonces que Sara cruzó el claro y vino hasta mí. Señalando con la cabeza el cadáver le dije:

—Lo tiraría al río pero probablemente no sea lo suficientemente profundo para tragárselo. Y no voy a estropear el agua que tenemos con un tipo como este.

Después de un rato sin moverse me contestó:

—No. Lo vamos a quemar. En un sitio que esté a favor del viento. Cortamos árboles y hacemos una hoguera para quemarlo.

No teníamos otra opción así que cortamos y reunimos toda la madera de pino que pudimos y luego a unas yardas del campamento río abajo en el lugar en el que el viento soplaba en dirección contraria al campamento levantamos un foso con las piedras sueltas de la orilla para rodear la hoguera (lo tenía todo pensado la muchacha que Dios la bendiga) e hicimos también un lecho de ramas y palos y leña y pinocha. Volvimos al bosque para coger más madera y Sara cogió el hacha para cortar árboles y entonces me empezó a doler la pierna tanto que tuve que parar. (Por entonces ya me había quedado claro que se le daba bien manejar el hacha que el Señor me perdone.)

Y luego levantamos juntos el cadáver del c... del trampero y lo arrastramos tirando del abrigo de castor hasta la hoguera donde lo pusimos boca abajo encima de las ramas más gordas para luego recolocar las rocas de modo que el círculo de piedras alrededor del fuego quedara cerrado. Sara fue a la cueva y volvió con la olla llena de brasas y los dos nos pusimos a soplar para avivarlas allí a la orilla del río hasta que salió toda una humareda que se mezcló con la niebla baja que nos rodeaba.

Al acordarme me acerqué al cadáver y cogí el cuchillo despellejador del trampero. Se lo tendí a Sara.

—Toma Sara. Cógelo. Que tú no tienes.

Pero ella lo miró con dureza unos instantes sin moverse ni hacer nada y con el silbido de las brasas en la olla y el correr del río bajo la niebla como únicos sonidos de fondo. Al final cogió el cuchillo y se lo volvió a clavar al trampero. Luego escupió encima y le dio la espalda.

Yo añadí serrín de pino y pinocha y ramitas y en nada de tiempo las llamas estaban subiendo por la paredes de la olla así que cogí un palo grande que estaba cubierto de savia y lo prendí y lo acerqué a la pira con Sara de espaldas a ella.

Al principio ardió un rato sin llama y luego se prendió y empezaron a subir las llamas como si fuera aquello un granero de paja encendido por el sol y durante un momento allí plantados en la orilla del río me acordé de la guerra y de los graneros de algodón y de las chozas de las plantaciones y todas las propiedades y posesiones de confederados a las que pegamos fuego en cumplimiento de nuestras órdenes y me acordé de que entonces en Tennessee o en Georgia no había sentido nada por las viudas que se lamentaban ni por los simpatizantes de los rebeldes ni por los esclavistas secesionistas y que me decía a mí mismo que la guerra era la guerra y que había que hacer cosas terribles para ganar en algo tan terrible como una guerra. Así que claro está que en ese momento allí plantado a orillas del río en mitad de la nada del territorio de las Dakotas tampoco estaba sintiendo nada mirando las llamas que estaban empezando a rugir alrededor del cadáver del hijo de la gran p... del trampero que nos había declarado la guerra y la había perdido.

Sabiendo que Dios lo está mirando todo desde el cielo debo dejar claro en este escrito que no hubo nada malo en la forma en la que sacamos al trampero de este mundo y lo mandamos al otro. A lo mejor lo volvemos a ver en el infierno Tom y yo pero no porque esto que hicimos constituya un pecado. Lo único en lo que pensaba entonces es que no me gustaba cómo olía el c... del violador aquel asándose en la hoguera. Así que cogí y le dije a Sara:

—Oye muchacha ¿volvemos para la cueva?

—Vete tú —me dijo mirándome como si acabara de darse cuenta de que estaba allí a su lado—. Yo voy a alimentar el fuego para que arda mejor.

De este modo volví a la cueva con la pierna palpitándome de dolor y la barriga asediada por el hambre pero sin pensar de modo alguno en comida probablemente por lo que estábamos cocinando en la hoguera a la orilla del río y cuando llegué a la cueva a quién me encontré pues ni más ni menos que a mi hermano Tom que venía por la misma vereda pero en sentido contrario. Cojeaba casi tanto como yo.

—¡Tom! ¡Hermano mío! —le grité en irlandés primero y luego en inglés—. Dichosos los ojos menos mal que has vuelto. Han pasado muchas cosas mientras no estabas.

—A mí también me han pasado muchas cosas —contestó—. Tengo suerte de estar aquí y de volver a verte hermano. ¿Y mi Sara?

—Un poco más allá río abajo —contesté.

No sabía qué decir mientras se me acercaba así que me detuve. Tenía la cara en carne viva por la nieve y el sol y los ojos tan hinchados que casi no podía abrirlos. No llevaba sombrero solo la bufanda en la cabeza y con las manos enrojecidas y desnudas se aferraba al rifle. No llevaba en ningún sitio el petate ni las raquetas y le dije:

—Has perdido el saco hermano. ¿Es que las has pasado canutas por ahí?

—Sí. Pero soy duro de pelar. No va a poder conmigo una ventisca —dijo aunque apenas podía formar las palabras de tanto que le temblaba o le dolía la boca y ni siquiera él mismo sonaba muy convencido de lo que estaba diciendo. Finalmente casi demasiado hecho polvo como para seguir hablando añadió—: Voy a entrar. Ve a por mi Sara anda. Me va a hacer falta.

22

La niebla transporta sus voces y Sara se da cuenta de que Tom acaba de regresar. Echa otro leño al fuego crepitante, el humo y el olor a pelo quemado se le adhiere a la nariz y a la garganta; Sara se gira y vuelve a la cueva.

Dentro, los encuentra a los dos, a Tom con las botas y las medias quitadas, los pies tendidos hacia el calor del fuego consumido de la hoguera. Reposa la espalda contra la pared de la cueva y, a pesar de la poca iluminación que hay, Sara reconoce lo que le han supuesto los días en la nieve. La punta de los dedos más pequeños de su pie izquierdo tiene un color blanquecino y ceroso que ella no ha visto nunca.

—Sara, querida, ven y siéntate a mi lado. ¿Me has echado de menos?

Michael mira a Sara y ve que las lágrimas le empiezan a correr desde los ojos. En su fuero interno sabe, con la misma seguridad con la que sabe que la noche sigue al día, que ha pasado algo, que el trampero le ha hecho algo a Sara.

—Ya está, pichona, ya está —le dice Tom—. No hay por qué llorar. Ven aquí.

Cruza la cueva hasta donde está él, se sienta a su lado, sobre las ramas de pino, apoya la cabeza en su hombro y empieza a sollozar.

Michael se pone en pie.

—Voy a ver el otro fuego. Habrá que...

—¿Qué fuego?

—Es una larga historia, hermano. Tú ocúpate de la muchacha y deja que la muchacha se ocupe de ti. Ya te lo contaré más adelante.

—No hay rastro de los tramperos por aquí. Ni de sus mulas.

—Una historia muy larga, hermano.

Tom asiente.

—Siento mucho no haber estado aquí para ayudaros a echarlos.

—Bueno, hermano, lo hecho, hecho está —dice Michael antes de girarse para salir de la cueva.

—¿No le has quitado el tabaco al tipo ese antes de que se fuera, Miceál? —pregunta Tom.

—Me temo que no, hermano. Ni se me ocurrió.

—Bueno, da igual.

Sara se estremece en su llanto y los dos hermanos la miran con pena. Entonces Michael dice:

—Y ha pasado... Yo creo que a Sara...

—Calla, hermano. Ya me lo contarás en otro momento. —Rodea a Sara con el brazo y la atrae hacia sí—. Ven aquí, ven aquí... —le dice Tom—. ¿Es que no estamos todos juntos otra vez, pichona mía? Gracias a Dios, otra vez los tres solos. ¿Qué más se puede pedir?

Tom se queda dormido rápidamente, le escuecen los pies mientras se le descongelan al calor de la lumbre, Sara solloza en sus brazos por lo que ha ocurrido y, abrazada a él, se siente bien, se siente bien porque ha vuelto. Su olor. Los tres. Juntos, como Tom ha dicho.

Y Sara, que apenas recuerda la última vez que lloró, la última vez que se permitió a sí misma hacerlo, solloza ahora por su madre y por su padre y por su hermano y por todo lo que le ha pasado desde aquel día en el bosque, hace muchísimos inviernos.

23

Durante tres días mantuvimos el fuego encendido día y noche hasta que del muerto no quedó más que ceniza que barrimos con una rama hasta el agua y luego desmontamos el foso de piedras para que en poco tiempo el lugar estuviera cubierto por la nieve y no presentara ninguna diferencia con el resto del terreno.

Pero esto fue más adelante porque poco después de que volviera Tom dejé de alimentar el fuego para ir a abrir las maletas y las cajas que los tramperos habían traído consigo al campamento porque ahora a ellos ya no les servirían de nada y a nosotros a lo mejor sí.

Y pues bueno era una colección rarísima de cosas tan rara que ni en la carreta de un circo la encontraría uno y ahora lo digo porque lo tengo claro pero la verdad es que en ese momento tardé un poco en darme cuenta.

Lo primero que encontré fue el baúl ese grande de mujer y me pregunté si los tramperos habrían estado casados o habrían viajado con una mujer en algún momento. Pensé que lo más probable es que fuera de una furcia pero a lo mejor se trataba de una hermana o de algún tipo de relación que se acabó antes de llegar al campamento. Esto eran solo suposiciones mías así que abrí el baúl.

Dentro había ropa de mujer y de niña o al menos eso me parecía a mí y había sobre todo vestidos y enaguas y medias de lana y cosas así además de una foto enmarcada de un hombre y una mujer y una niña. El hombre del ferrotipo no era ni Robinson ni Dillard que yo viera. También había un par de botines de mujer con cordones y un juego de peines y un cepillo de crin de caballo con el mango de marfil que todavía tenía pelos enredados entre las cerdas. Me di cuenta de que la mujer de la fotografía tenía el cabello rubio así que concluí que eran su cepillo y sus cosas. Había también un espejo de mano precioso y un frasco del tipo de perfume que sabía que solo usaban las furcias pero eso no quería decir nada sobre la mujer a la que habría pertenecido el baúl aquel que en paz descanse.

Había además tres libros que me emocionaron mucho por la simple idea de tener algo que leer pero uno de los libros resultó que era simplemente la biblia. Al menos era algo que podía estudiar junto al fuego porque todo el mundo sabe que en la biblia hay algunas historias brutales y esto es algo que hasta el mismísimo Dios puede decir. El segundo libro no obstante era *La tienda de antigüedades* de don Charles Dickens y yo había oído que el tipo ese escribía historias que merecía la pena leer así que me alegré.

El tercer libro no era un libro propiamente dicho sino un diario con tapas de cuero y cerrojo de metal. Hablaré del diario a su debido tiempo porque en mi opinión explica muchas cosas y sirve para exculpar a Sara y a Tom y también a servidor de cualquier crimen del que se nos pueda acusar como por ejemplo los crímenes descritos en el cartel aquel que doblé y guardé entre las páginas de este libro de cuentas.

En la segunda caja había cosas todavía más raras pero había una cosa que me alegró mucho encontrar pues dentro de la caja había un juego de herramientas de afeitado en sus pies de madera a medida y había peines tijeras cuchillas y un suavizador y todas esas cosas. Había hasta dos cajetas enteras sin abrir de jabón en polvo para hacer espuma de afeitar. La caja una vez se sacaban los pies de madera tenía espejos tanto en la parte de arriba como en la de abajo de modo que al abrirla y ponerla de pie uno podía mirarse de frente y de lado mientras se afeitaba.

No sé por qué encontrar esta caja de utensilios me dio una alegría tan grande como llevaba años sin sentirla. Allí estaba yo sentado delante de la cueva a la orilla del río y rodeado de niebla en la naturaleza más remota del territorio de las Dakotas encontrándome todo eso. ¡Todas la herramientas de un hombre civilizado! Nos cortaríamos el pelo y nos afeitaríamos los dos y Sara se quedaría el cepillo de crin de caballo y los peines de marfil. El juego de afeitado se me antojaba a mí un indicio claro de cómo volvería a ser nuestra nueva vida de hombres del mundo y no solo de meros supervivientes casi salvajes que era lo que parecíamos y como a veces nos comportábamos. Al lado de las barbas que llevábamos los dos los nidos de los pájaros parecían jardines cuidados y el pelo nos colgaba por la espalda como gruesas y enmarañadas crines. Cuando Sara se encontrara mejor pensé entonces podría pegarnos un afeitado a los dos y todo eso la verdad es que me trajo mucha alegría después del horror de los días pasados.

En ese momento no me paré a pensar en cómo habrían acabado teniendo los tramperos esa colección de cosas y pasé a la siguiente caja. Ahora cuando lo recuerdo me imagino que lo que pasaba es que no quería pensarlo por miedo a lo que pudiera descubrir. Pero igualmente lo acabaría descubriendo pronto.

Así que bueno abrí la tercera y última caja y dentro había una tintineante colección de frasquitos que contenían líquidos que casi me hacen echar las entrañas por el olor que desprendían. Había también una bolsa de sal que me gustó casi tanto como el juego de afeitado porque por fin podríamos comer algo con sabor independientemente de lo que decidiéramos (o pudiéramos) cocinar. Asimismo había un tarro de miel que no tenía en su interior sino un mazacote sólido pero que podríamos comer a cucharadas una vez lo derritiéramos metiéndolo en agua caliente. Además había un montón de eslabones de cadenas y llaves y alicates de hierro y ese tipo de cosas así que imaginé que era la caja donde guardaban las herramientas para las trampas.

Y me acordé entonces de las trampas. Una maraña de tres o cuatro trampas que estaban medio cubiertas por la nieve y colgadas de la pared exterior de la cueva. El resto supuse que estarían puestas en algún lugar del bosque que no seríamos capaces de encontrar ahora o al menos no hasta que se derritiera la nieve del suelo en supiera Dios cuántos meses. Se me ocurrió entonces que las botellas guardaban cebos aromáticos para las trampas y que eran bilis y orín de animales para atraer a otros animales.

Pensé en ir hasta la cueva para contarles a Tom y a Sara mis descubrimientos que a lo mejor nos hacían más fácil nuestro tiempo allí en esa naturaleza indómita pero los oía a los dos hablar en voz baja y sobre todo era Tom el que hablaba así que pensé que sería mejor no molestarlos.

Y en vez de ir cogí el diario que había encontrado en el baúl de mujer y empecé a leerlo aunque no tardé mucho en desear no haberlo hecho nunca.

24

Estoy poniendo la pluma sobre el papel mientras al alba los pájaros cantan en coro entre los árboles que rodean este refugio y el sol proyecta su luz a través de las ramas y me calienta la espalda como si el mundo fuera un lugar amable e inocente y todo lo encantador que es este día de principios de otoño contradijera lo que debo escribir aquí pero aun así voy a escribirlo. Porque si sigue usted leyendo estas páginas verá que lo que está por venir servirá por descontado para limpiar nuestros nombres el mío y el de Tom y también el de Sara de algunas de las cosas que se dice que hemos hecho.

Voy a dejar constancia de lo que encontré en el diario de aquella pobre mujer y si yo me muriera quien quiera que esté leyendo esto que busque entre mis cosas y encontrará el diario pues yo no quería llevármelo pero pensé que al menos una persona sobre esta tierra del demonio debía conocer su historia y recordarla a ella y a su familia que el Señor los tenga en su gloria a ella y a su hija Liza y a su marido John el barbero.

La mayor parte del diario cuenta la historia de la familia Higgins que era de Knoxville en Tennessee y es un sitio por el que yo pasé una vez en la guerra después de que en el 63 Burnside lograra resistir como un tío duro y Longstreet tuviera que salir por patas con el rabo entre las piernas para Virginia. De verdad lo digo que me siento como un soldado anciano cuando escribo estas cosas aunque tenga todavía solo veintiocho años ¿puede quien lee esto creérselo?

Bueno pues la familia Higgins tal y como escribió en su páginas la señora Higgins o Mary que es el nombre que vi puesto en la primera hoja del diario se vio obligada a salir de Knoxville después de la guerra porque les hicieron añicos o les quemaron la casa y la barbería del marido; no se especifica qué pasó pero fue en una de las batallas que tuvieron lugar allí.

En las páginas que leí sentado en la roca aquella delante de la cueva Mary Higgins hablaba de cómo su marido estaba seguro de que con las pocas perras que habían sacado de vender el terreno donde había estado la casa y la barbería debían irse al oeste para empezar de cero en el territorio de Montana e intentar poner allí una barbería o incluso dedicarse a la minería de oro.

Pues toda comunidad de hombres necesita un barbero le dijo el hombre a Mary Higgins y en las páginas del diario ella puso por escrito sus dudas al respecto sobre si era correcto llevarse a una niña de doce años de edad a un viaje por la naturaleza indómita. Según lo que escribió Mary Higgins ella le dijo a su marido que lo único que quería era reconstruir la casa y la tienda y quedarse cerca de donde aún vivían su madre y sus hermanas y demás parientes. Pero claro está los americanos están siempre de aquí para allá y ansiosos siempre por una oportunidad mejor en otro sitio como Tom y yo que no somos ninguna excepción y somos ya práctica y totalmente dos yanquis.

Voy a decir ahora que allí en mi roca sentado y leyendo bajo el vasto cielo del territorio de las Dakotas me detuve a preguntarme si debería sentir alguna culpa por mi participación en la guerra que expulsó a tantas gentes de sus casas destruidas y de sus vidas y los lanzó al peligro de la naturaleza. Pero llegué a la conclusión de que en la guerra yo no había hecho más que lo que me habían ordenado hacer y que con toda probabilidad había sido el fuego de los cañones rebeldes lo que les había hecho añicos la casa así que yo estaba limpio al menos de ese crimen en concreto. Se le pueden echar las culpas a Longstreet o a Johnson o a los esclavistas de látigos endemoniados que empezaron la guerra pero desde luego a mí no. Bastante peso llevo yo ya sobre la conciencia como para encima echarme también el suyo.

Aun así se hacía complicado leer sobre lo que esperaba y temía la pobre mujer sabiendo ya lo que realmente le esperaba. Se dice siempre que los maridos deberían escuchar a sus mujeres para que sus grandes ideas no les impidieran tener sentido común pero a ver qué hombre ha hecho nunca eso. Ni qué mujer insiste o le niega a su marido lo que cree que hay que hacer. Alguna habrá por ahí pero yo creo que nunca he conocido a una ni siquiera a mi propia madre que en paz descanse la buena mujer.

Así que bueno la pobre de Mary Higgins al final acabó dando su brazo a torcer ante el sueño de su marido de emigrar al oeste en busca de una nueva vida y en tres meses de viaje ya habían hecho casi la mitad de la ruta Bozeman y se encontraban justo al sur del Fuerte Smith lo que quiere decir que la familia debía de haber pasado por el Fuerte Phil Kearny mientras nosotros estábamos allí de soldados. En las páginas de su diario no mencionaba haber parado en el fuerte pues no escribía todos los días y había muchos huecos pero lo que yo me preguntaba era por qué estaban viajando solos y no en una caravana de carretas y por qué habían emprendido el viaje después de que empezara a caer la nieve en noviembre pues a ningún hombre en su sano juicio se le ocurriría salir de viaje por una zona tan salvaje con esas condiciones. Nosotros lo hicimos claro pero es que nosotros estamos locos y nada más que con leer esto que aquí escribo debería saberlo uno.

Puede ser que como en verdad el otoño empezó siendo suave a lo mejor pensaran que les daría tiempo a llegar a Black Lodge o al barranco de Confederate Gulch o a Virginia City antes de que cayeran las grandes nevadas y llegara el frío de verdad.

Lo cierto es que yo ya me olía lo que les había pasado y me estaba cagando en la estampa de John Higgins por presionar a la mujer que tenía a su cargo para seguir el camino cuando deberían haberse parado a pasar el invierno en un fuerte como hacen todas las personas con dos dedos de frente. En realidad como ya sabía cuál sería su destino cada vez me hastiaba más y me daba más pena leer las páginas del diario hasta que llegué al trozo en el que se contaba que *dos tramperos* habían llegado a su campamento una noche y se habían instalado allí como si fuera su casa. Voy a copiar aquí lo que ella escribió en caso de que alguien encuentre y lea solo estas páginas pero no su propio diario por alguna razón como que por ejemplo yo lo haya perdido por el camino de modo que estará también aquí y servirá como prueba de nuestra inocencia absoluta.

13 de noviembre de 1866: Como si no anduviéramos ya escasos de comida y provisiones, anoche llegaron al campamento dos hombres que dicen ser tramperos de oficio. No sé explicar por qué pero no me gusta el aspecto de sus barbas ni de sus abrigos de castor. No obstante, a John les han caído en gracia. Que Dios me perdone, pero no se puede ser tan bueno. Preferiría quedarse él con hambre por darle a otro el último bocado que le quedara en la despensa. Eso es lo que me encanta de él. Su optimismo y su bondad, dos cualidades que son también las que nos han traído a este callejón sin salida. Me temo que hemos avanzado tanto en la ruta que ya no podemos volver ni, tampoco, continuar avanzando con seguridad. Estos dos hombres parecen tener cierto interés en Eliza, así que tendré que hablar con ella sobre cómo debe comportarse en el campamento. No es en absoluto consciente de sus encantos y, aunque aún no les tenga miedo, de estos dos me fío lo mismo que de un oso.

Estas eran las últimas palabras de cuantas había escrito la pobre mujer en su diario y al leerlas sentí que se me hacía un nudo terrible en la garganta. Pues las páginas en blanco que seguían a la llegada al campamento de los dos hijos de p... de los tramperos eran en su horrible blancura mucho más tristes que si yo mismo hubiese presenciado lo que estos dos c... le habían hecho a la familia. Allí sentado en la roca y hojeando las páginas en blanco que quedaban del libro al menos sentí algo parecido a haber hecho lo correcto en mitad de una jungla de cosas incorrectas por haberle metido un tiro al c... de Dillard y haberse cargado Sara al otro hijo de su madre a hachazos y haber quemado su cuerpo en la hoguera a la orilla del río hasta que solo quedaran de él cenizas. He hecho muchas cosas malas en el mundo pero también he hecho algunas buenas.

Que el Señor tenga en su gloria a la familia Higgins y puedan descansar en paz en el reino de los cielos. Y que el mismísimo diablo pase sus días en el infierno torturando el alma del tercer Wallace Robinson de su estirpe de ahora hasta que llegue su hora por violador y por ladrón y por ser un asqueroso c...

No hay mucho más que escribir sobre los días y las semanas que siguieron al regreso de Tom excepto un par de cosas. La primera quizá parezca poca cosa al leerla pero por algún motivo despertó algo en mí que todas las carnicerías de las batallas en las que había luchado y las cosas que había hecho por el camino no habían conseguido despertarme.

Lo voy a contar porque a lo mejor a Tom le gustará leerlo algún día aunque solo Dios sepa dónde y cuándo y si acaso algún día podrá hacerlo teniendo en cuenta en qué situación nos encontramos ahora. Pero bueno por si acaso y por si Dios así lo quiere aquí va.

Tom se pasó los dos días siguientes a su regreso en la cueva sin salir de ella más que para orinar todas las infusiones de pino que Sara le metía en el cuerpo. Ella se pasaba la mayor parte del día con él allí los dos metidos casi desnudos y sin ropa alguna y pegados el uno al otro bajo una capa de pieles de búfalo y castor no tanto por las razones que a la carne le puedan apetecer sino por el calor que necesitaba Tom y quizá también por la comodidad que brinda la piel del amado que a Sara le venía bien después de lo que le había pasado con el trampero y que yo no sabía todavía qué era pero bueno el caso es que no era una desnudez íntima para nada sino algo natural y sanador y yo entraba y salía como se me antojaba sin hacerles caso alguno mientras me ocupaba de reparar la puerta de ramas y recogía leña y cosas así.

Mi hermano intentó renquear por los alrededores del campamento pero no podía llegar muy lejos porque le dolían muchísimo los pies y al poco de ponerse en pie tenía que volverse a la cama. Quizás haría tres días de esto cuando se nos empezaron a encoger los estómagos por no comer más que las raíces y los bulbos que Sara excavaba con un palo tallado con el puñal de Tom y unos míseros piñones mezclados con la miel del tarro que me encontré en los baúles y la infusión de pino (que Dios bendiga a los árboles por abastecernos con cosas suficientes como para mantener nuestros cuerpos con vida aunque fuera a duras penas). Entonces Sara se levantó y se puso la ropa de invierno y me pidió que fuera con ella a mirar la trampa de peces.

Me hacía ilusión ser un hombre verdaderamente útil aunque tuviéramos que ir andando despacio. Con los días había ido usando la muleta cada vez menos pero aún había veces que tenía que sentarme y descansar por el dolor de la pierna. Esa mañana sin embargo me levanté yo solo y cogí el Springfield y le di a ella el Colt cargado y listo y allá que fuimos los dos por la vereda junto al río para volver con dos peces que compartir entre los tres gracias a la trampa de Sara.

La pesca no nos saciaría pero peor era una coz de un caballo como le dije a Tom cuando volvimos. Estaba allí acostado bajo las pieles y el abrigo junto al fuego e intentaba sonreír pero lo que le salía en la cara era más bien una mueca de dolor tan intensa que le daba aspecto como de que estaba a punto de echar las entrañas vacías.

—¿Qué te pasa Tom? —le dije en irlandés pensando que a lo mejor no quería que Sara se preocupara por él.

—El pie hermano —respondió—. Los dedos. Congelamiento me temo. Están congelados lo sé y me cago en la p... —dijo mientras con cuidado se levantaba la manta de búfalo que le cubría el pie y luego seguía hablando—: Juro que no he sentido nunca en mi vida un dolor como este. Mucho peor que cuando la bala me atravesó la cara o que cualquiera de las veces que me han roto la nariz o cualquier viruela que se te ocurra. Te juro por Dios que voy a coger el revólver y voy a meterme una bala en los sesos solo para que se acabe este dolor. —Y en ese momento Tom cogió el Colt que estaba al lado del lecho y lo miró larga y fijamente como si estuviera mirando algo que pudiera ser la llave para abrir otra cosa.

El pie izquierdo que me había enseñado me parecía que tenía un aspecto normal y se parecía bastante a mi propio pie pues para algo éramos hermanos. Era completamente normal excepto por los dos dedos más chicos. El aspecto que tenían esos dos dedos no era para nada normal ni se parecían en absoluto a los míos pues ya no tenían un color blanquecino y ceroso como cuando había vuelto de su caminata por la ventisca sino que eran de un color negro enfermizo y endurecido y tenían una pinta horrible al lado del blanco pálido del resto del pie. Si se ponía uno a mirar de cerca los dedos podía ver que el negro estaba empezando a teñir un poco todo el pie y eso lo sabía yo y lo sabía Tom era malo que le ocurriera a cualquier parte del cuerpo.

—Me cago en la p... —le dije—. Tiene pinta de que se está expandiendo. Tiene pinta de que...

Tom levantó la mano e hizo que me callara.

—Ya sé de lo que tiene pinta —dijo—. Y si no lo es ya lo será pronto. ¿Serás capaz de hacer lo que hay que hacer? Yo solo no puedo hacerlo.

La verdad es que casi se me rompe el corazón en ese momento y no por los dedos congelados e infectados de Tom sino por el aspecto tan débil que tenía ahora mientras yo recordaba cuando éramos críos y Tom era siempre el hombre más poderoso del planeta que no le tenía miedo a nada ni a nadie aunque yo fuera el mayor de los dos. Y allí estaba confesando con toda la razón del mundo que había algo que no podía hacer él solo y en su confesión había un temor que nunca en mi vida había visto en él ni siquiera cuando le metieron el balazo en la cara en Tennessee y si no se murió fue por los pelillos de un c...

Entonces cogí y le dije a mi hermano:

—Claro que lo haré Tom. ¿Le pido a Sara que salga para que no lo vea?

Y Sara cuando oyó su nombre en medio de todas esas palabras irlandesas me miró a mí y luego miró a Tom porque ella tonta no era. Ella sabía bien qué significa todo aquello así que cogió el cuchillo Bowie de Tom que estaba metido en su vaina y apoyado en la pared como si fuera una bestia durmiente y entonces metió el cuchillo en una olla de agua que hervía a fuego lento en la hoguera.

—Déjalo ahí metido para que se limpie —dijo y de nuevo volví a pensar en la suerte que teníamos de contar con una muchacha así en un sitio tan inhóspito como aquel. Yo directamente habría cogido el cuchillo y no se me habría ocurrido que era mejor usar una hoja limpia para hacer cualquier cosa que hubiese que hacerle al cuerpo. No tengo ni idea de por qué es así pero son muchos los matasanos que he visto en la guerra limpiar las sierras antes de usarlas para cortar pensando que es menos infeccioso hacerlo así aunque si eso es verdad o es mentira yo no lo sé. Después de unos minutos cojo y le digo otra vez a Tom:

—Entonces ¿le pido que salga mientras lo hago?

Tom se estiró y cogió la mano de Sara de su regazo y la atrajo hacia los hombros para que reposara sobre su pecho y luego él se dejó caer sobre el regazo de Sara con la cabeza sobre la barriga mirando hacia mí. Sara lo abrazó por los hombros y le tomó la cara con delicadeza a la par que firmeza mientras colocaba los pies en torno a sus caderas en algo que parecía a la vez un abrazo de amor y una sujeción para mantener a Tom quieto durante la tarea. Tom levantó el pie y lo puso sobre una piedra caliente que estaba justo a ras del fuego y que era una piedra plana sobre la que yo podría trabajar. Entonces me dijo en inglés con una sonrisa que daba pena ver:

—Sé malvado hermano. No voy a echar casi de menos estos dos dedos de m... y desde luego no estoy dispuesto a cambiarlos por una pierna gangrenada.

—Vale —dije mientras cogía el cuchillo de la olla hirviendo. Es una pena que no tengamos whisky para darte.

—Venga hazlo ya c... —me dijo así que yo cogí los tres dedos buenos con la mano izquierda y los aparté a un lado y con el pulgar separé los dos dedos malos todo lo que pude y posé el filo reluciente del D Bar Bowie contra el nudillo del dedo meñique primero.

Apreté el cuchillo con fuerza y rapidez pensando que lo mejor sería hacerlo rápido y la piel ennegrecida que recubría la articulación se abrió como si fuera el bolso de seda de una furcia y empezó a salir sangre a borbotones por el corte. Y luego puse todo mi peso encima del cuchillo y en un instante se oyó un sonido seco como de una rama partida de un árbol y el dedo colgaba de un hilo de piel y rápido como un rayo lo corté con el cuchillo. A todo esto Tom no emitió ni un grito pero podía ver el dolor recorriéndole el cuerpo entero y la pierna se le movió sola cuando el dedo cayó al suelo sucio junto al fuego.

—¿Estas bien hermano? —dije yo pero él simplemente me gruñó como haría un león herido y cogí el cuchillo y lo llevé al segundo dedo y le hice lo mismo y esta vez Tom sí que emitió un gemido grave y seco y Sara lo sujetó más fuerte sobre la barriga y le agarró la cara entre las manos y la oí que estaba susurrándole o cantándole algo a mi hermano a lo mejor era una oración en su idioma indio o una canción que una madre le cantaría a su hijo enfermo y eso hizo que los ojos se me llenaran de lágrimas y tengo que decirlo porque tener a una mujer que te ama tanto como para sentir el mismo dolor que tú estás sintiendo y que te canta para espantarte el dolor como haría una madre con el dolor de su hijo pues no hay otra cosa sobre la faz de la tierra a la que una persona pueda aspirar. Me cago en la p... con lo bien que me vendría a mí alguien tan amable y bueno. Me pareció tan hermoso aquello que estaba viendo allí en la cueva que por tenerlo habría matado a un hombre y me sequé las lágrimas y Tom me gruñó un par de palabras que no entendí.

Entonces Sara me dijo:

—Pon el cuchillo en el fuego Michael. Y luego ponlo en el pie para que... —No sabía cómo decirlo y yo tampoco pero me hizo pensar en sellar la herida con el calor del cuchillo así que metí el cuchillo ensangrentado primero en el agua para limpiarlo de sangre y luego en las llamas y lo sostuve ahí hasta que la punta de la hoja resplandecía de color naranja y rápidamente la llevé al muñón del dedo meñique donde silbó y chisporroteó y llenó el aire de olor a carne podrida asada y Tom rugió y su cuerpo se dobló de dolor y Sara tuvo que sujetar a su hombre mientras le seguía cantando entrecortada por el esfuerzo de sujetarlo. Volví a meter el cuchillo en el agua y luego lo puse en las llamas y lo presioné contra el segundo muñón y lo mantuve allí hasta que Tom dejó de agitarse y se desmayó del dolor tan terrible que padecía.

El hedor en la cueva era insoportable aunque yo ya lo había olido muchas veces durante la guerra pero cuando viene de tu propio hermano y uno se parece tanto a un médico como la luna a una bola de queso pues la verdad es que es una situación horrible. Nunca en mi vida me he sentido tan agotado y exhausto ni siquiera después de matar a un hombre o de correr por mi vida delante de clamorosos rebeldes confederados o de los indios siux yo no sé por qué pero juro que fue así.

Sara era la única de nosotros que todavía estaba en sus cabales y se levantó y tapó a Tom con el abrigo y las pieles de búfalo y le dejó el pie al aire. Luego se llevó la olla al río para limpiarla y trajo agua fresca que puso a hervir para hacer un estofado de pescado para los dos.

Cuando terminamos de comer dijo:

—Tiene que dormir. Como tú antes. Dormir lo curará. Dios mediante.

Y eso me hizo reírme. *Dios mediante.* Cuando lo dijo sonó absolutamente como si fuera una paisana nuestra y eso hizo que me sintiera muy unido y con mucho cariño por ella.

—Dios mediante —respondí—. Lo que Dios quiera será muchacha.

Y gracias a Dios que así lo quiso porque después de tres días bajo las mantas de piel Tom ya volvía a ponerse en pie e íbamos el par de dos cojeando por el campamento como un par de inválidos en un hospital de veteranos de guerras extranjeras. Pues la realidad es que somos dos veteranos heridos en guerras que hicieron de nosotros los hombres que éramos entonces y los que seguimos siendo ahora.

Pero sea cual sea el tipo de hombres en que nos convirtió la guerra lo que está claro es que no somos el tipo de hombres que figuran junto a sus crímenes en los carteles de las fachadas de los *saloons* de Virginia City. No somos esos hombres en absoluto y juro por Dios que nunca podríamos serlo.

II

Este mundo terrenal

> *No he hecho daño alguno. Pero ya me acuerdo de que me encuentro en este mundo terrenal, en el que hacer daño es a menudo meritorio, mientras que hacer el bien constituye a veces una peligrosa locura.*
>
> WILLIAM SHAKESPEARE, *Macbeth*, IV.2

25

La nieve, densa y húmeda, se les mete entre las tiras de las raquetas con cada una de sus fuertes pisadas romboidales, va añadiéndoles peso y, cuando comienza a ser una carga, los cazadores se la sacuden con fuerza para quitársela de encima.

El sol está bajo sobre las Basawaxaawúua nevadas, pronto se hundirá tras ellas, y los dos jóvenes cazadores se detienen al filo del bosque de pinos para husmear el aire de manera casual. El aroma de los pinos se impone a todos los demás, pero los dos saben que el almizcle o las heces de una manada de búfalos o de alces se abriría camino entre el pino resinoso; leen el viento en busca de significados sin pensarlo siquiera, desde que alcanzaron la edad para cazar, lo hacen casi como un acto reflejo.

—¿Seguimos? —El de menor estatura de los dos saca una tira de *pemmican* de una bolsa fabricada con el escroto de un búfalo. No fue el primer búfalo que mató, hace alrededor de seis veranos, pero fue uno de los primeros. A lo mejor fue el primer macho de gran tamaño, ya no se acuerda. Se la hizo una de las madres de su clan.

Le tiende a su más viejo amigo y hermano de clan otra tira de carne de búfalo seca, golpeada hasta aplanarla y salpicada de ácidas bayas silvestres. Al hacerlo, se da cuenta de que le está ofreciendo un trozo más pequeño que el que cogió para sí mismo, así que lo aparta y le ofrece su propio trozo, que es más grande.

Su compañero coge el trozo de *pemmican* y empieza a comérselo sin hacer ningún comentario sobre el cambio del trozo pequeño por el grande. Es lo que hay que hacer. Él haría lo mismo, así que no le presta mayor atención, igual que tampoco se la presta a buscar en el viento lo que este pueda contarle.

El más alto de los dos cazadores traga y dice:

—Cuesta trabajo avanzar, pero se está bien aquí afuera, al sol.

—El sol no va a seguir fuera mucho tiempo. Esta noche va a hacer frío. El cielo está raso.

El más alto de los dos sonríe y vuelve a llenarse la boca de *pemmican*.

—Vamos a cruzar los pinos de allí y a llegar hasta el río y, si no encontramos nada, volvemos a casa. Con la luz de la luna podremos seguir nuestras marcas. Has dicho que va a estar raso.

—Hay lobos por aquí...

—A los caballos no les va a pasar nada. Te preocupas por las cosas como una madre se preocupa por su hijo adoptivo.

El cazador más menudo no dice nada. Su amigo sabe bien que no le gusta estar a la intemperie cuando se hace de noche. Y en el invierno es peor, porque el frío saca de sus guaridas a los espíritus, que cruzan a este mundo en busca del aliento de un hombre con el que calentarse, de un refugio en las tripas o en la cómoda muesca de debajo de la garganta de los hombres, desde donde les absorben todo el calor de los músculos y les clavan las garras en los pulmones, para dejarlos lánguidos y exhaustos durante las cortas horas del día, de modo que no puedan cazar ni luchar.

Su amigo sabe que tiene miedo de ese tipo de cosas, pero él no, él cree que los espíritus los dejarán en paz si son buenos, como han sido hasta ahora, si son valientes y honestos y respetan las tradiciones. Su amigo cree que es hasta gracioso que Asido al Búfalo por la Giba tenga miedo de los espíritus de invierno más que a de los de verano, pero que no tema a ningún hombre ni animal *con vida*. Son apenas unos críos, él tiene diecinueve inviernos de edad, y Asido al Búfalo, veinte.

Ni el propio Asido al Búfalo por la Giba entiende del todo por qué le tiene miedo a esas cosas cuando hace solo tres lunas le metió una flecha a un oso erguido sobre sus patas a diez pasos de distancia de él, sin preocuparse ni por asomo por el espíritu del oso. Aun así, tiene miedo o, al menos, respeto, de los espíritus del inverno y de los enanos que viven bajo la montaña, y cree que Sentado Cerca del Fuego debería ser más respetuoso. No está bien, piensa, ignorarlos como él hace. Pero así han sido siempre las cosas entre ellos, y a Asido al Búfalo por la Giba no se le ocurre ninguna otra persona viva con la que sería capaz de pasarse un día entero de caza.

Como si le estuviera leyendo la mente, Sentado Cerca del Fuego dice:

—Los espíritus son espíritus. No tiene sentido que te pases la vida asustado como si fueras una vieja. Si vienen a por ti, o a por tu caballo, te llevarán, a ti o a tu caballo, haga el tiempo que haga y sea la hora que sea. Pero todos tenemos que comer, eso es algo que no nos van a negar ni los malos espíritus. —Le sonríe, sabe que no le gustan este tipo de conversaciones. Y continúa—: Tu madre hace el mejor *pemmican*. Es por las cerezas. Que las seca a la vez que la carne. El de mi madre casi no puede comerse. Tú lo has probado.

Asido al Búfalo sonríe y vuelve a sacudir la nieve a medio derretir de las raquetas.

—Lo he probado, pero eres muy mal hijo por decirlo. Como te oiga, verás.

—Venga, hombre —dice Sentado Cerca—. Vamos a cruzar el bosque hasta el río y luego te llevo a casa.

Asido al Búfalo sigue a Sentado Cerca hasta el bosque. El único sonido que se oye en el bosque de pinos es el murmullo de las raquetas de nieve, el plaf ocasional de la nieve húmeda precipitándose desde las ramas sobrecargadas. El bosque es frondoso y al sol le cuesta llegar a tocar el suelo, por lo que ahí la nieve es más dura, avanzar, más sencillo.

Cerca del extremo contrario del bosque, Asido al Búfalo se detiene y levanta la mano, Sentado Cerca también se detiene, en silencio, completamente inmóvil de no ser por su aliento, que emerge en nubes perezosas. Pone el oído y lo único que distingue es el leve fluir del río que, repleto de bloques de hielo, pasa cerca de donde están. Tras un largo instante, Asido al Búfalo murmura:

—¿No lo oyes?

Sentado Cerca, harto de que cuando van a cazar sea siempre Asido al Búfalo el primero en oler, oír o ver a las presas, responde:

—Claro que sí. En el río.

—No es profundo. Y ahora en invierno, menos.

—No tengo intención de mojarme —dice Sentado Cerca mientras, sin embargo, se agacha para desatarse las raquetas. Asido al Búfalo también se agacha y hace lo propio, y apoya los dos pares de raquetas contra la base de un pino para recogerlas luego.

—Ni yo tampoco. Pero mi barriga tampoco tiene intención de seguir vacía mañana —dice Asido al Búfalo, y levanta la mano para mandar callar a su amigo antes de que siga hablando.

Oyen el balido de una cría de alce, ahora más claro, que probablemente significa que hay al menos dos alces, quizá más, y los jóvenes cazadores se separan sin mediar palabra, siguen el balido a través de la nieve en silencio, los dos se quitan el arco de los hombros y sacan una flecha de sus carcajes.

Asido al Búfalo sale del bosque de pinos a la rivera llana y cubierta de nieve del Áashbatshua. Desde ahí, ve a dos alces —una hembra y una cría crecida— que están hundiendo el hocico en el lento correr del agua, al filo del río, haciendo crujir las piedrecillas cubiertas de nieve bajo sus pisadas.

Sentado Cerca aparece río abajo, a un disparo de flecha de distancia, la hembra deja de beber y levanta la cabeza, un leve remolino le ha llevado un extraño olor. También la cría levanta la cabeza, muge con un tono alto y agudo que atraviesa el leve correr del río, y los dos animales se quedan parados durante un largo instante.

Otra brisa ligera sopla desde detrás de los cazadores y la hembra brinca para alejarse de la orilla con gran estrépito, abriéndose paso a través del río poco profundo por el invierno; la cría, torpe y escuchimizada, va detrás.

Asido al Búfalo lanza su flecha y saca, prepara y dispara otra flecha más antes de que la primera se le clave a la cría en el anca, lo que la hace tambalearse. La segunda flecha cae lejos del alce a la fuga, y saca una tercera flecha, pero, al ver a la hembra coronar la pendiente que se levanta en la orilla contraria del río, no la dispara.

No piensa en nada más que en seguir al alce, tose por el frío cuando se zambulle hasta las rodillas en el agua, mojado hasta la cintura, oye a Sentado Cerca que también se mete al río más abajo, llega a la otra orilla antes que él, dispara, saca otra flecha más y la dispara.

Ya los dos en la otra orilla, siguen las marcas de los alces por la breve pendiente, avanzan con fuerza por el ventisquero húmedo y pesado, pataleando entre la nieve marcada por las pisadas y la sangre de los animales, y llegan a un segundo bosque de pinos; por las marcas, la hembra y su cría no se han separado. Los dos cazadores saben a dónde dan esos árboles, conocen el empinado barranco que cae al otro lado y la empinada pradera que, esperan, sea traicionera por la profundidad de la nieve; sus ánimos renacen cuando oyen a la cría mugir y al alce bramar, convencidos de que se han caído por el precipicio.

Y entonces oyen un disparo de rifle. Se detienen y se esconden tras los últimos árboles del bosque.

La pradera está rodeada de bosque, cae precipitadamente desde los árboles de modo que atrapa y acumula la nieve, con una brusquedad que debe de haber sorprendido a los alces. Los dos cazadores los ven ahí, las dos bestias son presa de la nieve húmeda acumulada que las cubre hasta las ancas, la cría bala de desesperación, con la flecha sobresaliéndole de la giba.

La hembra se desploma muerta, se hunde en el ventisquero; al principio no ven al pistolero tras la capa de humo del arma, luego lo ven, está a apenas dos disparos de flecha, en el extremo superior y más alejado de la pradera. Es un hombre alto, blanco, enfundado en un abrigo de búfalo. Lo miran recargar el mosquete. La piel del alce apresado por la nieve, a la luz del último sol de la tarde, emite vapores.

—Le ha disparado al alce —dice Asido al Búfalo.

—Son *nuestros* alces. Este *baishtashìile* no se los va a llevar —dice Sentado Cerca, que echa a correr hacia la nieve acumulada en la pradera, dejando atrás su escondite en el bosque de pinos. Mientras corre, saca y prepara una flecha.

26

Tom se pasa diez días reposando el pie, con fiebre baja, y los tres comen el pescado que pesca Sara con su trampa, los días de suerte es suficiente para saciarlos, los demás, beben infusión de pino y picotean los piñones de las piñas rebuscadas, que Sara les ha enseñado a poner encima de las rocas calientes del fuego para secarlas y que se abran. Hay tubérculos y raíces de invierno que Sara escarba a orilla del agua, río arriba, para luego asarlos en el fuego y machacarlos hasta formar una pasta sin sabor que fríe en la grasa de los peces.

Además, Sara ha colocado el resto de las trampas oxidadas en el bosque; las ha engrasado lo mejor que ha podido con el aceite del pescado y usa como cebo las cabezas y las colas de los peces, en lugar de las botellas de fragancias que Michael encontró en la caja de los tramperos.

Hace tres días, Sara y Michael volvieron al campamento con un zorro que cayó en las fauces de unas de las trampas, lo destriparon y lo cortaron en trozos. Siguiendo las instrucciones de

Sara, hirvieron su carne para matar los parásitos que los zorros portan casi siempre consigo, luego, la aderezaron con la sal que encontraron en la caja de los tramperos y la frieron. La carne era fibrosa y escasa, pero comestible, y Sara está empleando el lomo del cuchillo Bowie de Tom para rasparle la sangre y los nervios a la piel del zorro, machacando los sesos y mezclándolos con sal para curarla.

Todavía no les ha contado lo que planea hacer con ella, pero Tom la ve con frecuencia parada delante de la piel, mirando cómo cuelga de la rama de un árbol para secarse, como si estuviera calculando qué puede hacer con ella, lo que, cree Tom, significa que al menos no está pensando en lo que le hizo el trampero ni en el crío que perdió aquel día. O eso espera Tom, al menos. La pobre trabaja como una mula, y el cuerpo que trabaja es un cuerpo que no se amilana. Eso es lo que le han dicho a Tom más de una vez, y espera estar en lo cierto al creerlo.

En su lecho de enfermo, Tom se deja caer hacia atrás y se imagina lo que le haría al trampero si no lo hubiese hecho ya, con toda la justicia del mundo, la propia Sara, y desea que la maldición del Señor se ciña sobre este maldito y glacial lugar por dejarlo por ahí perdido para que el trampero pudiera hacer sus maldades. Desea también que otra maldición se ciña sobre el propio Señor, por permitir que todo esto ocurriera.

El décimo día después de que Michael le rebanara los dedos congelados, harto de cavilar, de comer carne de zorro y pescado, de los piñones y las gachas de raíces y la infusión de pino y de ser una carga absoluta para el campamento, Tom coge su rifle Springfield. Lo limpia y, después, coge también su revólver Colt Navy, empaca cartuchos y pistones y envaina el cuchillo. Luego coge un segundo par de medias de lana, que encontraron en una de las maletas, y se lo pone por encima de las suyas. Y se pone también las botas, con cuidado. Le duele el pie, y al principio le resulta difícil mantener el equilibrio, pero pronto deja de cojear y empieza a caminar, y poco después se arrepiente de haber perdido las raquetas mientras se abre camino afuera del campamento, hacia la vereda que sigue el curso del río.

—Ten cuidado, hermano —le dice Michael, pensando que no es muy sabio por parte de Tom salir a cazar, pero sabiendo que, incluso aunque le falten dos dedos de los pies, él está mejor dotado para esa tarea.

—Espera —dice Sara.

Tom se detiene y Michael la mira, desacostumbrado a oírla gritar. Michael la ve levantarse de donde estaba sentada, limpiando la piel del zorro, y acercarse a Tom. Le toma la cara entre las manos y le sonríe, y le susurra algo que Michael no puede oír.

—Eso haré, pichona —le dice Tom, luego se da la vuelta y sale del campamento, se dirige al bosque donde vio al ciervo al que disparó en el barranco.

27

Sara está en la trampa del río, ha pasado una hora desde que Tom se ha ido del campamento cuando oye, río arriba, toses y chapoteos, y el mugido de un alce. Coloca una trampa nueva en la poza que forman los árboles caídos arrastrados por el río, y echa a correr por la orilla hasta entrar en el bosque que hay más allá. Se esconde entre los árboles y escucha. Sabe que no es Tom quien ha gritado, quien ha chapoteado en las aguas río arriba, y el miedo la atraviesa como un relámpago. Son *indios*, piensa. *Dieu, nous protège...*

Se queda escondida unos instantes, pensando que ojalá se hubiese traído la pistola que Michael intentó darle, prestando atención por si oye pasos en la nieve y oyendo solo el sonido del río y el crujido de los árboles bajo una brisa ligera.

Después de algunos minutos, Sara sale de entre los árboles y se dispone a volver al campamento, entonces oye el disparo. Y de nuevo el viento trae voces, gritos ininteligibles y débiles.

Tom, mi Tom, piensa, y en lugar de volver al campamento, comienza a trotar río arriba, hacia el disparo.

28

Cuando llega a lo alto de la pradera y está a punto de entrar en el bosque, Tom capta un movimiento por el rabillo del ojo. Parpadea, incrédulo ante lo que está viendo. *Dos alces*. Ni en sus mejores sueños habría imaginado un día así. Levanta el rifle y dispara.

Ve que el alce mayor se tambalea y luego se derrumba entre la gruesa capa de nieve, al fondo de la pradera, y, mientras una ola de satisfacción le recorre el cuerpo, ve también a un hombre correr hacia la pradera desde los árboles que están a doscientas yardas; va vestido con ropa de cuero y pieles ligeras, y lleva un arco en la mano. Al instante, otra figura emerge veloz de entre los árboles, las rodillas le impulsan por encima de la capa de nieve, y Tom se queda congelado, como si nada de esto pudiera ser real. Primero dos alces, y ahora dos indios. *Indios*.

Tom vuelve a cargar, levanta el Springfield y dispara al segundo de los indios, pero, con las prisas, la bala le pasa por encima sin hacerle daño. Los indios llegan a la vez hasta los dos alces y se ponen a cubierto tras el animal muerto. La furia se despierta en Tom, una neblina roja le empieza a cubrir el rostro. Ese alce es *mío*, por Dios. Están a cubierto detrás de *mi* alce.

Y, mientras lo piensa, mientras apoya la culata del arma en el suelo para volver a cargarla y se lleva la mano a la cartuchera en un gesto automático propio de las máquinas de las fábricas de Massachusetts, siente el roce del aire junto a su pierna derecha y oye el ruido sordo de una flecha clavándose en el árbol que tiene detrás. La furia vuelve a correrle por la sangre y, en lugar de ponerse a cubierto él también, se queda quieto donde está, en lo alto de la pradera, echa la pólvora y mete la bala por el cañón, coloca el pistón y levanta el rifle cuando otra flecha, y luego otra, cruzan el aire, una se queda corta y cae a sus pies, en la nieve, la segunda le arranca el sombrero de búfalo de la cabeza.

Cegado, apunta el arma y dispara, entre el humo del disparo ve que se ha llevado un bocado de carne de la hembra de alce; ahora está viendo a los dos indios ponerse en pie y apuntarle con sus arcos, bramando insultos —lo sabe porque ya lo ha visto muchas otras veces— e imprecaciones, lo están retando a que baje la pendiente para pelear.

Una parte de él quiere hacerlo, y piensa que lo va a hacer, da un paso hacia la pradera. En ese momento, el más alto de los dos indios coloca una flecha en su arco y la dispara hacia él, Tom la siente de nuevo blandirse en el aire, esta vez le pasa cerca de la oreja, así que da un pasa atrás, recoge el sombrero y vuelve a colocárselo. Apoya el rifle contra el tronco del árbol que tiene detrás y se pone a cubierto tras él.

Desenfunda el Colt y se sirve de su antebrazo izquierdo para regularlo, mientras ve al más menudo de los indios salir de su escondite con el cuchillo en la mano. Por un momento, Tom piensa que va a venir a por él. «Venga, ven, hijo de puta, acércate más.» Pero, en lugar de eso, el indio, agachado, se desplaza por la nieve hasta la cría de alce y le clava el cuchillo en la tráquea, poniendo fin a sus balidos. Tom ve la sangre brotar del pescuezo del alce en borbotones cada vez más débiles, el indio ahueca las manos, toma en ellas la sangre y se la bebe.

Tom dispara y la bala le da al alce moribundo en la giba. El indio no se mueve, se ríe de Tom, blande el cuchillo y le muestra la otra mano, manchada por la sangre del alce, como si quisiera enseñarle a Tom lo que no puede tener.

Tom vuelve a disparar, con tanta rabia como esperanza, y ve al indio brincar para ponerse a cubierto detrás del alce justo cuando el disparo impacta en la cabeza del ternero, disparando astillas de hueso y una lluvia de sesos contra las vestimentas de los indios sonrientes.

—¡Sal otra vez y verás como te la meto en el cuerpo! —grita Tom, agitando los puños en dirección a los indios. Coge el Springfield y empieza a cargarlo. Va a preparar la mirilla del rifle para una distancia de doscientas yardas y a esperar todo el día si es necesario, toda la noche incluso, para pegarles un tiro en la cabeza al par de indios que quiere robarle el alce. Le quedan dieciséis cartuchos, otros tantos pistones, calcula, y cuatro tiros más en la pistola. Además, tiene tiempo y está en posición de ventaja. La distancia del disparo en una pradera en pendiente hacia abajo a la luz del atardecer es un problema, piensa, sobre todo porque el disparo del Springfield tiene una trayectoria en forma de arco iris, pero no es un problema sin solución. Casi le ha dado al indio menudo con el revólver. Acabará con esos bastardos, vamos que si acabará con ellos, y se llevará su alce. Por primera vez en muchos días, se le olvida el dolor del pie, el hambre de la barriga.

Se pregunta cuántas flechas más tendrán los indios.

29

—Con esta distancia, y ahí arriba, va a hacer falta mucha suerte para que el tiro dé en el blanco —dice Asido al Búfalo mientras se limpia la sangre de alce de la barbilla.

Sentado Cerca, con cuidado, apoya el arco en el animal muerto y empieza a quitar la nieve de alrededor y de debajo, la va apilando sobre el lomo del cadáver para estar mejor cubiertos. Asido al Búfalo hace lo mismo y, al poco, los dos pueden arrodillarse con comodidad, fuera de la vista del *baishtashìile* y de su arma larga. La nieve no va a parar las balas, pero los ocultará ante los ojos del hombre blanco.

—Nosotros somos dos. Y no va a tardar en oscurecerse. ¿Qué va a hacer entonces?

Asido al Búfalo mira a Sentado Cerca coger el arco, los ojos de su hermano de clan están encendidos y en sus labios quedan los restos de una sonrisa. Asido al Búfalo no siente tanta alegría. Es un buen guerrero, e incluso mejor cazador que Sentado Cerca, pero no se desvive por la emoción del combate del mismo modo que su amigo, pues Asido al Búfalo no puede evitar imaginar las muchas formas en las que un hombre puede resultar herido en este mundo y eso le impide amar la batalla aunque nunca la haya esquivado. Ha sido así desde que es un crío, desde el día en que le dijeron que debía tener cuidado de los niños menores que él mientras su madre y sus hermanas hacían las labores de bordado o de curtido de pieles, y mientras su padre salía a cazar o se sentaba a conversar con sus amigos. Ahí puede haber una serpiente, les decía a los niños más pequeños. O, cuando andéis por el bosque en verano tenéis que ser más ruidosos para que los osos os oigan. Sí, madre, contestaban los niños riéndose, burlándose de su visión de los peligros que acechaban detrás de cada arbusto de bayas, debajo de cualquiera de las rocas que un niño pudiera escoger como casa para jugar al escondite.

Pero fueron los hombres de su clan que son como Sentado Cerca los que, hace algunas lunas, no sopesaron el riesgo de atacar a los pies negros estando tan lejos de casa, y los que ya no están en esta tierra por carecer de precaución, por buscar solo la misma emoción por la batalla que está viendo ahora mismo en el rostro de su amigo.

No obstante, no es completamente inmune a ello. A una pequeña parte de él le gusta cómo se le ha acelerado el corazón cuando la bala del blanco ha impactado en la cabeza del alce; él ha pensado que le había dado cuando, en realidad, lo único que lo había golpeado eran los trozos de hueso del alce. Una parte de él piensa que le encantaría, cuando caiga la noche, llegar hasta donde está escondido el blanco y cortarle el cuello, como le ha cortado el pescuezo al alce, y acabar también con sus balidos. Asido al Búfalo pregunta:

—¿Cuántas flechas te quedan?

Sentado Cerca se quita el carcaj del hombro.

—Un montón —responde—. Y cuando se vaya el sol ya no vamos a necesitar las flechas.

—No —dice Asido al Búfalo—. Es verdad que no nos van a hacer falta.

Pero dentro de Asido al Búfalo hay otra parte que se pregunta por qué el blanco no ha huido. No hay muchos hombres capaces de resistir y luchar dos contra uno. A lo mejor, el *baishtashìile* está borracho de whisky o tiene tanta hambre que no tiene nada que perder por los dos alces que cree haber matado él. Aun así, hay que tener cuidado. Si un blanco está dispuesto a pelear, es porque está desesperado, y un hombre desesperado es tan peligroso como una serpiente de cascabel con la que te tropiezas a la sombra de un arbusto.

El *baishtashìile* les grita algo y Sentado Cerca se ríe.

—Es como la hembra de alce cuando le mugía a su cría. Habla como si fuera un animal. Más que hombres, los blancos son bestias. Hasta cuesta creer que anden erguidos y sobre dos piernas como nosotros. Pero tampoco se parecen en nada a los alces. No. Míralo. Los blancos son como... *chihpé* que salen de sus madrigueras y otean, sobre sus dos patas traseras, la hierba en busca de coyotes. Cuando ves uno de ellos, sabes que bajo el suelo hay mil más como él.

Sentado Cerca saca el labio de arriba por encima del de abajo, pega los codos a los costados y extiende las manos por delante del cuerpo. Luego emite un chillido agudo con la garganta que recuerda perfectamente al ladrido de los perritos de las praderas.

Asido al Búfalo se ríe y, poco después, empiezan a reírse los dos, se vuelven y apoyan la espalda en el alce, se ríen juntos como llevan haciendo desde que eran niños. Cuando se les pasa la risa, se quedan sentados en silencio un instante, miran el vaho de su respiración emerger lentamente, en la quietud. La brisa ligera ha cesado y el sol ha comenzado a esconderse tras las montañas, tiñendo de un brillante color naranja las altas nubes, que tienen forma de colas de caballo. Pronto caerá la noche, piensa Asido al Búfalo, y la noche será fría.

Asido al Búfalo mira hacia las montañas. Es imposible que los vean desde su campamento de invierno, que está muy cerca de la cima de las montañas; le encanta ver desde lejos los picos escarpados y veteados de nieve. Mientras mira, se acuerda del único blanco que tanto él como Sentado Cerca han conocido en la vida, y dice:

—Al Bon Père le tenías un montón de cariño cuando eras pequeño. Todos se lo teníamos. Él no te recordaba a un perrito de las praderas.

—No era un blanco normal, en absoluto —responde Sentado Cerca—. Era un buen hombre. Como si un espíritu hubiese venido a vernos. Pero tampoco era un hombre como nosotros. No yacía con mujeres, y ¿qué hombre es capaz de eso? Te lo digo yo, que los blancos no son para nada hombres como nosotros. Mira la *cosa* esta de ahí arriba. No querría ni llevarme su cabellera.

Asido al Búfalo asoma la cabeza por encima del alce que les brinda refugio y se oye un disparo, una columna de humo de pólvora emerge desde lo alto de la pradera. Vuelve a esconderse justo cuando la bala se hunde en el cadáver del alce y los dos cazadores notan en los hombros, que presionan contra el animal para estar a cubierto, el impacto de la bala, su potencia revolviéndose y agotándose en las entrañas del alce.

—Como el *baishtashìile* este siga disparando, el alce nos va a dar más plomo que carne —dice Asido al Búfalo.

Vuelve a sorprenderse por que el blanco no se haya dado por vencido. Si es por coraje y orgullo por lo que sigue ahí, en lo alto de la pradera, puede que su cabellera sea más valiosa de lo que Sentado Cerca piensa. O a lo mejor simplemente está loco. En cuyo caso su cabellera no valdría nada, la verdad. Además, su clan no les ha declarado la guerra a los blancos. Pueden matarlo sin que les impongan una sanción, claro está, si está lo suficientemente loco como para intentar quitarles el alce. A cualquiera en su sano juicio, independientemente de su opinión sobre los blancos o de si su clan o su tribu les ha declarado la guerra o no, se le consideraría un loco si no lo matara. Pero ¿qué pasa si hay más blancos?

Y, al pensar en esto, Asido al Búfalo empieza a preocuparse. ¿Qué pasa si matan a este hombre y vienen más blancos para vengar su muerte? En el campamento de invierno del clan no quedan suficientes hombres en edad de luchar que puedan defender a las mujeres y a los niños y a los ancianos. No si viniera una banda grande, con armas y caballos. Se le ocurre contárselo a Sentado Cerca, pero su amigo está volviéndose a levantar, gritando algo hacia la pradera mientras el hombre blanco recarga el rifle.

—¡No eres más que un perrito de las praderas asustado! ¡Ven aquí abajo a ver si eres capaz de quitarnos los alces! —Sentado Cerca desenvaina el cuchillo y lo blande hacia el *baishtashiile*—. ¡Vamos a pelear con nuestros cuchillos, como pelean los hombres, y el que siga en pie después de la pelea se quedará con el alce! —Vuelve a provocar al blanco con otro gesto—. ¡No me seas *chihpé*! ¡Baja y lucha como un hombre si es que quieres llevarte nuestra caza! Y si no, voy a subir yo y te voy a dar por culo como a una puta perrita de las praderas. ¿Es eso lo que quieres?

Sentado Cerca imita a un perrito de las praderas sobre sus patas traseras, chillando y agitando las diminutas garras extendidas, y luego comienza a mover las caderas adelante y atrás, los dos cazadores se ríen tanto que Sentado Cerca cae en la nieve y se queda tendido boca arriba.

Vaya forma de pasar el día, piensa Sentado Cerca. La mejor de las mejores. Cuando se le pasa la risa, se sienta y dice:

—Vamos a comernos el hígado del alce, antes de que pierda el calor. Tengo hambre, y parece que nos queda un buen rato aquí. Hasta que la perrita de las praderas esa se quede sin balas.

—Para entonces igual nos hemos comido el animal entero, porque no sabemos si le quedan muchas balas —dice Asido al Búfalo preocupado de que tengan ellos menos flechas que balas de plomo el blanco.

Se le ocurre, mientras se arrastra hasta la cría de alce y tira de ella por la pata delantera, que uno de ellos podría volver al campamento y traer refuerzos. Incluso Mocasín Perdido sería útil, o uno de los chicos más jóvenes. Desenvaina el cuchillo y, con una mano, agarra la pata izquierda trasera del alce, comienza a cortar, rebanando con cuidado la piel y, luego, el tejido fibroso de debajo. La incisión desprende vapores, pero Asido al Búfalo nota que la carne ya se está enfriando rápidamente. En pocas horas estará congelada y será complicado destriparla. Entonces tendrán que arrastrar los dos cadáveres, pesados y congelados, por la nieve, a través del río, hasta la primera arboleda, donde están sus caballos.

Se acuerda de los caballos. Uno de ellos tendrá que acercarlos, independientemente de lo que decidan hacer. Hace más grande el corte en el vientre del alce, apoya la pata trasera del animal sobre su hombro, rebusca dentro del cadáver con el cuchillo.

—No se te vaya a escurrir el cuchillo y dañar las tripas —dice Sentado Cerca.

Sin apartar la vista de su tarea, Asido al Búfalo responde:

—Lo dices siempre y ninguna de las veces que hemos salido a cazar juntos he dañado las tripas. ¿Alguna vez te has puesto malo por cómo he destripado yo una presa?

Pero, cuál de los dos iría, se pregunta Asido al Búfalo mientras, con la mano libre, va tanteando dentro del alce en busca de la masa densa y resbaladiza del hígado. En caso de ir a por ayuda, ¿prefiere ser el que se queda solo en esta pradera al anochecer con el alce y el blanco y los espíritus de la noche invernal sueltos por el aire? Tampoco soportaría que a Sentado Cerca le pasara algo por dejarlo a solas. Haría falta toda la noche y medio día para volver al campamento y Sentado Cerca carece de paciencia para esperar a solas tanto tiempo sin cometer alguna temeridad. Sentado Cerca es su mejor amigo, su hermano de clan por parte de la hermana de su padre, pero también es cierto que su amigo adolece de algo próximo a la locura. Es valentía, y audacia, más que locura, lo que la mayoría de las veces supone una cualidad buena en un guerrero, pero no se puede confiar en que sea capaz de quedarse sentado detrás del cadáver de un alce toda una noche y una mañana, simplemente esperando para luchar contra un blanco.

Asido al Búfalo decide que serán los dos quienes, juntos, hagan lo que haya que hacer para llevarse el alce esta noche. Ya son hombres. Y eso es lo que hacen los hombres. No esperan hasta la mañana ni van en busca de refuerzos. Y, pronto, uno de ellos tendrá que ir a por los caballos, o los lobos irán a por ellos antes y se quedarán sin transporte para poder cargar con el alce congelado durante un día y medio hasta el campamento, sin caballos y sin el *travois* del que los caballos tiran para transportar sus presas.

—Eres como una abuela buscando un abalorio perdido en una cesta —le dice Sentado Cerca—. Es el órgano más grande del animal y no lo encuentras.

Asido al Búfalo sonríe, pero no le contesta nada a su amigo. Sentado Cerca también dice eso siempre. Encuentra el hígado con los dedos y, con cuidado, lo corta y lo saca, humeante, del interior del animal muerto. Al examinarlo, se da cuenta de que ha sido un corte descuidado, pues cree que se ha dejado bastante hígado dentro, pero es todo lo que puede hacer agazapado ahí, detrás del alce donde están a cubierto. Ofrece a Sentado Cerca la tajada de color morado oscuro, es del tamaño del puño de un hombre; este le pega un bocado y se la devuelve. Los dos se la comen hasta que se la acaban y, una vez han terminado, se limpian las manos y la barbilla con nieve.

—¿Nos metemos otra vez en el bosque y rodeamos al blanco? O uno de nosotros podría rodearlo por el bosque y espantarlo cuesta abajo mientras el otro le mete un flechazo. Tendríamos que hacerlo antes de que anochezca del todo. Los caballos... —dice Asido al Búfalo.

—Los caballos dan igual. Va a hacer frío esta noche para estar sin fuego, no me voy a quedar aquí toda la noche. Voy a subir y a espantarlo o a dispararle yo mismo. Si viene para abajo, le disparas tú.

—De acuerdo —dice Asido al Búfalo, y pega la cabeza al anca del alce para examinar cuál es la forma más rápida de llegar hasta el bosque a la izquierda de la pradera, desde donde Sentado Cerca podría acercarse al blanco sin que este lo viera. La capa de nieve es más profunda en esa parte de la pradera, piensa, pero, desde donde están a cubierto, es la ruta más cercana hasta los árboles. Vuelve a mirar a lo alto de la pradera.

—¿Dónde se ha metido?

Los dos otean por encima de la nieve apilada sobre el alce y, justo entonces, un disparo retumba a la sombra de los árboles de su izquierda, casi en el punto justo al que Asido al Búfalo está mirando. Se agachan y les cae encima una lluvia de nieve cuando la bala del blanco la atraviesa, unas pulgadas por encima de sus cabezas.

—¡Está metido en aquellos árboles! —dice Asido al Búfalo—. He visto el resplandor. Vuelve a bordear el anca y mira el espectro de humo de pólvora, suspendido un instante al filo de la hilera de árboles, mucho más cerca de ellos ahora. A menos de un flechazo de distancia. Pero, para poder matarlo, hay que poder ver a qué se le está disparando y, aparte del persistente borrón de humo, no hay rastro alguno del *baishtashìile*.

Por primera vez en muchas lunas, Asido al Búfalo no está preocupado; está asustado. Piensa que la cabellera del hombre blanco ahora ha pasado a ser algo valioso, pues el blanco no es un *baaláaxaache*, no está mal de la cabeza ni loco. Es un blanco peligroso.

30

Sara avanza de piedra en piedra por el río, sin mojarse los pies y, cuando llega al otro lado, le resulta fácil seguir las marcas por la ribera llana y nevada hasta el bosque. Hay marcas de alce y de mocasines, manchas de sangre que Sara no sabe si es de un hombre o de un animal. Tom, piensa, mi Thomas.

Sigue el rastro de la sangre y las pisadas en la nieve a través de los árboles, y oye otro disparo justo cuando llega al borde del bosque desde donde se ve la pradera en forma de plato hondo. A medio camino hacia la pradera, ve a los animales que han dejado las marcas, el fango de nieve y sangre a su alrededor y, agazapados detrás, dos indios. Desde donde está Sara, no hay ni rastro de Tom.

Ella se esconde detrás de un árbol y espera, observa a uno de los indios sacar una flecha y colocarla en el arco. Está asomando la cabeza por encima del alce muerto cuando otro disparo retumba entre los árboles de la izquierda, delatado por la nube de humo. Justo al impactar el disparo en la cabeza del alce muerto, los indios se esconden de nuevo y el que tenía el arco preparado se pone de pie de un brinco y dispara la flecha en dirección a la nube de humo.

Una figura emerge brevemente de entre los árboles tras el humo del disparo y, entonces, Sara ve que es Tom, su Tom, *merci à Dieu*; a duras penas resiste a la necesidad de llamarlo a gritos. Mira a Tom arrancar la flecha del tronco donde se ha clavado y sostenerla en alto con las dos manos, por encima de la cabeza, blandiéndola.

—¡Vais a tener que apuntar mejor! Y será mejor que os deis prisa —grita Tom, aunque Sara solo entiende algunas partes de lo que dice—. Cuando sea de noche acabaré con vosotros, ya veréis. Vosotros esperad a que vaya yo a veros, que sois unos rateros, ¡unos ladrones de mierda!

Es difícil saberlo a ciencia cierta, pero, desde donde Sara está escondida, parece que Tom está sonriendo mientras les grita a los indios, luego vuelve a esconderse entre los árboles. Escucha a los indios contestarle a Tom y tampoco puede identificar qué dicen. No es uno de los idiomas que ella conoce: mandan, francés o lakota.

Se le acelera el corazón en el pecho y, aunque el sudor ha empezado a enfriársele debajo del abrigo en la penumbra del bosque, no tiene frío. Reza una breve oración, sale de detrás del árbol y sigue las marcas de los alces hasta la pradera. Entonces levanta los brazos y empieza a gritar en inglés, en un lakota torpe y en lo poco que recuerda del mandan y el francés de su infancia.

Los dos indios se giran y apuntan con sus arcos, las flechas preparadas para disparar, a la figura de una mujer que avanza por la nieve, a menos de un disparo de distancia.

Tom va cojeando, casi trotando, por los árboles, baja una pendiente y luego vuelve a subirla, está rodeando a los indios y los alces para acecharlos desde el otro lado, a cubierto en el bosque que rodea al prado. Se detiene y recarga el arma y, cuando está rasgando el cartucho con los dientes, oye los gritos. Una voz de mujer. No es capaz de entender las palabras, pero tarda solo un segundo en darse cuenta de que es Sara.

Se cuelga el rifle del hombro, desenfunda el Colt y avanza hacia la pradera. Mientras, observa a los dos indios levantarse a la vez, los arcos tendidos, a menos de una centena de yardas de él. Un disparo mortal con el Springfield. O con un arco. Un golpe de suerte con la pistola que lleva en la mano.

—¡Sara! —ruge—. ¡Muchacha, métete en los árboles otra vez!

Sara no lo mira, sino que continúa gritándoles a los indios, agitando las manos y haciendo gestos que Tom nunca la ha visto hacer.

No baja la pistola, apunta primero al más alto de los cazadores, luego al más menudo. El alto gira el arco para apuntarlo a él y el otro sigue apuntando a Sara, Tom empieza a apretar levemente el gatillo.

—Espera —dice Asido al Búfalo—. Esta mujer no es blanca.

Sentado Cerca no le quita los ojos de encima al enemigo, que está ahora plantado en mitad de la pradera, un blanco tan grande y quieto que podría clavarle el cuchillo en el corazón, cuanto más la flecha que tiene preparada en el arco, lista en su cuerda fabricada de tripas. Tira de la cuerda un palmo más hacia atrás y Asido al Búfalo dice de nuevo:

—Espera.

La muchacha, que no es blanca pero lleva ropas de blanca, echa a correr por la nieve, Asido al Búfalo observa e intuye que Sentado Cerca está a punto de disparar. Él baja su arco y coge a su amigo por el antebrazo.

Sentado Cerca se deshace de la mano de su amigo y vuelve a levantar el arco. Entonces se da cuenta de que entre el hombre blanco y la punta de su flecha se ha interpuesto la mujer, que sigue gritándoles palabras que no entiende.

Asido al Búfalo cree entender algunas de las palabras que grita la mujer, pero lo que reconoce son principalmente los gestos de las manos que todos los indios de la Llanuras utilizan cuando conocen a alguien de otra tribu que habla otro idioma.

Reconoce el gesto para «espera» y para «detente», y para «vamos a sentarnos a hablar». También reconoce «marido» y los gestos para «amigo» y para «pieles». «Muchas pieles», y la palabra «trueque».

Entonces, la mujer se gira hacia el hombre blanco y le grita en inglés. Sentado Cerca tensa aún más la cuerda del arco.

—No me lo puedo creer, Sara. No puedo... —Por primera vez desde que la conoce, Tom siente la rabia por ella creciendo en su interior. Una rabia pura, que procede de la frustración y del temor por ella y por lo que está haciendo. Iba *ganando*. Tenía al alce, y a los indios casi muertos ya, y ella irrumpió en la pradera.

—¡Tom, para! Voy a hablar con ellos. Voy a explicarles que compartiremos los... —se le ha olvidado la palabra en inglés—. Los... ¡*élans! Les wapiti... les élans!*

Asido al Búfalo vuelve a decirle a su amigo:

—Espera. No dispares. Está hablando la lengua del Bon Père. Ha llamado *élans* a los alces. ¿No te acuerdas?

—Me da igual cómo los llame. Son nuestros. Los hemos matado nosotros.

Tom da un paso a un lado, para poder disparar mejor, y, ante esto, Asido al Búfalo, sin saber por qué, quita la flecha de su arco y la vuelve a guardar en su carcaj. Levanta el arco y se dirige a la mujer en apsáalooke. Habla bajo y calmado, y ella se gira para mirarlo, tiene la mano extendida, con la palma hacia arriba, hacia el blanco.

—Está bien, hermana —dice—. Hablemos. Voy a bajar el arco y a signar contigo. Dile a tu marido que no dispare.

Lentamente, se agacha para dejar el arco sobre el alce. Con las manos, signa: «Hablemos. El blanco tiene que bajar el arma. Díselo». Sara entiende la mayoría de los gestos del indio, y se gira hacia Tom.

—Baja el arma, Tom. Van a hablar con nosotros.

—Con el diablo van a hablar. No voy a cruzar ni una palabra con estos —dice Tom, y, por primera vez en todo el día, siente un dolor ardiente donde antes tuvo los dedos del pie. Se le han mojado las botas por la nieve y la temperatura está bajando. Se lame las gotas de humedad del bigote y se esfuerza por expulsar su respiración hacia los lados, de modo que la nube de vaho no le obstaculice el disparo.

Sentado Cerca le dice a Asido al Búfalo:

—Le voy a disparar. Y nos llevamos los alces y a la mujer.

—No, vamos a hablar. Voy a hablar con la mujer. Ha signado que tienen pieles para intercambiar, y a mi madre le hacen falta para mis hermanas y mis hermanos. A la tuya también.

Sale de detrás del alce muerto y anda, por la pradera, hasta Sara, con cuidado de mantenerla siempre entre él y el blanco. Mientras camina, le dice a Sentado Cerca:

—Baja el arco. Puedes dejar la flecha colocada. El blanco va a bajar el arma y vamos a sentarnos a hablar.

Cuando llega hasta Sara, le hace un gesto afirmativo y se pone en cuclillas. Sara hace lo mismo.

—¿De qué tribu eres? —dice Asido al Búfalo, y luego lo signa con las manos.

—De los nuwehta. —Sara hace el gesto que identifica a unas personas que viven a la orilla de un río. Luego añade—: Mandan. —Con las manos le cuenta a Asido al Búfalo que su padre era un trampero blanco que le enseñó a signar, y que le signaba a su madre tanto como le hablaba en francés o en mandan.

Asido al Búfalo lee los gestos. Señala con la cabeza a Tom, que está a diez pasos, ve que no ha bajado la pistola y no hace falta que mire para saber que Sentado Cerca también sigue con la flecha tensada y apuntando hacia el blanco. Le dice a Sara, mediante signos: «Dile a tu marido que baje el arma. Mi amigo bajará el arco al mismo tiempo».

Sara no entiende todos los gestos, pues la última vez que usó este idioma fue con el resto de las muchachas indias que trabajaban en la cantina y no sabían inglés, e incluso entonces utilizaban signos simples y lentos para explicar las normas que el amo del burdel había fijado para el trabajo, pero entiende las palabras suficientes y se gira para mirar a Tom.

—Por favor, Tom, baja el arma.

—Sara...

—Que la bajes, Tom. Estoy hablando con el hombre y no hace falta. —Y le signa a Asido al Búfalo: «Dile a tu amigo que baje el arco».

Asido al Búfalo se gira y le dice a Sentado Cerca:

—Baja el arco, *baaláax*. No va a disparar mientras esté hablando con su mujer.

Sentado Cerca resopla enfadado y baja el arco, la flecha apunta ahora hacia abajo, hacia el cadáver del animal y, mientras lo hace, observa al *baishtashìile* bajar el arma.

«¿Este blanco es tu padre?», le signa Asido al Búfalo a Sara, que al leer los signos se ríe levemente. Ella responde: «No, es mi marido». Antes de continuar, se detiene un momento para pensar los gestos que su mano tendrá que hacer. «A mi padre lo mataron los lakota. Me llevaron cautiva y fui la esclava de una mujer lakota.» Entonces Sara escupe a la nieve y exclama «*putaine*», luego continúa signando. «Mi padre era trampero. Un trampero francés, del este.» Y en voz alta dice:

—*Il repose en paix avec son Dieu...*

Al oírla, Asido al Búfalo signa, primero, y dice después:

—Te he oído llamar *élans* a los alces. *Parle-tu français ?*

Sara asiente:

—*Bien sûr. Mais c'était un long temps. J'oublie la... la plupart mais...*

—*Moi aussi* —dice Asido al Búfalo—. El Bon Père me lo enseñó, pero yo no quería aprender. Yo solo quería cazar y montar a caballo. Podemos intentar hablarlo, ¿no?

—Claro. *Je m'appelle* Sara.

—Y yo... —Asido al Búfalo se ríe con cortesía—. No sé cómo se dice mi nombre en francés. El Bon Père me llamaba Étienne, pero no me gusta que me llamen por el nombre de otro, por el nombre de blancos que me puso otro blanco. Aunque al Bon Père le teníamos mucho cariño. Era un buen hombre. Mi nombre es... —y hace los gestos que quieren decir Asido al Búfalo.

—*Tient le Buffle ?* —dice Sara, y Asido al Búfalo sonríe, contento de que entienda los signos de su nombre. Entonces se lo dice en absarokee, aunque todavía falta bastante para que Sara o Tom sean capaces de pronunciarlo.

—*Mon plaisir, monsieur* —dice Sara. Y, luego, añade—: Ahora, hablemos del alce.

—Y de las pieles que nos vais a dar a cambio de uno de los dos animales.

Sara se queda callada un momento. Vuelve a pensar en su padre, en todas los veces que lo observó a él y a sus tíos mandan hacer esto mismo cuando ella era una cría, su padre, su madre, su hermano, todos felices. Cazaban juntos, intercambiaban las pieles de los animales que atrapaban. Entonces dice:

—Las pieles que tenemos son las mejores. No veréis pieles mejores este año. Son pieles que, sin duda, valen por los dos alces.

Asido al Búfalo asiente. Él también sabe cómo se hace.

—¿Y dónde están esas pieles?

—En nuestro campamento. Podemos ir los cuatro hasta allí antes de que caiga la noche. Comeremos y después, por la mañana, miraremos las pieles juntos.

Asido al Búfalo lo sopesa. Vuelve a mirar a las montañas y ve que el sol ha desaparecido detrás de ellas, su luz naranja se desvanece en el cielo.

—Voy a hablar con mi amigo.

—Y yo con mi marido. Yo creo que podremos llegar a un acuerdo, ¿no?

Asido al Búfalo asiente y se pone en pie, Sara también. Antes de volverse a Tom, pregunta en francés:

—¿Y vosotros? ¿De qué tribu sois tú y tu amigo?

—De los apsáalooke —dice y, luego, apunta—, crows.

Sara sonríe.

—*Merci à Dieu.* Mi padre decía que los crows son un buen pueblo.

Asido al Búfalo se encoge de hombros.

—Somos mejores que otros. No tenemos problema en pelear, tampoco en comerciar. Algunos solo quieren pelear y robar. Los blancos, los lakotas, los pies negros. Mejores que esos sí somos.

Sara asiente:

—Tom —dice mientras se gira hacia él—, vamos para el campamento con los indios y los alces. —Antes de que pueda responder, se vuelve hacia el joven guerrero—. ¿Tenéis caballos?

—*Bien sûr.*

—Entonces, que vaya uno de vosotros a por ellos, nosotros vamos a destripar el alce mientras tanto.

Asido al Búfalo lo sopesa por un instante, se pregunta si es seguro dejar a su amigo con este blanco y su mujer, aunque no está seguro de por quién teme más. Finalmente, le dice a Sentado Cerca:

—Ve a por los caballos. Yo voy a destripar el alce con el blanco y con su *uà.*

Sentado Cerca dice:

—¿*Uà*? ¿Esposa? Pensaba que era su hija.

Asido al Búfalo sonríe.

—Yo también. Creo que es más vieja de lo que pensamos, y que él es más joven, pero con los blancos uno nunca sabe. ¿Vas, entonces?

Sentado Cerca examina al blanco y a la mujer unos instantes.

—Preferiría matarlos a los dos y llevarme el alce. Y luego también las pieles.

—He acordado la paz con la mujer.

—¡Acordar la paz con una mujer! —dice Sentado Cerca—. Hemos matado un par de alces y ahora nos ponemos a hacer las paces con las mujeres.

—Hemos matado un alce. El otro lo mató él.

Sentado Cerca mira al cielo, a las montañas, y luego se saca una bolsita de cuero del chaleco.

—Vale. Quédate tú esto hasta que vuelva. Es un buen amuleto. Te mantendrá a salvo de los espíritus de invierno.

Asido al Búfalo replica:

—No soy un niño que necesite tus amuletos. Estaré a salvo. No va a poder conmigo un blanco. Jamás. Y, además, este blanco no querrá hacerlo porque su mujer no quiere. Podemos fiarnos de ella.

—¿Desde cuándo puede uno fiarse de una mujer?

—Se puede cuando es lo correcto. Cuando la mujer es la correcta.

—Ni siquiera la conoces.

—No, pero como no quiere que le matemos al marido, podemos fiarnos de ella. Por ahora. Ve a por los caballos antes de que se haga de noche; para que estés contento, mantendré tu amuleto en contacto con la piel hasta que vuelvas.

31

Según recuerdo fue la voz de Tom la que me llamó para que saliera del calor del fuego y la olla hirviendo hasta el foso de rocas que había fuera de la cueva donde antes había hecho yo otro fuego y me había encargado de mantenerlo alimentado para que alumbrara a Tom y a Sara en su regreso hasta el campamento. Más allá de ese fuego estaba todo oscuro a pesar de la media luna que estaba saliendo esa hora. Y de verdad lo digo que nunca en mi vida me he alegrado tanto de oír a mi hermano llamarme pues esa noche estaba yo más que preocupado de que hubiese caído la noche y todavía no hubiese rastro ni signo alguno de su regreso.

—Tom —grité hacia la oscuridad—. ¿Eres tú?

Volvió a llamarme y no cabía duda de que era la voz de mi hermano pero todavía no lograba entender qué decía así que volví a gritarle:

—¿Qué pasa? ¿Qué dices? ¿Estáis bien?

Y por fin me enteré. Cuando yo ya podía distinguirlo a la luz de la hoguera dijo:

—Estamos bien Michael. Pero venimos con dos indios amigos. Por Dios no les vayas a disparar cuando los veas.

—¿Indios? —dije incapaz de dar crédito a lo que oía.

—Sí —contestó Tom quien por fin estaba entrando en el campamento con el rifle en una mano y la mano de Sara en la otra y detrás iba tirando de dos caballos con un *travois* un par indios envueltos en ropas de cuero curtido y piel de búfalo.

—Madre del amor hermoso —le dije—. Son unos p... indios. No era mentira.

—No mentiría nunca sobre esto sabiendo la opinión que te merecen Michael —dijo mientras subía hasta el fuego de afuera y empezaba a echarle leños y palos que yo había apilado a un lado. Se calentó las manos y Sara sonrió y me dio la mano a modo de saludo mientras los indios echaban el alto a los caballos al borde del campamento justo fuera del alcance de la luz del fuego.

La verdad es que no tenía todavía opinión alguna sobre aquellos indios que no tuviera ya sobre todos los indios que era la misma que tendría cualquier hombre que se hubiese pasado más de un año peleando contra ellos y era que les tenía miedo y odio las dos cosas a partes iguales. De nada servía negarlo porque no hacía ni tres semanas que había estado a un hachazo de perder la cabellera y la vida misma a manos del c... de un piel roja en aquel campo congelado a menos de una milla del Fuerte Phil Kearny.

Y sin embargo al mismo tiempo sería excesivo decir que odiaba a todos los indios como hacían algunos soldados. No me eran desconocidos los gandules que pululaban por muchos de los fuertes por los que pasamos y en los que nos alojamos por todo el oeste durante nuestra época en el ejército y algunos eran buenas personas y por supuesto estaban también las rameras indias que en su mayoría eran estupendas. Algunas de esas muchachas eran la mejor compañía que un hombre podía desear tanto dentro como fuera del catre y a muchas se les daba bien cantar o contar chistes. Así que no es que yo odiara a todos los indios más que odiaba a todos los ingleses a pesar de todo lo que sus reyes y reinas habían hecho a lo largo de la historia por mi querida y pobre Irlanda que el Señor guarde sus costas. Yo creo que era Tom el que odiaba a los indios aunque estuviese enamorado de una india o de una mestiza como era Sara. Así que Tom estaba hablando en realidad consigo mismo aunque también sea verdad que yo habría disparado primero y habría hecho las preguntas después si hubiese visto a los dos indios llegando al campamento y nadie hubiese intercedido por ellos.

Entonces Sara me dio un apretón de manos como hacen las hermanas y al sonreírme se le reflejó en los ojos el fuego.

—Michael no temas —me dijo la buena muchacha—. Que son indios amistosos. Indios buenos. Y tenemos carne. La vamos a cocinar y nos la vamos a comer y vamos a comerciar pieles con ellos.

—Carne —respondí—. ¿Es que has cazado algo Tom?

—Hermano es una larga historia y ya te la contaré más adelante porque ahora vamos a comer la carne esta y vamos a compartirla con nuestros invitados. Sara diles que se acerquen al fuego —dijo Tom—. Y pregúntales que cuál de los alces nos comemos.

—¿Cuál de los alces? —dije yo—. ¿Es que has traído más de uno hermano?

Tom me sonrió y me di cuenta de que quizá fuera la primera vez que lo veía sonreír desde que había vuelto de la ventisca para enterarse de lo que le había pasado a su Sara. Y dijo:

—Te va a encantar esta historia cuando tengamos tiempo de contártela pero ahora por Dios vamos a comer. Mis tripas tienen que estar pensando que me han cortado el pescuezo.

Yo también le sonreí a mi hermano porque estaba contento de que hubiese regresado al campamento y no me importaba a quién hubiese traído consigo.

Así que después de hablarlo los cinco decidimos que le íbamos a quitar la pata y el muslo y los riñones y el corazón a la cría y que eso era lo que nos íbamos a comer. Los indios se encargaron de trocearlo y nosotros lo aderezamos todo con sal y lo atamos a un trípode para asarlo al fuego. Los riñones y el corazón los freímos en la sartén que habíamos fabricado con la cantimplora rota de Tom y nos los comimos mientras esperábamos a que lo demás se asara. Me estoy acordando ahora y la verdad es que no tengo palabras e imagino que ni siquiera el hombre vivo con más cultura de letras que será el propio Dickens las tendría para describir el olor de aquello. Ahora que ya han pasado unos meses puedo escribir que nunca en mi vida hasta entonces había olido nada tan delicioso y que no he vuelto a olerlo desde entonces.

Después de comer y con la barriga llena y a punto de reventar nos tumbamos sobre los abrigos de búfalo y las pieles como señores que se retiran de un banquete copioso. No se habló mucho pero me enteré de que los dos indios eran indios crows. Le contamos a través de Sara que una o dos veces habíamos conocido a guerreros crows cuando estábamos en el regimiento de infantería n.º 18 y luchábamos contra los siux y que los crows estaban enterados de la reputación de Tom y de cuántos indios siux había matado este. Los crows que habíamos conocido por el camino nos habían contado que los siux llamaban a mi hermano Cara Partida y que estaban tan deseosos de su cabellera como nosotros lo habíamos estado de comernos la pata de aquel alce.

Pero nuestros invitados no sabían nada de esos encuentros y pensé que debían de ser sus primos de otra banda de crows o a lo mejor eran de los crows del río o de cualquier otra banda pero cuando Sara les contó en francés y con gestos de la mano en la lengua de signos india todo esto dijeron que eran de los crows de las montañas.

Eran muchachos de buen aspecto de eso no cabía duda porque uno de ellos era de alto como Tom que mide seis pies y algunas pulgadas y el otro era unas pulgadas más bajo y más de mi tamaño lo que según mi experiencia era bastante para un indio aunque en realidad los crows eran gente alta en general más alta que los irlandeses eso está claro ya me lo habían dicho alguna vez los exploradores del ejército.

Los dos llevaban en el pelo largas trenzas enrolladas en lo alto de la cabeza para poder cazar y pelear pero sin las plumas ni los huesos que había visto llevar envueltos en el pelo a los siux y a lo mejor no llevaban nada de eso simplemente porque estaban cazando y no estaban correctamente ataviados para una batalla. Igual que nosotros también ellos usaban la piel del búfalo para protegerse del frío pero no hacían con ella abrigos con mangas como los nuestros de modo que sirvieran para hacer de refugio o para tenderlos en el *travois* y llevar cosas encima. Sus pantalones y sus chalecos de piel estaban tan curtidos que eran casi blancos como la nieve y la verdad es que eran preciosos. A decir verdad yo nunca había visto nada tan refinado y estaban bordados con abalorios de muchos colores igual que sus gruesos mocasines que en realidad eran más parecidos a unas botas que a lo que uno se imagina por un mocasín. Llevaban raquetas de nieve hechas de madera doblada y secada al fuego con una red de tiras de cuero y por supuesto llevaban carcajes bordados y llenos de flechas y largos y mortales arcos igual que todos los guerreros de las Llanuras y también llevaban cuchillos envainados en los cinturones que era mejor no ver cómo los usaban más que con la carne que teníamos delante.

Voy a confesar que aunque me acabaron cayendo bien los dos guerreros (todavía más el día después cuando nos pusimos a negociar con ellos) pues a pesar de eso en aquel momento no pensaba que pudiera fiarme de ellos y cuando fue la hora de irse a dormir me acosté con la intención de no cerrar los ojos como si fuera un centinela por si intentaban cortarnos el cuello o llevarse el alce y todas nuestras pieles y nuestras armas y todas las demás cosas. Todo esto se lo dije a Tom en irlandés (aunque los indios tampoco hablaban inglés claro está) mientras hacía la cama con Sara.

—No les voy a quitar los ojos de encima a estos dos. Tú y Sara dormiros y si os despertáis más tarde me reveláis —le dije esperando que estuviera de acuerdo o que a lo mejor me dijera que él tampoco tenía intención de quitarles el ojo de encima a los dos guerreros indios o al menos no después de los dos últimos visitantes que habíamos tenido en la cueva.

Pero en vez de eso Tom pareció pararse a pensarlo un instante. Toda la vida desde que éramos unos críos que cavaban surcos para las patatas o montaban los caballos que le prestaba a nuestro padre para arar el granjero cuáquero aquel que en paz descanse Tom había sido el tipo de chaval que sospechaba que todos los demás estaban intentando aprovecharse de él o le estaban intentando quitar algo que él pensaba que le pertenecía por derecho. Ningún otro muchacho ni tampoco ninguno de nuestros primos cavaba de verdad mientras que Tom siempre era el que más cavaba. Todos los demás daban una vuelta más larga con el caballo del cuáquero de la que daba él. Y cosas así. Tom era sospechoso de nacimiento y acusaba a la ligera y más a la ligera todavía levantaba los puños por desaires contra su persona mucho más que cualquier otro muchacho que yo conociera y esto era algo que solo había ido a peor desde que resultara herido en la guerra así que me pilló por sorpresa cuando después de pensarlo un rato me dijo:

—No creo que sea necesario hermano. No sé por qué pero me fío de que van a dormir igual que vamos a hacerlo nosotros y no van a hacernos daño a ninguno. El más bajo de los dos es bastante razonable creo yo. Y al más alto sí que le gusta pelear pero no más que a mí y yo no creo que sean bárbaros sino simplemente dos paletos salvajes como fuimos tú y yo en su momento...

Tom hizo un gesto con la mano y sus palabras se apagaron. Pues para hablar de la vida que habíamos vivido antes (de Irlanda y de nuestra casa y nuestra familia) y para hablar de todo lo que vino después había que pensar en todo lo que habíamos hecho y lo que nos habíamos visto obligados a hacer y no cabía duda de que hacerlo se llevaría completamente por delante la más mínima alegría que pudiéramos estar sintiendo en ese momento.

No me acuerdo de si todo esto lo pensé entonces o simplemente lo estoy pensando ahora mientras escribo pero sea como fuere los indios rápidamente se instalaron para dormir sobre lechos de ramas y bajo sus ropas y algunas pieles que Sara les dio y yo me tumbé bajo mis pieles de búfalo en aquella cueva en la que tenía la idea de no cerrar los ojos dijera Tom lo que dijera.

Tom verdaderamente era un hombre nuevo desde que había liberado a su Sara a pesar de los medios que había tenido que emplear o de lo que ocurrió cuando la liberamos. Pero en general era un caballo diferente en una pista distinta desde que se había juntado con su muchacha de la nariz cortada hasta el punto de que se fiaba de dos guerreros indios que acababa de conocer y con los que según me contaron luego se había pasado la tarde peleando. Mi hermano apenas era ya la misma persona y de no ser por mi propia naturaleza sospechosa habría podido pensar que su transformación en una criatura de sangre fría era algo bueno para los tres. Pues significaba que por lo menos tendríamos menos probabilidades de enfrentarnos con otros hombres y de tener que pelear con ellos cuando pudiéramos sentarnos a hablar y a comerciar con pieles. Todo esto es lo que pensaba mientras estaba allí acostado y me levanté solo una vez a echar leña al fuego y muy pronto y totalmente a salvo mis pensamientos dejaron paso al sueño y si los indios hubiesen tenido en mente rajarme el cuello pues lo habrían tenido muy fácil.

Pero Tom estaba en lo cierto. Los dos muchachos durmieron larga y profundamente igual que hicimos nosotros y cuando me desperté sobresaltado en mitad de la noche era Sara que estaba sentada contra la pared de la cueva vigilando. Le sonreí a modo de agradecimiento y volví a quedarme dormido como si fuera un crío al que reconforta ver a su madre cuando se despierta y la buena muchacha de Sara también me sonrió.

Hay que darle las gracias al Señor por ella. Lo estoy escribiendo y lo estoy sintiendo igual de vívido que entonces.

Voy a dejar de escribir ahora y voy a echar leña al fuego este que tengo delante y a hacer algo del café que nos queda del que compramos en V. City. Los demás se despertarán pronto y volveremos a ponernos en marcha. Sabe Dios que no hay tregua para los fugitivos.

32

Sara se despierta antes que el resto y enciende el fuego, en una olla, entre las llamas, burbujea un estofado de carne y huesos de alce. Observa a los cuatro hombres que duermen bajo las mantas y las ropas y ve algo de sí misma en ellos, de sus dos mitades, en los dos blancos y en los dos indios.

Ella es india y blanca a la vez, y ahora está entre ellos, observándolos. Protegiéndolos, piensa. Pues, aunque Tom sea un guerrero tan feroz como cualquier indio y la liberara de McKinney y de su esposa y de su horrible cantina clandestina, Sara no cree que sea un hombre de los bosques, o de las praderas, ni tampoco lo es su hermano. Son supervivientes, como ella. Pero aquí, en mitad de la naturaleza indómita, ella es su protectora. Ellos la protegerán a ella en el mundo de los hombres y las ciudades y los fuertes, pero aquí, en este mundo de animales salvajes y árboles y nieve, ella cuidará de ellos como una madre cuida a su hijo, o como una esposa guarda a su marido enfermo. La necesitan igual que ella los necesita a ellos.

Y a Tom no se le da bien hablar, ni comerciar, cree ella. Es un hombre al que se le da bien arramplar con las cosas, y en este mundo hay veces en que eso es algo bueno, pero otras en las que los hombres necesitan hablar, comerciar, pensar, negociar. Michael, cree ella, es un hombre al que se le da bien hablar, pero, a su parecer, tiene las mismas probabilidades de ganar que de perder. Le da la impresión de que él también es un guerrero, pero no un guerrero nato. No es el tipo de guerrero que sale por la puerta buscando pelea, sino el que no tiene problema en luchar si se encuentra con una batalla. Sin embargo, es demasiado blando para fiarse de él en la negociación con los indios, aunque sean crows, que son conocidos por ser un pueblo justo y bueno. Lo haré yo, piensa, y sonríe ante la idea.

Una vez los hombres han comido y se han lavado en el río, Sara le pide a Tom y a Michael que tiendan las pieles en torno a la hoguera de fuera de la cueva para que los indios las examinen. Luego, se sentarán a negociar.

Sara saca el cepillo y el espejo que Michael le dio cuando lo encontró en el baúl de la señora Higgins y lo coloca sobre una roca, de modo que el cielo invernal se refleja en el espejo y las finas cerdas de crin de caballo del cepillo relucen ufanas y limpias a la luz del día.

Cuando Tom lo ve, dice:

—Muchacha, ¿qué vas a hacer con eso? Es tuyo y te encanta, pichona. No hace falta que...

—Voy a negociar yo, Tom. Me dejas hacerlo a mí. *Laisse-moi pour le faire, oui ?*

Tom la mira y sonríe.

—Eres una mujer dura. Y te me pones a hablar en francés como si fuera yo un cajún de Luisiana.

Sara no entiende del todo lo que dice, pero también le sonríe, feliz de haberse confundido de idioma, de que las palabras de su padre hayan vuelto a la vida en su lengua después de tantos años muertas en su interior.

—Ve y termina de colocar las pieles. Y déjame negociar a mí y no te enfades por lo que digamos los indios y yo. Vamos a negociar como indios. No vamos a negociar como hacéis los blancos, *mon cher*. —Le pone la palma en la mejilla, tiene la cara caliente y endurecida por la cicatriz—. Ve y dile a Michael que voy a negociar yo, y que hable solo conmigo y no con los muchachos, *non ?*

—Una mujer dura de verdad —dice Tom mientras termina de disponer las pieles tal y como ella le ha ordenado.

Se sientan sobre los abrigos y las mantas de búfalo, tendidos sobre rocas alrededor del fuego, a la luz clara del sol de una mañana de invierno, y a Asido al Búfalo y Sentado Cerca les impresiona la cantidad de pieles, aunque no lo expresen con el rostro. Asido al Búfalo palpa las pieles, finas y brillantes, de castor, tres de nutria, varias de lince, cinco son de lobo, hay dos de glotón que son las más grandes que ha visto en su vida.

Asido al Búfalo tiene puesto el ojo en las pieles de glotón, y en otras más, pero codicia, sobre todo, el espejo y el cepillo de pelo. Sentado Cerca y él se giran para hablar y, después de unos instantes de charla en voz baja, acuerdan desprenderse de la cría de alce, o de la mayor parte de ella, a cambio de varias de las mejores pieles —si tienen suerte en la negociación— y una piel de glotón para cada uno. El resto de las pieles lo repartirían con el resto del clan, aunque Asido al Búfalo tiene la intención de darle el cepillo y el espejo a su madre si Sentado Cerca no se opone. Asido al Búfalo dice en francés:

—Esas pieles marrones de... —no sabe cómo se dice la palabra en la lengua del Bon Père y mira a Sentado Cerca—. ¿Tú sabes cómo llamaba el Bon Père a los *che't-shesh*?

—*Caracajou* —dice Sentado Cerca, sorprendiendo a Asido al Búfalo. Sentado Cerca es un imitador genial tanto de hombres como de animales, pero Asido al Búfalo no esperaba que recordase ni dedicara mucho tiempo a pensar en la lengua del Bon Père.

Sara sonríe levemente para sí, la palabra francesa para el glotón le viene a la mente cuando Sentado Cerca la dice.

—Sí —le dice Sara a Asido al Búfalo en francés—. Son pieles muy buenas, de un lugar muy al norte de aquí. Valdrían muchos cientos de dólares en las ciudades de los blancos.

Sentado Cerca dice:

—¿Y qué es una ciudad?

—Un poblado —le explica Asido al Búfalo en crow—. Solo que con tantos edificios y tantas casas de madera y piedra que no se ve desde un extremo el otro y las gentes que viven allí no se conocen entre sí.

—No me imagino un sitio así. No querría vivir ahí —contesta Sentado Cerca.

Asido al Búfalo le dice a Sara:

—Pero estas pieles de *caracajou* son pequeñas y carecen de brillo. Los blancos no te darían mucho por ellas. Nosotros prácticamente ni las queremos.

—¿Que carecen de brillo? Todavía no han perdido la grasa. Tienen tanto brillo como el pelo de una esposa después de ungirse aceite y cepillarse para recibir a su marido tras una larga cacería. ¿Sin brillo? Esto no son pieles sin brillo, *mon ami*.

Asido al Búfalo se queda un rato callado, Sara también. Lo mira unos instantes, luego mira al fuego.

—¿Qué ha dicho? —pregunta Tom cuando ya no aguanta más el silencio.

Sara lo mira y susurra:

—*Tais-toi, Tom. Fils de put!* Te lo he dicho, que no hables. Es la tercera vez que lo digo. ¡Es que no sabes estar callado, Tom! *Tu me fatigues.*

Asido al Búfalo dice en francés:

—Tu marido. A lo mejor tu hombre no quiere la cría de alce y prefiere quedarse las pieles de glotón para hacerse un sombrero o unas manoplas.

—Mi marido querrá lo que yo quiera, *mon ami*, igual que tu amigo querrá lo que tú quieras. Aquí todos queremos lo mismo: sacarle algo a la buena fortuna de haber matado dos alces en un día.

Una vez más, Asido al Búfalo guarda silencio durante un rato. Luego, hace un gesto con la cabeza hacia el espejo de mano y el cepillo, señalando su presencia allí por primera vez.

—El espejo. Y el cepillo de crin de caballo. Podríamos darte media cría por esas dos cosas y estas pieles de *caracajou*, aunque sean pequeñas y no tengan brillo. *Quizá* podríamos dártelo, porque nos cocinaste una buena comida y queremos darte las gracias por ello. Asada y con sal, fue la mejor comida que podríamos haber tenido estando tan lejos de casa, así que por eso a lo mejor podríamos darte *la mitad* de la cría a cambio de esas cosas.

Entre grandes aspavientos, Sara olfatea ruidosamente y agita la mano.

—Sois nuestros invitados en el campamento. Por supuesto que era mi deseo ofreceros una buena comida, la misma que le habría ofrecido a cualquier invitado. Pero ¿media cría a cambio del cepillo, el espejo y estas hermosas pieles de *caracajou*? Me estás tomando el pelo, *mon frère*. La cría entera es lo mínimo que vamos a aceptar. Nada más que el cepillo y el espejo solos valen al menos tres caballos... —Para hacer énfasis, con sus manos hace el gesto que significa *tres caballos*.

Asido al Búfalo vuelve a guardar silencio. Se da cuenta de que está empezando a disfrutar de la compañía de la mujer. Es buena y amable. Hay cierta suavidad, algo familiar, en ella, pero también lleva un puñal clavado en el corazón. Y eso le gusta.

—No es la primera vez que negocias, *grande soeur* —dice.

Sara asiente, acepta el cumplido.

—Me sentaba en el regazo de mi padre, *Dieu le protège dans le ciel*, mientras comerciaba con indios de muchas tribus diferentes. Algo aprendí.

Sentado Cerca le habla en crow a Asido al Búfalo, pues ha entendido algo de lo que la mestiza ha ido diciendo hasta ahora.

—Yo no voy a cambiar mi caballo por nada. He traído el caballo que es prácticamente el que más me gusta, y lo vamos a necesitar para llevar lo poco que nos quede del alce cuando esta mujer se canse de exprimirnos, a no ser que quieras tirar de él tú mismo, como si fuera un perro.

Asido al Búfalo contesta:

—No te preocupes, *baaláax*. Ella se va a quedar con la cría y nosotros con la hembra, tal y como tú y yo habíamos hablado antes de sentarnos a negociar con ella. Pero yo voy a cambiar mi caballo por el cepillo y el espejo para mi madre, que sigue triste por la muerte de mi padre.

Sentado Cerca asiente.

—Entonces date prisa y termina, y vamos a ponernos en camino. Con un solo caballo para los dos, vamos a tardar dos días, y mis hermanas y hermanos no tendrán mucho que comer mientras tanto.

Asido al Búfalo atiza el fuego con un palo y remueve las ascuas, lo que da lugar a una llama baja y a un remolino de humo. Hace buen tiempo, el día vuelve a ser cálido. A pesar del deshielo, no será difícil viajar hoy.

—*Grande soeur*, eres una mujer dura de pelar para las negociaciones. *Une femme dure*.

Sara sonríe, pensando en que Tom le ha dicho lo mismo antes, solo que en otra lengua.

—Yo solo intento ser justa con vosotros y con nosotros mismos. No quiero ganar ni perder más de lo que es justo.

—Y yo, igual —dice Asido al Búfalo.

Sara espera a que Asido al Búfalo continúe, esta vez es Michael el que hace una pregunta, pero Sara lo manda callar con un gesto de la mano.

Finalmente, Asido al Búfalo mira a Sara a los ojos y, con la mano, hace el gesto para «caballo». «Uno. No dos.» Sara contesta con gestos: «Un caballo». Y luego dice en francés:

—*Un bon cheval...*

—Te damos un buen caballo y lo que queda de la cría de alce, *grande soeur* —dice Asido al Búfalo— y nosotros nos llevamos las pieles de *caracajou*, aunque sean pequeñas y no tengan brillo. —Mira sonriente a Sara—. Y el espejo y el cepillo para mi madre. A ella le van a gustar mucho, y a ti te quedará un caballo que yo mismo he criado desde que era un potro con estas manos. ¿Fumamos juntos una pipa para dar la negociación por terminada?

Sara también le sonríe a Asido al Búfalo.

—Claro. Hemos salido ganando los dos. Ha sido una bendición encontraros, aunque haya sido una forma rara de conocerse.

Sara se gira y les dice a Tom y a Michael:

—Ya hemos acabado. Se llevan cinco pieles y un puñado de sal, el cepillo y el espejo, y nosotros nos quedamos un caballo y la cría de alce. Ahora vamos a fumar una pipa en señal de que los dos estamos contentos con el resultado.

Michael y Thomas se enderezan, los ojos repentinamente abiertos.

—¿Una pipa? —dice Tom—. ¿Estos muchachos tienen tabaco? Jesús bendito, Sara, pregúntales qué quieren a cambio de tabaco. Muchacha, diles que les doy mi brazo izquierdo por una bolsa, venga, díselo. Tom se gira hacia Michael: —Tabaco, hermano. Tenemos pitanza, un caballo y ahora también cigarros. Muchacho, que nos ha tocado la lotería.

Michael sonríe y se frota las manos ante la idea del tabaco.

—Vivimos como dos marqueses, Tom. Tienes toda la razón. Como dos mismísimos marqueses en su señorío. —Y se gira para mirar a Sara—. Mira a ver cuánto tabaco tienen estos muchachos, pichona, y dales lo que quiera el Señor que te pidan a cambio.

Sara los mira a los dos, primero a uno y luego al otro.

—Los hombres no sabéis nada de negociar. *Mon dieu. Comme les enfants, vous...* —pero lo dice con una sonrisa.

33

Y bueno pues Sara cambió uno de los vestidos de niña del baúl de la pobre señora Higgins por dos puñados de tabaco seco en hojas y la bolsa de cuero engrasada en la que los dos muchachos crows lo llevaban y de verdad lo digo que mereció la pena cada hilo del vestido de esa niña que en paz descanse. Había para fumar durante casi dos semanas pues decidimos cortarlo más fino de lo que era y liar cigarros con las páginas de la biblia que había encontrado en el baúl de la buena señora aquella. Que el Señor nos perdone por hacerlo pero no creo que fuera capaz de negarle a un hombre dos o tres páginas de Revelaciones para liarse un buen cigarro si es que de verdad le importa algo que sus criaturas sean felices.

—Ningún hombre ha estado mejor nunca —le dije a mi hermano cuando nos sentamos en la roca grande que había delante de la cueva al sol del invierno y nos pusimos a echar humo de tabaco como una locomotora y Tom simplemente esbozó una sonrisa con los ojos cerrados y la cara levantada hacia el sol y con el humo saliéndole por las narinas en lentas y juguetonas volutas de humo.

Entonces le pregunté a Sara si sería posible conseguir más tabaco si encontrábamos el campamento de los crows y ella me dijo que sí pero que los muchachos aquellos nos habrían invitado al campamento si hubiesen querido que fuéramos a visitarlos y no había sido el caso así que no había razón para plantarse allí sin invitación. Además tendríamos que llevar casi todas las pertenencias que nos quedaban a modo de ofrenda porque así eran las costumbres indias.

—Pero podemos acudir al comerciante —dijo entonces—. Al puesto comercial de un blanco. Los muchachos me han dicho cómo llegar. Está a dos días a pie donde este río se junta con otro. Allí habrá tabaco. Y harina y latas de comida.

La verdad es que esto nos pilló por sorpresa a mí y a Tom y necesitamos un momento para sopesarlo porque sabíamos que algún día tendríamos que volver al mundo de los blancos pero por el momento quizá era mejor evitarlo por completo por la misma razón por la que habíamos desertado del ejército.

Pero claro está que decidimos que cambiar las trampas que nos quedaban y las pieles y todo eso sería mejor forma de alimentarse que con la caza y la pesca y las ganas de tabaco nos iban a apretar fuerte ahora que habíamos vuelto a probarlo así que dijimos pues vamos para allá los tres juntos a ver qué provisiones podemos comprar.

Y unos días después de que se marcharan los indios y de que nos diéramos un homenaje con el alce aquel y Sara ahumara y pusiera a secar dentro de la cueva lo que quedaba y después de cerrar la cueva lo mejor que pudimos con una puerta robusta hecha de troncos que impedirían la entrada de los animales comunes del bosque pero de ninguna manera de los animales que andan a dos patas empezamos a preparar nuestro *travois* para ponérselo a nuestro nuevo caballo que resultó ser una yegua que el señor la bendiga.

Le pregunté a Sara por qué no cambiábamos el juego de afeitado por un fardo entero de tabaco y harina y panceta pero me dijo que sería mejor que lo conserváramos porque a lo mejor un día lo necesitábamos. Y aunque a mí no se me ocurría para qué podríamos necesitarlo aparte de para darnos Tom y yo un buen raspado de cara pues me pareció que lo que decía era verdad y me dije madre mía qué mujer más sabia esta Sara que piensa prácticamente en todo y no se le escapa una y me di cuenta entonces de que era ella la que estaba cuidando de nosotros dos y no nosotros de ella y que así era como se sentía vivir en un mundo en el que los maridos cuidan de sus mujeres y las mujeres a cambio los cuidan también a ellos.

Y también supuse en ese momento que pensándolo así si Tom era el marido entonces a lo mejor yo era el hijo o a lo mejor yo era como otro marido igual que los turcos que tienen un harén de mujeres pero la verdad es que no quería pensarlo mucho así que Dios bendiga siempre a Sara por aceptar y cuidar en su cuadra a un tipo de feo como yo.

En cualquier caso estábamos los tres libres y relajados y como yo estaba obsesionado con ir de excursión siguiendo el río y ver lo que podríamos conseguir en el puesto ese le pregunté a Sara si podríamos intercambiar las trampas y me dijo que podíamos cambiar algunas pero no todas (nos quedaban 5) porque debíamos guardar alguna por si teníamos que volver a hacer negocios con los indios. Pregunté yo entonces si es que los indios usarían las trampas de un blanco para cazar presas. Y ella me dijo que claro que lo harían si les parecían útiles pero que también podrían fundirlas para hacer puntas de flechas porque las trampas estaban hechas del tipo de acero que gustaban usar para eso.

Otra vez voy a decir lo mismo. Pero es que la muchacha es más lista que nosotros dos juntos porque ella era capaz de ver qué podría hacerse más adelante con una cosa de una manera que nosotros no porque aquí el par de dos hermanos (y sobre todo Tom) pensamos principalmente en el ahora y muy poco en los días venideros que pueden no llegar a ocurrir si uno se muere antes. Bueno también hemos hecho planes fantasiosos de montar una granja y apacentar ganado y todas esas cosas que desean todos los niños pobres pero eso yo creo que nunca lo vamos a lograr porque igual que todos los niños pobres las penurias que hay que pasar simplemente para vivir día a día nos han dejado hechos polvo. En este sentido pienso en general que nosotros tenemos mejores herramientas.

Me pregunto a veces si no seremos así por haber sido criados cuando la gran hambruna asediaba nuestro país. A lo mejor son así todos los irlandeses la verdad es que no lo sé. Pero a lo mejor también (como me preguntaba a veces sobre mi hermano) fue la guerra la que nos hizo así tanto a él como a mí. A veces resulta harto complicado pensar en el mañana cuando es probable que a lo largo del día te lleves un balazo y más complicado todavía si por casualidad ya te has llevado uno antes y además ese balazo te ha arrebatado el habla y tu apariencia apuesta y la posibilidad de sentirte bien contigo mismo como hombre que eres igual que los demás.

No obstante todo esto son casualidades de la vida y me imagino que no hay manera de saber por qué somos de la manera en que somos y otro hombre no. Sara que había tenido una vida tan dura más dura seguro que la que habíamos tenido o seríamos capaces de imaginar nosotros era capaz de hacer planes para el futuro como si no hubiera duda alguna de que el futuro llegaría algún día y todo saldría bien si lo planeaba antes.

En el pasado yo había pensado que solo un rico podía hacer planes de ese modo pero ahora sé que estaba equivocado y se me ocurre a medida que voy escribiendo esto que incluso a lo mejor allí a la orilla del río aquel y sin más morada que una cueva Sara se sentía rica en comparación con la vida que había vivido antes como si fuera propiedad de un rufián y su mujer.

A lo mejor se sentía rica entonces simplemente por una libertad de la que por fin se había apropiado y por eso era capaz de hacer planes para un futuro que al menos sería suyo propio. A lo mejor es esa libertad de hacer planes para los días venideros lo que nos hace a nosotros hombres y a los animales animales y esa es la razón por la que nuestra Sara es más humana que Tom y que yo mismo aunque no será porque no lo intentemos Dios mío.

Porque esa mujer te hace querer ser un hombre mejor y de algún modo también más humano. No sé cómo explicarlo aunque mis ideas y mis cavilaciones empiezan a cobrar en estas páginas una forma distinta de la que tienen en mi cabeza porque las tengo bastante liadas como le pasa siempre a mi cabeza con muchas otras ideas que son todas inútiles.

34

Con las primeras luces del día se ponen en marcha hacia el puesto comercial y, después de una hora de camino, pasan por la poza de los troncos donde tienen colocada la trampa de peces. La comprueban y ven que está vacía, la vuelven a colocar para cuando regresen. Avanzan por el camino más lento de lo normal, pues el caballo va tirando del *travois* con las cosas que quieren cambiar, y, durante una hora más, siguen la vereda junto al río, hasta que esta llega a un saliente de rocas y rocalla por el que no se puede pasar y el camino serpentea hacia el interior, hacia el bosque, según piensa Tom, en la dirección general de la ruta Bozeman. No sabe cómo de lejos quedará la ruta de peregrinos o el Fuerte C. F. Smith, pero Sara va guiando según lo que le dijeron los cazadores crows, y él y Michael la dejan guiar.

El camino, a medida que avanza tierra adentro y se aleja del río, se vuelve claro y ancho a través de un bosque de abedules y pinos, y Tom empieza a pensar que es algo más que una vereda de animales y que, como mínimo, la usan los indios, si no también los tramperos y los peregrinos de la ruta Bozeman que buscan un atajo hacia las minas de oro de Virginia City, Bannack o Black Lodge. Imagina que, en cuanto los buscadores de oro y los peregrinos dan con el bosque y las montañas, y con las márgenes rocosas de su río

—en el mes que llevan en la cueva ha empezado a pensar en el río como *suyo*—, se vuelven rápidamente al camino más transitado de la ruta Bozeman. No obstante, son hombres los que han hecho que este camino sea tan ancho, no simples animales. Tom pondría la mano en el fuego por ello.

Vuelve a ser un día cálido para el invierno, y la nieve está blanda y húmeda y, en los claros del bosque sin árboles, el sol brilla y contribuye al deshielo, mientras Tom se pregunta si el camino volverá pronto a seguir el cauce del río.

—Este bosque es bien tranquilo —dice Michael, que va guiando al caballo con los restos de soga que quedaron colgando de los árboles cuando su caballo y las mulas de los tramperos echaron a correr y huyeron de los lobos. Los muchachos crows se negaron a intercambiar sus sogas y sus monturas. En realidad, ellos no usan montura, sino que, en su lugar, ponen solo unas mantas dobladas cuando van de caza, y nada en absoluto cuando van a pelear. Ni siquiera Sara pudo convencerlos de que se desprendieran de ellas, se dio por vencida y le dijo a Tom y a Michael que las sogas y los arreos son difíciles de conseguir en las Llanuras y, por tanto, de un valor casi inestimable para los indios.

—Las aves se van al sur en invierno —dice Tom, que va caminando junto a Sara, por delante de Michael y del caballo, deseando no haber perdido las raquetas en la avalancha. Se ha puesto dos pares de medias y se ha envuelto el pie malo en la manga arrancada del mismo suéter con el que le hizo un pañuelo a Sara. No le duele el pie, *gracias a Dios*, pero la nieve embarrada hace que caminar sea difícil y lento. Mientras habla, como si los hubiese invocado, el graznido de unos cuervos emerge de la nada, camino adelante.

—No todas las aves —dice Michael mientras coge el rifle Springfield, que iba en el *travois*.

Sara se detiene y se queda en silencio un momento, los cuervos dejan de graznar al instante y Michael imagina, igual que Tom, que los cuervos estarán dando el aviso de su propio camino y no de algo más siniestro. Tras un instante en silencio, Sara se vuelve a poner en movimiento, y los dos hombres la siguen.

Los árboles son delgados en esta parte, todavía pinos en su mayoría y algún abedul; los tres, junto con el caballo, continúan por el camino, que bordea ahora una gran roca. Cuando la pasan, oyen un batir de alas y, otra vez, el graznido de los cuervos. Ven a los pájaros posarse en las ramas de los árboles que rodean un pequeño claro. Se detienen.

—Una carreta —dice Sara, y los hermanos tardan un momento, siguiendo la dirección a la que apunta ella con su dedo, en verla. Está medio cubierta por la nieve y vencida hacia un lado. Una de la ruedas yace ladeada, la nieve cubre sus radios y, si no fuera por la forma de esta cosa hecha por el hombre, no habrían reparado en el bulto de la carreta varada en la nieve. La nieve del ventisquero cubre por completo el cuerpo de la carreta, y la nieve caída en precipitaciones ha sepultado y casi derribado su cubierta de lona. Tom piensa que, en primavera, cuando se derrita la nieve, la carreta llamará la atención tanto como el anillo en el dedo de un viajante de paso.

Michael levanta el Springfield y lo amartilla, sin saber por qué. Después de cederle a Sara las riendas remendadas del caballo, brinca hasta el claro. Tom lo sigue y, mientras cruzan el claro sin árboles, reconocen bajo la nieve, las rocas colocadas en círculo para encender una hoguera en el centro.

—Un sitio para hacer un alto en el camino, ¿no, Tom? —dice Michael, susurrando por instinto.

—Eso creo —contesta Tom—. No estaremos lejos de la ruta Bozeman. Y puede que los indios o los tramperos lo usen. Tampoco está lejos del río para ir a por agua.

—Pero tú qué crees... ¿Por qué abandonaría alguien una carreta así? —Michael vuelve a susurrar aunque los cuervos hayan comenzado a graznar otra vez desde las ramas, dos de ellos echan a volar y aletean alejándose por detrás de la carreta.

Tom observa la carreta en silencio durante unos instantes. Parece la carreta de un humilde labriego, con un marco arqueado y una cubierta de lona impermeable que, por el peso de la nieve, está prácticamente enrollada en la parte delantera. Finalmente, dice:

—A lo mejor se les rompió la rueda y no supieron repararla. A lo mejor fueron a pie hasta la ruta para buscar ayuda.

Michael asiente.

—O a lo mejor fueron al Fuerte Smith, están allí pasando el invierno y vuelven en primavera para arreglarla.

Tom también se saca el Colt del cinturón y lo amartilla. Michael y él se acercan a la carreta, a medida que avanzan, van dejando la parte de atrás a un lado. Tom apunta con el revólver y espera un momento antes de levantar la lona suelta.

Michael, detrás de él y con el rifle en ristre hacia a la lona corrida, observa a Tom inspeccionar en silencio el interior del remolque; lo mira también alejarse y negar con la cabeza, mientras enfunda el arma.

—Ya no se les puede ayudar de ningún modo, hermano, que en paz descansen. —Tom se santigua y se gira dándole la espalda a la carreta, y Michael brinca entre la nieve hasta la carreta para ver por sus propios ojos qué hay dentro, pensando que no se acuerda de la última vez que vio a su hermano hacer ese gesto.

35

Son muchas las cosas horribles que vi durante mis días en el ejército y a lo mejor aquella carreta y lo que había en su interior no me habrían entristecido y hastiado tanto el alma si no hubiese sido capaz de sumar dos y dos al ver lo que allí había. Porque dentro de la carreta estaban los tristes restos de dos cadáveres. Los animales salvajes del bosque se habían hartado de comérselos antes de que se quedaran congelados pero quedaban muchos restos pues los lobos y demás animales imagino que no pudieron sacar los cuerpos a rastras de la carreta por la compuerta cerrada del remolque. Pero aparte de los pobres cadáveres mis ojos se fijaron en otra cosa que fue como un ramalazo de color y tardé un momento en darme cuenta de qué era aquello que estaba viendo bajo la capa uniforme de nieve. Era un trozo de tela azul claro de un vestido a medio enterrar y eso es lo que hizo que cayera en la cuenta de qué era lo que había pasado.

Deseé entonces no haber abierto nunca el equipaje de la pobre señora Higgins porque el vestido que estaba allí medio cubierto por la nieve tenía el mismo dibujo de flores que el que yo le había dado a Sara y que había sacado de ese baúl de viaje. Muy probablemente fuera de la hija que en paz descanse y entonces mis ojos se quedaron fijos en la pobre chiquilla con las piernas desnudas completamente abiertas y azules por muertas.

Doce años tenía según recordaba leer en el diario de la pobre mujer. Eliza se llamaba. El resto del cuerpo de la chiquilla estaba por suerte casi entero cubierto por la nieve y al lado de la pobre criatura había otra figura que yo sabía que debía ser Mary Higgins es decir la madre. Ella también estaba casi entera sepultada por la nieve pero a simple vista se veía lo que le habían hecho por su terrible desnudez y también por la herida en la garganta.

Y ahora que escribo esto muchos meses después veo todavía en mi cabeza y de forma clara como el agua las venas oscuras del pie de la mujer y me deja helado por dentro y cuando pienso en ello no me arrepiento ni por un segundo de lo que Sara y yo le hicimos al trampero grandullón aquel y de todo lo que había pasado.

—Bueno —me dijo Tom mientras estábamos allí plantados—. Reconozco esa tela del vestido que le diste a Sara. No creo desde luego que los indios hicieran todo esto.

—Está bastante claro quién c... ha hecho esto —le contesté.

—Hermano, lamento mucho no haber estado cuando Sara y tú os cargasteis al c... ese.

Asentí pero no sentía alegría ni justicia ni tampoco orgullo alguno. Matamos a los tramperos porque intentaron matarnos ellos a nosotros. Ni Sara ni yo teníamos idea alguna de lo que les habían hecho a esos inocentes peregrinos. Entonces dije:

—Tom ¿los enterramos?

Lo pensó un momento y luego negó con la cabeza.

—¿Cómo vamos a enterrarlos si el suelo está congelado y duro como el acero? Imagino que podríamos volver en primavera y hacerlo entonces pero ahora es imposible cavar y menos nosotros dos que no tenemos ni pico ni pala.

Me tomé un minuto yo también para reflexionar.

—Le podemos pegar fuego a la carreta. Hay que buscar el cadáver del padre porque él también estará por aquí. Y los enterramos en llamas. Será mejor que dejarlos aquí para que se los coman los lobos.

—Madre mía hermano sí que te gusta a ti quemar muertos —me dijo Tom y yo pensé que no estaba bien ponerse a hacer bromas en un momento así y sobre temas como ese pero es verdad también que se encuentra cierto abrigo en las bromas cuando pasan cosas terribles y seguramente yo mismo lo había hecho alguna vez principalmente en la guerra. Así que no me molesté con él y lo seguí a través del claro hasta el camino donde estaba Sara sujetando el caballo.

—Son los cadáveres de unos pobres viajeros —le dijo Tom y me di cuenta de que no tenía intención de contarle quiénes eran—. Cólera, probablemente.

Y entonces le dije yo a Tom en irlandés porque no quería que Sara se enterara:

—Tom ¿es que no vamos a buscar al pobre marido?

Tom se giró para mirar hacia el claro y la carreta, y luego, a los árboles de alrededor.

—Hermano yo no tengo moral para eso. ¿Tú?

La verdad es que yo tampoco tenía y así se lo dije a Tom y retomamos nuestra marcha por ese camino solitario hasta arriba de nieve y a través del condenado bosque.

Cuando el camino se dividió en dos cogimos el desvío de la izquierda que volvía hacia el río tal y como los muchachos crows le habían dicho a Sara. Un rato después cuando se puso oscuro nos detuvimos para pasar una larga noche de sueño corto. Nos comimos la cecina de alce que Sara había traído y nos tumbamos a estar despiertos mientras escuchábamos a los lobos aullar en un coro terrible y a la mañana siguiente por fin llegamos al puesto comercial aquel. Ojalá no hubiésemos llegado nunca pero así fue.

36

Las gotas de rocío cuelgan de los árboles y un pálido sol de invierno ilumina a duras penas y a contraluz el valle. Los tres tienen frío, llevan los abrigos de búfalo empapados por la humedad, les pesan sobre los hombros. Están en el punto en el que el río se une a otro más grande, tal y como describieron los crows. Al llegar, han notado un leve olor a panceta frita y al humo de una hoguera, también les llega el eco de voces de hombres, que cruza el aire tranquilo del valle, pero no son capaces de dar con el puesto comercial.

Tom dice:

—Podría estar en la isla aquella, en mitad del río. Ahí es donde yo lo pondría.

Los tres estudian la isla que emerge en la junta de los dos ríos, muy frondosa, con una playa arenosa recubierta por troncos de árboles arrastrados río abajo por la corriente de algún deshielo primaveral pasado. En la isla parece que todo está tranquilo, y Michael dice:

—Pero seguro que un comerciante querría que su clientela no necesitara una barca para llegar hasta su puesto. Y este río bajará crecido la mayor parte del año, no es muy fácil de cruzar para alguien que viene cargado hasta arriba de pieles y pelo de animal. El olor parece venir de río arriba —señala.

—Es allí —dice Sara, también señalando, solo que hacia la pendiente rocosa que asciende desde la orilla en la que se encuentran, y Michael y Tom también ven ahora la nube gris de humo de cocinar y, al observar con mayor detenimiento el terreno, el promontorio dentado de una empalizada de madera. Por encima de la empalizada, detrás de lo que imaginan que es el puesto comercial, ven una escarpada pared de roca que asciende hasta la cima de una meseta de unos cien pies de altura. La pared de roca está veteada de hielo, y hay una cascada completamente congelada, como detenida en un instante de glorioso movimiento.

—No habría manera de atacarlo desde atrás —dice Michael—. A no ser que quieras bajar todo eso escalando, pero para entonces te habrían dejado como un colador con las balas que te meterían desde abajo.

—Y también tienen agua para beber, que les viene desde arriba —dice Michael—. Podrían aguantar aquí un tiempo en caso de sitio, si tienen suficiente comida y cartuchos almacenados. Además, se pueden mandar las pieles río abajo en barca, imagino. En fin, un buen sitio para poner un puesto comercial. ¿Subimos?

—Venga —dice Michael. —¿Sara?

Ella asiente, pero no parece convencida.

—Muchacha, ¿estás bien? —pregunta Tom.

—Sí. Hacemos el trueque y nos vamos a casa. Hoy mismo. No nos quedamos aquí.

—Claro que no, pichona. Por qué íbamos a quedarnos aquí teniendo en el campamento medio alce secándose. —Tom sonríe y ella también, aunque levemente.

Un poco más arriba, encuentran una vereda que sube por entre los árboles y la siguen, hay tocones de árboles cortados a ambos lados, hasta que la vereda se abre en un camino, lo suficientemente ancho como para que pase una carreta, que conduce al portón de la empalizada.

Se detienen delante del portón y miran al hombre plantado en lo alto, a la izquierda, sobre una plataforma elevada por detrás del portón de troncos atados y afilados. Sostiene un fusil de repetición y va vestido como un trampero, y Sara, que va detrás de Michael y Tom con las riendas del caballo, se lía el pañuelo alrededor de la cabeza y la cara.

Tom le habla en irlandés a Michael:

—¿Te encargas tú de hablar, hermano?

—Claro. —Y dice al centinela—: ¡Hola! Traemos pieles y otras cosas para hacer negocios, señor.

Abetos altos y empapados de niebla rodean la empalizada, y, junto con la alta cascada de roca que se erige por detrás, sumen al puesto en una nube de penumbra.

En un primer momento, el centinela guarda silencio. Luego dice:

—¿Es que está enferma? —Señala con la cabeza a Sara, que esquiva su mirada.

—No —dice Michael mientras se quita el gorro de búfalo—. Estamos todos sanísimos, gracias a Dios. No traemos ni una pústula. ¿Por qué? ¿Es que ahí dentro hay alguna enfermedad?

—No —contesta el hombre—, y queremos que así siga siendo. A ver, tosan.

—¿Qué? —dice Tom, que no puede callarse. Luego, habla en irlandés—: ¿Qué se ha creído el chiflado este? ¿Qué es? ¿Un cirujano que ha cogido un rifle y se ha puesto a montar guardia? —Continúa hablando en inglés, entre dientes—: Vaya cretino.

—Lo que oyen —grita el centinela aunque no sea necesario—. O tosen para que yo les oiga la tos o aquí no entran. Nos preocupa mucho que estos nos metan aquí dentro la enfermedad. La parienta del jefe la pilló hace unas semanas y se murió rápidamente. El resto hemos estado cagándonos por las patas abajo. Así que, si quieren entrar a hacer negocios, tienen que hacerme caso y toser, y, si no, vuélvanse por donde han venido. Total, a mí me da lo mismo.

Tom le dice en irlandés a Michael:

—Se piensa que el cólera te da tos, un cirujano es precisamente lo que está hecho.

Michael sonríe y dice:

—De acuerdo, caballero. Le haremos caso. —Y pone todo su esfuerzo en toser—. Ahora vosotros, venga —les dice a Tom y a Sara—. Tosed para que lo vea.

Los dos obedecen y, cuando terminan, dice el centinela:

—Esperen aquí. —Desaparece detrás de la empalizada y, unos minutos más tarde, el portón cruje y se abre—. El señor Ryan les recibirá cuando se despierte —dice el centinela, que se hace a un lado del portón para dejarles entrar al campamento.

—Ryan —dice Michael—. ¿Es irlandés?

El centinela se queda parado y parece reflexionar.

—Es americano. O cajún, creo. Y no madruga, no si no tiene nada que hacer.

—No son horas para un comerciante —dice Michael, sonriéndole al centinela, que no sonríe. Le faltan los dientes delanteros y lleva los bigotes largos, rubios y amarillentos por el humo del tabaco.

—Así son las cosas en este país, Mick —contesta el centinela mientras cierra el portón. Ha llamado a Michael por el nombre por el que se llama aquí a todos los irlandeses cuando no se sabe su nombre. A Michael lo han llamado Mick tantas veces ya que no se siente ofendido, o no más que cuando a un inmigrante alemán lo llaman Fritz, a un soldado, Bill, y a un marinero, Jack.

El centinela los acompaña mientras cruzan el patio embarrado del puesto. Hay una estructura de troncos y adobe y, a ambos lados, tiendas de lona levantadas sobre bases de troncos para separarlas, imagina Tom, del barro y la nieve del invierno en el valle. Tres hombres están sentados sobre tocones cortados a modo de taburetes, al cuidado del fuego de la hoguera, en el que, sobre una parrilla de hierro, hay una sartén, la fuente del olor a panceta frita. Son mayores que Tom y Michael, van vestidos con camisas de lana, uno de ellos lleva un gorro de castor, los otros dos llevan pantalones de paño de Kersey azul claro muy parecidos a los suyos. Uno está fumando una pipa de arcilla alargada, tiene los ojos tan inyectados en sangre que, a unas veinte yardas de distancia, se ve su rojez de manera clara.

Son soldados, desertores o desmovilizados que se han hecho tramperos o mineros, piensa Tom, y que ya están borrachos, o bien siguen borrachos desde anoche. Sus miradas se encuentran, y Tom no la aparta hasta que ellos también lo hacen.

—Pueden esperar por aquí, junto al fuego, con John Acres y el Espumarajos. También está ahí el Botargas —dice el centinela—. Pero no hagan ruidos que puedan despertar al señor Ryan. Él es que no...

—No madruga —dice Tom—. Ya lo ha dicho usted antes.

—Se lo estoy diciendo por su bien, Mick. Si quieren hacer negocios, sean del tipo que sean, más vale que el señor Ryan haya descansado antes.

El centinela los deja en medio del patio, se dirige a la estructura de troncos y entra. Unos instantes después, vuelve a aparecer con un humeante jarrillo de lata y recorre de nuevo el camino por los escalones de madera que conducen a la plataforma de la empalizada; en una mano, el rifle, en la otra, el jarrillo. Una cerda inmensa, con las mamas colganderas y llenas, y con una camada de lechones a rastras, trota por el barro para darles la bienvenida; los lechones van agolpándose y chillando detrás de la madre.

—Jesús bendito, Tom, nada más que con el lomo tienes un año entero de pitanza —dice Michael. La cerda olfatea el abrigo de búfalo y se abre paso, despacio, hasta las botas—. Ya hace de la última vez que vimos un cerdo así, hermano. Me recuerda a la granja de los Delaney, en Irlanda. Tenían una buena camada de cerdos, bien hermosos.

Tom está escrutando con la mirada el campamento, ignora a los cerdos:

—Si existe de verdad un Jesús ahí arriba, en los cielos, pronto podremos comer tocino nosotros también.

Sara sigue la mirada de Tom por el puesto, se detiene en las grandes tiendas de lona levantadas sobre remolques de carretas, en un corral hecho de palos que guarda varios caballos y mulas, en la imponente pared de roca congelada que reina sobre el puesto comercial entero, y en los pocos abetos cubiertos de rocío que quedan en pie entre la empalizada y la orilla del río. Desde detrás del pañuelo, ve a los tres hombres sentados al fuego y desea que ojalá no hubiese venido nunca hasta aquí, se pregunta siquiera por qué les contó a Tom y a Michael que este lugar existía. Supone que lo hizo por ellos, por aprovecharse de lo que habían sacado de los tramperos y facilitarles la vida en el campamento de la cueva. Pero fácil sería la vida, piensa, si en el mundo solo estuvieran Thomas, Michael y ella. Los tres solos, y los tesoros de la tierra de Dios únicamente para ellos. Entonces se sentiría a salvo.

Lleva al caballo hasta un abrevadero alargado y lo ata a un poste para que beba, luego desata el *travois* del lomo del animal. Lo arrastra hasta delante de la cabaña de troncos y vuelve con Tom y con Michael, el barro se le pega a las botas, todo el tiempo siente sobre sí la mirada de los tres hombres de la hoguera. Cuando llega junto a los dos hermanos, se pone junto a Tom, que le coge la mano.

—Pues vamos a acercarnos al fuego hasta que el señorito este se levante para comerciar —dice Tom en voz baja—. Y si nos preguntan, decimos que venimos del este y que llevamos mucho tiempo de viaje. Nadie tiene por qué saber nada de nosotros.

—Y lo dices tú, que no eres capaz de dar los buenos días sin contar alguna mentira —dice Michael.

—Lo digo por ti, Michael.

—Te piensas que me acabo de caer de un guindo, Tom —dice Michael sin rencor mientras se acercan a los hombres de la hoguera—. Caballeros, se ha quedado buen día. Por lo menos no hace frío. Ni nieva.

Dos de los hombres los miran por un instante.

—Podría ser peor —dice el de los ojos rojos y la pipa. Con un ademán, señala a los tocones que hay alrededor del fuego y Michael nota, por encima del humo y el aroma a panceta frita, su olor a whisky.

Los tres toman asiento, y a Michael el estómago le ruge estrepitosamente al ver la panceta en la sartén. No puede evitar mirarla fijamente y, por una vez en su vida, le da igual que sea grasienta y esté repleta de gordos pelos de cerdo. No soporta los pelos en la panceta, le pasa desde que era un crío, pero sería capaz de soportar cualquier cosa ahora mismo, piensa, por un bocado de lo que hay en esa sartén.

El segundo hombre remueve las dos tajadas de panceta y la galleta marinera de la sartén con un cuchillo largo, un cuchillo de carnicero Green River, piensa Tom, con el mango de cuerno de alce. El cuchillo de un trampero. Bajo el gorro de castor, el pelo largo le cae sobre los hombros como en la foto que Tom y Michael vieron una vez del general Custer, y una cicatriz con forma de sonrisa le recorre el cuello hasta justo debajo de la oreja. Una cicatriz de cuchillo, piensa Tom, que conoce bien las cicatrices y cómo se hacen, igual que otros conocen bien las razas de ganado.

El tercero de los hombres lleva un atuendo que se consideraría peculiar en Nueva York, cuanto más en el territorio de las Dakotas, piensa Michael, pues lleva un abrigo largo y varios pañuelos de colores alrededor del cuello, botas de búfalo hasta las rodillas y una chistera que ha vivido tiempos mejores. Se está fumando un cigarro fino, liado con una página impresa de cualquier tipo. Les sonríe cuando se sientan, pero no dice nada, y observa, según ve Michael, lo que ocurre alrededor del fuego sin formar parte de ello.

El del pelo largo y la cicatriz empieza a hablar:

—¿Vienen ustedes de lejos?

—Bastante —dice Michael.

El hombre asiente.

—¿Están cazando con trampas?

—A veces sí —dice Michael, que sonríe con gesto ausente mientras lanza miradas a la panceta—. Pero ahora estamos pensando en meternos a la mina. En Bannack o en Virginia City. O a lo mejor en Black Lodge. ¿Han estado ustedes por allí?

El de la pipa de arcilla esboza una sonrisa.

—Uy, que si hemos estado por allí. ¿Tú que dices, Espumarajos?

El hombre con el pelo del general Custer y la cicatriz en el cuello también sonríe.

—Y tanto que hemos estado. Y usted, Botargas, ¿usted no dice que ha estado por allí paseando sus teatros? —sonríe como si la mera idea le pareciera divertida—. Qué buena arma lleva usted ahí, irlandesito. Del ejército, me imagino.

Tom mira a los hombres y luego baja la mirada hasta el rifle Springfield que descansa sobre su regazo.

—Hoy en día ya hay muchas así por ahí. Como la guerra ha terminado, no es difícil hacerse con una.

El que se hace llamar Espumarajos ignora a Tom y mira a Sara.

—¿De dónde han sacado a la india?

Tom se endereza en el asiento y Michael, que se lleva la mano al arma, dice:

—Nos la encontramos por el camino, y desde entonces va con nosotros.

—A partes iguales, ¿no? ¿Así es como se la reparten? —dice el de la pipa de arcilla, sonriente. Se levanta, se envuelve la mano en un trapo y levanta la sartén de la parrilla, no la retira todavía, sino que espera, con la mirada puesta en Michael. En el cinturón, en una funda bordada, lleva un cuchillo Bowie casi tan largo como el de Tom.

—Pues —responde Michael, con la mano sobre la rodilla de su hermano— la verdad es que no tengo ni idea de a qué se refiere usted. —El cañón de su Colt se le clava en la barriga, la empuñadura trasera en los huesos de las costillas, como recordándole que está ahí, y Michael cambia de postura en el asiento para que no le apriete.

—Ya lo creo que lo sabe —dice el de la pipa de arcilla—. Comparten ustedes y compartimos nosotros. Esto es un puesto comercial. He visto la miraba que le echaba usted a esta panceta, amigo Mick. A lo mejor quiere darle una vuelta a las cosas que traen para intercambiar. En este país apremian diferentes tipos de hambre.

Antes de que Michael pueda contestar, Tom dice:

—Cómase usted la panceta a ver si revienta. Por la boca han acabado rompiéndose muchos la nariz, así que tenga cuidado, no vaya a ser usted uno de esos. —Intenta ponerse en pie pero Michael lo sujeta, lo agarra con firmeza por el muslo.

—No tengo ni idea de lo que acaba de decir este —dice el de la cicatriz y el cuchillo Green River, el que se hace llamar Espumarajos—, pero no creo que quiera faltarles el respeto a dos miembros del Comité de Vigilantes de Montana. Aunque tampoco sabemos qué tipo de gente son ustedes. Podrían ir ustedes buscando campamentos mineros para apropiarse de ellos, o ser bandidos, como muchos de los que ya han pasado por aquí. Será mejor que lo tenga usted en cuenta, muchacho.

Michael vuelve a sentir la presión de la culata de la pistola en las costillas.

—No somos más que unos pobres tramperos, señor. Nada más —dice y se siente pequeño y deplorable al decirlo. ¿Qué tipo de hombre soy en realidad?, piensa. ¿Y qué tipo de hombre es Tom, que en otro momento no se habría dejado sujetar y se habría rebelado ante tal insulto y, con la sartén de hierro fundido, habría apaleado hasta la muerte a estos dos tipos? ¿Era eso lo que el hambre hacía de ellos?

El que se llama Espumarajos se levanta y se dirige a una de las tiendas.

—Vamos, John. Que la panceta no se va a comer sola.

John Acres se ríe y se gira, con la sartén humeando al aire frío, y sigue a su compañero hasta la tienda.

—No, Espumarajos, eso es verdad.

Tom y Michael los miran irse y Tom se gira para mirar a Sara, sorprendiendo a Michael con lo tranquilo que parece.

—A estos se les va la fuerza por la boca, muchacha. No hay de qué preocuparse con ellos, nosotros hemos venido a hacer negocios. Ya mismo tendremos nuestra propia panceta para combinarla con nuestro alce, nuestro delicioso tabaco y nuestra harina. Ya verás, pichona. —Le toma la mano mientras habla, y Sara se ciñe el pañuelo con el que se cubre la cara.

El tipo llamado Botargas, que sigue sentado en su tocón, enfrente de ellos, sonríe y lanza al fuego la colilla diminuta que le queda del cigarrillo:

—Caballeros, déjenme decirles que han tomado ustedes la decisión acertada. Qué duda puede caber de que el componente más valioso de la valentía es la discreción.

Tom y Michael lo miran y, como no se les ocurre qué responder, apartan la mirada. La formalidad de sus palabras le recuerda a Michael al trampero Robinson, aunque a este tipo parece que le salen de manera más natural, y eso hace que Michael sospeche de él, como si su habilidad para hablar bien fuera una máscara bajo la que ocultar sus malas ideas. No obstante, no cree que sea un tipo peligroso. Es mucho más viejo que ellos, casi anciano, Michael calcula que debe estar, como mínimo, en la cuarentena, y parece estar desarmado y no tener nada que ver con los justicieros de lo que ellos llaman el Comité de Vigilantes, que han vuelto a sus tiendas.

Tom vuelve a girarse hacia Michael, pero no lo mira a los ojos. Le habla en irlandés para que el Botargas no los entienda.

—Bien jugado, hermano. Serías capaz de mantener una conversación con un tío colgado en la horca. —Pero lo dice con un tono frío y amargo, y saca el D Bar Bowie de su funda, y la piedra de afilar del bolsillo, y empieza a pasar la piedra por la hoja del puñal.

—Yo... —Michael no sabe qué decir, y continúa en irlandés—. ¿Por qué no guardas el puñal, hermano? No tiene sentido darles a entender que somos algo más que simples tramperos. No sabemos cuántos hombres más habrá en las tiendas, Tom, ni cuántos forman parte de ese Comité de Vigilantes. No tiene sentido montar una pelea con estos dos y acabar con el cuello en una soga de la que *no* habrá manera alguna de escapar. Sabemos que les sacaríamos las tripas a los dos sin mucho esfuerzo, pero no hay forma de saber cuántos hombres hay durmiendo y esperando la oportunidad de colgar a dos pobres muchachos como nosotros. Y a Sara...

No sigue hablando, no quiere pensar en lo que podría pasarle sin su protección. Ha visto lo que le hizo al trampero Robinson, pero no es lo mismo tenderle una emboscada a un hombre que a todo un aluvión de hombres, asalvajados y desesperados por pillar a una mujer.

Han hecho lo que tenían que hacer, se dice. Hay veces que el orgullo tiene que bajarse de la burra a fin de vivir lo suficiente como para volver a montarse en ella otro día. Está a punto de decírselo a Tom cuando las puertas de la cabaña de madera y adobe se abren y un hombre bajo, gordo y sin afeitar sale descalzo al porche, vestido solo con un par de calzones largos de algodón rojo de Balbriggan. Se frota la cara y echa un vistazo en torno al campamento, posa los ojos sobre el *travois* que hay apoyado en el porche de su cabaña.

—¡Me cago en Dios! ¿De quién es la montaña de mierda esta que han plantado aquí en mi casa? —Se rasca los cojones y el centinela señala, desde lo alto de la empalizada, a la hoguera.

—Son las cosas de esos, jefe. Han venido a hacer negocios. Les he dicho que no te despierten.

—Joder, bueno —dice el gordo cuando Tom y Michael se levantan.

Se acercan al porche y esperan junto al *travois* mientras el hombre se desabrocha la bragueta de los calzones y orina abundantemente en el barro burbujeante.

—Esto no tiene precio, muchachos —dice el gordo, con los ojos cerrados como si la cara estuviese mirando a un sol ausente—. Una buena meada al despertarse. Te deja nuevo, vaya que sí.

Michael y Tom se miran y luego Michael le guiña el ojo a su hermano.

—Toda la razón del mundo, señor —dice—. No hay nada mejor. Bueno, hay algunas cosas mejores, pero tampoco muchas.

Tom guarda silencio, apoya la culata del Springfield sobre su bota para que no se le manche de barro, la mano en el cañón, a la altura del hombro. Nunca se ha fiado de los que venden o comercian con provisiones, y se está acordando ahora del cantinero aquel que intentó venderles dos juegos de limpieza a cada uno cuando estaban en el centro de reclutamiento de Columbus, en Ohio. Pero ese fue solo uno de tantos a lo largo de los años, cantineros y tenderos y otros canallas malnacidos que han intentado sacarle más ganancia de la que él quería, o estaba obligado, a darles. Y se está acordando de que el cantinero aquel de Columbus, él y sus hurtos a los pobres novatos recién llegados al ejército, era el mismo que había estado vendiendo a Sara hasta que él y Michael le habían puesto fin a aquello. El malnacido de McKinney y la alcahueta de su esposa, Tom se da cuenta de que los dos son, en realidad, la razón por la que han acabado aquí, con el gorro en la mano como señal de respeto ante un gordo que está meando en el sitio más remoto del territorio de las Dakotas. El destino y la fortuna, piensa, acaban llevando a un hombre a los lugares más extraños de este mundo. Planea ver qué les ofrece el hombre y cuánto intenta desplumarlos a cambio, y luego dejar a Michael encargarse de negociar. Esta vez no servirá de nada tener a Sara, independientemente de lo bien que negociara con los guerreros crows, y, al pensar esto, Tom cae en la cuenta de que los muchachos indios fueron dos de los hombres más honestos con los que ha lidiado en muchos años.

El gordo se sacude la polla y la guarda, y se vuelve a abrochar la bragueta de los calzones.

—Dispongan sus pertenencias por el porche. No acepto en mi tienda ni una puta piel que venga con pulgas, las tengo que inspeccionar yo antes. —Entonces se gira y deja a la vista el culo desnudo a través de la abertura trasera de los calzones, y entra en la cabaña.

—Bueno —dice Tom en irlandés—, lo que tiene desde luego son buenos modales.

—No creo que los buenos modales sirvan para mucho en un sitio así, Tom —dice Michael, que está empezando a descargar el *travois* y a formar montoncitos en el porche con las pieles y a colocar, junto a estas, los vestidos de la señora Higgins, que en paz descanse, y un par de sus zapatos más apropiados para los salones que para el barro de Dakota. Separan una a una las trampas oxidadas, y abren la caja de madera que contiene los cebos aromáticos para enseñarlos. Toda la mercancía junta da pena, piensa Michael; se pregunta si ha sido buena idea venir hasta aquí. Pero, por Dios, piensa, nada más que conseguir tabaco suficiente para un tiempo y una tajada de panceta bastaría para que el viaje valiese la pena.

La puerta de la cabaña vuelve a abrirse de nuevo y reaparece el gordo, esta vez vestido con una camisa blanca manchada y, al cuello, un lazo con las puntas largas y sueltas. A la camisa le faltan dos botones, y se entrevé el color rojo de los calzones por los huecos de la tela tensionada por su barriga. El chaleco de cuero que lleva se niega a cerrarse ante su corpulencia, y también viste botas de vaquero de tacón que le hacen ser dos pulgadas más alto. Se ha peinado y se ha puesto aceite, pero no se ha afeitado, su frondoso mostacho es una mezcla de gris y negro. Llega hasta el borde del porche y se queda mirándolos.

—Caballeros, perdónenme. No tengo el mejor de los despertares, no hasta que paso por la jofaina y el cepillo para adecentarme. El café puede esperar hasta que hayamos acabado. Nunca dejo partir a nadie sin una taza de café encima. Pero vamos a ver qué basura me han traído. Ya veo que no han traído ustedes mucha cosa.

—No es mucho, señor —dice Michael dando un paso adelante—, pero es todo de buena calidad. No hay ni una pulga ni un rodal sin pelo en ninguna de las pieles, señor, y a las trampas les vendría bien algo de grasa, pero están afiladas y ágiles como un demonio, ya verá. Y esos botes de ahí contienen olores de la mitad de los animales salvajes que conoce el hombre, a usted seguro que podemos ponérselos a buen precio. Y el vestido, y los zapatos, en fin...

El comerciante está sonriendo.

—Sois irlandeses. No me he dado cuenta antes. Yo me llamo Ger Ryan. Gerard para mi madre, que Dios la bendiga, esté viva o muerta. Nací y crecí en Baltimore, en Maryland, pero mi querido padre, que en paz descanse, era del condado de Kerry. Murió cuando yo era una criatura, y madre tuvo que conformarse con lo único para lo que tenía cuerpo. Hasta entonces, muchachos, habíamos vivido bien. Con todo lujo.

Michael sonríe y se gira hacia Tom:

—Es de Kerry, Tom. Yo ya me lo estaba imaginando, vaya. Se le ve en las hechuras, señor. Del Reino de Kerry hasta la médula, igual que nosotros. ¿Sabe usted, señor Ryan, de qué parte de Kerry era su padre? Nosotros somos de la punta oeste, donde están las playas, de un sitio muy pequeño del que seguro que no ha oído hablar.

Tom mira fijamente a su hermano. Hace años que no le cuentan a nadie el condado en el que han nacido, aunque ha habido quienes, por el camino, lo han adivinado, sobre todo al oír a los dos hermanos hablar en irlandés. Se plantea objetar algo, pero decide dejar a Michael que diga lo que quiera. Hay pocas posibilidades de que un hombre que nació en Baltimore llegue a enterarse de sus crímenes pasados en Kerry.

—Nunca me dijo de qué parte era, muchachos, y, si me lo dijo, se me ha olvidado. Pero conmigo hablaba en irlandés y probablemente me lo dijera en ese idioma. Yo no sé ni una palabra, claro está. Mi madre, bueno, ella era americana y no soportaba que mi padre hablara en un idioma que ella no entendía. Yo tenía solo cinco o seis años cuando nos dejó. O cuando se murió. La verdad es que no sé cuál de las dos cosas pasó, y eso es bastante triste, ¿no os parece?

Michael responde:

—No he oído nunca cosa tan triste, señor.

Y, por un instante, los dos hermanos observan a Ger Ryan, con su mirada perdida en el otro extremo del recinto, en los animales encerrados en el corral de palos, en los cerdos que deambulan libremente, en la empalizada grasienta, y en la hoguera que arde lentamente y desde donde Sara los observa sentada, en las tiendas de lona manchadas de barro. Entonces dice:

—Me quedo con las pieles de castor y el vestido y los zapatos. Y con la india también, aunque quiero verla de cerca antes de...

—A ella no la cambiamos —dice Tom.

Ger Ryan mira a Tom, como si por primera vez reparara en él.

—¿Y para qué la habéis traído entonces?

Michael responde:

—No podíamos dejarla atrás, con la de lobos e indios que hay rondando. Señor, es la mujer de mi hermano. Le tiene mucho cariño, igual que yo.

Ryan se encoge de hombros.

—Vosotros sabréis. Si alguna vez os cansáis de ella, o si os rugen las tripas de desesperación por un poco de panceta, ya sabéis dónde estoy, aunque espero para entonces tener a otra, cuando los pies negros me traigan las pieles. Una india es fácil de conseguir, lo que es difícil es librarse de ella si no coge ninguna fiebre. La última que tuve se fue al otro barrio hace solo dos semanas, y algunos llevamos borrachos desde entonces. Tenía muy buena mano para la cocina, muchachos. Y no era peligrosa, no como la que tuve antes de esa. Aquella se la tuve que dar a un trampero que fuera capaz de manejarla, porque, joder, yo era incapaz, y tengo cicatrices de cortes que dan fe de ello. Era una...

—Seguro que encuentra a otra, señor Ryan —dice Michael, mirando a Tom. Es difícil leerle la expresión a su hermano, pero Michael sabe que no le parece bien hablar de pasarse indias como quien se pasa mercancía. Los exploradores con los que estuvieron en el ejército eran así. Y McKinney, por supuesto, que tenía cautiva a Sara además de a otras indias y mestizas y las trataba como poco más que esclavas en su cantina. Pero Tom no es el tipo de hombre que dice esas cosas, Michael lo sabe, ni que compra o vende a otra persona. Se llevó un balazo en la cara en una guerra que tenía por fin acabar con esa práctica en los estados del sur, aunque cuando se alistaran en el muelle de Filadelfia, en el 61, no tuvieran realmente idea de lo que eso significaba. Y, la verdad sea dicha, tampoco tenían muy en mente la esclavitud mientras luchaban, solo que, a cambio de combatirla, cobrarían un salario. Pero, en términos generales, Tom no está de acuerdo con la idea de que una persona tenga poder sobre otra, en ningún caso.

—Bueno —repite Ryan—, ustedes verán, pero, si os lo pensáis mejor, valdría un buen fardo de tabaco. —Extiende el brazo hacia el resto de las pieles dispuestas en el porche—. ¿Lo demás? Joder, si es que las pieles de lobo valen a un centavo la docena por aquí. Podéis mirar a ver si a alguno de mis hombres o a los cabrones esos de los vigilantes les interesan, pero a mí no. Ahora entrad en la tienda, que vamos a hacer la cuenta de qué os podéis llevar a cambio de lo que yo quiero.

Tom asiente y se gira.

—Sara —grita—, vamos a entrar a la cabaña con el hombre para hacer las cuentas y tomar un café. ¿Te vienes?

Sara se ciñe el pañuelo de la cara aún más y niega con la cabeza.

—No. Me quedo fuera.

Tom duda, luego dice:

—Vale. Pues te traeré una taza, entonces.

Entran en la oscura cabaña y necesitan unos instantes para que se les acostumbren los ojos. En el centro hay una mesa alargada y rectangular hecha de tablones de madera y, detrás, un hogar de piedra en el que cabría un hombre de pie. Sobre el hogar, hay colgada una serie de pistolas, armas de fuego y rifles. A la izquierda, detrás de un mostrador de troncos cortados y pulidos, hay un armero en el que se almacenan, de pie, más armas. Apilados tras el mostrador hay toneles, botellas y cajas, la mayoría lleva la leyenda «Ejército de los Estados Unidos», y a Tom se le hace la boca agua al ver los fardos de hojas de tabaco colgando de clavos en la pared, tras el mostrador.

Michael saluda con la cabeza a los tres hombres que están sentados a la mesa, y uno de ellos le devuelve el gesto.

—Caballeros —dice el gordo mientras se coloca detrás del mostrador—, estos muchachos irlandeses han venido a hacer negocios con Ger Ryan. Desde la tierra de mi propio padre, el condado de Kerry.

—No tienes ni puta idea de quién coño era tu padre, Ger. Podría ser cualquiera de los vividores que venían a tirarse a tu madre —dice uno de los hombres de la mesa, con el pelo moreno, una chaqueta de cuero y una gorra del ejército confederado. Otro de los hombres se ríe, mientras que un tercero, aparentemente ajeno, da un sorbo a su humeante taza; delante de él, sobre la mesa, hay un revólver Remington New Model desarmado, y cinco balas colocadas de pie junto al arma desmontada. Son hombres robustos, tipos duros, Michael y Tom han visto más de un hombre así en la guerra. De algún modo, son hombres iguales que ellos, y Michael cae en la cuenta de que un comerciante muy difícilmente podría montar una tienda en un lugar así, y mantenerla, sin la protección de hombres como estos.

Michael da la espalda a los hombres y observa a Ryan detenerse tras el mostrador, mirando fijamente al hombre de pelo negro. Ryan no mide más de cinco pies y medio, pero lo mira hasta que este se da la vuelta.

—Claro que sí, Donk Smith —dice Ryan—. Tú sigue con tus bromas de mierda y verás qué poco tardan las tripas vacías en callarte la boca, que naciste en un pantanal y no eres más que un muerto de hambre. Será mejor que no se te olvide a quién le debes la pitanza y el tabaco, ni cuántos hombres hay ahí fuera durmiendo en tiendas, los del Comité de Vigilantes, como ellos dicen, que por una sola semana de trabajo en tu puesto no se andarían haciéndose los listillos con sus bromas.

Con la mirada fija en la mesa, el hombre llamado Donk Smith dice:

—Me cago en Dios, jefe, que solo le estaba tomando el pelo, no lo decía en serio. —Levanta la mirada hacia Michael y Tom—. Siéntense, caballeros. Les traeré un café. El jefe siempre le pone un café a la gente antes de hacer negocios.

—Eso es, Donk. Pórtate bien y ve a por un café, y métete una puta mazorca en la boca. Estos hombres —le dice Ryan a Tom y Michael—, son todos unos feroces rebeldes. De Missouri, ¿podéis creéroslo? Son de las guerrillas de Quantrill, tienen el corazón de un león y disparan con tanta rapidez como una serpiente cabeza de cobre encabronada. Joder, todo el mundo que pasa por aquí desesperado por conseguir un trabajo o unas judías que llevarse a la boca dice haber sido guerrilleros de Quantrill, cuando la mitad son solo muchachos hambrientos que han desertado en Nebraska con sueños de oro y plata como tantos otros. No han disparado en su vida a un pájaro, cuanto menos a un guerrillero de los Jayhawkers o a un indio, y, aunque lo hayan hecho, ya hace muchísimo tiempo, porque, si no, no llegarían aquí con esa pinta de muertos vivientes, con los huesos saliéndoseles de las costillas. Se piensan que por decir «soy un guerrillero de Quantrill» la gente les va a temer como si fueran dioses, o que la gente como yo mismo los va a tener en mejor estima, pero ¿algunos de ellos? Me cago en Dios, ¿estos tíos de aquí? Estos probablemente sean lo que dicen ser. Ahora bien, le quitas el arma a un hombre de estos y ¿qué te queda aparte de un tío asustado? Asustado de lo que alberga este país. Asustado de tener el estómago vacío y no tener un techo sobre su cabeza.

El hombre que está limpiando la pistola levanta la mirada.

—Mida mejor sus palabras, Ger. Como los que estamos aquí decidamos que estamos hartos de que ande jugando a ser el rey del castillo, no va a tener usted muchas opciones. Ni el fortachón holandés ese que tiene podrá detenernos, si nos da el arrebato.

Ryan se ríe.

—Vamos, Petey, esto no es propio de ti. Hablar así. ¿Ya se te ha olvidado cómo llegaste hasta aquí con la pata tiesa? Como un alfiletero lleno de flechas de los cheyenes, y con un caballo que no valía ni para pegamento. Anda que no te gusta la vida tan tranquila que llevas aquí. Comida y tabaco y, de vez en cuando, hasta dinero para las putas de Black Lodge. Sabes que los siux no te dejarían poner ni un pie fuera de esta empalizada si se enteraran de que me has pegado un tiro. ¿Y los pies negros? Me quieren hasta más que los siux. Me cago en Dios, si hasta la última mujer que tuve era de esa tribu y lo sabes, Petey. La hija de un jefe. Hija adoptiva, pero hija, al fin y al cabo. ¿Y los irlandeses estos que están ahí sentados? —Se gira hacia Michael y Tom y los señala con la cabeza—. Vosotros vais hasta los dientes de armas. He visto que lleváis un Colt en el cinturón, y el Springer que tenéis en la rodillas. No permitirías que estos hombres me hicieran nada, ¿verdad que no?

Michael se gira hacia él y luego vuelve a mirar a los tres hombres.

—Pues, bueno, no me gustaría meterme entre un jefe y sus muchachos. Pero no le diría que no a un café y a unas caladas, si nos puede adelantar algo del trueque, señor.

—Veréis, muchachos —le dice Ryan a Michael y a Tom como si los otros tres no estuvieran allí—. Los hombres estos de la mesa podrán pensar en quitarse de en medio al bueno de Ger y quedarse con sus mercancías, pero los indios necesitan un sitio para cambiar sus pieles por harina y café, azúcar y tabaco, y whisky y todo eso, igual que cualquier blanco. Y Dios sabe que, para hacer negocios, no pueden fiarse ni del ejército ni de ninguno de los funcionarios de asuntos indios del gobierno, no más de lo que se fiaría uno de darle su dinero a una furcia para que se lo guarde. Yo soy uno de los pocos blancos a los que esos mismos indios dejan vivir en el valle. Sin mí, y sin mis mercancías, que estos cabrones se beberían y fumarían en un par de días, los indios se plantarían aquí y les arrancarían la hermosa cabellera a todos estos rebeldes, y le pegarían fuego a esto en cuanto llegara la primavera. —Se pone a señalar a sus hombres.

—Que no se os olvide, muchachos. Que los indios están por todas partes ahí fuera, y saben quién entra y quién sale de aquí, y me tienen aprecio y me consideran un comerciante justo, un hombre que trata bien a sus hermanas, que vienen por su propia voluntad a mantenerme caliente. Que yo soy Ger Ryan, joder, y que nadie es capaz de hacer negocios como yo, ya sea con un indio, con un trampero o con un blanco que ande buscando oro. Dios, o con un turco o con un chino, con uno solo o con todos a la puta vez, que si estáis aquí vosotros es porque los indios me dejan a *mí* estar aquí y yo os dejo a *vosotros,* porque me viene a mí bien hacerlo. Así que me parece a mí que vais a tener que volver a vuestros putos trabajos y poneros a lavar los caballos y a arreglar el muro como os he mandado hacer, en vez de estar ahí sentados sobre vuestras posaderas, que es donde tenéis el cerebro, bebiéndoos mi café, comiéndoos mi panceta y haciendo chistes que no vienen al caso.

Michael piensa que, de algún modo, Ryan ya no parece ni tan bajo ni tan gordo, y se da cuenta de que los hombres de la mesa ya no lo miran a la cara. De hecho, el que se llama Donk les sirve a los hermanos un café de la cafetera que hay sobre el fuego, y los tres salen de la cabaña sin mediar palabra.

Cuando se han ido, Ryan dice:

—Os lo juro, muchachos, hoy en día no es fácil encontrar a gente que sea de ayuda. Me cago en Dios, es que necesito tenerlos por aquí, no por la mayoría de los indios, ya lo he dicho, sino porque a veces hay incursiones de otras tribus que pasan por aquí y se les ocurre la idea de arrancarle la cabellera al bueno de Ger y llevarse sus mercancías solo por joder, o por joder a los indios con los que se están peleando. O a veces algún borracho se desvía de la ruta con la idea de quedarse. ¿Y los vigilantes esos, o como se llamen? Ellos también tienen sus propias ideas, se inventan que encarnan la verdadera justicia en estos lares, se piensan que pueden imponerles impuestos a los hombres por ganarse la vida honestamente y de vez en cuando hay que meterle la cabeza en el río a alguno para ponerlos en su sitio. —Ryan empuja desde el otro lado del mostrador un saco de lona abierto que contiene azúcar moreno y del que sobresale una cuchara—. Aquí tenéis, muchachos, echadle azúcar al café. Y servidle uno a la india. Les gusta el café...

Michael se levanta y echa sendas cucharadas de azúcar en las tazas.

—Señor, es usted todo un caballero.

Ryan agita la mano para rechazar el agradecimiento y continúa.

—Así que me hace falta tenerlos. Pero que les den por culo a todos, no son buena compañía para un hombre. Lo que me hace falta es una mujer con la que poder hablar. Aunque no hable buen inglés como yo. Yo *parler* un poco de gabacho. Algunos pies negros, como la última india que tuve yo, lo hablan. Las mujeres por lo menos saben prestarme atención mientras charlo, sonreír y asentir de vez en cuando. La última que tuve, esa era callada, pero tampoco hacía comentarios sobre mi patrimonio. Casi llegué a quererla, de verdad os lo digo, muchachos. ¿Estáis seguros de que no queréis cambiarme a la india esa por algo? Aunque sea durante el invierno, luego podéis volver a por ella en primavera. Yo las trato bien, de verdad. Preguntadles a los pies negros cuando los veáis.

—Lo siento, señor —dice Michael—, pero es la esposa de mi hermano, y la quiere mucho. Tanto como quizá quiso usted a su última mujer. Así que no está a la venta ni tampoco se puede cambiar por nada.

—De acuerdo. Vamos entonces a hacer el trato. ¿Empezamos con un poquito de tabaco? Según mi experiencia, el tabaco es el más vital de los víveres que un trampero necesita durante el camino. Y después, salvado para el caballo. —Con esfuerzo, sube un saco de salvado al mostrador, seguido de un montón de hojas de tabaco indio de un brazo de longitud.

Los hermanos se acercan al mostrador y piden harina, Ryan les ofrece cinco libras de maíz seco en vez de una libra de harina, y los convence de que se transporta y almacena mejor, y de que su india sabrá qué hacer con ella. Le piden dos libras de panceta salada y una lata de peras en almíbar. No son los melocotones que Tom esperaba encontrar, pero servirán, y la panceta es grasienta, piensa Tom, que sabe que, cuando se derrita, la grasa será muy útil para freír. Michael entonces pide veinte cartuchos y pistones y pólvora, pero Ryan dice que, con lo que han traído, no pueden pagar ni la mitad.

—¿Y si le damos esto? ¿Y el sombrero? —dice Tom mientras se quita el abrigo de búfalo y saca el gorro de donde lo había puesto, debajo de la mesa.

—Eso te va a hacer falta, hermano —le dice Michael en irlandés—. No hemos pasado ni la mitad del invierno, eres hombre muerto sin él.

—Sara hará otro con las pieles que tenemos afuera. No será lo mismo, pero será lo mejor —le contesta a Michael. Luego, se dirige a Ryan—. Señor, ¿el gorro y el abrigo a cambio de la munición?

Michael repite lo que ha dicho Tom para que Ryan esté seguro de haberlo entendido, y añade:

—Y necesitaremos pólvora, y pistones y balas para el Colt, si tiene. Nosotros mismos lo envolveremos. Es un abrigo bueno, señor Ryan.

Ryan se detiene, coge el abrigo del mostrador, lo inspecciona, sabe que puede cambiárselo a uno de los justicieros que está ahí fuera por, al menos, dos semanas de trabajo, si es que sigue haciendo frío.

—De acuerdo, a cambio del abrigo y el gorro de piel de zorro os ofrezco quince cartuchos y pistones para el Springer, y pólvora y doce pistones y balas para el Colt. Lo vas a echar en falta, paisano, pero la necesidad apremia, imagino.

Cuenta las balas de una caja con la marca «Ejército de los Estados Unidos» y vierte la pólvora de un tarro en un cono de papel que ha metido en un jarrillo de lata. Luego se estira hacia el otro lado del mostrador y les da un apretón de manos a los hermanos.

—Muchachos, ha sido un placer hacer negocios con vosotros, cuando queráis, seréis bienvenidos en mi negocio. Sentaros y acabaros el café. ¿O queréis algo más fuerte a cambio de ese gorro de búfalo, paisanos? —Le guiña un ojo a Michael.

Michael mira a Tom y sabe lo que va a decir pero, antes de que pueda recomendarle no hacerlo, se abre la puerta de la cabaña y entra el Botargas, la chistera alta choca con el marco de la puerta, que es bajo y está desencajado. Él la atrapa al aire y se la quita.

—Señor Whitestable —dice Ryan—. No tiene usted nada más que cambiar y estamos más que hartos de sus teatrillos, así que, ¿a qué coño viene usted a mi puta tienda mientras estoy haciendo negocios con estos dos hombres? No va a sacar usted más de un grano de café, y fiado. Está abusando usted ya de mi hospitalidad, Botargas.

—Es *Whitstable* —contesta el Botargas—. Usted sabe más que de sobra cómo enunciarlo, señor. Y no vengo a pedirle que me fíe, sino meramente a informar, a los caballeros que hay sentados a su mesa, de que los muchachos de ahí fuera han adquirido un desafortunado interés por la dama que los acompaña. Y, si bien no quisiera ser yo el portador de malas noticias, y por mucho que prefiera dejar que las malas noticias se propaguen solas una vez sean visibles sus consecuencias, sea esto cuando sea, no creo que la pobre muchacha esté recibiendo de buena gana la susodicha atención.

Tom y Michael tardan un instante en descifrar las palabras del hombre, y no las entienden todas, pero al oír *dama* y *acompañante* se levantan de la mesa y apartan al hombre que se apellida Whitstable para abrirse paso.

37

Y bueno cuando Tom y yo salimos por patas de la cabaña de Ryan y llegamos al porche vimos a nuestra Sara con la espalda pegada a un poste del porche. Uno de los justicieros de la hoguera el que decía ser un vigilante de Montana y se llamaba Espumarajos y tenía el pelo largo y la cicatriz en el cuello ese la estaba cogiendo por el brazo con una mano y con la otra le había quitado el pañuelo. El otro justiciero el que se llamaba John Acres y los tres hombres de Ryan que estaban antes sentados a la mesa y uno o dos hombres más que no habíamos visto hasta ahora estaban plantados en el barro mirando desde detrás de Espumarajos como si hubiesen apostado a una pelea de perros.

Yo creo que no hace falta que describa aquí de qué modo a Tom al ver todo esto empezó a hervirle la rabia dentro y echó mano directamente a la funda donde llevaba el Colt. Uno de los hombres de Ryan que estaba en el barro hizo lo mismo y la sacó antes y apuntó a Tom pero no disparó gracias a Dios. Entonces cogió y dijo:

—No lo hagas Mick. No por una puta india.

Yo pegué un grito mientras agarraba a mi hermano por la muñeca:

—¡Tom! ¡Para!

Por detrás de mí salió Ryan al porche y con él venía otro muchacho en mangas de camisa y este era todavía más alto que Tom y estaba fuerte como un toro y con la ropa ceñida al cuerpo como si fuera un saco lleno de melones. Antes de que pudiera yo hacer nada el toro aquel rodeó a Ryan y con toda la normalidad del mundo le puso un revólver Remington New Model en la cabeza con el cañón a medio pie de distancia de la cara.

Entonces me giré para mirar a este nuevo muchacho que acababa de aparecer de la nada pero no vi nada ni en su rostro ni en sus ojos azules. Estaban vacíos como los ojos de un cocodrilo y en verdad imagino que tampoco me sorprendió que apareciera allí. Él era la razón por la que los muchachos de la mesa se habían puesto en marcha cuando Ryan les había dicho que lo hicieran. Estaba claro que era el fortachón holandés del que había hablado uno de ellos porque todo ejército necesita sargentos primeros que pongan a raya a los soldados y eso es lo que era aquella bestia rubia de hombre. Los muchachos nunca se rebelarían contra Ryan porque para ello tendrían que pasar por encima de este tipo y para hacer algo así tendrían que contar con la gracia de Dios. Me miró como si hubiese venido al mundo con órdenes explícitas de hacer el mal en él.

Ryan se nos acercó y dijo:

—Este es Heino Fisher. No habla mucho inglés pero le encanta el olor de la sangre y la pólvora. Te aconsejo que no tientes mucho a este c...

No estaba tan seguro de que fuera a hacerlo pero Tom retiró la mano de la funda del revólver y yo le solté la muñeca y entonces el muchacho este que se llamaba Heino dio un paso atrás aunque no dejó de apuntar con la pistola a Tom lo cual supongo que en realidad era razonable. Ryan metió baza:

—¡A ver caballeros! En este campamento no quiero oír ni un p... tiro. Si quieren jugar a los pistoleros será mejor que lo hagan fuera de esta p... empalizada porque aquí no van a hacer nada más que lo que yo les diga.

El justiciero llamado Espumarajos se echó a reír y dijo:

—Ger pero si solo estamos pasándonoslo bien. —Entonces se giró hacia Tom—. No hace falta que te sulfures Mick. Solo queríamos echar una miradita. No la tocaríamos la cara esa que tiene ni con un p... palo.

—Hijo de p... Te las verás conmigo —dijo Tom mientras se llevaba la mano al D Bar y el holandés de Ryan le seguía apuntando con la pistola como si estuviese harto de todo el lío y solo quisiera volverse a la cama. Con los ojos vacíos de expresión miró a Tom desenfundar el cuchillo pero no hizo nada para detenerlo.

Y Ryan dijo:

—¡Eso es lo que queremos ver! Una conducta civilizada. ¿No es así muchachos? No sirve de nada ponerse a pegar tiros pero hay pocas cosas que no puedan resolverse con un par de puñales.

Espumarajos le soltó el brazo a Sara y ella le arrancó el pañuelo de sus dedos asquerosos y se lo puso en la cara y ante esto los otros hombres se echaron a reír y uno de ellos dijo:

—¡Vaya mal genio tiene la muchacha!

Y si lo escribo aquí es porque al escucharlo casi saco yo mi propio Colt aunque claro está que no lo hice. Fueron las risas de esos hombres allí plantados en el barro lo que casi me vuelve loco pero en estas páginas admitiré que si no lo hice fue probablemente porque tenía miedo no de los hombres aquellos del barro pues para algo había matado a hombres peores en la guerra sino del cocodrilo rubio aquel que tenía la pistola en ristre. En mi fuero interno sabía que estaría muerto antes de poder amartillar mi arma y como tenía miedo de la muerte y de hecho debo admitir que lo sigo teniendo pues no hice nada mientras los c... aquellos del barro se reían de Sara que estaba cruzando el porche y se estaba poniendo detrás de mí en busca de cualquier protección que yo pudiera brindarle.

—Ya está muchacha ya está —le dije sin saber qué más decirle y los dos miramos a Tom salir del porche con el cuchillo.

Mientras se quitaba el abrigo y lo colgaba en un poste de amarre Espumarajos cogió y dijo:

—Te vas a arrepentir de sacar ese cuchillo Mick. —Y entonces sacó el cuchillo con mango de cuerno de alce que había usado con la panceta y lo cogió por el mango con la hoja pegada a su antebrazo—. No quieres saber a cuántos ha mandado al infierno este puñal que te voy a clavar hasta donde pone Green River.

Tom no dijo nada mientras se le acercaba y dos de los hombres empezaron a hacer un círculo en el barro y el justiciero sonreía y daba saltitos de un pie a otro y el pelo largo le flotaba como si fuera una bandera por detrás de él. No estaba ni la mitad de borracho que yo pensaba que estaría y Ryan me dijo:

—Me habéis caído bien vosotros dos muchachos de verdad que sí. Pero con solo rozar el revólver para ayudar a tu hermano vas a acabar flotando río abajo a su lado. ¿Verdad que sí Heino? —Ryan me dio una palmada en el hombro y yo lo odié aunque al fin y al cabo era él el que tenía que dirigir un puesto comercial y tenía sus propias reglas para ello—. A poco que se te ocurra paisano mío de Kerry nos lo vamos a pasar todos muy bien a tu costa.

Asentí sin apartar la mirada de los dos hombres que se estaban acechando en círculos en el barro mientras los demás se reunían a su alrededor y formaban un grupo para ver el espectáculo. Ryan le dijo al Botargas que estaba también en el porche:

—Whitstable vaya y sáqueme el jarrillo que tengo detrás del mostrador y a lo mejor le fío a usted un sorbo por el trabajo. Eso sí como ponga sus teatrales zarpas en cualquier otra cosa ahí dentro se las corto y se las echo a los cerdos.

No obstante yo apenas le hacía caso a todo esto porque para entonces me estaba dando cuenta de que mi hermano parecía de algún modo lento y pesado y más torpe de lo que nunca lo había visto y parecía más un caballo de tiro que el caballo de carreras que había sido en el pasado. Tom es un tipo grande pero nunca había sido lento y ahora sí parecía que estaba tambaleándose del pie derecho al izquierdo mientras andaba y me acordé entonces de que le faltaban dos dedos del pie. No sería ni la mitad de ágil sin ellos. Entonces me puse a rezarle a un Dios en el que no creía y le pedí que lo protegiera de todo mal y mientras rezaba yo el justiciero Espumarajos brincó hacia delante y lanzó una puñada al aire primero por un lado y luego por el otro.

Los hombres que estaban mirando dieron un paso atrás a fin de darles más espacio para la pelea y el c... que se llamaba John Acres gritó:

—Eso es Espumarajos. ¡Rájalo!

De un salto Tom se apartó del cuchillo y resbaló con el talón en el barro y durante el instante en que perdió el equilibrio el justiciero se volvió a acercar y el filo del cuchillo rajó el antebrazo de Tom que lo había levantado en defensa propia. Espumarajos se apartó de un salto y limpió la hoja de lado a lado y yo seguí mirando mientras el corte en el brazo de Tom se abría y empezaba a echar sangre. Eso me dio miedo debo admitirlo así que grité en irlandés:

—¡Déjalo Tom! Vamos a ponernos en camino sanos y salvos. —Pero no sé por qué dije aquello porque yo sabía que no había forma de salir de todo aquello sin derramar más sangre.

Claro está que Tom me ignoró y dio un paso hacia adelante completamente concentrado no en mí ni en mi miedo por él o en Sara resguardada tras de mí ni en Whitstable que bebía del jarrillo y luego se lo tendía a Ryan ni en los hombres reunidos que lo jaleaban en el barro sino solo en el malnacido aquel que tenía delante blandiendo un cuchillo de carnicero Green River. Tom agarró su puñal con la hoja hacia abajo pero la guarnición de acero del mango hacia el justiciero. Ryan me ofreció el jarrillo y yo lo rechacé justo cuando Espumarajos volvió a pegar un salto hacia adelante aprovechando su ventaja para atacar de nuevo con el Green River.

Y ese golpe me pareció que era demasiado amplio y que además puso el brazo demasiado tieso aunque yo no sea un seguidor de las peleas de cuchillos pero la verdad es que sí que he visto unas pocas y sé un par de cosas sobre ellas. Era el tipo de golpe que se podía aprovechar para contraatacar pensé yo y Tom claro está también lo pensó así que raudo como una serpiente de cascabel dio un salto adelante justo cuando el cuchillo de Espumarajos le pasaba por la cara y no desaprovechó la oportunidad de cascarle un fuerte golpe con la guarnición de acero del mango del D Bar.

Y bueno el golpe aquel de Tom le dio de lleno al justiciero en la mandíbula y sonó un crujido tan fuerte que se oyó seguro hasta en Kansas y al justiciero se le fue la cabeza para atrás y se quedó aturdido y yo me puse tenso ante el golpe mortal que era una cosa que en nuestra triste vida como soldados yo ya había visto a mi hermano dar dos veces con ese cuchillo. Así es como luchaba Tom primero aturdía al contrincante y luego le metía la puñalada y cuando Tom apartó el cuchillo me estremecí.

Pero para mi sorpresa Tom seguía teniendo la hoja del cuchillo hacia abajo y dio un paso atrás sin necesidad de agilidad alguna mientras Espumarajos estupefacto volvía a blandir su cuchillo. Fue un golpe de espaldas y medio a ciegas lo que le hizo perder el equilibrio y Tom dio un paso adelante y de una gran patada le levantó las piernas a Espumarajos. El justiciero cayó de lado y Tom dio un paso atrás aún torpe en sus movimientos pero con las rodillas flexionadas y preparado para cualquiera que pudiera ir a por él.

Después de un instante el justiciero rodó por el barro para ponerse boca abajo y se estaba poniendo a cuatro patas cuando mi hermano se acercó y con la bota le metió un pisotón brutal en la mano en la que todavía sostenía el Green River. El cuchillo se perdió entre el barro y el justiciero emitió un rugido mientras se dejaba caer de espaldas y se agarraba la mano hecha pedazos y en un segundo Tom se le echó encima y lo levantó por la camisa y lo sentó en el suelo.

Lo sujetó y le volvió a golpear la cara con la guarnición de acero del D Bar y en esta ocasión le explotó la nariz como si fuera una bomba. Tom le metió otro golpe y el sonido de la guarnición de acero contra los dientes de Espumarajos hizo que Ryan se detuviese con el jarrillo de whisky en los labios y exclamara *ay* para luego seguir bebiendo mientras mi hermano le arreaba al tipo aquel dos golpes más en la cara antes de tirarlo de espaldas contra el barro.

Tom se levantó entonces completamente erguido y miró a los demás hombres como un lunático recién salido del manicomio. Y les bramó:

—¿Cuál va a ser el siguiente? —La sangre de la herida del brazo goteaba en el cieno. Volvió a bramar—: ¿Es que no hay ni un p... macho aquí o qué? —Y uno de los hombres que estaba mirando dio un paso atrás.

El otro hombre que antes estaba sentado al fuego el que se llamaba John Acres levantó las manos y dijo:

—El único era él así que ya se ha ganado usted a su india. Ha quedado claro. No hay necesidad de seguir.

Tom enfundó el cuchillo con la misma facilidad con la que un hombre se metería las manos en los bolsillos y fue recorriendo con la vista uno a uno todos los hombres hasta que todos ellos le hubieron apartado la mirada. Se agachó y sacó del barro el cuchillo Green River le limpió la sangre y el barro todo lo que pudo en la camisa de Espumarajos. Se levantó y se lo colocó en el cinturón y luego subió los escalones hasta el porche donde estábamos Sara y yo.

Heino bajó el arma y la desamartilló mientras Ryan y el Botargas retrocedían un poco. Ryan estaba sonriendo como un niño al que le acaban de dar un caramelo. Y coge y dice:

—Me cago en D... los de Kerry sí que están hechos unos tíos duros. Vaya que sí. ¿Queréis trabajar aquí? Tres comidas calientes y un catre solamente por vuestra actitud y algún trabajo que otro. Estos hombres no pueden ni la mitad que vosotros. ¿Qué decís?

Pero mi hermano lo ignoró y le puso las manos en los hombros a Sara. La sangre caía sobre las tablas del suelo con un tamborileo que solo era perceptible si se le prestaba atención y Tom le habló con suavidad a Sara y ella asintió con la cabeza pero no podía evitar mirar una y otra vez a los hombres que seguían allí reunidos.

Yo también los estaba mirando pero había decidido que no eran el tipo de hombres que buscan vengar a un amigo y estaba yo en lo cierto porque por fin se dispersaron y un par de ellos cogieron a Espumarajos en brazos para llevárselo y juro por Dios que antes de que se fueran yo vi a ese hombre escupir sangre y dientes por la boca y salírsele la sangre a borbotones por la nariz así que estoy completamente seguro de que seguía vivo cuando se lo llevaron a rastras por el barro hasta una de las tiendas.

Tom se giró a Ryan entonces y el comerciante le tendió el jarrillo. Tom lo cogió y bebió de él y Ryan dijo:

—Quédatelo paisano. Que te lo has ganado. Bébetelo todo entero.

Tom me miró y me dijo:

—Recoge las cosas y carga el *travois*. —habló en irlandés mientras echaba algo de whisky sobre la herida del cuchillo y hacía muescas de dolor—. Y pídele al cantinero asqueroso este que me dé hilo para coserme el brazo y también un trapo de tela para vendarlo. Dale todo lo que pida menos tabaco.

Se lo pedí a Ryan en inglés y él se echó a reír.

—J... el hilo y la venda os lo regalo yo. Si me habéis alegrado el p... día muchachos. ¿De verdad no os queréis quedar una temporada?

Y yo le dije:

—No. Nos ponemos en marcha ya. Todavía hay luz para ponerse en camino.

—Vale bueno —contestó—. Heino recogerá vuestras cosas y os ayudará a cargarlas. Podéis volver cuando queráis y nos sentaremos a cenar y a hablar sobre la tierra del bueno de mi padre. Quiero saber más sobre cómo educan allí a unos muchachos tan salvajes como vosotros dos.

Cuando ya habíamos recogido todo y el *travois* estaba atado al caballo cruzamos el patio embarrado hasta el portón de la empalizada. El centinela bajó por los escalones inestables y abrió de un tirón uno de los lados del portón y mientras lo cruzábamos nos dijo:

—Vaya buen espectáculo el de ustedes sí señor. Nunca he visto a nadie cargarse al Espumarajos aunque tampoco se pueda decir que no llevara tiempo buscándoselo. Qué suerte ha tenido la muchacha —le dijo a Sara que no lo miraba—. El Espumarajos llega a conseguir lo que quería y a usted no le habría hecho ni pizca de gracia.

Y se rio como si fuera algún tipo de chiste y yo tuve muchas ganas de meterle una hostia pero no lo hice y nos fuimos de ese sitio por fin mientras la llovizna se volvía aguanieve que por supuesto pronto se volvería nieve.

38

Aunque mi hermano pueda ser un tipo duro a veces y aunque en el pasado haya cometido actos que algunos puedan considerar crímenes a ojos de la ley (sea cual sea la ley que haya en este sitio sin ley que es el territorio de Montana o el territorio de Dakota porque la verdad es que a veces no sé en cuál de los dos estamos) siempre hay una razón justa para que él se comporte de ese modo.

No obstante ni un solo crimen cometió mi hermano en el puesto de Ryan y si quien lee estas líneas es una persona justa y se guarda sus prejuicios hasta que lea la verdad de lo ocurrido entonces le diré (y puede preguntárselo al mercader Ger Ryan o incluso a su fortachón holandés) que mi hermano para mi sorpresa mayúscula dejó al justiciero aquel tirado en el barro vivo y respirando cuando podría haberle metido una puñalada en el cuello con un simple movimiento y haberlo matado. De verdad que desde que había conocido a la buena de Sara se había vuelto un hombre nuevo.

Como estaba sorprendido le pregunté a Tom al respecto mientras íbamos de regreso al campamento de la cueva ese mismo día en un momento en que nos sentamos a descansar después de unas horas de caminata para fumar y darle agua al caballo. Así que cogí y le dije a mi hermano en nuestro irlandés natal:

—Pues bueno Tom estoy muy sorprendido y muy contento de ver que no te has cargado al hijo de p... ese del campamento. Eres un hombre misericordioso hermano. Nunca pensé que fuera a ver esto en la vida.

No voy a mentir porque de verdad estaba bien contento mientras decía todo aquello pues estábamos los tres fumándonos un buen cigarro hecho con nuestras nuevas hojas de tabaco y habíamos salido de aquel puesto comercial mejor de lo que habíamos entrado cuando perfectamente podríamos no haber salido si las cosas hubiesen sido diferentes a cómo fueron.

Con el cigarro hecho de páginas de la biblia en la mano Tom me sonrió y luego se lo pasó a Sara. Ella se sentó después de darle al caballo un poco del salvado nuevo. Y Tom me dijo en inglés:

—Bueno hermano mío yo también estoy contento porque si lo hubiese hecho no estaríamos los tres aquí sentados fumando. Pero hice una promesa y por Dios que la voy a cumplir por primera vez en mi maldita vida.

—¿Una promesa a quién? —contesté—. ¿Y cuándo?

—Eso es entre yo y a quien se la hice pero juré que de ahí en adelante me portaría todo lo bien que pudiera. O que al menos lo intentaría. Claro que la verdad es que no he pensado en ese juramento porque no es algo que se pueda hacer en una pelea. Un cuerpo no piensa en nada cuando está en la reyerta sino solamente en ganar. Así que lo habría hecho como lo he hecho muchas veces antes. —Se detuvo para mirar a Sara y luego mirarme a mí otra vez—. Como he hecho tantas veces vaya como quien hace café. Qué ganas tengo de un café. Deberíamos haber comprado.

Se desvió del tema del que estaba hablando pero yo se lo volví a recordar rápidamente.

—No nos quedaba nada que intercambiar. Si ya no tienes ni sombrero ni abrigo. Pero sigue —le dije porque quería oír su razonamiento.

—No sé y no puedo explicarlo pero algo parecido a una voz surgió en mi cabeza y no era mi voz y siguió allí hasta después de que el tipo ese me metiera el corte. —Tom echó una mirada a los rudos puntos que llevaba en el brazo—. Y esa voz me dijo Tom acuérdate de lo que prometiste y así hice y aunque podría haberle metido una puñalada a ese hijo de p... la primera vez que intentó darme un golpe con demasiada amplitud pues simplemente no lo hice. Y me alegra no haberlo hecho.

Se notaba que no quería seguir hablando del tema así que lo dejé tranquilo con Sara y cogí el caballo y lo llevé a la orilla del río para que bebiera. Más de una vez había oído que no era bueno darles agua a los caballos después de comer pero siempre he pensado que el animal te dirá por sí mismo qué necesita y ese caballo era buen caballo a su manera así que bebió lo que quiso cuando lo dejé suelto.

Mientras volvía con el caballo oí que Tom le estaba diciendo a Sara:

—Toma muchacha aquí tengo un regalillo para ti.

Ella lo miraba pero no decía nada y él se sacó del cinturón el cuchillo de carnicero Green River que le había quitado al justiciero al que había dejado sangrando en el barro. Lo cogió por la hoja y se lo ofreció por el mango.

—Toma —dijo Tom—. Así no tienes que cogerme prestado el mío tanto.

Le sonrió a su Sara pero ella tenía en la cara una expresión dura como si le estuviera ofreciendo una reliquia santa o un trozo de la cruz de Jesucristo o algo por el estilo. Yo ya había oído alguna vez que un cuchillo es algo sagrado para un indio aunque no sabía si era para todos los indios o solo para los guerreros y además Sara era solo india a medias. Cogió el cuchillo con las dos manos y asintió con una mirada extremadamente seria en los ojos.

Tom se echó a reír.

—Madre mía por el amor de Dios que es solo un regalo. —Se giró hacia mí—. Por la cara que ha puesto parece que le estoy dando un cubo de leche agria.

No obstante su corazón sabía de sobra que a ella le encantaba y que le daría uso al regalo aunque no sonriera sino que solo se apartara y se guardara el cuchillo en el cinturón que llevaba para cerrarse el abrigo y yo también lo sabía. Sara no le mostraba al mundo todos los sentimientos que albergaba dentro como hacían muchos en este país y en otros. En ese sentido era un poco como una irlandesa que no enseña sus cartas y las tiene siempre muy pegadas al pecho por miedo a que el mundo le vea algo que ella no quiere enseñar. Claro está que la cosa cambia cuando hay algo de bebida de por medio tanto en el caso de los indios como en el caso nuestro el de los irlandeses pero solo nos quedaba un cuarto del jarrillo que Ryan nos había dado en el puesto comercial como pago por el entretenimiento de Tom así que no había peligro de que eso ocurriera el día aquel en que ocurrió lo que estoy contando.

Entonces pensé en que yo le había ofrecido el cuchillo despellejador del hijo de p... aquel del trampero Robinson y ella lo había rechazado y se lo había clavado al muerto asqueroso. Aquel día no había mostrado en su rosto ninguna emoción después de sufrir la peor de las deshonras a mano de aquel cobarde de m... sino que lo había mostrado todo en sus actos. Por lo general es verdad que era reservada con sus emociones pero al aceptar el regalo de Tom los dos sabíamos de sobra que a ella le gustaba y que le daría buen uso a ese buen cuchillo.

Y bueno pues tardamos dos días en volver al campamento y esta vez fuimos pegados al río todo lo que pudimos y nos mantuvimos alejados de esa curva del camino que nos llevaría a pasar otra vez por la terrible carreta y sus pasajeros sin vida que en paz descansen y el Señor los tenga para siempre en su gloria. El camino era más difícil en algunos sitios pero llegamos a nuestra cueva y la encontramos intacta y todas nuestras cosas y la cecina de alce y los útiles de barbería y los baúles y el diario de la señora Harris estaba todo justo donde lo habíamos escondido en el bosque.

Entonces nos instalamos para pasar el invierno buscando comida cada día y encontrándola unos días en la trampa de peces del río y otros al otro lado del rifle y otros días no encontrando nada y subsistiendo con la panceta y el maíz que trajimos del puesto de Ryan. Gran parte del tiempo me lo pasé leyéndoles a Tom y a Sara las aventuras de la pequeña Nell que escribió Dickens en *La tienda de antigüedades* que iba de una pobre niñita que era como si estuviera allí pasando el invierno con nosotros en mitad de esa naturaleza tan salvaje y no en las páginas del libro en Londres Inglaterra y que retrataba a Quilp con una dureza absoluta y mayor que la que solía usar la gente para hablar de los tramperos en la realidad (aunque nosotros nunca habláramos de ellos).

Así que no hay mucho que contar sobre las siguientes semanas excepto una cosa que es tan llamativa que tendré que dejarla aquí por escrito aunque sea irrelevante para la cuestión de nuestra inocencia y es que Sara se me acercó un día de marzo que a la vuelta de mirar la trampa de peces nos paramos ella y yo en el bosque junto al río a recoger agujas de pino para la infusión y piñas para sacarles los piñones.

Yo la acompañaba ese día mientras Tom cazaba porque ninguno de los dos quería que estuviera sola por ahí fuera del campamento si podíamos evitarlo y ella no opuso objeción alguna y yo estaba como a 20 palmos de ella buscando piñas debajo de un pino alto cuando me chistó con fuerza:

—¡Chist! ¡Michael! Ven aquí.

Como es lógico me detuve y agudicé el oído en busca de algo que no sabía lo que era pero ya había aprendido a hacerle caso en todo lo que tuviera que ver con el bosque porque uno será tonto pero por lo menos no está loco del todo.

Me acerqué a través de la nieve húmeda por el día que era cálido y no había ni un asomo de nubes en el cielo y el sol del invierno atravesaba las ramas de los árboles para ablandar la nieve de debajo. Cuando llegué a donde estaba ella la vi mirando a una gran roca a cierta distancia de donde nos encontrábamos en el bosque.

—Mira la roca —me dijo.

Yo seguí con la mirada su dedo que señalaba a una roca grande con la parte de arriba cubierta de nieve y que a mí me parecía que era igual que las demás rocas que había cerca más abajo en el río. Al principio me pregunté si quería decir que era raro que hubiese una roca así en mitad del bosque a cientos de yardas del río. Yo no soy ni un erudito ni un hombre de los bosques así que me imaginé que alguna vez en el pasado las aguas del río habían bajado tan crecidas y con tanta fuerza que habían arrastrado la roca y la habían dejado allí cuando las aguas habían regresado a su cauce pero seguro que eso no era lo que ella me quería decir.

—¿Lo ves? —me susurró.

—¿Que si veo el qué por el amor de Dios? —susurré yo también—. Yo solo veo una roca enorme y un bosque de árboles.

—No. Antes de la roca. —Se paró a pensar como a menudo hacía cuando no encontraba la forma de decir algo o no sabía todas las palabras en inglés. No hablaba mucho pero cuando lo hacía se tomaba su tiempo para escoger las palabras. A veces desearía ser yo un poco así porque la mayor parte del tiempo digo tonterías sin pensar—. No. Delante de la roca y abajo. ¿No ves que la nieve está levantada? ¿Que hay como un montoncito de nieve delante? ¿Lo ves?

Lo vi cuando me lo señaló.

—Sí. ¿Qué es?

Entonces se giró hacia mí y por primera vez en muchos meses supe que me estaba dedicando una verdadera sonrisa tan brillante como el verano con los dientes blancos y perfectos y rectos y los ojos oscuros reducidos a dos rayas felices como los de los hombres de la China. Se le habían enrojecido las mejillas por el tiempo y llevaba el pañuelo suelto alrededor del cuello porque ya no le preocupaba que yo viera sus rasgos desfigurados lo cual me ponía contento por una razón que por entonces yo no comprendía. Juro que Sara era entonces allí plantada bajo los árboles invernales mientras señalaba a la roca la viva imagen de la belleza. Y me susurró:

—¡Un oso Michael! Ahí hay un oso pasando el invierno. Es una... —Una vez más se detuvo a intentar pensar la palabra en inglés mientras susurraba para sus adentros la palabra en francés que creo que era algo como *tanier*—. El sitio que cavan para dormir durante el invierno. Un agujero cavado debajo de la roca. Si es una... —se detuvo a pensar otra vez—. Si es una hembra de oso va a dar a luz a sus oseznos aquí. Bajo la roca en su refugio de invierno.

—¿Un oso? —dije y di un paso atrás y me saqué el revólver del cinturón—. Jesús María y José. Vámonos despacio y volvamos a casa sin despertarlo.

Ella sonrió aún más y se habría reído si no hubiésemos tenido que mantenernos en silencio.

—No. No tengas miedo. Vamos a por Tom. Venga. Vamos a por Tom y venimos los tres juntos. Una vez vi a mi padre hacerlo con mi madre y sus hermanos.

—¿Que viste a tu padre haciendo qué? ¿Y tus qué? —contesté.

—Cazar al oso dormido dentro de su agujero de dormir. De su *tanier*. Eran indios. Mi padre era un cajún francés pero mi madre era india. Los hermanos de mi madre también eran indios.

Claro que ya hacía tiempo que sabía que Sara era medio india. ¿Cómo no iba a saberlo? Usó la lengua de signos con los guerreros crows con los que comerciamos y claramente tenía pinta de india con el pelo y los ojos y de hecho la herida que le habían hecho en la nariz era una cosa que según me habían contado les hacían los indios a sus mujeres como castigo aunque más adelante nos enteráramos de que era una cosa rara y que por norma general solo lo hacían las ovejas negras que es lo que le había pasado a la pobre pichona de nuestra Sara.

Y también sabía que su padre había sido un trampero francés pero oírla decirlo en voz alta y hablar de su madre y de sus tíos la verdad es que hizo que se me conmoviera algo en las entrañas porque parecía muy feliz al contarlo y era como si ese recuerdo de su familia la pusiera contenta solo de visitarlo. De algún modo me hizo sentir mucho cariño por ella incluso más del que ya le tenía. Había tanta calidez en su sonrisa y en sus palabras que por un momento quise rodearla con mis brazos que el Señor me perdone por ello.

Lo único que podía hacer era sonreírle yo también y antes de que pudiera decir nada más se volvió hacia la vereda del río.

—Venga. Vamos a por Tom y volvemos —me dijo casi sin preocuparse ya por susurrar.

Tom volvió a última hora de su cacería y el sol ya se había puesto detrás de las Big Horn pero siendo justos con Tom hay que decir que nos trajo para la olla un conejo bien gordo con su pelaje blanco de invierno así que esa noche no fuimos a ninguna parte. Sara lo despellejó y le sacó las tripas y lo aderezó con sal y harina de maíz y luego lo frio en grasa de tocino y lo sirvió con un poco de gachas de maíz a las que nos estábamos acostumbrando e incluso nos empezaban a gustar aunque como están bien buenas es con azúcar moreno y eso no teníamos. Entonces nos sentamos a degustar un estupendo banquete esa noche mientras Sara nos contaba a los dos lo que haríamos a la mañana siguiente. Y la verdad es que no me gustó cómo sonaba debo decir.

Claro que había visto muchos osos negros durante mis días en el Fuerte Phil cuando salía a patrullar o cuando iba al pinar a cortar madera y aunque eran feroces si un hombre se interponía entre ellos y sus oseznos la verdad es que eran bastante pequeños y una bala de pistola era suficiente si se levantaban o si arremetían contra alguien. Pero sobre los temibles osos pardos o los osos grises como también se llamaban solo había oído las historias que la gente contaba. Se decía que un oso gris le podía arrancar la cabeza a un caballo de un zarpazo y en el fuerte había un leñador que nos contó una vez que aunque nunca los había visto arrancándole la cabeza a un caballo sí había visto con sus propios ojos a un oso gris abrir en canal con sus zarpas a un buey que empujaba una carreta en la ruta de Oregón de modo que se le cayeron las entrañas hechas un montón humeante. Él contó todo esto y contó también que los viajeros a los que pertenecía el buey le dispararon al oso cuatro balas con el mosquete desde una distancia prudente antes de que los embistiera y que se vieron obligados a subirse a los árboles y a dejarlo que se comiera el buey tranquilamente porque los balazos para ese oso eran como meras avispas alrededor de una manzana podrida en un huerto.

Así que la verdad es que yo no dormí bien pensando en lo que íbamos a hacer a la mañana siguiente. Sara puede haber sido una muchacha de los bosques como ninguna pero ni siquiera ella podía saber si se trataba de un oso pardo o de uno negro solo por cómo era la entrada de la osera.

Descubriríamos por la mañana qué tipo de oso era nos dijo junto al fuego aquella noche con la sonrisa aún en los labios lo que nos hizo sonreír también a mí y a Tom. Le parecía divertido que estuviéramos tan asustados ante esa tarea cuando ella no tenía miedo alguno pero lo que más miedo da es naturalmente lo que uno no conoce.

Por la mañana nos levantamos temprano en cuanto salió el sol y desayunamos nuestra infusión de pino que como las gachas de maíz era algo a lo que nos habíamos acostumbrado. Es una bebida amarga tal y como la hace Sara que coge solo las agujas de pino más viejas del árbol para infusionarlas porque dice que son las mejores para el cuerpo y quizá sea verdad pero por Dios no son las mejores para la lengua. Todavía no me creo que no le comprásemos café a Ryan. La mayoría de los días me encontraba a mí mismo dispuesto a haberle pagado con mis propias muelas. Pero nos bebimos la infusión y comimos gachas de maíz y envolvimos un poco de cecina de alce con la corteza de un abedul y unas pocas de las ascuas encendidas del fuego en otra corteza y nos pusimos en camino a pie pues no tendría sentido traer el caballo porque podría asustarse al ver u oler el oso y podríamos perderlo y fuimos río arriba hasta el bosque por el que Sara nos llevó al montón de nieve de debajo de la roca. No tardamos más de una hora y el cielo volvía a estar claro y la nieve pronto volvería a derretirse al sol.

A unas yardas de donde estaba el oso Sara se metió entre los árboles y nos dejó allí plantados. La observamos buscar debajo de los árboles y recolectar ramas secas en un brazo. Los bajó hasta la ribera del río y luego regresó a los árboles y empleó el cuchillo para cortar de un pino cercano una rama verde que era pesada de tantas agujas como tenía. Volvió a bajar a la orilla del río y allí apiló algunas rocas y sacó con cuidado las ascuas encendidas del hatillo de corteza de abedul y las sopló hasta avivarlas y echó las agujas de pino y las ramas secas y todo eso para hacer un fuego. Mientras esperaba a que el fuego se avivara ató lo mejor que pudo las agujas de pino hasta formar una bola al final de la rama. En poco tiempo tenía ya una llama ardiendo dentro del foso de piedras y añadió más madera y vino hasta donde estábamos nosotros.

—Dame la pistola grande —le dijo a Tom en voz baja pero sin susurrar como había hecho el día anterior—. El Springfield.

—¿Para qué?

—Para qué no —contestó—. Dámela.

No le hizo falta decírselo otra vez y Tom se la dio. Se acercó lentamente hasta el montoncillo de nieve y estuvo un rato observándolo. Luego cogió el arma por el cañón y comenzó a cavar en la nieve suavemente con la culata.

—Enciende la rama. La rama verde. La que está junto al fuego —dijo mientras cavaba cada vez más profundo y yo me acerqué a ella y Tom fue a encender la rama de pino. Sin mirar atrás oía la rama empezar a chisporrotear y a prenderse. Sara siguió cavando con la culata del rifle y poco después destapó lo que parecía la entrada de la osera. No era más que un pequeño agujero excavado y más allá estaba todo oscuro. Sara dio un paso atrás y se arrodilló para mirar.

—Está demasiado oscuro. No veo nada. Pero noto al oso dentro. ¿Tú no lo notas Mickaleen? —Le gustaba llamarme por ese nombre que era como me llamaba mi hermano.

Me acerqué y me arrodillé a su lado. Yo también veía solo oscuridad más allá de la boca de la osera pero lo que me preguntó de repente cobró sentido porque notaba que un leve calor emergía de la boca de la osera y con él un olor animal un almizcle que solo podía ser el de una bestia de algún tipo que ahora sabía que era un oso. Cómo de profundo estaba el oso allí dentro de la osera era algo que solo podía imaginar pero diré que cada pelo y cada músculo de mi cuerpo tenían en ese momento un solo deseo y ese deseo era el de ponerme en pie y salir por patas de allí.

Pero Sara estaba quieta y se quedó callada un rato largo. Luego le dijo a Tom:

—Trae el fuego. —Tom hizo crujir la nieve con sus pisadas a nuestras espaldas y le tendió a Sara la rama de pino verde encendida como una antorcha—. Ahora Michael ponte a este lado cerca del agujero. Como te dije anoche. Aquí. Con la pistola pequeña.

Así que hicimos lo que nos había dicho la noche anterior que era ponerme a la derecha del agujero con el Colt en ristre y cargado apuntando al agujero oscuro y miré a Sara acercarse a la boca de la madriguera aquella y tumbarse bocabajo en la nieve de afuera y poco a poco meter el palo ardiendo para que el humo llenase sus profundidades y saliera hasta casi asfixiarnos a los tres. Entonces Tom se arrodilló y apuntó con el rifle por encima del hombro y esperó un momento a ver qué iluminaba la llama de la antorcha improvisada.

—Ahí está —dijo y entonces Sara se apartó rodando y de la oscuridad emergió un gruñido hondo y grave como el de un perro gigante dormido y prácticamente en cuanto lo oímos Tom apretó el gatillo y disparó dentro de la osera.

Y entonces salió de allí del interior y la oscuridad un rugido y un movimiento furioso que se notó bajo nuestros pies como si el suelo estuviese temblando y me acerqué al agujero y me asomé y disparé hacia la oscuridad sin esperar medio segundo para volver a amartillar el arma y disparar una segunda vez.

La amartillé una tercera vez pero el rugido furioso cesó y todo se quedó tranquilo cuando el humo empezó a despejarse de la entrada de la osera. Tom terminó de recargar detrás de mí y se acercó apuntando con el arma al agujero y los tres contuvimos la respiración como si estuviéramos esperando a que ocurriera algo.

En el bosque todo estaba en silencio sin cantos de pájaros ni sonidos de ningún tipo aunque todos los lugares suelen parecer tranquilos después del disparo de un arma de fuego. Entonces Sara se levantó.

—Escuchad —dijo.

Los oídos me pitaban un poco por los disparos aunque desde la guerra me pitaban todo el tiempo. Yo no oía nada y Tom tampoco.

—¿Qué pasa? —dijo mi hermano pero en vez de contestar Sara se acercó a la entrada de la osera y volvió a tumbarse boca abajo en la nieve y antes de que pudiéramos decirle nada tenía la cabeza y los hombros casi enteros dentro—. Madre mía muchacha.

Tom me tiró el rifle y sacó su pistola y se tumbó también boca abajo junto a ella pero antes de que pudiera meter la pistola en la osera al lado de Sara ella ya estaba saliendo con algo en la mano que parecía un fardo de piel negra que se movía y maullaba con un sonido no muy diferente del de un bebé recién nacido lo cual de algún modo es lo que era. Por eso me di cuenta de que Sara tenía en brazos un osezno de solo algunas semanas de edad. Era del tamaño de un gato chico y tenía los ojos cerrados como un cachorrillo y su maullido era un sonido que daba muchísima pena. No miento si digo que el sonido de esa cosa casi me rompe el corazón. En Tom sin embargo no tenía ese efecto pues él ya estaba agachado con los brazos dentro de la osera y tirando de la madre del pobre osezno para sacarla de su lugar de descanso.

Sin preguntar nada volví a guardarme el revólver en el cinturón y dejé el rifle apoyado en el árbol y cogí el osezno de los brazos de Sara. Lo acaricié y lo sostuve contra mi pecho de modo que pudiera sentir los latidos de mi corazón y rápidamente dejó de llorar y con la boca buscaba hambriento una mama que no encontraría en mí y me vino un vívido recuerdo de cuando sostuve a mi hermano menor que también lo era de Tom cuando no era más que un bebé y me enorgullecí siendo yo un crío de seis o siete años porque el bebé (Eoin se llamaba que en paz descanse porque murió de fiebre a los tres años) dejaba de llorar en mi pecho y no en el de nadie más.

Entonces Sara me dijo:

—Se piensa que eres la *maman*.

Hice un ademán hacia donde estaba Tom con la osa adulta que había sacado a rastras y había puesto boca arriba para destriparla. A pesar de todo el miedo que le había tenido a esa bestia terrible antes ahora allí tendida y muerta en el suelo me parecía muy pequeña. Las mamas que el osezno de mis brazos buscaba estaban encarnizadas y sobresalían como los brotes de una rama y por un momento pensé en bajar al osezno y ponerlo a mamar una última vez pero no fui lo suficientemente rápido si es que realmente quería hacerlo porque Tom le clavó el D Bar a la osa por debajo de las costillas y en dos cortes abrió al animal desde la barriga hasta los lomos.

El osezno volvió a maullar un poco en mi pecho pero no se alborotó mucho. Casi me da vergüenza escribirlo aunque tampoco es que me importe mucho lo que pueda pensar quien lea esto en el futuro porque estamos ya demasiado lejos y además se me acusa de hazañas peores de las que voy a admitir a continuación porque debo confesar que en ese momento me dieron ganas de quedarme con el osezno y de criarlo como si fuera una mascota o como si fuera algo precioso juro que eso es lo que se me pasó por la cabeza entonces. Algo se había conmovido en mi fuero interno y quería cuidarlo y encargarme de aquella cosa. Es un sentimiento raro ya lo sé pero no puedo responsabilizarme de lo que siente mi cuerpo cuando actúa por su propia cuenta.

—¿Nos lo vamos a quedar Sara? —dije yo. Es todavía más raro escribirlo ahora y ahora al recordarlo caigo en que no le pregunté a Tom sino que se lo supliqué a Sara como si fuera un niño tonto que le pide a su madre si pueden salvar a un gatito de morir ahogado en un cubo.

—Necesita leche —dijo ella—. Estaría bien engordarlo con leche durante un tiempo y luego comérnoslo. Pero no tenemos leche.

Asentí sin que quisiera que supiera que no me refería a quedarnos con el pobre osillo para engordarlo y matarlo luego sino como algo a lo que abrazarme y de lo que cuidar. Si digo la verdad no sé qué me da algunas veces que parezco imbécil. Un día Tom me va a dar una armónica y una boina y me va a poner en una esquina de la calle para ganarme unos chelines por demente.

—Claro —contesté y le devolví el osezno. Otra vez empezó a maullar y de nuevo mi corazón se derritió ante ese llanto diminuto y estaba a punto de extender los brazos para volver a cogerlo cuando Sara tiró para atrás de la cabeza del cachorrillo y le rajó la tráquea con el cuchillo Green River que le había regalado Tom. Se hizo el silencio de nuevo en ese bosque excepto por el goteo de la sangre del oso en la nieve y el sonido de Tom sacándole el hígado y las demás tripas a la madre osa rascando en las entrañas de la panza con la punta del D Bar. Sara tiró el manojo muerto del osezno a la nieve junto a su madre para que Tom también lo destripara.

Los miré a los dos y aunque sabía que tenía todos los motivos del mundo para sentirme agradecido porque la carne nos duraría varias semanas y porque nos daría una piel gorda de hibernación que Sara podría añadir al abrigo que le estaba haciendo a Tom sentí algo muy parecido a lo que sentía cuando les machacábamos la cabeza a las crías de foca en las cuevas de los acantilados de la playa para comérnoslas y quitarles la grasa y la piel cuando éramos unos críos y vivíamos en Kerry que el señor guarde nuestra querida tierra. Me puse como malo de la barriga y también del alma y pensé de pronto en cuánto disfrutaría de la calidez de una taberna en ese mismo momento aunque llevase meses casi sin pensar en algo así.

Pero eso es lo que pensé por raro que parezca y en esa taberna espectral con la que estaba soñando me bebería una jarra de cerveza y luego una de whisky y me comería un plato de papas fritas y unos huevos y una tajada de carne frita que no tendría que haber matado yo antes. La vida es dura cuando tienes que pasar tanto tiempo huyendo de cosas que has hecho supongo y pierdes las comodidades del mundo tan rápido que apenas te das cuenta de que las has perdido hasta el primer día en que te paras a pensarlo y las echas en falta.

Así que arrastramos a los dos osos muertos hasta el campamento de la cueva sobre un *travois* de ramas cortadas y nuestro querido caballo indio empezó a relinchar y a corcovar cuando notó el olor del oso y de la sangre y nos pasamos el día despellejándolos y troceándolos y comimos como reyes durante un tiempo a base de estofados de oso que Sara hacía mientras nos decía que la carne de oso no se podía comer si no estaba hervida o salada y secada (lo cual también hicimos) por miedo a los parásitos. En ese sentido era parecida a la carne fibrosa del zorro que nos habíamos comido poco después de aquel rato terrible con los tramperos solo que el oso sabía mucho mejor y la grasa que el animal había acumulado para el invierno la usamos para engrasar también nuestras trampas. La carne de los animales que se comen a otros animales hay que hervirla nos dijo Sara y yo estuve de acuerdo y lo encontré absolutamente cierto.

Cuando el tiempo se volvió más cálido empezamos a vivir un poco mejor y a comer todo lo bien que podíamos. Había días en los que comíamos mejor que cuando estábamos en el ejército y mucho mejor desde luego que cuando éramos unos críos durante la época de la Gran Hambruna lo que da una idea tanto del ejército como de los ingleses que la ira de Dios se ciña sobre ambos.

Ya pronto llegaría la primavera y los días se empezaron a alargar y se volvieron más cálidos aunque todavía había ventiscas ocasionales que rápidamente aprendimos a prever lo mejor que podíamos así que algunas de ellas nos sorprendían menos de lo que lo habrían hecho en las primeras semanas de nuestros días en el campamento de la cueva. Además Sara le hizo a Tom un buen abrigo con la piel del oso y con algunas de las últimas pieles que quedaban en los baúles de los tramperos quienes espero que estén los dos ardiendo para siempre en la pensión del mismísimo diablo.

Había veces en esos días en que pensábamos que debía de haber lugares mucho peores para quedarnos a vivir los tres juntos. Tom hablaba de la gran pradera de hierba que había al otro lado del río justo donde estaba la trampa de peces que era una pradera donde podríamos criar todo el ganado que quisiéramos y de que había peces de sobra y un montón de presas para cazar y el puesto comercial de Ryan estaba a poca distancia para conseguir provisiones cuando las necesitáramos.

Pero esto era hablar por hablar y lo sabíamos porque Sara señaló más de una vez la marca negra que había dejado una crecida de agua en las paredes de nuestra casa cueva y que nos decía que el río se volvería salvaje y crecería cuando llegara el final de la primavera y la nieve derretida empezara a correr montañas abajo. Entonces ya no sería posible vivir allí. Se trataba solamente de un campamento para el otoño y el invierno y estábamos a punto de abandonarlo y de ir a un lugar todavía mejor a un sitio verdaderamente estupendo a la orilla de otro río que llegado el momento acabaría por rompernos también el corazón. Son así las cosas para los que recorren los caminos sin casa alguna a la que llamar propia. Me he puesto tan triste que ya no puedo seguir escribiendo sobre aquel tiempo sabiendo como sé hoy lo que estaba a punto de ocurrir tanto para bien como sobre todo para mal.

III

Amor y verdad

*Espero que el amor verdadero y la verdad sean al final más
fuertes que cualquier mal o desgracia en el mundo.*

CHARLES DICKENS, *David Copperfield*

39

El deshielo primaveral no llega por completo hasta finales de abril, aunque todavía queda una capa gruesa de nieve en las zonas de penumbra del bosque. La nieve cubre aún las rocas y las pendientes que miran al norte, las noches son frías y, por la mañana, suele aparecer una fina cáscara de hielo en la orilla del río.

Pero los días son más cálidos, el sol es una presencia alta y habitual y, una tarde, al volver de la trampa de peces con Sara, Tom anuncia que los tres juntos podrían ir de paseo al barranco en el que la avalancha le arrebató el ciervo y su petate. Existe la remota posibilidad, si logran encontrarlo, de que el cadáver del ciervo siga congelado, si no se lo han comido ya los carroñeros, y Tom calcula que el paseo puede merecer la pena si, al menos, recupera su petate. Le fue muy útil durante dos guerras y demostró resistir a las inclemencias del tiempo gracias a su gruesa capa de pintura al óleo negra, por lo que puede haber sobrevivido al invierno; el par de medias de recambio, el jarrillo de lata y los guantes y la cuerda de cáñamo que llevaba dentro le pueden volver a resultar útiles. Las raquetas de nieve todavía pueden valer o, al menos, podrá trocarlas por otra cosa si la encuentran.

—Qué buena idea —dice Michael mientras deja a un lado el hacha, justo a la entrada de la cueva, donde hay medio haz de leña recién cortada apilado y cubierto por una capa de frondosas ramas de pino. Le parece estupenda la mera idea del paseo, cuanto más la posibilidad de encontrar la mochila de Tom y las raquetas perdidas.

Sara asiente y dice:

—Prepararé el caballo por la mañana.

Pero al día siguiente el cielo está oscuro por las nubes y la lluvia fría cae en forma de aguanieve, así que se quedan junto al fuego bebiendo infusión de pino mientras Michael les lee en voz alta *La tienda de antigüedades*.

Comen cecina de oso y un estofado hecho con la carne del alce grisáceo y pálido que mató Tom hace una semana. Sara lo ha hervido y salado y no van a caer enfermos por comerlo, pero la carne está dura y no sabe a nada, y les quedan pocas gachas de maíz y sal, la panceta ya no es más que un recuerdo.

Sara raspa la piel del alce con su cuchillo Green River mientras escucha a Michael leer, está ablandando la cara interna de la piel con sesos de alce que apartó anteriormente para tal propósito. No van a conseguir cambiar la piel por nada, ya lo sabe, pero quiere coserle a Tom un zurrón en sustitución del petate que perdió en la avalancha y, ahora, está levantando la mirada de su labor e interrumpiendo la lectura de Michael para preguntarle qué quiere decir Dickens con una frase o una palabra concreta.

—¿Qué dices? ¿Por qué dices eso?

Las preguntas de Sara a veces son apasionadas cuando ocurren cosas malvadas o trágicas en la historia, como cuando el abuelo de Nell le roba el dinero para apostarlo con List y Jowl, o cuando Quilp se propasa con su mujer Betsy, y Michael levanta la vista del libro y le explica que simplemente está leyendo lo que escribió el propio Dickens.

—No lo he escrito yo, muchacha, yo no puedo cambiar lo que ese buen hombre puso en cada página, ¿no?

Sara está tan desesperada por que a la pobre Nell Trent le pasen cosas buenas que Michael teme seguir leyendo por las desgracias que puede haber esperando en el capítulo siguiente y, si relee un capítulo, a veces da saltos hacia adelante o hacia atrás para evitar llegar a la tragedia, intuyendo los momentos en los que Sara, o el propio Tom, no están de humor para tanta tristeza. No obstante, Michael es optimista —no conoce la historia, igual que tampoco la conocen Tom y Sara— y piensa que acabará bien. ¿Qué autor, piensa Michael, pasaría tanto tiempo escribiendo tamaño mamotreto para que tenga un final triste?

Y el propio Michael lee el libro con cierta admiración por la claridad y la expresividad de las palabras que figuran en la página. Disfruta mucho de la forma en la que Dickens dispone las frases, y memoriza las estructuras, si no las frases enteras, para poder repetirla en su diario cuando se siente a escribir, si es que alguna vez lo hace. Y últimamente está pensando en que debería retomarlo, pues son pocos los hombres o mujeres de las ciudades del este o de Irlanda o de Europa que han sobrevivido al invierno en una cueva, en las fauces del territorio de las Dakotas. Muy pocos, ciertamente, así que su historia debe de tener algún valor. Se cambiará el nombre, sueña a veces, y contará su historia.

Pero cuanto más piensa en hacerlo, más problemas se le ocurren. Dos hombres en busca y captura por asesinar a un cantinero y a su mujer no son hombres que escriban libros para contarle a la gente lo que hicieron y cómo eso los llevó a tener que sobrevivir al invierno en la naturaleza indómita. Su supervivencia, tal y como está teniendo lugar, puede ser algo único, una historia para que la lean junto al fuego quienes viven en las ciudades. Pero sabe que no lo hará nunca. No en serio. Otros hombres, hombres ricos, escriben libros en los que se describen las terribles vidas que viven los pobres como él o como Tom. Así son las cosas, piensa, y se pregunta, con una pizca de envidia, lo absolutamente rico que debe ser el Dickens este. No obstante, esto no disminuye en absoluto el placer que encuentra en la lectura de la historia y, de algún modo, tiene miedo de que llegue el día en que se acabe.

Así que, a pesar de las nubes bajas y de la aguanieve afuera, están calientes dentro de la cueva, con el suave raspar del cuchillo de Sara y el chisporroteo de la leña al fuego, y Michael lee y se detiene y recapitula para que Sara lo entienda todo, y cuando llega la noche vuelven a comer y a dormir y encuentran a la mañana siguiente un día radiante, un tiempo prometedoramente primaveral.

Deciden llevarse el caballo más por miedo a dejarlo solo que por otra razón, y el caballo los acompaña dispuesto. No le han dado tanto uso como pensaban cuando se lo compraron a los cazadores crows, y cada día hay que darle un paseo de media milla por el bosque hasta la ruta Bozeman para que pueda comer los brotes de invierno del prado que hay allí, pues ya se les acabó todo el salvado, pero los tres han acabado cogiéndole cariño. Entre los árboles de detrás de la cueva, le han levantado un corral, una especie de establo construido con troncos que cortaron con el hacha y apoyaron sobre tres pinos contiguos, con robustas ramas verdes que protegen al animal del viento. Como estructura, no detendría a los lobos o a las panteras en absoluto, pero los entretendría lo suficiente como para que Tom o Michael pudieran intervenir. Se trata de un caballo, una yegua, de buenas características, necesita poca comida y Sara le ha puesto de nombre Nell, como el personaje de Dickens.

El sol brilla sobre los árboles cuando emprenden el camino hacia el barranco. Sara va montada en Nell durante una parte del camino, por la vereda del río, que ahora se ha derretido formando un barro pesado, pero la mayoría del tiempo tiran del buen animal por las riendas que fabricaron ellos mismos y cruzan el río justo antes del mediodía; Michael dice, mientras lo hacen, que el río baja más profundo que antes y que no falta mucho para que resulte difícil cruzarlo.

El prado que se levanta en la otra orilla está prácticamente libre de nieve y resulta acolchado al pisarlo, aunque la nieve siga formando una gruesa capa en el bosque, bajo los pinos y los abedules. Los árboles están llenos de cantos de pájaros y Tom acuna el rifle en sus brazos, va en busca de presas. No cree que vayan a cazar nada, yendo los tres juntos y el caballo, armando un alboroto en el bosque que no es el adecuado para acechar a ningún animal, pero en el campamento tienen todavía cecina de oso y un poco de la carne de sabor fuerte del alce, así que durante los próximos días no tendrán problema. Encuentra cierto placer en estar de paseo por la simple finalidad de pasear, cuando la mayor parte de su tiempo durante los últimos meses se ha centrado casi por completo en sobrevivir. Hay lugar para pasear, siempre lo hay, hasta en la más terrible de las vidas.

Al llegar al barranco, se ven obligados a seguir por la dirección contraria a donde Tom disparó al ciervo, en busca de una vereda lo suficientemente despejada de nieve y con una pendiente razonable como para que tanto ellos como el caballo puedan bajarla con seguridad.

En el fondo hay más nieve que afuera, pero el arroyo congelado del que Tom casi no se percató en el inverno ahora corre con un fluir helado y veloz, así que se mantienen pegados a las paredes del cañón, sabiendo que, en poco tiempo, todo esto quedará sumergido y ya no será posible andar por aquí.

Después de una hora deambulando, la mayor parte a la sombra de la paredes del cañón, de vez en cuando al sol, Tom dice:

—Aquí fue donde le disparé. Ahí se ve el desprendimiento de rocas.

Llegan al montón de cantos, nieve y hielo que cayó con el disparo de Tom hace casi cuatro meses, y miran el arroyo que lo bordea, abriendo nuevos canales entre la rocalla. La nieve y el hielo casi han desaparecido, y Tom piensa en el aspecto tan diferente que tiene ahora la masa de rocas.

—Ahora parece mucho más pequeña, sí —dice—. Pero es suficiente para matar a un hombre si le cae desde lo alto.

—Para matarlo y dejarlo tieso como una piedra —dice Michael sonriente.

—Se te daría bien subirte a un escenario, hermano, con esos chistes, que son más malos que un dolor —contesta Tom, también sonriendo—. No creo que vayamos a encontrar nada debajo de todo esto. No servirá de mucho andar buscando.

Entonces Sara le toca el brazo a Tom.

—Chist —dice—. Escucha.

Ninguno de los dos hermanos oye nada sino el persistente pitido en sus oídos y, por encima, el correr del arroyo y algunos pájaros en sus nidos, en lo alto de las paredes del barranco. No obstante, Michael saca el Colt y Tom amartilla el Springfield. Se giran y miran hacia el barranco por donde han venido.

—No —dice Sara—. Viene del otro lado. Por ahí. —Está señalando arroyo abajo.

Tom asiente y Michael y él se colocan cada uno a un lado del desprendimiento, evitando las rocas mojadas lo mejor que pueden, y comienzan a avanzar con dificultad y en silencio por las rocas sueltas. El montón de rocalla servirá de buen punto desde el que disparar, piensa Tom mientras lo sube, en caso de haber un tiroteo, y Michael, cuando está casi en lo alto de las rocas, empieza a oír algo, un golpeteo metálico, leve y rítmico, y la voz de un hombre. Con el arma en ristre, sube hasta la roca más alta de todas. Relajado, desamartilla el revólver y se lo vuelve a guardar en el cinturón.

—¿Lo ves, Tom? Al hombre —dice Michael alzando la voz por encima del correr del agua y el canto de los pájaros, sabiendo que la figura que va barranco arriba tirando de una mula no los va a oír.

—Sí, pero no me acuerdo de cómo se llama.

—Whitenosequé, algo así lo llamó Ryan en el puesto comercial. Es el tipo que hablaba raro.

—Whitstable —contesta Tom. Aunque siempre se le ha dado bien acordarse de los nombres, y aunque imagina que ha desarrollado esa habilidad para poder recordar a todos los hombres que le han hecho algún desaire, Michael siempre se queda impresionado.

Se levanta y saluda con la mano al hombre que va tirando no de una mula, según ve Michael ahora, sino de dos, cargadas con cajas, la segunda de ellas lleva un *travois* con más cajas y bártulos.

El hombre, llamado Whitstable va cantando, se da cuenta Michael, que escucha sus palabras e intenta identificar la canción.

When the corn is waving, Annie dear, our tales of love we'll tell, beside the gentle flowing stream, that both our hearts know well...[1] Michael no la conoce pero de repente se siente emocionado por la melodía, y la alegría le inunda y se descubre a sí mismo sonriendo y henchido sobre la roca en la que está subido. Whitstable tiene una voz llamativa, como de teatro de variedades, que se amplifica por las paredes del cañón que lo rodean. Han pasado muchos meses, piensa Michael, desde que oyó por última vez una canción nueva, desde que oyó por última vez cualquier canción, en realidad, todo el tiempo que llevan en el campamento de la cueva.

Saluda con la mano a Whitstable y lo llama:

—¡Eh! ¡Señor! ¡Qué canción tan bonita! ¿Cómo se llama?

Whitstable deja de cantar y mira asustado hacia arriba, a lo alto de la roca en la que están Michael y Tom encaramados. Unos instantes después, dice:

—¡Caballeros! ¡Extraño es el camino que no conduce a una buena compañía cuando se la desea! —se quita el sombrero y hace una reverencia.

—¡Señor! —responde Michael mientras se baja de la roca y avanza por las rocas secas hasta donde está Whitstable con sus mulas, junto al arroyo. Tom lo sigue, avanza con cautela, con un equilibrio precario por los dedos del pie que le faltan—. ¡Sí que arma usted follón para ser un hombre que debe temer a los indios que anden por aquí!

—Habida cuenta de que el pasado año perdí a mi caballo a manos de un oso y unos oseznos que acababan de despertarse, siento mayor sosiego si aviso al reino animal de que me voy acercando, aunque implique asumir el riesgo de toparme con mis se-

---

[1] N. del T.: Canción muy popular en los Estados Unidos durante la segunda mitad del siglo XIX y las primeras décadas del XX. *Cuando el maíz ondee, querida Annie, nuestra historia vamos a contar, junto al arroyo de correr despacio, que nuestros corazones no pueden olvidar.*

mejantes, ya sean indios o blancos, como ustedes. A ningún hombre le gusta que se le sorprenda, pero menos aún le gusta a un oso pardo. —Sonríe y vuelve a colocarse el maltratado sombrero—. Y, en cualquier caso, he descubierto que, cuando están pendientes, los indios saben dónde estás antes que tú mismo.

Les tiende la mano y los dos hermanos se la aprietan. Un fuerte olor a whisky emana del hombre, que a Michael y a Tom se les antoja completamente inofensivo y absolutamente fuera de lugar en este barranco, medio borracho y con su chistera, su abrigo largo y sus pañuelos. No tiene pinta de ir armado, pero lleva un rifle atado al lomo de una de las mulas.

—¿Puedo ofrecerles, caballeros, una libación? No tendría reparo en ofrecerles una calada, si mi tabaco no estuviera en el equipaje de la mula que se me ha escapado esta mañana...

Whitstable saca un jarro de arcilla de una bolsa que está atada con soltura a la primera de las mulas y se lo tiende. Michael dice:

—Por supuesto. Y también se la puede ofrecer usted a la señora, si gusta. Sara —la llama—, ven aquí y saluda al señor Whitestable.

—¿Tabaco? —dice Tom.

—*Whitstable*, si no es molestia. Ese malnacido de Ryan —sonríe y guiña un ojo mientras lo dice— o no sabe o no quiere saber, pero, como dependo en exceso de él en lo que respecta a las necesidades más variopintas, me encuentro desvalido e incapaz de corregirlo.

Sara se acerca lentamente, se mantiene detrás de Tom, incluso al ver al hombre con el que están hablando, pero da un trago al whisky cuando Tom le tiende el jarro. Le quema la garganta, le recuerda a su época en la cantina clandestina de McKinney, y rechaza un segundo trago cuando se lo ofrecen.

—¿Hacia dónde se dirige usted, caballero? —pregunta Michael—. Si no le importa que se lo pregunte.

Whitstable bebe y, luego, dice:

—Lo mismo les iba a preguntar yo a ustedes. Pero, dado que han preguntado ustedes primero, les diré que andaba sobre todo buscando a la mula que se me ha escapado. De hecho, ya casi he empezado a darla por perdida. Y, habida cuenta de las huellas de puma que he visto hace unas horas en la nieve, he decidido poner rumbo hacia un campamento que conozco, que está más allá de este torrente. El puma estará bien a gusto fumándose mi tabaco y, si se le ocurre qué hacer con los tablones de madera que lleva esa mula a la espaldas, lo animo encarecidamente a que los use.

—¿Cuánto hace, señor, que se le escapó a usted la mula? —dice Tom. Michael se da cuenta de que Whitstable no entiende a Tom hablar y repite sus palabras.

—Como cuatro horas. He seguido sus marcas hasta este cañón en el que nos encontramos, pero le he perdido la pista. Quizás haya hallado la forma de subir y salir. O quizás haya ido en la dirección contraria a la que yo he seguido. No tengo esperanzas de averiguarlo nunca.

Tom se gira y se encarama y pasa al otro lado de las piedras y, un minuto más tarde, regresa tirando del caballo con cuidado por la parte más baja de la masa de rocas desprendidas. Da un sorbo al jarro ofrecido y dice:

—Señor, le voy a encontrar la mula. Michael, ¿te quedas tú con Sara?

—Claro, hermano, pero...

—No —dice Sara mirando de Tom a Michael—. Yo me voy con Tom.

Tom la mira y sonríe, y dice:

—*Giorraíonn beirt bóthar...* En pareja el camino se hará más corto, muchacha. —Entonces se dirige a Michael—. Encárgate de llevar a este caballero hasta nuestro campamento y nosotros volveremos con la mula. O, por lo menos con el tabaco, si Dios quiere. Le puedes leer del libro ese tuyo.

Michael asiente, se pregunta si Sara piensa que todos los hombres con los que se encuentran son como los tramperos o los justicieros del puesto de Ryan, y que es mejor irse con Tom tras la pista de la mula que quedarse con Michael y con un desconocido en el campamento. Puede entender por qué piensa eso —él no le ha servido de ayuda cuando esos cabrones le han hecho daño— y le duele un poco en el corazón al pensarlo. Son mayores las heridas infligidas en la mente de una persona, piensa, que en el propio cuerpo.

Se vuelve hacia Whitstable y le devuelve el jarro de arcilla, sonriente.

—Caballero, estamos acampados no muy lejos. A menos de medio día de camino. Hemos venido hasta aquí en busca de algo que perdimos durante el invierno, pero no logramos encontrarlo. Mi hermano y Sara van a ir en busca de su mula para devolvérsela, y usted está invitado a venir y quedarse en nuestro campamento. Tenemos algo de pitanza y será un placer compartirla con usted.

Michael se descubre a sí mismo hablando libremente con el hombre, regocijándose al calor del whisky y la perspectiva de hablar con alguien que no sea ni Tom ni Sara. Al darse cuenta, mira hacia Tom, que parece no estar prestándole atención a su cháchara. Observa a su hermano tenderle las riendas a Sara. Él se llevará el rifle Springfield y el revólver Colt, y Michael se quedará con su propia pistola.

Whitstable dice:

—Bueno, no le pondría peros a un poco de compañía esta noche, si ustedes tampoco se lo ponen a que yo me quede. Tengo víveres de sobra y algo más de whisky para acompañar.

Sin mirar a Tom o a Sara, Michael responde:

—Señor Whitstable, será un placer recibirle. —Y, girándose a su hermano, añade lo siguiente—: Tom, tened cuidado, no vayáis a ser la cena de la pantera esa. Sería una forma extraña de estirar la pata, después de todo este tiempo, hacerlo en las fauces de un felino.

—Claro —Tom sonríe—, Sara se va a encargar de velar por que no sea el caso, ¿a que sí, Sara?

Apremia al caballo a echar a andar con un leve tirón de la soga y Sara los sigue, muy pegada a Tom.

—¿Nos vamos entonces, señor Whitstable? —dice Michael.

—Benjamin, si es tan amable. O Ben. Y ustedes, ¿cómo se llaman? Cuando nos conocimos en el puesto de Ryan no me enteré.

—Claro, caballero, disculpe. Benjamin. Yo soy Michael O'Driscoll y este es mi hermano, Tom. Y ella es Sara.

—Pues es un placer conocerse al fin como Dios manda —dice Whitstable—. Nunca en mi vida me he alegrado tanto como cuando les vi poner en su sitio a los justicieros aquellos del Comité de Vigilantes. Son una amenaza para todos los hombres buenos de la región, blancos e indios por igual.

Michael y Whitstable miran a Tom y a Sara perderse por una curva del camino antes de empezar con el trabajo de hacer que las mulas de Whitstable rodeen y superen el montón de rocas. Cuando se ponen en marcha, Michael le dice a Whitstable:

—No me ha dicho usted cómo se llama esa canción, señor... *Benjamin*. Me ha gustado mucho.

—¿Quiere que se la enseñe por el camino? No se me ocurre nada peor en el mundo que guardarse una canción para uno mismo.

Michael sonríe, siente la emoción en el pecho ante la idea de una nueva melodía, una nueva alma con la que pasar el tiempo.

—Por favor, claro. Me encantaría.

40

Es una cosa bien extraña cuando te paras y piensas en lo que lleva a un hombre a confiar en otro. No estoy seguro de que haya una razón sino que simplemente se trata de una sensación del cuerpo o del corazón lo que te lleva a ello y yo tuve esa sensación de confianza por aquel hombre Whitstable desde la primera vez que recorrimos juntos el camino de vuelta hasta el campamento y luego esa noche y los días siguientes que pasamos en el campamento cuando nos invitó a ir con él hasta donde estaba él instalado a la orilla de otro río donde buscaba oro.

Así pues de algún modo nos convertimos en buscadores de oro hace unos meses cuando levantamos el campamento de la cueva y seguimos a Whitstable y empezamos a trabajar con él cavando y usando la batea para buscar el mineral.

Nos dio mucha pena claro está dejar nuestro refugio de invierno porque nos había procurado buen abrigo pero también imagino que Sara estaba contenta de salir de allí por todos los malos recuerdos que albergaba para ella aquel lugar que la maldición del Señor se ciña sobre los sucios y asesinos tramperos.

Para mi sorpresa ella también había empezado a fiarse de Whitstable que aun cuando estaba bebido seguía comportándose como un gentilhombre. Y *gentil* sí que lo era verdaderamente y era también un hombre lleno de canciones e historias y discursos de las grandes obras que se representan en los teatros. Según nos contó él era actor y estaba hecho todo un hombre del escenario y a mí y a Tom eso nos hacía ilusión porque aunque nos encantaba ver obras o teatros de variedades nunca habíamos conocido a un actor propiamente dicho aunque los hubiésemos visto trabajar a veces en las tabernas y en las pensiones y esas cosas y aunque seguro que la mitad de las putas de Cleveland dijeran ser actrices pero eso en realidad es otra historia.

Whitstable lo que tenía era historias para aburrir a una banda entera de su época como actor aunque nos las contaba no de modo que él quedase como el protagonista de las historias sino que él se presentaba a sí mismo como el tonto lo cual era una cosa que a mí me parecía generalmente muy entretenida y también la clave de una buena historia porque a nadie le gusta sentarse y escuchar a un hombre alardear de sus grandes hazañas pero sí que gusta ponerse a escuchar las historias que se cuentan cuando el narrador no es el héroe sino el bufón. Eso hace que la historia sea buena y habla también mucho del hombre que la está contando.

Aquella primera noche se sentó conmigo en el campamento de la cueva y me dijo que había andado por todos los escenarios de Washington y Nueva York con el mismísimo John Wilkes Booth que se volvió el actor más famoso de todos cuando cambió las tablas por la política que la maldición del diablo le caiga encima. Cuando me lo contó le dije yo:

—¡Jesús Bendito Ben! ¿Y estabas allí cuando le disparó al pobre Abe?

—Qué va —me dijo mientras bebía de otro jarrillo de arcilla. Casi nos habíamos bebido ya la mitad de su whisky cuando nos pusimos en marcha hacia su campamento aunque a él a no le importaba y decía ¿para qué sirve el whisky si no es para compartirlo? Era un hombre bueno y bondadoso el señor Benjamin Whitstable como muy pocos en este mundo.

Voy a intentar poner por escrito en estas líneas lo que me dijo porque el mundo debe saber qué tipo de hombre conocimos cuando lo conocimos a él. Me dijo:

—Qué va. Yo trabajé con Booth unos años antes de eso. Y con su padre también que era un actor muy bueno. El hijo no estaba a la altura del padre y el padre a lo mejor se encargaba de que el hijo lo tuviera siempre presente y eso lo volvió un amargado y acabó llevándolo a tener malas ideas. Así es como suele pasar me temo. Booth era un hombre vanidoso y si como actor ya le costaba trabajo conseguir que el público se creyera que era un hombre normal imagínate para que se creyeran que era el gran hombre que él se pensaba que era. Odio tener que decir esto pero cuando me enteré de que era él el que le había disparado al pobre presidente Lincoln la verdad es que de algún modo no me sorprendió pero me entristeció y me repugnó la idea de haberlo conocido.

El relato de Whitstable se volvió más lúgubre y entonces dijo que después de que eso pasara no podía soportar a la gente ni la política y el odio que se tenían los unos a los otros después de la guerra. Él no luchó en la guerra según me dijo por su edad pues era mayor no sé qué edad tenía pero a lo mejor cuarenta o incluso cincuenta años y en su lugar trabajó de oficinista en el Ministerio de Guerra en Washington y a la vez actuaba a veces cuando conseguía que lo contrataran. Pero se dio cuenta de que la guerra había venido para hacerlo odiar a la muchedumbre de gente que caminaba por las calles y se sentaba en las butacas del teatro a decir en voz alta sus opiniones y la animadversión despiadada que sentían por las ideas del otro y según me dijo se había dado cuenta de que el escenario ya no tenía ningún atractivo para él. Tenía la impresión de que los hombres de América tenían los corazones llenos de ira según él lo veía por culpa de la política y la guerra así que ahora era incapaz de imaginarse a sí mismo actuando sobre el escenario aunque fueran escenas escritas por el mismísimo Shakespeare.

El escenario según me dijo se había convertido en un lugar envenenado por el hecho de que una vez había estado en compañía de ese hombre malvado que era Booth y que luego asesinó a un hombre tan bueno como Lincoln. Ya no soportaba a nadie. Como respuesta a todo esto yo dije:

—Bueno parece que ahora te gusta la gente lo suficiente como para sentarte junto al fuego y compartir tu whisky con una persona.

Entonces riéndose y algo más animado dijo:

—Claro que sí Michael tienes toda la razón. No los soportaba y los veía como la razón por la que debía irme al oeste pero echo terriblemente en falta la compañía de los hombres. Los hombres como tú Michael son difíciles de encontrar y no te incluyo entre los miembros de esa muchedumbre cobarde del este con todas sus ideas y sus opiniones y su incapacidad para mirar más allá de las palabras de otro hombre y ver el alma que verdaderamente hay detrás. Aquí en el oeste verás yo creo que los hombres están más predispuestos a juzgar cómo una persona trata a las demás y no lo que piensa o el partido político con el que se identifica y por tanto es más probable que en un lugar tan indómito como este se creen lazos de amistad verdadera con otros hombres que de algún modo nunca serían posibles en una ciudad llena de gente.

Sus palabras eran más esmeradas de lo que yo nunca podría escribir pero esto está bastante cerca de todo lo que me dijo.

Yo repuse:

—Puede ser que tengas razón. Para lo bueno y para lo malo.

Y Whitstable siguió hablando aquella primera noche y yo estaba fascinado por él porque era un hombre al que le encantaba hablar y al que le encantaba el sonido de su propia voz como imaginaba yo que le ocurría a la mayoría de los actores y las actrices pero no me obligaba a escuchar sus historias sino que solo las contaba como respuesta a mis preguntas. Hacía muy buena compañía la verdad y por eso después de unas horas bebiendo y contando historias alrededor del fuego de la cueva me vi capaz de preguntarle lo que llevaba pensando todo el tiempo desde que lo había conocido. ¿Cómo era que viajaba tan bien provisto con dos mulas hasta arriba de mercancías y otra mula más que faltaba si en el puesto comercial de Ryan se había comportado como alguien que no tiene ni dos peniques a su nombre casi como un mendigo y por eso entonces casi no le había prestado yo atención alguna?

Al escuchar mi pregunta sonrió a la luz del fuego.

—Te he dicho que yo soy actor Michael —contestó–. Y como actor el mundo entero es mi escenario que ya lo dijo el mayor de los bardos. —Lo del bardo lo dijo de verdad y con eso quería decir que estaba citando a Shakespeare y la verdad es que lo hacía cada dos por tres y yo a veces ni me enteraba de lo que decía—. Bueno ya has visto con tus propios ojos el tipo de hombres que frecuentan el puesto de Ryan. Son más lobos que hombres podría decirse y ciertamente no se trata del tipo de hombres que querría que supieran que tengo medios para comprarle a Ryan las mercancías y los bienes que necesito para un campamento minero de oro. Cuanto menos sepan esos hombres sobre mí y mis medios mejor será creo yo y por tanto me presento como un mendigo o como un actor ambulante lo que prefieras. Hago mis espectáculos que es una cosa que desde luego me encanta hacer porque todos los actores necesitan su público como todas las flores necesitan el sol y la lluvia independientemente de lo robusto que sea su tallo. —Le volví a pasar el jarro y bebió un poco más y luego continuó—: Ryan claro está tiene constancia de mi estratagema y también el sabueso alemán ese bajo su mando lo sabe pero me guardan el secreto. Yo me quedo unos días con Ryan y los dos representamos nuestro papel y nadie es más listo que nadie y cuando me voy con las mulas vacías quedo con el sabueso de Ryan un poco más adelante en el camino para que me dé todas las cosas que ves aquí. Voy por caminos que no son los habituales como has visto. Por el barranco en vez de por el río que sería mucho más rápido y que en cualquier caso me habría traído hasta aquí también. Siempre lo hago y desde que encontré oro voy siempre excepto una vez al año a hacer negocios con Ryan en vez de a Black Lodge. Ryan es un maleducado pero es un hombre justo y discreto y buena compañía para alguien a quien le gusta beber. Como he dicho a un hombre se le puede ver el alma por cómo te trata.

Me reí y me quedé asombrado con esta historia.

—¡Vaya tipo estás hecho! —exclamé porque la verdad es que era un tipo raro y claro está era una cara nueva con historias nuevas y me parecía que hacía una eternidad que no había escuchado ninguna. Pero sobre todo lo que me decían sus historias era que confiaba en mí tanto como yo en él y que podríamos ser amigos en este mundo sin importar cuán diferentes habían sido nuestras vidas pasadas la suya como actor sobre el escenario y la mía como soldado y como otras cosas que la justicia ahora me achaca.

Pero eso no era lo que tenía en la cabeza aquella noche ni el día siguiente cuando Tom y Sara regresaron con la mula que faltaba cargada de cajas y listones de madera intactos. Tom nos dijo luego que había ido siguiendo el olor del tabaco hasta encontrar a la mula pero probablemente había sido Sara la que la había encontrado porque a ella se le daba mejor que a nosotros dos seguir la pista de los animales.

Ahora bien Tom es un hombre que casi no se fía de que él mismo vaya a hacer las cosas bien pues como para fiarse de los demás hombres del mundo. Mi hermano es un hombre que dudaría de la palabra del propio Papa de Roma pero cuando nos sentamos y echamos el rato y fumamos y bebimos y cantamos la canción nueva de Whitstable que se llamaba *When The Corn Is Waving Annie Dear* vi que Tom tenía la misma buena sensación que yo y con las semanas y los meses también la tendría Sara.

Solo ahora que estoy escribiendo esto me acuerdo de una ocasión en la que conocimos a un hombre así de bueno que fue un muchacho joven que se llamaba Ridgeway Glover y era un fotógrafo que enviaron al regimiento n.º 18 cuando nosotros éramos soldados del Fuerte Phil Kearny. Él era de la ciudad de Filadelfia y era muy diferente claro está de este Whitstable porque aquel muchacho era mucho más joven y era como un crío o que Dios me perdone a veces era un poco un idiota que en paz descanse. Era amable claro igual que lo era Whitstable pero no era para nada como él porque Whitstable era un hombre de mundo de un modo que Ridgeway no lo era. Whitstable sabía cómo eran las cosas y jugaba a su conveniencia con las cosas buenas y con las malas y lo que lo hacía diferente era que su bondad lo volvía avispado mientras que Ridgeway que en paz descanse era un blando y eso fue lo que le costó la vida y casi nos la cuesta a nosotros. A Tom no le conté nada de esto porque no quería recordarle a ese pobre muchacho y estropearlo todo.

Depositamos nuestra confianza en Whitstable y él hizo lo propio con nosotros y nos ofreció trabajar en su campamento buscando oro y cazando y haciendo de centinelas para espantar a los animales y a los hombres salvajes y si el que lee estas páginas ha llegado hasta estas líneas ya sabrá que no hay en el mundo hombres mejores para esos trabajos que Tom y servidor.

41

Ya llevan cinco semanas en el campamento minero de Whitstable y el tiempo se ha vuelto cálido, en los árboles están brotando las hojas y las bayas verdean en los arbustos. El canto de los pájaros arma un escándalo entre los árboles que hay más allá del campamento, junto al brusco meandro del riachuelo, y la corteza de un tronco en el lado más alejado del bosque, de espaldas al campamento, está marcada por el pelo de invierno que ha mudado un oso, y por sus zarpas, justo donde los arbustos están cargados de bayas a punto de madurar y el bosque se abre en una amplia pradera donde ondea la hierba al viento que baja de las montañas.

Whitstable les dice que es probable que ese mismo oso visitara el campamento varias veces el verano y el otoño pasados. Un visitante, les dice, que simplemente pasó por aquí sin causar mayor problema para él o para sus mulas, aunque ahora se asegura de almacenar la comida en un blocao de madera que está a una centena de yardas río abajo, en un lugar visible desde el campamento.

—Con los indios hago lo mismo —les dice Whitstable—. Me interpongo lo menos que puedo en su camino y soy generoso con ellos. Cuando vienen por aquí, les ofrezco la mejor carne que tenga y no he tenido problema alguno con ellos todavía, gracias a Dios. Vive y deja vivir, es lo que siempre he dicho.

Michael y Tom no están convencidos de ello, pero no abren la boca. Es el campamento de Whitstable y lleva casi dos años sobreviviendo aquí sin ningún problema.

Y les ha explicado cómo dio con este lugar, este recodo del riachuelo rocoso que cruza un valle entre montañas cuyo nombre desconoce; montañas donde las rocas pierden por la erosión el mineral que ellos buscan, que la nieve derretida y las lluvias torrenciales arrastran cada año lejos de su fuente, de su roca madre, cuando, con la llegada de la primavera, el riachuelo se convierte en un ancho río y las pepitas y los copos y los granos de oro vienen a parar, desde hace siglos, a esta curva escarpada del valle. En un lugar así, les dijo, se encuentra oro si se busca lo suficiente, y si se pasa la batea lo suficiente por el lecho, y si se cava lo suficientemente profundo en la orilla de roca y sedimentos que lleva, según él dice, miles de millones de años formándose. Todo ese oro, les dice, ha ido llegando a lo largo del tiempo barrido por el agua y ha quedado fijado en esta remota esquina de tierra solo para que ellos lo encuentren si cumplen su deber con sudor y esfuerzo ante los dioses del oro.

Y, hace poco, Whitstable se convenció de que no solo este recodo del riachuelo es un buen depósito para el oro que transportan las nieves derretidas, sino que también puede tratarse de una *fuente* del metal precioso. Una noche, junto al fuego, les cuenta que, hace algunas semanas, cuando estaba cavando en la pendiente de roca que se levanta a la orilla del riachuelo, descubrió vetas de magnesioferrita y calcopirita, y que eso le hace sospechar que, incrustada en las profundidades de polvo y roca, puede haber una rica veta de oro y este lugar puede ser, más que un simple depósito, la propia roca madre.

Michael y Tom están fascinados por todo lo que Whitestable cuenta, pues ellos habrían mantenido ese conocimiento en secreto por miedo a que otros se lo arrebataran. Pero, igual que ellos se fían de Whitstable, está claro que él también se fía de ellos, y encuentra tanto placer en hablar que a duras penas podría haber evitado contarlo si hubiese querido guardárselo para sí mismo.

Cada noche, una vez han terminado de trabajar, se sientan en cómodos troncos junto al fuego. Whitstable tiene una sierra para dos personas con la que los han cortado —en cortes míseros, como habrían dicho los madereros del Fuerte Phil Kearny—, además de toda una serie de modernas y útiles herramientas que a Tom y a Michael les encantan; han comenzado a construir una cabaña de madera para los cuatro en lo alto de una cumbre plana que hay más arriba del riachuelo, desde la que se supervisa todo el campamento minero.

Así que, sentados en los troncos cortados que hacen las veces de taburetes, al fresco de la noche del valle del riachuelo, bajo un cielo raso y salpicado de millones de estrellas, con el fuego chisporroteando y calentando en la hoguera rodeada de rocas, charlan y Whitstable cuenta cosas sobre minería o historias de cuando era actor en las grandes ciudades del este. Describe las comidas que ha probado y las mujeres que ha conocido, pero nunca de un modo que haga avergonzar a Sara, sino que cuenta estas historias para demostrar que su estupidez frustró las pocas oportunidades que tuvo con las mujeres, y todos se ríen con Whitstable, sin tenerle envidia. Pero, sobre todo, Whitstable habla sobre minería y sobre los diferentes campamentos que ha levantado desde que se vino al oeste.

Una noche, Michael le pregunta a Whitstable por qué sabe tantas cosas sobre el negocio.

—Porque, Michael, empecé a trabajar bajo tierra en el momento en que cumplí doce años. Igual que hicieron antes que yo mi padre y mis tíos, que eran mineros en Cornualles y se vinieron para los Estados Unidos como vosotros. Algunos de mis hermanos, no tengo duda, seguirán a día de hoy sacando cobre en Michigan, con la compañía Quincy en las minas del condado de Houghton. Pero a mí me bendijo la suerte —Whitstable se gira y le sonríe a Sara— en forma de un patrón minero que era amable y al que le gustaban mis historias, y que pensó que era demasiado listo para el trabajo de la mina.

Whitstable le da un sorbo al whisky de otro de sus jarrillos de arcilla y se lo pasa a Tom. Ellos beben café en sendos jarrillos de lata, pero comparten el jarro de whisky amistosamente. Whitstable llena la pipa de tabaco, la enciende con un ascua y continúa:

—Creo que fue más que nada la pena que le despertaba mi incapacidad general para la mina. Yo era débil, si ya me costaba llevar el pico, imaginaos usarlo, y a menudo me acosaban sin piedad por ello. La mayoría de los mineros, mis hermanos y tíos incluidos, encontraban mi presencia en la mina no tanto molesta, sino directamente peligrosa.

Se ríe y Tom y Michael se unen a sus carcajadas, Michael da un trago al jarro y se lo pasa a Sara, que se lo devuelve a Whitstable sin beber de él. Michael mira a las estrellas y espera a que el hombre prosiga. Intenta imaginarse a Benjamin Whitstable, con su pelo cano y sus bigotes canos, y no precisamente más bajo ni más débil que un hombre promedio, como un crío pálido, con las mejillas cubiertas por el polvo de la mina, regañado por su flojera al trabajar con el pico y la pala. No es capaz de imaginárselo, pero no le importa. Se siente feliz en este campamento, bajo las estrellas, junto a un fuego crepitante y con el ocasional aullido de un lobo que les llega por encima del refrescante correr del riachuelo a sus pies. Hoy han encontrado en las bateas una buena cantidad de copos y polvo de oro y se ha puesto muy contento Whitstable, que se ha pasado el día trabajando en la roca con el pico y el taladro manual.

Han hecho bien en venir con él hasta aquí, piensa Michael. Por una vez en la vida, han tenido suerte. Han ido a dar con un hombre justo y bueno y tienen un trabajo que les gusta. Comen pescado del riachuelo o lo que cazan en los prados que hay más allá del bosque, más arriba de su parte del río, y Sara hace pan frito con la harina de Whitstable. Tienen azúcar para el café y whisky y tabaco para sentarse junto al fuego por las noches. Hace sol y hay paz y no hay indicio alguno de otros hombres. La suerte les ha sonreído, gracias a Dios, y Michael ha bebido lo suficiente como para apreciarlo, para perderle el miedo a espantar a la suerte al identificarla. Presta atención a la historia de Whitstable.

—... y qué equivocado estaba el patrón aquel pensando que yo era listo. Un hombre sencillo que pensó que a alguien tan inútil y débil como yo se le debía haber otorgado alguna característica como la inteligencia para compensar. Sea como fuere, se enteró de que, por lo menos, sabía leer, porque la hermana de mi madre me enseñó cuando era un crío —Whitstable da una calada a la pipa—. A lo mejor, precisamente porque él no sabía se pensó que era listo y me mandó a trabajar a las oficinas de la mina, donde el propio dueño de la mina me tenía entreteniéndole con imitaciones de los mineros, de mis hermanos, de mi padre, todo eso. Los hombres que venían a visitarlo de los bancos y los ferrocarriles. Tengo más de loro que de humano. Oigo a un hombre hablar, le echo un vistazo y ya puedo convertirme en ese hombre. No sé de quién he heredado este talento, pero lo tengo, y con él pasé de la mina a la oficina y, un tiempo más tarde, a los escenarios de las ciudades del este. —Toma el jarro que Tom le ofrece—. Gracias, Tom. —Da un trago—. Nunca se me va a olvidar todo lo que aprendí en la mina. Por ejemplo, que no querría pasar allí abajo ni un minuto más, pero también que los minerales de la tierra (el oro, el cobre, la plata y el hierro y todo eso) pertenecen a una familia y, por tanto, intentan mantenerse unidos. Si sabes dónde buscar, y cómo, lo normal es encontrar a la hermana guapa, que es el oro, allí donde antes te has tropezado con la fea, ¡que es la magnesioferrita!

Y así pasan las noches, y los días se van alargando cada vez más por el verano que se acerca. Han construido una criba de madera con tablones que Whitstable le compró a Ryan a cambio de oro, y ahí vacían las bateas de grava y sedimentos del río y luego criban las rocas una y otra vez, vertiendo agua para que se lleve los sedimentos y la arena del río y queden los depósitos más pesados de calcopirita —que, según les ha explicado Whitstable cuando les ha enseñado a diferenciarlo, es el oro de los tontos—, o los depósitos de plomo o, en última instancia, los de oro. Mientras, Whitstable cava en la pared de roca de encima del riachuelo en busca del indicio, de las manchas negras y blancas que dejan los depósitos de magnesioferrita.

Sara también piensa que podría ser feliz en un sitio como este. No ha visto ningún búfalo en las praderas que hay más allá de la arboleda, pero sí ha visto viejas marcas y heces y sabe que pueden volver cualquier día. Y, con ellos, vendrán los indios. A lo mejor son crows, piensa, y probablemente no supondría ningún problema. Pero si se trata de lakotas o de pies negros, tendrán que luchar y probablemente tengan que irse de aquí, porque, aunque ganen una primera batalla contra los lakota o los pies negros, no ganarán una segunda, y eso sí es algo que se interpone entre ella y la felicidad, aunque le gusta este lugar, esta vida en la que se pasa los días cocinando, cosiendo, cortando y tallando troncos con Tom y Michael, ayudando a llevarlos hasta el campamento cuando los cargan.

Whitstable le ha enseñado dónde puede coger arcilla de buena calidad, en la ribera del riachuelo, y ella la recoge y la humedece y la trabaja con los pies hasta convertirla en mortero para colocarla con las manos y rellenar las grietas y los huecos de entre los troncos de la cabaña. Cocina los ciervos y los antílopes que Tom y Mick cazan en las praderas que hay más allá del bosque, y pesca peces con las trampas que recientemente ha fabricado. Un día, abre la caja con el juego de afeitado, sienta a los hombres en un tocón al sol y les corta el pelo, les afeita la cara y se la deja tan suave como ella recuerda que eran las de sus tíos mandan.

Las noches son frescas en las montañas, pero los días son cada vez más calurosos a medida que se acerca de verdad el verano. La cabaña ya mismo estará lista para construirle el tejado y, por alguna razón, a Sara le encanta la expectación que siente. Han cortado y tallado unos troncos para formar el marco de dos ventanas y los han colocado en la pared de la cabaña. Esta idea, la de tener una cabaña llena de luz —quizá puedan poner un cristal, les ha dicho Whitstable, si van hasta Black Lodge, que está al otro lado de las montañas— la pone contenta y, mientras los hombres están sacando sedimentos del río o picando en la roca grande, ella trabaja uniendo piedras con un mortero hecho de barro del riachuelo según las instrucciones de Whitstable, para construir una chimenea en la pared trasera de lo que será su cabaña, su hogar.

Al final de cada día, Whitstable le dice lo mucho que admira su trabajo, y ella contiene una sonrisa y asiente y le dice que vaya a bañarse a la poza que han construido en el arroyo, que ya pronto estará la cena. Nunca se atrevería a decir de sí misma que está feliz, no se atrevería a invocar el sentimiento en su cabeza en inglés ni en francés ni en su deficiente lakota o en el poco mandan que recuerda, pero a veces se descubre a sí misma sintiéndolo. Mientras trabaja, se oye a sí misma cantando en inglés, sin llegar a comprender todas las palabras de las canciones que se ha ido aprendiendo junto al fuego con Whitstable y con Michael y con su Thomas, pero también en francés, las canciones que le cantaba su padre cuando era una cría, las canciones que nunca la han abandonado.

42

Echamos muy buenos ratos allí en las montañas a la orilla de ese riachuelo con el señor Whitstable y tardamos poco en empezar a sentirnos en casa. Pues tal y como dice Dickens en su libro *Para un hombre pobre el hogar lleva la marca de los cielos*. Es cierto según yo creo que lo que estamos buscando más que nada en el mundo Tom y yo y Sara es un lugar al que llamar nuestra casa y que lleve la marca de los cielos para vivir en él. Aunque a Dios parece que no le suele gustar dejar huellas para gente como nosotros y son raras las ocasiones en la vida en las que ocurre algo bueno que no trae algo malo detrás.

Era ya finales de julio o principios de agosto no recuerdo exactamente y sobre nosotros caía un sol de justicia pero nunca tanto como para tener que parar de trabajar porque el campamento estaba en lo alto de las montañas y el riachuelo que pasaba por allí bajaba durante casi todo el verano lleno de agua helada que escurría de las montañas. Whitstable nos dijo que el riachuelo llevaba agua durante todo el año y no solo en primavera y a principios del verano como algunos de los ríos de por allí y que el arroyo que corría por la pradera de detrás del bosque y se unía con nuestro riachuelo también llevaba agua todo el año por lo que no nos faltaría el agua en el campamento gracias a Dios.

En ese momento Whitstable llevaba una semana o más trabajando en la pared de roca que se erigía más adelante riachuelo abajo pasando incluso el blocao que estaba encaramado en un saliente de rocas. Whitstable trabajaba con el pico y con un pico de mano más pequeño y con un martillo en una veta donde parecía que se juntaban dos capas de roca enormes. Un día Tom y yo acabamos de trabajar con la batea al borde del riachuelo y nos pusimos a ayudar a Sara que estaba cortando palos para el tejado de la cabaña en la que viviríamos los cuatro. Me acuerdo de lo orgullosa que estaba ella de esa cabaña. Todos estábamos orgullosísimos. Sería una casa estupenda para nosotros una vez terminásemos la chimenea y un hogar lo suficientemente grande como para que cupiera dentro un hombre de pie.

Debería dar más detalles sobre la chimenea porque me gustaría recordarla y esbozar su imagen aquí en estas líneas que escribo por si a alguien le interesara pues creo que es importante que todo el mundo sepa que aunque Tom y yo e incluso Sara seamos personas sin altura porque no fuimos a la escuela más allá de los 8 o los 10 años y el inglés que hablamos no vale ni para hablarle a una mula y todas esas cosas, etc., etc., pues a pesar de eso los tres juntos con las direcciones de Whitstable logramos construir un hogar para el fuego y una chimenea que no solo cumplía con su propósito sino que en aquella cabaña a medio construir parecía una cosa bastante preciosa con sus rocas casi todas grises pero también algunas de colores marrones y rojizas decorando el mortero en un patrón que le agradaría hasta al hombre que levantó las iglesias de Roma. Era una cosa que encontraría uno en la casa de un rico y cuesta mucho trabajo hacerle justicia al describirla sin una imagen de ella.

Es un problema exasperante con el que me encuentro cuando intento describir algo con palabras que sean tan perfectas como la propia cosa. Pero creo que por los menos si algún día en el futuro vuelvo a estas páginas —en caso de estar vivo para ello— me acordaré de la chimenea y del placer que nos brindó su construcción sobre todo a Sara. Estábamos tan orgullosos de la chimenea que duele pensar que probablemente nunca la volvamos a ver.

Pero ese buen día del que hablaba yo estaba a horcajadas sobre el palo de arriba de la pared de la cabaña y Tom y Sara me iban dando palos más pequeños para que los colocara en el tejado y entonces Whitstable nos llamó a Tom y a mí:

—Venid aquí abajo amigos míos. No os va a decepcionar esto.

Y cuando bajamos hasta donde estaba él allí en su pared de roca de encima del riachuelo pues por supuesto que no nos sentimos decepcionados en absoluto aunque supongo que ahora mismo sí lo esté.

Encaramado en lo alto del saliente de roca estaba nuestro amigo Whitstable que sonreía como un crío que se acabase de comer una tarta con el sombrero sudado hasta la cinta y el ala doblada y el sudor cayéndole por la cara pero parecía no darse cuenta de nada porque estaba señalando a donde había picado en la roca una grieta honda y en forma de V.

—Mirad aquí —dijo mientras se asomaba a la grieta y señalaba—. ¿Lo veis?

Trepamos por la roca lo mejor que pudimos y nos asomamos el par de dos y cómo podría alguien no verlo. Era oro lo juro era una pepita tan larga y tan gorda como un dedo meñique allí incrustada en la roca.

—Benjamin has tenido razón todo este tiempo. Este sitio es una roca madre y no simplemente el oro que viene a parar desde otros sitios—le dije.

—Yo creo que vamos por el buen camino —respondió—. ¿Me ayudáis a picar la roca de encima?

Y por supuesto le ayudamos y rápidamente habíamos extraído la pepita y habíamos raspado de la roca de debajo todo el oro hasta el último grano. Estábamos en el séptimo cielo de verdad. Tom y yo teníamos una sensación de emoción pura la misma que recordaba de algunos momentos en la guerra cuando acababa la batalla o cuando pensabas que por fin se había acabado y de algún modo tú y tus amigos habías logrado seguir vivitos y coleando. Era una sensación de alegría por estar vivo a pesar de todo lo que había ocurrido antes y ese momento por sí mismo fue especial e hizo que merecieran la pena los problemas que lo precedieron. Resulta triste escribir que Tom y yo somos el tipo de hombres que se alegran ante el simple hecho se seguir respirando pero así es como son las cosas. Los hombres de humilde cuna buscan el placer donde pueden encontrarlo y aprenden a no darle muchas vueltas a por qué son las cosas como son.

Así que ese día allí en el campamento de Whitstable junto al riachuelo de las montañas y bajo un sol que se estaba poniendo y con la perspectiva de degustar el último jarro de whisky y las truchas de la trampa junto al fuego mientras nuestro amigo lavaba una pepita de oro del tamaño del dedo meñique de un hombre pues la verdad es que volvíamos a sentir esa alegría de estar vivos. Es posible que me atreviera a pensar que nuestra suerte estaba cambiando. Es posible que sea tan tonto que pensara que Dios había elegido ese día para decirnos que por una vez la balanza podría inclinarse a nuestro favor.

Le pregunté a Whitstable cuánto pensaba que valdría en dólares. Y me dijo:

—Es difícil saberlo pero supongo que más de cien dólares. Son fácilmente cuatro onzas. Con los otros copos y demás tendremos suficiente dinero para comprar pólvora y mechas con las que volar esa roca y encontrar más oro de eso no tengo duda. Y también todo el whisky que podamos beber y todo el tabaco que podamos fumar. Además de uno o dos vestidos buenos y nuevos para tu Sara Tom. Pero muchachos de verdad que lo de menos es lo que nos vayan a dar por ella sino lo que significa. —Levantó la pepita en la mano y un último rayo del último sol de la tarde la interceptó y de verdad que la puso a relucir como si fuera la linterna de un faro—. Lo que significa es que seguro que hay más ahí incrustadas en las profundidades de esa roca. Muchas más de las que podamos imaginar amigos.

Y de veras que nos consideraba amigos y nosotros también lo considerábamos a él un gran amigo. No se me ocurre otro hombre capaz de fiarse de dos muchachos como nosotros que tenían un pasado repleto de hazañas que a la mayoría de los hombres los llevaría a pensar que no merecen confianza alguna. Nunca hablamos con Whitstable de las cosas que habíamos hecho en el pasado pero claro está que había visto lo que Tom le había hecho al justiciero aquel que le puso la mano encima a Sara y seguro que sabía el tipo de muchachos que podíamos ser. Él tonto no era.

Pero dejaré aquí por escrito que cuando estábamos con Whitstable allí en ese campamento trabajando como dos mulas honestas durante el día y durante la noche sentados como verdaderos caballeros que cantan y cuentan historias junto al fuego no nos sentíamos como el tipo de hombres sombríos y peligrosos que algunos podrían considerarnos. Nos sentíamos simplemente como dos muchachos honestos americano-irlandeses que habían encontrado en Whitstable un amigo que se fiaba de ellos lo suficiente como para pagarles dignamente pero que además era algo más que un pagador o un jefe. Nos parecía que Whitstable quería encontrar oro como el que más pero que tampoco le afectaría si no lo encontraba porque por una vez tenía nuestra compañía en el campamento y junto al fuego por las noches.

Estábamos a rebosar de alegría aquel día todo era pura alegría y risas tanto es así que casi me duele escribirlo. Apenas me acuerdo de qué se siente cuando haces algo así ni tampoco estoy seguro de que mi cara recuerde cómo se hace. Pues como ya he escrito anteriormente no hay suerte para los pobres nada de buena suerte sin que detrás vaya acechando la mala suerte como si de un lobo se tratase.

43

Están a finales de julio, llevan una semana excavando en la roca cuando deciden que, si quieren poder sacar el oro que hay incrustado más adentro, necesitarán ir a Black Lodge a por pólvora para demoliciones.

Ryan no la vende en su puesto o, al menos, no tenía la última vez que Whitstable se la pidió y, aunque Whitstable prefiere el camino hasta el puesto de Ryan y la compañía de este, decide ir a Black Lodge porque espera poder sacar suficiente dinero por el oro —la pepita grande y los copos y también algo de polvo que han picado y encontrado en el riachuelo durante las últimas semanas— para comprar una bomba de pie y una manguera que echar por encima de las rocas, de modo que el agua arrastre la grava resultante de las explosiones y la conduzca hasta la criba.

Les cuenta a Michael y a Tom que, una vez, en un campamento minero al norte de Diamond City, vio a hombres trabajar con mangueras de alta presión con las que arrastraban media tonelada de grava y rocalla al día para que luego un grupo de chinos a los que habían contratado lo pasaran todo por la criba. Entonces le había extrañado y, aunque podría considerarse que había algo deshonesto en esa forma de extraer el mineral, con toda seguridad era mucho más sencillo que pasarse el día con el pico, la pala y la carretilla. Además, incluso si no pueden permitirse el lujo de una bomba y una manguera de goma, o si en Black Lodge no las encuentran, necesitan tabaco, harina y sal, y whisky, café, judías y mantequilla, y queso curado si lo consiguen, y pólvora y balas para el rifle.

—Y si MacKenzie tiene, Sara —le dice Whitstable mientras le coloca la montura a la mula que más le gusta de las tres—, seguro que podemos comprar cristales para nuestras ventanas. He tomado las medidas.

Sara asiente y, aunque no sonríe hacia afuera, Whitstable ya la conoce y entiende que está contenta.

—Y azúcar también, Benjamin, si te acuerdas. Es un capricho que me ha dado —dice Michael.

Whitstable se ríe.

—¡Cualquier capricho que implique azúcar me da ganas de sumarme a mí también, Michael! Compraremos una o dos libras, si encontramos.

Tom ha improvisado una montura doblando una manta de búfalo, la coloca y aprieta la soga con la que la amarra. Le dará calor al animal, y se asegurará de quitársela cada pocas horas, pero Nell nunca se queja y obedecerá. Tom también ha improvisado unos estribos con una soga, pero, al probarlos, se ha dado cuenta de que se sueltan con el tiempo y no sirven para mucho más que para tener un lugar donde posar el pie al montar. Cuando termina de preparar el caballo, se vuelve y abraza a Sara.

—Estarás a salvo, muchacha —le dice—. Michael cuidará de ti. —Le da un beso en la frente y otro en los labios antes de subirse a lomos de Nell.

Al otear el campamento, la cabaña casi terminada, el sol que hace escintilar el agua del arroyo, Tom siente la repentina necesidad de decirle a Michael que vaya él en su lugar, para quedarse a solas con Sara y cuidar del campamento bajo el agradable calor del verano.

Pero el señor Whitstable también necesita alguien que cuide de él durante el camino hasta y desde Black Lodge, pues lleva el oro que tanto trabajo ha costado extraer y luego llevará todas las compras. Los indios, como los lakota, los pies negros o, según les ha dicho Whitstable, también los shoshones, podrían suponer un problema, pero lo que le preocupa más al viejo son los jinetes, los blancos que recorren los caminos de entrada y salida del asentamiento.

El camino de Virginia City a Black Lodge, por el que, a decir verdad, no van a viajar, ha sido testigo de un gran incremento de asaltos a diligencias y carretas, de asesinatos de mineros por los copos de oro o el dinero que llevaban encima. Así que, mientras que el campamento a la orilla del riachuelo puede requerir cierta protección frente a otros mineros que quieran apropiarse de él o, quizá y aunque haya pocas probabilidades de ello al tratarse de un campamento remoto, frente a los indios, Whitstable dice que los pueblos mineros atraen a muchos hombres que se aprovechan del trabajo de los demás. Como pulgas chupando la sangre de los perros, piensa Tom. O sanguijuelas la de una pierna. Las sanguijuelas se arrancan de las piernas, según aprendió en la guerra, con un cuchillo caliente y mejor pulso que Mickaleen, aunque su hermano también tenga la precisión necesaria cuando hace falta. No, piensa, será mejor que vaya con Whitstable mientras su hermano se queda con Sara.

Como si estuviera leyéndole la mente, Michael dice:

—Benjamin, Tom, vamos a estar bien. Que tengáis buen viaje. Tened cuidado de no emborracharos demasiado en ese pueblo y traednos un trago a nosotros también.

—Así haremos, Michael —dice Whitstable—. Y gracias otra vez por cuidar de todo esto mientras estamos fuera. Cuando regresemos seguro que tenéis la cabaña terminada y preciosa. No creo que tardemos más de una semana en volver. Con un tiempo tan bueno como el que está haciendo, se tarda dos días en llegar a Black Lodge. Y dos días más para volver si el tiempo sigue siendo bueno. Solo hay que cruzar dos ríos y ninguno tiene mucha profundidad. ¿Os hemos dejado tabaco suficiente?

—Sí, que Dios os lo pague. Y vosotros, ¿lleváis suficiente para los dos?

—Tenemos un montón, Michael. Con Dios. Volveremos ya mismo, cargados con los lujos y las mercancías más variopintos. Whitstable espolea a su mula, que se niega a moverse hasta que Nell echa a andar antes y Tom le da un tirón de orejas a la mula al pasar por su lado. Las otras dos mulas, cargadas con las provisiones para el viaje, avanzan en fila, tras ellos, por la vereda que atraviesa el bosque de detrás del campamento.

Una vez salen del bosque, siguen el arroyo de agua que cruza la vasta pradera y continúa hasta una zona de colinas bajas y frondosas, entonces toman una senda que sigue el cauce de agua hasta otro bosque de pinos, y que se aparta del lecho rocoso del arroyo cuando sus riberas se vuelven demasiado escarpadas como para pasar con seguridad.

El camino por el que van está bien marcado, pero a Tom le parece que es un camino que usan más los animales que los hombres, y nos es fácil avanzar por entre los arbustos bajos y cargados de bayas maduras. Cuesta trabajo ver más allá de un par de pies por delante del caballo y Tom lleva el rifle sobre el regazo, cuando lo necesita, se sirve de la culata para apartar a un lado la maleza y las ramas; también lleva la funda del Colt abierta por miedo a sorprender a una hembra de oso gris con sus oseznos dándose un festín de bayas.

Pero, después de una hora, el camino serpentea hasta volver al arroyo y lo siguen durante lo que queda de día con relativa facilidad. Cuando el sol se pone, acampan junto a un lago a los pies de una montaña cuya cumbre está cubierta de nieve, Tom imagina que será la fuente de la que nace el riachuelo del campamento. Beben café, comen venado seco y tortas de harina y fuman y duermen bajo las estrellas que salpican el cielo nocturno como sal derramada sobre un trapo de tela oscura.

Al día siguiente, llegan a un camino más transitado, un camino de indios, que atraviesa las colinas bajas a los pies de la montaña, y vuelven a hacer noche en un claro donde encuentran un foso de piedras para el fuego que indica que otros han acampado ahí antes que ellos. Cuando se despiertan, pueden ver el vaho de su respiración en el frío de la mañana y, después de otro medio día de viajar por pedregales y rocas sueltas, rodean una colina y entran en el valle en cuyo extremo se encuentra Black Lodge.

Desde donde se detienen, en las alturas, ven un montón de edificios de madera, una calle polvorienta de apenas una centena de yardas y, más allá, esparcidas por la colina sobre el asentamiento y el río que lo atraviesa, innumerables tiendas de lona, figuras de hombres en movimiento entre ellas, y toda una serie de hogueras encendidas frente a las que se amontonan pilas de desechos y rocas. Desde aquí, los hombres se le antojan a Tom hormigas que corren por el montículo de un hormiguero sin un propósito evidente. Está a punto de contárselo a Whitstable cuando él dice:

—¡Ahí está! La vibrante metrópolis de Black Lodge, en el territorio de Montana. Lo primero que vamos a hacer es cambiar el oro por dinero, encargar nuestras provisiones y, luego, humedecernos el gaznate. ¿Qué te parece, Tom?

Tom le sonríe al viejo.

—Me parece que es un plan de acción muy bueno.

Whitstable también le sonríe a Tom.

—No me he enterado muy bien de lo que has dicho, Thomas, pero voy a interpretarlo como que tengo tu beneplácito. Usted primero, caballero. Hay mucho whisky y cerveza por beber, y animales a los que dar de comer.

De este modo, bajan hasta el poblado —Tom piensa que no merece llamársele pueblo— de Black Lodge, y guardan los animales en las cuadras de Marcus Anderson's Livery & Baths. Alquilan sendos cuartos en el segundo piso del Bakerton's Black Lodge Saloon —el único edificio de todo el asentamiento que tiene más de una planta— sin pararse siquiera a echar un vistazo al baño, aunque Tom sí se fija en una mujer delgada y rubia, con un vestido verde brillante y hecho jirones, que duerme con la boca abierta en un sillón acolchado junto a las escaleras que conducen al segundo piso.

Tras instalarse en sus cuartos, cruzan la calle polvorienta y cocida por el sol en dirección al negocio de MacKenzie, que funciona a la vez como casa de cambio de oro y tienda de herramientas, materiales de construcción y minería. Se ven obligados a detenerse para esquivar a una cuadrilla de mulas y una carreta cargada hasta arriba de barriles que a Tom le ponen el corazón a mil. Respira profundamente el aire de la montaña y le parece que aquí es más ligero, por estar más elevado que su campamento minero, y arenoso por el polvo que ha levantado la carreta.

Hay tanta gente, piensa. ¿Cuánto tiempo hace que no veo tanta gente en un mismo lugar? Delante de la taberna Daisy Smith's, una estructura de troncos de madera con la fachada de tablones, ve a hombres sentados en el porche, hombres que visten pesados pantalones y sombreros de ala ancha, que fuman y holgazanean mientras que otros hombres, y una o dos mujeres, pasan ocupados por sus quehaceres, piensa Tom, como si estuvieran en la ciudad de Cork, en Irlanda, o en Boston. Se oyen los golpes del martillo del herrero, el sonido de la sierra de madera y los saludos que intercambia un hombre con otro que está al otro lado de la calle.

No ve a ningún soldado, y no cree que haya ninguno destinado en un lugar tan pequeño y de tan reciente creación, pero ve una estructura diminuta, de troncos de madera, con un porche cubierto de tablillas y un cartel que reza *Sheriff*. Echa mano al Colt enfundado en el cinturón, y se pregunta si alguno de los hombres presentes reconocería la funda por ser del ejército. Toma la resolución de volver a dejarlo en su habitación junto con el rifle Springfield cuando hayan cambiado el oro por dinero, pero luego se da cuenta de que, para su tranquilidad, la mayoría de los hombres de la calle y dos de los tres que están en el porche del *saloon* portan también pistolas de varios tipos y modelos, la mayoría en fundas de cuero, otros enganchadas en el cinturón. Sería raro que fuera el único desertor de todo el poblado que lleva el arma en una funda del ejército.

No sabe qué tipo de hombres había esperado encontrarse en un poblado minero, pero la mayoría de ellos no aparentan ser guerreros ni tipos duros, y eso lo hace sentirse aliviado. Hay rostros alemanes, suecos, fineses, no sabe exactamente cuál es cuál, pero sabe que le resultan extranjeros. Se comportan de manera distinta a los americanos o a los irlandeses. Tienen la barba rubia y la piel tostada, de un color marrón fuerte por el sol, pero no hay nada en ellos de la dureza que se acostumbró a ver en los hombres del ejército. Al percatarse, se relaja un poco, y se percata también, al reanudar su camino a través de la nube de polvo que ha levantado a su paso la carreta, de que nadie les ha prestado atención alguna a él ni a Whitstable. Se imagina que los bandidos de los que hablaba el señor Whitstable deben de estar por las colinas y los bosques, que no viven entre quienes son sus víctimas.

Whitstable dice:

—Tom, ya verás cuando veas la mercancía que vende MacKenzie. No verás surtido mejor nada más que en Virginia City. En este sitio hay oro y hombres con dinero para gastar.

Tom asiente con la cabeza y sube los escalones hasta la tienda de Duncan MacKenzie, va detrás de Whitstable, necesita unos instantes para que se le acostumbren los ojos a la relativa penumbra que hay en el interior. De pie, junto al mostrador, hay una mujer y un hombre susurrándose entre sí en una lengua que Tom cree que puede ser alemán. Un tendero con una camisa blanca y un delantal de mezclilla les está esperando. Después de un rato de conversación, el marido hace un gesto al tendero y el hombre del delantal le tiende un trozo de tela doblada. Cuando la pareja se marcha, Whitstable se acerca al mostrador. Tom, que no sabe si debe ir con él, se queda junto a la puerta.

—Señor Whitstable —dice el tendero—, es un placer volver a verle. ¿Ha venido usted a montar otro espectáculo para su público de Black Lodge?

Whitstable sonríe.

—Qué va, ojalá, señor MacKenzie. ¡Mis espectáculos no me dan para pagarme la pólvora que necesito para las demoliciones! He venido a cambiar oro y a comprarle algunas cosas. Mi interés es meramente mercantil, me temo. Que a quien le falta dinero, como dijo Shakespeare[2]... Aunque tengo la suerte de contar con amigos nuevos y, por ende, ¡de haber hallado sosiego!

Tom sonríe ante el papel de botargas que Whitstable está representando para el tendero, tal y como hacía la primera vez que se conocieron en el puesto de Ryan.

—Pero no todo es eso —dice MacKenzie, sonriente y frotándose las manos—. Así que, dígame, caballero, ¿qué me ha traído?

—Tom, echa un vistazo por la mercancía del señor MacKenzie —dice Whitstable con una sonrisa bondadosa en la cara—. Mira a ver si hay algo que nos haga falta y que no hayamos apuntado en la lista. Te voy a dejar que te encargues tú de la munición y todo eso, no es un tema que me interese ni del que sepa mucho.

Tom asiente y deambula hasta la pared en la que hay un armero con fusiles de repetición, tienen los armazones de latón dorados, pulidos hasta sacarles brillo, es el tipo de arma que algunos civiles y madereros llevaban en el Fuerte Phil. Se pregunta cuánto costarán, y cuál será el precio también de los cartuchos de percusión que necesitan para disparar, del calibre cuarenta y cuatro, cree Tom. Le gustaría preguntárselo al tendero, pero tiene la boca

---

[2] Nota del T.: Referencia a la escena III del Acto II de «Como gustéis», comedia de Shakespeare en la que el pastor Corino afirma: «que a quien le faltan dinero, medios y sosiego, carece de tres buenos amigos».

seca y el corazón acelerado. Vaya nenaza te has vuelto, piensa sonriendo para sus adentros, de repente es tímido como un potro asustadizo.

—Son los Yellow Boys de Winchester —dice una vocecilla, y Tom se gira y mira desde arriba a un niño de ocho o nueve años de edad. El niño lleva el pelo pulcramente peinado y tiene un aire serio en el rostro. Nació siendo viejo, piensa Tom. Le sonríe.

—¿Qué has dicho?

—Los rifles. Tenemos diez, nos llegaron la semana pasada. Pero se pensaba usted que eran fusiles Henry, ¿verdad?

Tom vuelve a mirar los rifles del armero de la pared. En realidad, a simple vista *había* pensado que se trataba de fusiles Henry. Vio algunos en la guerra, y en el fuerte Phil se los vio a varios madereros civiles, pues resultaban muy útiles frente a Nube Roja y sus guerreros, pero, a diferencia de los soldados unionistas que los llevaban en la guerra, nunca se había planteado pagar por un rifle de uso particular cuando el ejército daba gratis a cada hombre un rifle Springfield en perfecto estado y toda la munición que quisiese disparar. Le dice al niño:

—Sí, eso es. Son muy buenas armas.

El niño asiente.

—Cartucho de percusión anular de calibre cuarenta y cuatro, depósito tubular con capacidad para quince balas. Bueno, catorce, y una en la recámara. —El niño se hurga la nariz y, al sacar el dedo, estudia el hallazgo antes de limpiárselo en los pantalones de mezclilla—. Como dice el hombre ese: ¡se carga el domingo y se dispara cada día de la semana!

Tom sonríe.

—¿Y qué hombre dice eso?

El niño se encoge de hombros.

—No lo sé bien, pero hay uno que lo dice. ¿Qué le pasó en la cara?

Tom se toca la marca en el lado izquierdo de la cara, un hueco en la mandíbula y el pómulo cubierto por una cicatriz arrugada que sus bigotes no disimulan.

—Me dispararon, hijo. En la guerra. —Rara vez le cuenta su historia a nadie, pues la mayoría de los hombres y de las mujeres

236

son demasiado educados, y demasiado temerosos de lo que ven en los ojos de Tom, para preguntar—. En un sitio llamado Chickamauga, en Tennessee. ¿Sabes dónde está?

—¿El qué?

—Tennessee.

—Nunca he ido, pero he oído hablar de ese sitio. ¿Daniel Boone no era de ahí?

—No sé, muchacho, pero si era de ahí seguro que le pegué un tiro, porque eso es prácticamente lo único que hice allí.

—Le voy a preguntar a mi padre. Tiene un libro de las aventuras de Daniel Boone. A veces me lo lee. Pero no creo que le disparara usted a Daniel Boone. Él le dispararía a usted antes, y no fallaría. No, señor.

Tom sonríe y hace un gesto hacia el mostrador donde MacKenzie y Whitstable charlan.

—¿Tu padre es el señor MacKenzie?

—Qué va. Él es mi jefe. Mi padre tiene un campamento minero y trabaja con mi tío y con mi tía pero dice que no me callo y que siempre estoy haciendo preguntas. Dice que el oro no se saca hablando. Pero el señor MacKenzie opina que sería capaz de venderle a una oveja su propia lana, así que dice que soy su marmitón y me paga y todo por ayudarlo. La semana pasada gané un dólar entero, lo juro por la misma Biblia.

—¿Qué dice? ¿Que eres su marmota?

—Su marmitón—repite el niño como si hablara con un estudiante tonto—. Así se llama el que se encarga de limpiar la marmita, las ollas, los platos. El que hace los recados.

Tom se ríe.

—Ya decía yo; he visto muchas marmotas en mi vida, y muchas madrigueras suyas, pero pocas en las que podrías caber tú.

—Entonces, ¿quiere comprar un Yellow Boy? Puede salvarle la vida si se encuentra con los pies negros, o con una banda de bandidos. También tengo un libro que se llama *Bandidos célebres*. Dick Turpin. Ese era uno. También me lo lee mi padre, cuando le prometo que me voy a callar un rato.

Tom vuelve a reírse y se da cuenta de que está disfrutando la conversación con el crío. ¿Cuándo fue la última vez, piensa, que hablo con un crío? No se acuerda. Y dice:

—Bueno, muchacho, no creo que mi vida valga tanto como cuestan esas armas. Pero venga, dime, ¿cuánto le costaría a servidor uno de estos relucientes y flamantes Yellow Boys?

—¿Qué ha dicho? Con lo que le pasa en la boca casi no me entero de lo que dice.

Tom habla más despacio:

—¿Cuánto cuestan los rifles?

—Setenta y cinco dólares justos. Probablemente sean los setenta y cinco dólares mejor invertidos de su vida.

—Hijo mío, si los tuviera, sería la primera vez que viera setenta y cinco dólares juntos. No, no me lo voy a llevar, aunque te agradezco el intento.

El niño se lleva el dedo a la frente como si fuera a levantarse un sombrero.

—Bueno, si cambia usted de opinión, venga a verme. ¿Quiere tocarlo?

Tom le acaricia la cabeza al niño.

—No te preocupes, muchacho. Voy a echar un vistazo a las demás cosas.

El niño se gira sobre sus talones y le grita a MacKenzie.

—Señor Mac, no quiere el rifle. No tiene dinero.

MacKenzie le brama al niño.

—Ponte a rellenar los sacos de harina como te dije y deja de molestar al caballero, que eres más pesado que una vaca en brazos. —Pero, al decirlo, le guiña el ojo a Tom y este entiende que el tendero le tiene cariño al crío. Sería difícil, piensa, no tenérselo, aunque también puede entender por qué el padre se alegra de que tenga un trabajo fuera de su campamento.

Tom deambula por la tienda, palpando los retales de tela y pensando en los vestidos que Sara podría hacerse con unos estampados tan bonitos. Guinga, lana, algodón liso. Casi no sabe cuál es la diferencia entre los tejidos, pero disfruta mirando los alegres estampados florales, las líneas llamativas y las formas geométricas. Deja atrás las telas, observa las herramientas de minería, las palas, los picos, los martillos, las afiladas espátulas que cuelgan de clavos en la pared, las bateas y los calderos de hierro; se acuerda de *La tienda de antigüedades* y se imagina a la pequeña Nell sentada con su abuelo entre los tapices colgados, las tallas de marfil, las armaduras y las armas oxidadas, todo cosas que, piensa para sus adentros, no le sorprendería encontrarse aquí.

Coge un molde de pan que cree que a Sara puede gustarle, ahora que tienen un puñado de levadura burbujeando en el campamento. En un barril alto y lleno de agua, como flotan señoras en una bañera, bloques de media libra de mantequilla, y en la estantería de encima hay jarras de frutos secos y caramelos duros. Vuelve al mostrador junto con Whitstable y lo mira abrir el cuadrado de hule que ha sacado doblado del bolsillo, donde guarda el oro.

—Tiene usted mi palabra —dice MacKenzie—, de que es más oro del que se ha visto por aquí en mucho tiempo. Esto no lo ha sacado del río con la batea, ¿no?

Whitstable se ríe.

—Señor MacKenzie, nosotros buscamos oro en *un* río, pero no es el río de Black Lodge. En eso tiene usted razón.

—Bueno, me ha traído usted más de lo que he visto en una quincena, mis respetos.

MacKenzie es escocés, Tom se da cuenta por el acento; es menudo, le clarea el cabello y tiene los rasgos afilados y la sonrisa de un hombre que va vendiendo remedios mágicos a lomos de un burro. Mira al escocés coger el oro, llevarlo hasta una balanza y sacarlo del trozo de tela para dejarlo en la bandeja. La pepita grande, la que es del tamaño de un dedo, hace un ruido seco, y los copos y el polvo tintinean en la bandeja. Whitstable se gira y le sonríe a Tom.

—Amigo mío, si MacKenzie tiene cristales, le llevaremos uno a tu Sara para las ventanas. Caballero, ¿vende usted cristales?

MacKenzie mete las pesas en la balanza, da un paso atrás para que Whitstable pueda ver cómo lo hace y Tom piensa que todo esto es más teatro que otra cosa. Si la balanza está trucada, y probablemente lo esté, no hay nada que puedan hacer, pues igualmente no saben el precio exacto de la onza de oro. Uno está siempre a merced de los que tienen dinero, piensa Tom, y le viene en fogonazos una imagen del cantinero que vendía a Sara como si fuera una más de sus mercancías, y otra de su D Bar clavándosele. Guiña los ojos para apartar estos recuerdos como si fueran los de otra persona. Independientemente de la corrupción de la que probablemente MacKenzie sea objeto, a Whitstable parece que le cae bien, se fía de él. Por un instante, Tom se pregunta si Whitstable es tan confiado que va en su contra, pero luego decide que él también debería confiar más en los demás. El mundo puede ser un lugar más sencillo, para él y para Michael y para Sara, si lo consigue.

—Creo que tengo cristal y que puedo cortar las medidas que necesite —dice el tendero mientras garabatea unos números en una hoja de papel y le tiende la hoja a Whitstable. Tom piensa que esto es de nuevo más teatro, que no hay nadie más en la tienda y, por tanto, no hace falta tanta discreción, pero parece que Whitstable ya ha hecho esto otras veces y sabe perfectamente lo que está ocurriendo.

Sujeta la hoja de papel para enseñársela a Tom y que él la lea también. En ella figura el precio de la onza de oro en Londres con fecha de 20 de julio de 1867, dos o más semanas antes, calcula Tom, y su conversión a dólares, el precio de la onza troy de oro en Nueva York y el precio de MacKenzie, incluidos la comisión y el descuento por el polvo de la pepita, junto al peso total del oro, 5,4 onzas troy, y una cifra rodeada con una floritura: 101,14$.

—Claro está que, si no les importa esperar, puedo pedirle al crío que lo funda y veamos su pureza. Puede sacarle más dinero del que pone ahí, señor Whitstable. O puede sacarle menos. Y le pagaré en dólares de los del dorso verde[3], en crédito para la tienda o en ambos. Lo que mejor le venga. Pueden ustedes estar presentes mientras se funde, claro...

Whitstable le coge la hoja de papel a Tom y este se pregunta si el viejo sabe, con la certeza absoluta con la que él lo sabe, que MacKenzie tiene todo el proceso trucado para pagar el mínimo posible por el oro. No cree que haya forma alguna de saber el precio real de la onza de oro en Londres o en Nueva York sin recorrer cientos de millas hasta Virginia City o hasta otra ciudad en la que haya servicio de telégrafo o periódicos recientes. En cuanto a fundirlo, Tom sabe que la cifra escrita en el papel es la cuantía máxima que el comerciante está dispuesto a pagar, independientemente de si

---

[3] N. del T.: Los *greenback dollars* fueron una moneda de emergencia emitida por el gobierno de los Estados Unidos durante la Guerra de Secesión, que no se basaba en las reservas de oro o plata y que se caracterizaba por el color verde del dorso de los billetes.

descubre que el oro fundido es tan puro y limpio como el aire de las montañas o si la mitad es polvo. No obstante, piensa Tom, aunque nunca tenga inconveniente en hacérselo, Whitstable no es tonto y claramente ha venido aquí a cambiar oro más veces, así que Tom no dice nada.

—Caballero, creo que nos quedaremos con el precio que ha escrito usted en el papel. Compraremos lo que necesitamos y nos llevaremos lo que sobre en dólares federales. Podemos empezar con dos billetes de diez dólares, que nos vayan entrando en calor los bolsillos —dice Whitstable mientras le tiende la mano a MacKenzie para darle un apretón.

—Muy buena elección —responde el escocés—. Tengo buen ojo para el oro y rara vez me equivoco con el precio, aunque no lo funda. ¡Muy pocos se quejan del precio que Dunc MacKenzie paga por lingote!

Se dirige a una caja fuerte, la abre y con grandes aspavientos cuenta billetes hasta que llega a veinte dólares. Se los tiende a Whitstable, que, a su vez, se lo da a Tom.

—Para ti y para Michael, el diez por ciento pactado. A Sara le pagaré yo por su trabajo en el campamento, o prefieres dárselo tú, ¿Thomas?

Tom se aclara la voz.

—Es su trabajo y, por tanto, su salario. Págale a ella directamente en mano, Ben, si no te importa. Y toma —dice mientras le devuelve diez dólares—, quédate el salario de mi hermano también, para no verme tentado a fundírmelo en whisky.

Whitstable se ríe.

—¡No creo que le hiciera ninguna gracia eso, Tom! —Se vuelve hacia MacKenzie—. Entonces, caballero, lo primero que nos llevamos son los cristales, déjeme darle las medidas. Bien embalados, por favor, que tenemos un duro viaje por delante. Y un barrilete de pólvora de demolición, si hay. Y mechas.

—Creo que tengo, pero no será barato. En Virginia City son reacios a venderlo, así que siempre andamos escasos de esas cosas. Tiene usted que tener oro bien hondo en la roca, ¿no, señor Whitstable? ¿Una roca madre, quizá? Me atrevería a decir que va a volver usted con pepitas más grandes de la que hay aquí en la bandeja. ¿Dónde dijo usted que estaba su campamento?

Whitstable le sonríe.

—¡Si no se lo he dicho nunca, señor MacKenzie! A ver... —Se saca la lista del bolsillo—. Necesitamos todas estas cosas también, si es usted tan amable. Una bomba de pie y una manguera de 50 pies, si tiene. Y Tom le dirá qué nos hace falta en lo que respecta a armamento. ¿Tom?

Tom se lo dice y, luego, el señor Whitstable repite sus palabras.

—Y eso será todo. Si puede mandar al chico con la factura al *saloon* del señor Bakerton, nos encontrará en la barra. Y le pagaré mañana, de mi bolsillo, todo lo que no cubra nuestro crédito.

—De acuerdo, el muchacho no tendrá problema en dar con ustedes. Pásenlo bien, caballeros. Díganle a Bakerton que la primera corre a cuenta de Dunc Mac. Les cuidará bien.

Tom sigue a Whitstable afuera de la tienda y vuelven a cruzar la calle, pero esta vez no pasan de largo del bar. Hay un hombre mayor tras la barra, con barba de patillas unidas y el rostro enrojecido por la bebida, que se les queda mirando a los dos un momento antes de acercarse. Cuando se acerca, lo hace con el brazo tendido.

—¡Señor Whitstable! Bienvenido, caballero. ¡Espero que nos haga una actuación luego!

Whitstable le da un apretón de manos al hombre.

—Señor Bakerton, siento decirle que he venido con la intención de pagarle en dólares por mi bebida. Y por las habitaciones de arriba. ¡Esta vez es el oro lo que me trae por aquí, aunque no tanto como para que se note!

—¡Qué pena! ¿No nos va a hacer usted ni un soliloco? ¡O dos! El discurso del rey Enrique en la batalla de Azincourt, para los viejos soldados que haya entre nosotros.

Whitstable, mientras se ríe, extiende los brazos y, con una voz grave, dice:

—¡Pues marchando un *soliloco*! ¿Y qué es lo que desea entonces?

Bakerton levanta el puño y grita:

—*Somos unos pocos, unos pocos felices, una banda de hermanos...* ¿Cómo sigue, señor?

Whitstable echa la cabeza para atrás, a ojos de Tom, crece una pulgada en altura y, de un modo que él no ha visto nunca, durante un instante parece haberse convertido en otro hombre. Su voz adquiere una fortaleza conmovedora, un tono grave y profundo, y algunos de los hombres que hay en las mesas del *saloon* dejan de jugar a las cartas un instante para prestarle atención.

—*Pues quien vierta su sangre hoy conmigo será mi hermano; por muy vil que sea, esta jornada ennoblecerá su condición. Y los caballeros que sigan yaciendo en su lecho en Inglaterra deberán considerarse malditos por no estar aquí, y verán humillada su hombría cuando escuchen a quien combata con nosotros hablar del día de San Crispín.*

Bakerton aplaude y le vuelve a dar un apretón de manos a Whitstable.

—¡Maravilloso, señor, maravillosamente declamado! A la primera le invito yo, a usted y a su compañero.

Whitstable se ríe y vuelve a ser el hombre de aspecto normal y sencillo al que Tom conoce muy bien.

—Y la segunda corre por cuenta del señor MacKenzie, si es usted tan amable, señor Bakerton.

—Será un placer, caballeros. ¿No hay nada que pueda convencerlo? Bebería usted como un marqués todo el día y toda la noche. A Libby O'Bullion le gustó especialmente la declamación que hizo usted de *Romeo y Julieta* el otoño pasado, y apuesto a que estaría dispuesta a repetir la función.

Whitstable enrojece.

—Caballero, soy un hombre reformado. —Mira a Tom y le guiña un ojo—. Y Libby preferiría, sin duda alguna, un pago en dólares y no en anticuados soliloquios de un hombre con edad suficiente como para ser el abuelo de Romeo.

Bakerton se gira y coge una botella de la estantería que hay detrás de la barra, sirve dos whiskies largos en sendos vasos y, luego, uno para sí mismo. Brinda con los hombres.

—Siéntase como en casa, señor. Es una alegría tenerlo otra vez entre nosotros. ¡A lo mejor con un poco más de esto —les llena los vasos hasta arriba— baste para convencerlo!

Es por la tarde y la taberna está medio llena, hay bebedores y algunas furcias cansadas por la jornada. En una esquina languidece un piano maltratado junto a una estufa de hierro fundido y, encima de la larga barra, hay varias cornamentas de alce y astas de antílope.

Detrás de la barra hay un espejo con unos adornos arremolinados en los bordes y, delante, hay dispuesta una impresionante colección de ginebra y whisky, ron negro de Boston y de Jamaica. Los altos grifos de cerveza, como cuellos de cisne, están repletos de cuentas por la condensación, y a Tom se le hace la boca agua con solo mirarlos.

Se ve a sí mismo en el espejo y ve que le ha vuelto a crecer la barba casi completa. Han pasado algunas semanas desde que Sara se sentara a cortarle el pelo y Tom nunca se detiene mucho a mirar su propia cara, con sus marcas y sus cicatrices de la guerra. Pero ahora se mira en el espejo y, por primera vez en años, no le molesta lo que ve. La barba no llega a cubrirle del todo el hondo agujero de la mandíbula por el que pasó la bala de los rebeldes, pero el rostro bronceado por el sol que ve en el cristal está tranquilo, por primera vez libre de preocupaciones, y de miedo, y de la violencia que ha presenciado a lo largo de los años. Se quita el sombrero y sonríe al verse el contraste entre la cara expuesta al sol y la palidez blanca de la frente. Se echa para atrás el pelo y se vuelve a colocar el sombrero al notar que casi todos los hombres del bar lo siguen llevando puesto aunque estén en interior.

Se le ocurre que podría darse un baño y un afeitado, cortarse el pelo aquí en el pueblo, o incluso en esta pensión. Ahora tiene dinero para esas cosas, lo tiene en su propio bolsillo. Pero no, se dice a sí mismo. Le ha prometido a Michael que van a reservar sus salarios lo mejor que puedan y a empezar a ahorrar otra vez. La pradera que hay detrás del bosque del campamento es un buen campo para criar ganado como cualquier hombre desearía hacer, y el señor Whitstable los animó cuando le contaron el plan de comprar un rebaño más adelante. Piensa que, ahora que está en Black Lodge, va a preguntar el precio de una vaca de carne o de, al menos, una o dos vacas lecheras. Así que dejará pasar el corte de pelo, aunque puede que se dé el capricho de un baño si no cuesta demasiado. Le preguntará al señor Whitstable cuánto puede costar un baño.

Whitstable saca a Tom de su ensueño y los dos hombres chocan sus vasos y se beben el whisky de una sola vez. Es un whisky americano, no el whisky escocés prometido, pero le calienta el cuerpo conforme baja y Tom se siente, por un instante, feliz. Se lía un cigarro con una página de la biblia de la señora Higgins y le pide fuego al vigilante del *saloon*.

Es entonces, mientras reposa la espalda contra la barra y Bakerton está sirviendo más whisky y sacando dos jarras de cerveza coronadas de espuma blanca para ponerlas al lado del licor, cuando Tom ve una cara que reconoce.

Le cuesta un instante ubicarla, pues el sol del verano la ha oscurecido y en la frente tiene la raya inflamada de una cicatriz reciente, pero cuando lo logra, se vuelve rápidamente hacia la barra. Siente en sus entrañas una rabia que hace meses que no experimentaba, y no toca la cerveza, la espuma rebasa el borde de la jarra y se desliza por un lado. Echa mano no a la pistola, sino al cuchillo, como para asegurarse de que sigue ahí. Alza el segundo whisky y se lo bebe de un trago y se gira hacia un lado, con el brazo sobre el mostrador, la manga de la camisa mojada por la bebida derramada sobre la barra, y deja que sus ojos deambulen hasta la mesa en la que el hombre está sentado, jugando a las cartas con otros hombres.

No son como los hombres que ha visto por la calle. «Soy un tonto por decirme a mí mismo que en este pueblo solo había mineros y no el tipo de hombres con el que estoy acostumbrando a encontrarme.» Hombres como los que están sentados en esa mesa junto a la cara que reconoce, tipos duros con la mirada dura de los asesinos, y Tom se pregunta si son una banda que siempre va junta o meros jugadores de cartas con los que se ha sentado ese hombre a pasar la tarde.

Busca en su memoria el nombre del hombre mientras lo observa echar una carta y fanfarronear ante los demás jugadores. Lo mira recoger el escaso montón de billetes del bote y lo oye hablar, si bien no entiende sus palabras, por encima del alboroto de los demás clientes del bar, el sonido de la voz se corresponde con la cara, aunque no hablara mucho durante los días que pasó con Tom.

Instintivamente, Tom sopesa sus probabilidades de enfrentarse a los cinco hombres de la mesa y se sacude los pies, flexiona las piernas, tiene los dedos en la funda del Colt. Le cuesta tragar y se da cuenta de que tiene miedo. Es el miedo a un resultado que no puede prever, y esa misma sensación es lo que lo está poniendo nervioso. Hace muchos años que no sopesa las consecuencias de algo que está a punto de hacer. Parpadea, vuelve a tragar y abre completamente la funda del revólver. De repente, se vuelve hacia Whitstable.

—¿Por qué no vamos a ver cómo es el otro *saloon*? —dice.

—¿Por qué? Si acabamos de llegar... —contesta el viejo dándose cuenta de que hay algo en la mirada de Tom, en la forma en la que la lanza hacia la mesa al otro lado de la estancia, a la izquierda de la estufa, donde hay cinco hombres jugando a las cartas, y luego la vuelve a clavar en él. Whitstable observa a Tom un instante, luego toma su cerveza y la vacía hasta la mitad en varios tragos. Eructa y dice—: Da un buen trago de cerveza antes, Tom. Es la mejor que hay en este pueblo. Y después, si quieres, nos vamos.

Tom asiente, levanta su jarra y la bebe hasta que solo queda espuma. Pasa por el lado de Whitstable y no se vuelve para mirar a la mesa mientras atraviesa las puertas batientes de la taberna. Afuera, a la luz del sol de las montañas, en la polvorienta calle principal de Black Lodge, recuerda el nombre del hombre, el corazón se le acelera, la funda del revólver está abierta y tiene la mano en la culata del Colt.

Dillard. El nombre del hijo de puta del trampero es Dillard, y no está más muerto que él mismo.

44

Se sientan a la mesa que escoge Tom, contra la pared de atrás del bar Daisy Smith's, una mesa desde la que pueden ver la puerta y a todo el que entra por ella. Es un bar más tosco que el *saloon* Bakerton's; aunque su fachada esté hecha de tablones y cuelgue un cartel pintado sobre el porche, las paredes son de troncos y solo hay dos ventanucos abiertos en la fachada que da a la calle. Los candiles están encendidos para remediar la penumbra aunque sea de día, cuelgan de ganchos anudados a las vigas del techo, y en el hogar de piedra abierto chisporrotea levemente el fuego, expulsando nubes de humo caliente a una sala amplia, a la izquierda de donde ellos se han sentado.

Whitstable pide a una mujer mayor, de gesto fruncido y con las uñas negras, que les ponga un whisky y una cerveza y unas chuletas de cerdo con huevos y patatas. Ella no le pide ningún soliloquio y les habla solo para decirles que los huevos les costarán doce centavos más a cada uno.

—No importa, señora —dice Whitstable sonriéndole a la mujer. Luego se vuelve hacia Tom y continúa—. Será que ahora hay exceso de gallinas en Black Lodge. La última vez que estuve aquí costaba cada huevo dos dólares, y había mineros que podían pagarlo. —Luego se vuelve de nuevo hacia la mujer—. Y pónganos la botella, si no le importa. Para ahorrarle tener que venir hasta aquí más de lo necesario.

La mujer no le sonríe y los dos hombres se quedan sentados en silencio esperando a que ella les traiga las bebidas.

Tom toquetea la lengüeta que tapa la abertura de la funda del revólver. Se lía otro cigarro y se levanta para encenderlo en una brasa de la hoguera. Al volver a la mesa, encuentra la botella, dos vasos cortos y dos jarras de cerveza con menos espuma que las del Bakerton's. Whitstable vierte whisky en los vasos y levanta el suyo.

—Caballero, escasas sean tus penas. Eso es lo que decían los mineros irlandeses del condado de Houghton. No siempre nos llevábamos bien, los de Cornualles con los irlandesitos, pero a veces sí, somos dos pueblos a los que les gusta beber.

Tom se vuelve y mira a Whitstable. Levanta el vaso.

—Y las tuyas. A tu salud, Benjamin Whitstable. —Vuelve a apartar la mirada, su mente está maquinando, recordando el rugido del viento, las promesas cegadas por la nieve que hizo en la oscuridad inclemente de la naturaleza.

Comen la cena cuando se la sirven, Tom piensa, brevemente, en que son las primeras patatas que ha comido en meses, nunca en su vida ha estado tanto tiempo sin comer patatas. Y un fugaz recuerdo se entromete: las libras de papas que comió cuando era un chaval, en todas las comidas, su madre solo las cocía a medias durante los peores días de la Gran Hambruna, o durante el mes fatal de julio cuando, cada año, la familia se quedaba casi sin reservas. Una *práta* a medio cocer, bañada en agua de pimienta o en suero de leche cuando había, hacía que te sintieras lleno más tiempo. Durante los días buenos de su infancia comían patatas con mantequilla, sal y pimienta; durante los malos, *prátaí* sazonadas con algas dulse que arrancaban de las rocas del mar cuando la marea estaba baja y luego secaban junto al fuego.

Mientras da un sorbo a la cerveza, y al whisky, piensa en su madre, y también en su padre, y en sus seis hermanos, que la fiebre del hambre mermó a cuatro. Reza una oración breve y reflexiva, le pide a Dios que cuide de sus dos hermanas. Su madre, según le oyeron decir en la guerra a un artillero de Inch, una aldea de Kerry cercana a la suya, falleció después de que ellos salieran de Irlanda camino de América. *Ar dheis Dé go raibh a hanam.*

Las papas de su plato son céreas, al estilo americano, y están bañadas en salsa *gravy* de leche y harina. Prácticamente no son papas, piensa mientras se acaba la última, su cabeza vuelve al cabrón del trampero que estaba en el Bakerton's, a lo que le haría o le dejaría de hacer. Todo el tiempo que se ha pasado en vela en mitad de la noche, rezando por encontrarse con él.

Cuando les retiran los platos, los dos hombres dan un sorbo a sus bebidas en silencio. En otra mesa están jugando a las cartas, son hombres huraños que compiten como si estuviesen en juego sus almas. En la barra beben varios hombres solitarios, y Tom se da cuenta de que hay tres agujeros de bala recientes. La madera del suelo junto a su mesa tiene una mancha oscura. Será insecticida de tabaco, probablemente, o sangre. Tom ni sabe ni le importa cuál de las dos será, pero su mente se ha quedado fija en la sangre.

—Tus penas podrán ser escasas, Tom, pero pareciera que acabases de descubrirlas ahora mismo —dice Whitstable, rompiendo el silencio.

Tom se gira hacia él y, sin saber por qué, empieza a hablar. Le habla de los dos tramperos que llegaron al campamento de la cueva, de la avalancha y de la ventisca nocturna a la que sobrevivió, de Robinson y de Sara y de cómo Michael habría apostado su mano izquierda a que se había cargado al hijo de puta del ayudante del trampero cuando le disparó. Le habla del diario de la señora Higgins y de los cadáveres que encontraron en la carreta del bosque medio sepultada por la nieve. Y luego le cuenta que en el Bakerton's Black Lodge Saloon ha visto a ese mismo cabrón, al que se hacía llamar Dillard, Dillard sin apellido, que Tom recuerde.

Whitstable asiente y bebe y escucha. Cuando Tom ha terminado, Whitstable dice:

—Puedes acudir al *sheriff*, Tom. Yo lo conocí la última vez que estuve aquí y, si sigue siendo el mismo, es conocido por ser un hombre justo. Duro, pero justo, y no dejaría a un tipo como Dillard campando a sus anchas por su jurisdicción.

Tom se acaba la cerveza y dice:

—No puedo acudir al *sheriff*. A ningún *sheriff*. Tendrás que creerme, porque ya me conoces bien y sabes que no soy ni un ladrón ni un violador de mujeres. Que nunca podría hacer cosas así. Pero ¿qué pinta tendríamos nosotros, con los libros y las pertenencias de los Higgins, y con Sara llevando las ropas de la pobre mujer?

—Le explicas cómo ha acabado todo eso en vuestras manos, Tom. Lo que encontrasteis en el bosque. La verdad es algo poderoso, ya lo sabes. Yo testificaré a tu favor y te creerán.

Tom bebe. Niega con la cabeza y, sin mirar a Whitstable, contesta:

—Sabes que fui soldado durante una larga temporada. Dos temporadas, en realidad. Y que soy el tipo de hombre que actúa sin pensar, que a veces pone el carro delante de los bueyes, y que esta es la razón de muchas de las miserias que mi hermano y yo hemos padecido. Yo... —Está mirando a Whitstable—. He hecho cosas de las que no me gusta acordarme, cosas que no sería capaz de presenciar a la luz del día ni yo mismo, cuanto menos un agente del orden ni un juez. Me daría vergüenza contártelas a ti, o a lo mejor no, porque, al final, algunas de esas cosas terribles son cosas que había que hacer. Pero no puedo acudir a ningún *sheriff*, aunque sea tan justo como el mismísimo rey Salomón, por miedo a vernos Michael y yo con un nudo corredizo alrededor del cuello, al lado del hijo de puta de Dillard.

Whitstable le pone la mano en el brazo a Tom. Le sirve más whisky al joven.

—Yo creo que te conozco, Tom. Y me da igual lo que hicieras en el pasado o por qué lo hicieras. Pero aquí estás, *pensando* en una acción, pensando en lo que podrías hacerle o no hacerle al vil hombre de Dillard. Lo importante de todo esto es que *no* lo has hecho cuando has sentido el impulso de hacerlo. Pensarlo no es lo mismo que hacerlo. Y *pensaste* en mí y en el resto de los hombres del bar, que, inocentes o no, no se merecían verse envueltos en un tiroteo. Y *pensaste* en tu querida Sara y en tu hermano, y en el amor que te profesan, y en la promesa que dices haberle hecho a Dios un día atrapado en la nieve, Thomas. —Whitstable da un sorbo a su bebida—. No has puesto el carro delante de los bueyes y eso es señal de que, en este mundo, es posible que un hombre mejore. Es posible dejar atrás... Ya has dejado atrás la oscuridad de la violencia, estás avanzando hacia la luz de la paz y la vida. De *estar vivo*. —Whitstable espera a que Tom responda y, al ver que no lo hace, continúa—: Tenemos un buen negocio entre manos, Tom. ¿Por qué no volvemos? Dejamos el pasado aquí en Black Lodge y empezamos un nuevo futuro en el campamento junto al riachuelo. Tendremos cristales para las ventanas de la cabaña. Un fuego en el hogar y animales que cazar en el bosque y, un día, ganado pastando en la pradera. Cuestan una fortuna por estos lares pero, con el oro que vamos a sacar, ya mismo estaremos en disposición de comprar un toro y un par de vacas, Tom. Es un buen lugar para levantar nuestro hogar.

Tom mira hacia adelante y permanece en silencio un rato largo.

—Eres un hombre bueno, Whitstable. Sobre todo, para ser de Cornualles... —Sonríe con tristeza—. Pero suena como si estuvieses describiendo a otro hombre que no soy yo. ¿Qué hombre sería yo si me fuera de aquí sin...? —Levanta una mano y la deja caer sobre su regazo.

—Serías el tipo de hombre que pone el futuro por delante del pasado, Tom. El tipo de hombre que es capaz de vivir en paz en el mundo y que no muere ahorcado. El *sheriff* de aquí, de verdad te lo digo, es un hombre justo, pero también está encantado de colgar a quienes cometen asesinatos en su territorio.

Tom se gira hacia Whitstable y ve una dureza en sus ojos que Whitstable no ha visto desde que lo vio luchar contra el justiciero, en el puesto comercial de Ryan. Tom dice:

—Si hubieses visto con tus propios ojos lo que hizo, no lo llamarías asesinato. Se llamaría de otra forma, lo que se ha buscado ese tipo.

—Lo puedes llamar como quieras, Tom, y probablemente tengas razón. Pero te digo que el *sheriff* lo *verá* como un asesinato, y también cualquier juez que manden desde Virginia City.

Tom se termina su whisky en silencio y luego se levanta de la mesa.

—Creo que me voy a volver a mi cuarto, Ben. Necesito dormir. El whisky se me ha subido a la cabeza y no soy capaz ni de poner dos ideas juntas.

45

Voy a dejar constancia en estas páginas de cómo transcurrió el tiempo que Sara y yo pasamos en el campamento mientras Tom y el señor Whitstable iban a Black Lodge a por provisiones. No sé cómo me atrevo a hacerlo pero es como si fuera una mano distinta de la mía la que lo hace y como si no pudiera no hacerlo igual que no puedo no comer o no beber. Es como si me viera empujado a escribir con tinta la verdad de los hechos porque esa es la única manera de explicarme a mí mismo mis acciones en el mundo independientemente de quien vaya a leer esto.

La mañana en que se marcharon Sara y yo nos la pasamos trabajando en la cabaña ella estaba atando una soga a las vigas del techo que eran troncos tallados casi todos del mismo tamaño y la misma longitud y yo estaba sentado en lo alto de la pared trasera de la cabaña y tiraba de la soga para levantar las vigas y colocarlas en las muescas que habíamos hecho anteriormente. Esto nos llevó hasta el mediodía o más pero cuando colocamos la última nos dimos por satisfechos con el trabajo.

Y le dije a Sara mientras me bajaba de donde estaba encaramado:

—Un trabajo bien hecho sí señora. Ya mismo tendremos un tejado ahí arriba.

Sara asintió con la cabeza mientras observaba nuestro trabajo y juro que se le notaba la mismísima satisfacción en la cara. Se notaba por cómo asentía mientras observaba lo que habíamos hecho con las manos puestas en las caderas como un general que supervisa los movimientos de sus mejores tropas.

—Está bien —dijo y diré también que a veces me daba la sensación de que todos trabajábamos para ella y de que la muchacha era en verdad la jefa del campamento minero la dueña de la tierra y de la casa y la patrona de todos los trabajos que se hacían allí. Me recordaba de algún modo a un sargento primero al que se le tenía mucho cariño en el ejército o al menos así es como yo lo recuerdo porque siempre tenía la impresión de que no me negaría a hacer nada con tal de contentar a la muchacha y quería que me mirara con buenos ojos y mientras lo hiciera me sentiría a salvo y bien en el mundo.

El caso de Tom no era diferente a este respecto pero Tom no estaba allí y estábamos los dos solos así que no me paré a tener en cuenta cómo la miraba él sino solo que yo la veía como una persona sin la cual no habríamos sido capaces de llegar enteros hasta un lugar tan bueno y tan estupendo. Desde el invierno gélido y salvaje en el campamento de la cueva hasta esta orilla soleada junto al riachuelo en un campamento minero de oro en lo alto de las montañas con un hombre amable de Cornualles y una cabaña casi levantada por completo y nuestras barrigas llenas de carne y de pescado. Casi pensaba que había sido ella misma la que había invocado el oro para que apareciera en nuestras bateas y tras nuestros picos. Si no fuera por ella lo juro por Dios probablemente no habríamos sobrevivido al invierno. Ella es más fuerte y está mejor equipada para la vida en la indómita naturaleza que nosotros. Nos habríamos derrumbado y habríamos seguido andando medio hambrientos hasta morirnos o congelados hasta la médula de camino al Fuerte Smith y probablemente habríamos acabado nuestros días en la horca por una simple comida caliente pero Sara nos salvó de ese destino con sus trampas de peces y su caza del oso y su cecina y su infusión de pino de modo que contra todas las probabilidades del mundo no solo siguiéramos vivos sino que además prosperáramos como borregos engordados. Éramos por fin felices y por primera vez en los años desde que Tom le abriera la cabeza al Sullivan aquel en el camino de vuelta de Killorglin nos sentíamos felices y estábamos relajados sin el peso de la ley o la perspectiva de descubrirlo sobre nuestros hombros.

En todo esto estaba pensando de pronto al poner los ojos en Sara que estaba allí plantada con un vestido de flores del baúl de la señora Higgins que en paz descanse con el sudor escurriéndole por el pelo negro hasta la frente. Me estaba comportando como un tonto pensando *Eres feliz Michael y Tom es feliz y Whitstable también lo es con los bolsillos rebosando de copos y pepitas de oro y sobre todo también lo es la buena muchacha de Sara.*

Porque ella también estaba contenta. Sé que al menos ese día lo estaba y hasta el mismísimo Señor diría que así era. Y si el mismísimo Señor hubiese visto que esta amable pero valiente mujer que él mismo había creado estaba contenta y cómoda en su piel por primera vez en su vida entera entonces a lo mejor podría haber repasado las acciones que habíamos tenido que llevar a cabo hacía casi un año para liberarla del hijo de p... esclavista de McKinney y de la alcahueta de su mujer y nos habría concedido con toda seguridad el perdón a sus ojos.

El Señor podría mirar a su criatura y considerar justificadas todas las acciones sangrientas que fueron necesarias para liberarla pues ella era buena y amable y digna de vivir como cualquier otra mujer que yo haya conocido y siendo así las cosas creo que se debe decir que no somos en absoluto las criaturas indeseables que la justicia o el ejército pueden pensar que somos y a cualquier hombre razonable e incluso al propio Señor le sería complicado pensar lo contrario si viera lo que hemos hecho y si viera también el trabajo tan honesto que hacíamos en ese campamento minero. Ahora puedo escribir que aquel día al calor del sol de las montañas y a solas con Sara en el campamento y cubierto por el sudor del trabajo honesto yo me sentía casi borracho de felicidad.

—Voy a bajar a bañarme —le dije a Sara—. Ya me va haciendo falta.

Así que bajé hasta el punto del riachuelo donde habíamos apilado rocas para formar una poza que cubría hasta la cintura en la que bañarnos y lavarnos y me puse con el culo al aire y me metí. Estaba helada como el hielo pues todavía se alimentaba de la nieve derretida de las montañas y di un alarido como siempre hacía y me sumergí hasta la cabeza y todo eso antes de usar la media pastilla de jabón de ceniza que Whitstable nos había dejado llevándose para él y para Tom la otra media. Como es lógico cerré los ojos para enjabonarme la cara y el pelo y cuando los abrí me volví a sumergir entero y al levantarme con los ojos abiertos vi que Sara estaba en la poza también desnuda como Dios la había traído al mundo.

Esto no tendría por qué ser nada raro porque llevábamos casi un año viviendo estrechamente juntos y la naturaleza es imprevisible y severa así que no nos sentíamos avergonzados el uno en presencia del otro por cuestiones de modestia ni nada de eso.

Pero como me comprometí a no escribir nada más que la verdad en este testimonio debo confesar que el Señor me perdone que aquel día al verla allí en la poza con el cuello y los brazos bronceados por el sol y el resto de la piel pálida y suave como la de cualquier mujer y con el sol resplandeciendo en el agua que la rodeaba mientras se sumergía y emergía con la larga cabellera cayéndole por entre los pechos y por la espalda pues la verdad es que me duele admitirlo pero la miré de un modo diferente a como la había mirado hasta entonces. Quizá porque al fin y al cabo estábamos a solas en el campamento o no sé por qué pero como debo decir la verdad diré que era como si no tuviera control alguno sobre mi mente o mi corazón o mi propio cuerpo. Me da vergüenza escribirlo pero mi cuerpo bueno pues empezó a excitarse de modo que tuve que meterme en el agua hasta la cintura.

—El jabón —me dijo sonriente mientras me tendía la mano sin saber en absoluto el poder que su presencia en aquella poza tenía sobre mí. Ya he dicho que ella no solía sonreír tan a menudo como la mayoría de las irlandesas y que a lo mejor eso se debía a su lado indio no lo sé pero cuando sonreía se le iluminaba la cara con una belleza tal que era algo maravilloso sobre lo que posar la vista y uno ya no veía para nada su desfiguración sino solo la alegría y la bondad de una sonrisa así tan amplia que le levantaba a uno el mismo ánimo.

—Claro —dije incapaz de sonreír yo también pero con la cara ardiéndome de vergüenza. Me arrastré de rodillas por el fondo rocoso de la poza sin levantarme ni salir del agua por miedo a enseñar mi terrible excitación.

No obstante ahora que escribo todo esto imagino que quizá ella sí supiera el poder que tenía en ese momento pues el sol estaba centelleando en el agua sobre sus pechos y aparté la vista cuando le tendí el jabón y ella soltó una carcajada y me dijo:

—Eres como un pato en el agua Michael. —Y dio un graznido como si fuera un pato a modo de broma simpática conmigo y con el modo tan penoso en que me había arrastrado por el agua.

Le sonreí pero por primera vez tuve miedo y me sentí inquieto y atormentado en su compañía y le di la espalda entonces y salí del agua sin volverme hacia ella en ningún momento.

Necesité unos minutos para que se me pasara la excitación que el Señor me perdone y para vestirme pues los dedos me temblaban muchísimo por el agua fría y por los nervios no era casi capaz de abrocharme los botones.

Después cuando Sara subió de bañarse comimos una trucha ahumada y pan que Sara había hecho en la olla el día anterior. No era como el pan que se compra en el horno pero tampoco era el pan plano de los indios a pesar de que ese está bastante bueno sobre todo mojado en tocino o con azúcar por encima. Pero era al fin y al cabo pan pues Whitstable tenía un puñado de levadura fresca burbujeando y la habíamos utilizado para fermentar el pan y yo pensaba añadirla también a unas gachas de bayas silvestres con azúcar y agua para hacer vino.

Por eso cuando terminamos la comida y como ahora por fin estaban ya maduras las bayas en los arbustos que bordeaban el bosque donde este desembocaba en la pradera cogimos uno de los cubos de agua de Whitstable y nuestra olla y allá que fuimos a través del bosque hasta que llegamos al sitio en el que nos pusimos a recoger bayas uno al lado del otro en un silencio feliz en el que acompañaban nuestro trabajo solamente el canto de los pájaros y el murmullo de la hierba de la pradera ondeando por una leve brisa. Se parecen mucho a los arándanos las bayas silvestres y casi que me iba comiendo todas las que cogía. Es un trabajo fácil y agradable pasar la tarde recogiendo bayas y aunque había traído el rifle por si acaso veíamos un ciervo o una manada de antílopes la verdad es que casi no me acordaba de que lo tenía y mientras iba recogiendo los frutos me iba alejando cada vez más de donde había dejado el arma apoyada en un árbol de modo que tuviera las manos libres para la recolección de frutos.

También nos íbamos separando cada vez más el uno del otro porque encontramos una ristra de arbustos bien cargados y rápidamente me encontré a veinte o treinta pies de Sara sin pensar en ella por un instante con todas mis pasiones recientes rendidas ante la idea de hacer un vino dulce de bayas silvestres y también por ir pensando solo en cuánto tiempo habría que dejarlo reposar y cuánta azúcar necesitaríamos echarle y si tendríamos suficiente y si Tom y Ben se acordarían de comprar más y debió de ser el silencio de los pájaros o una tranquilidad determinada que de pronto sumió al bosque y a la pradera lo que me hizo levantar la vista y buscarla y cuando mis ojos la volvieron a encontrar vi que se había quedado inmóvil con una mano estirada como para coger una baya y la otra sosteniendo el cubo casi lleno hasta el borde de frutos.

Al verlo me resultó extraño y se me erizaron los pelos de la nuca aunque todavía no supiera por qué. Estaba medio girada hacia mí como si estuviera a punto de llamarme y se hubiese quedado congelada cual preciosa estatua en una iglesia y cuando nuestras miradas se encontraron ella parpadeó y miró hacia la hierba de la pradera.

Yo estuve a punto de hablarle para preguntarle qué le pasaba pero por alguna razón no lo hice y mis ojos siguieron a los suyos hasta la pradera que estaba justo más allá de los arbustos en los que estábamos recogiendo frutos a la sombra de los árboles y allí en la hierba mirando fijamente a las espaldas de Sara estaba el mayor oso pardo c... que haya visto nadie nunca. Yo también me quedé paralizado por un momento recorriendo con la vista el camino entre el oso y el rifle que allí donde estaba apoyado en el árbol en el que yo lo había dejado a unos treinta pies de distancia resultaba tan inofensivo como una cuchara vieja y las palabras que me vinieron a la mente fueron *más inútil que la p... de un cura* así que el Señor me perdone otra vez por esta blasfemia. Claro que tenía el revólver Colt enganchado en el cinturón y lentamente y casi sin moverme acerqué la mano hasta la culata.

Sara me miraba fijamente a los ojos y evitaba mirar a los del oso (pensé que por miedo pero luego me dijo que uno nunca debe sostenerle la mirada a un oso porque puede percibir tu mirada igual que un toro una bandera roja y arremeter contra ti) y me acordé de las marcas que algunas mañanas habíamos visto por el campamento. También a veces por la noche oíamos al caballo y a las mulas agitarse y relinchar y a menudo me preguntaba si sería un oso o un lobo o una pantera lo que los estaba molestando pero nunca se desbocaban tanto como para escaparse del corral donde los guardábamos y sea cual fuera el animal nunca había intentado comérselos así que era algo en lo que no pensábamos mucho.

Whitstable nos dijo una vez que si no molestabas a un oso el oso no te molestaría a ti pero voy a decir que yo en aquel momento no estaba pensando precisamente en eso. Puedo escribir que en realidad nunca en mi vida he tenido tanto miedo como en aquel momento allí quieto y desarmado ni siquiera esperando detrás de las murallas de piedra para salir a disparar a los rebeldes ni oyendo el aullido escandaloso de los mismos rebeldes mientras se acercaban desde el otro extremo del campo para atacarnos. Ni siquiera había sentido tanto miedo la vez que en mitad de un campo de batalla helado había notado que uno de los guerreros de Nube Roja se agachaba y me agarraba un mechón de pelo y levantaba el cuchillo para arrancarme la cabellera.

Intenté tragar saliva y librarme del miedo y en la mano notaba la madera caliente y suave y la empuñadura de latón del Colt pero no lo saqué creo ahora que porque alguna parte de mí pensaba con toda la razón del mundo que no le haría mucho daño a ese oso. Mi mirada se encontró de nuevo con la de Sara y vi también el terror en sus ojos y me vino a la mente una extraña idea entonces y era la osa y el osezno que habíamos descuartizado fuera de su madriguera durante el invierno.

Claro que sabía que eran tipos de osos diferentes y que los dos que nosotros habíamos matado eran osos negros y que este era un oso pardo o un oso gris pero mi mente simplemente no funciona así sino que de pronto lanza ideas incomprensibles como pensar que este oso había sido enviado para saldar la deuda de la naturaleza con respecto al asesinato del osezno aquel y de su madre mientras dormían. Era una locura me doy cuenta ahora mientras lo escribo porque fue Dios el que también nos había dado durante el invierno a los pobres osos para que pudiéramos sobrevivir y volver a ver la primavera pero cuando el oso gris aquel se puso en pie sobre sus patas traseras y emitió un gruñido bajo o fueron sus tripas las que le rugieron la verdad es que en ese momento casi me cago encima ante la terrible convicción de que eso que estaba pensando era la verdad.

El oso debía de medir ocho palmos de altura cuando se puso de pie y olfateó el aire y en ese momento pareció que se dio cuenta de que estábamos nosotros dos allí y le empezaron a brillar los ojos enormes y negros mientras miraba a Sara y me miraba a mí. Había algo casi humano en la forma en la que estaba de pie así plantado en una pradera con sus largas zarpas colgando a ambos lados pero listo para la acción como un campeón de pesos pesados esperando a que suene la campana para atacar. Se oía la respiración del oso que hacía muchísimo ruido y no me gustaba nada cómo sonaba y por alguna razón que desconozco y probablemente nunca llegaré a saber empecé a hablar con la bestia que estaba allí parada en mitad de la pradera.

Cogí y le dije con una voz amable y suave como si estuviera tranquilizando a un bebé:

—A ver a ver oso. Estas bayas son tuyas. Me parece bien. Te las vamos a dejar para ti.

Y mientras le hablaba al oso mantenía la mirada baja para que nuestras miradas no se encontraran y Sara hizo lo mismo cuando oyó que empezada a balbucearle tonterías al oso. Su mirada y la mía se encontraron y ella escuchó con todo su corazón y su alma las palabras que yo profería.

—Oso te vamos a dejar aquí las bayas y nosotros nos vamos a ir para que tú puedas almorzar. No queremos hacerte ningún daño.

Comencé a mover lentamente los pies mientras le hablaba tan despacio como no había hablado nunca y tan suave y tan manso como era capaz. Puedo decir que ningún hombre ha hablado nunca con tanta dulzura como yo hice entonces mientras ponía un pie detrás del otro en dirección a donde estaba el rifle. Sara también comenzó a retroceder un paso tras otro muy despacio. El oso bajó y se volvió a poner a cuatro patas y resolló otra vez mientras daba zarpazos a la hierba y meneaba la cabeza. Yo no sabía si eso significaba que le gustaban mis palabras o lo contrario. Entonces llegué al rifle y lentamente más lento que nunca lo agarré por la culata y lo levanté con una mano. En la otra mano tenía la olla de bayas y se me ocurrió ponerla en el suelo y apuntar con el rifle.

Sara estaba entonces junto a mí y me tocó el brazo mientras seguíamos retrocediendo ya casi entre los árboles del bosque.

—Sigue hablándole —me dijo, y los dos seguimos retrocediendo juntos mientras yo seguía diciéndole tonterías al oso que ahora se había vuelto a poner de pie sobre sus patas traseras. Pero esta vez apartó la cabeza de nosotros y volvió a olfatear y tuve la intuición de que ya no estaba enfadado con nosotros y que después de todo no nos iba a negar unas pocas bayas silvestres y que ahora le tocaba a él comerse las que quedaban.

Así que retrocedimos lentamente hasta meternos entre los árboles Sara detrás de mí y yo todavía hablándole al oso. Supongo que si hubiese arremetido contra nosotros podría haber soltado la olla de bayas y levantar el rifle y disparar y podría haber tenido suerte con el disparo pero en realidad lo dudo. Creo que demostrarle al oso que no queríamos hacerle ningún daño era la única forma de salir de tal aprieto y eso es lo que hicimos y poco después cuando estábamos ya en las profundidades del bosque se oía al oso dándose un festín en los mismos arbustos que acabábamos de dejar atrás.

Solo eran diez minutos a pie o menos hasta el campamento y cuando llegamos se me empezó a acelerar el corazón en el pecho como una máquina de vapor dando martillazos y Sara también se llevó la mano al corazón como para calmarlo.

Tardamos mucho tiempo en volver a poder hablar entre nosotros pero cuando por fin pudimos nos resultaba difícil dejar de reírnos como niños salvajes y eso me recordó otra vez a las veces que en la guerra después de una mala batalla los soldados nos sentíamos borrachos por la alegría de haber sobrevivido y nos reíamos con una alegría terrible de que la sangre todavía nos corriese por las venas y no estuviese derramándose en el suelo.

Tardamos bastante en volver a estar en nuestros cabales tanto Sara como yo. A lo mejor necesitamos varios días para ello la verdad es que no lo sé porque lo único que sé es que tengo que escribir aquí lo que pasó porque me comprometí a contar la verdad y la verdad es lo que voy a dejar aquí en estas líneas así que que el Señor me ayude a hacerlo incluso aunque tenga que cerrar los ojos para ser capaz de escribirlo.

46

La luz naranja del ocaso atraviesa la ventana y después, la noche. Tom está tumbado en su cama, en el Bakerton's, fumando a oscuras, solo medio consciente del ruido que procede del *saloon* del piso de abajo —las voces altas, las risillas de las furcias, la estridente cacofonía de un piano desafinado. El humo de tabaco, el suyo y el de los bebedores del bar, se arremolina en los tenues haces de luz que llegan a través de los huecos entre los tablones del suelo de la habitación. La cama de la habitación de al lado da un golpetazo en la delgada pared de detrás del cabecero y luego para. El crujido de la cama de madera, los murmullos bajos, y el taconeo de las botas, la eficiencia de una furcia que está haciendo su trabajo.

¿En qué te has convertido, muchacho?, está pensando Tom. «¿Qué tipo de hombre eres para no levantarte e ir en busca de ese hijo de puta?» Las palabras van cambiando en su cabeza del irlandés al inglés, una mezcla de ambos idiomas. «*Cén cineál fear tú? ¿Qué tipo de hombre eres?*» Apaga el cigarro en un platillo de lata que hay junto a la cama y se sienta y da un trago a lo que queda de whisky en la botella que Whitstable le obligó a llevarse cuando se fue del Daisy's. «Tú y tus cobardes promesas ante Dios. *Tú féin agus do gheall- tanais fealltacha do Dhia...*»

Bebe otro trago. «¿Pero qué Dios sería capaz de dejar a ese ladrón y violador asqueroso campando a sus anchas por el mundo mientras los hombres buenos se pudren bajo tierra? Una promesa ante un Dios así no constituye promesa alguna.» En su cabeza, las palabras del idioma en el que lo criaron suenan más verdaderas. «*Ní gealltanas é in aon chor geallantanas do Dhia dá leithéid. ¿*Pero qué tipo de hombre hace una promesa a Dios en un momento complicado y luego la rompe, como si no fueran más que las promesas edulcoradas que un terrateniente le hace a una criada? Son promesas que se hacen a oscuras, que no llegan a ver la luz del día. Solo los cobardes hacen promesas así a Dios. En absoluto un hombre lo haría.»

Tom coge el revólver Colt de la tosca mesa que hay junto a la cama y lleva hacia atrás el martillo percutor, luego vuelve a colocarlo con cuidado, seguro en el punto exacto del tambor entre dos recámaras cargadas. Apura el whisky de la botella y se levanta de la cama.

Sale de la habitación y baja a la barra del *saloon*, sus ojos buscan en el espejo de detrás de la barra a Dillard, y lo encuentran en otra mesa, sigue jugando a las cartas, uno o dos de los hombres de la mesa son los mismos de antes, es como si la partida hubiese terminado y se hubiesen unido a otra. «La cara de lebrel gruñón que tiene. Los ojos de serpiente.» Y, mientras Tom lo mira, Dillard, como si quisiera cumplir su voluntad, tira las cartas y se levanta de la mesa y empieza a hacer eses hacia la puerta de atrás del *saloon*. La culata de un Remington New Model reluce dentro de una funda nueva Slim Jim. Propio de creerse un dandi, piensa Tom, recién comprada. Y mira al cabrón del trampero mientras este avanza, inestable después de llevar un día bebiendo. El meadero, piensa Tom, y se termina el whisky del vaso que sujeta con el codo.

Dillard parece tambalearse un poco ante la puerta trasera del *saloon* y luego la abre, deja las puertas batiéndose sobre los goznes.

Un tipo con sombrero de mosquetero sentado a una mesa junto a la puerta maldice y se levanta para cerrar. Tom deja un billete de veinticinco centavos en el barra y sale por las puertas batientes delanteras del *saloon*. Se queda parado un momento en el porche de la pensión, un candil solitario llamea, proyecta sombras, el aire frío de la montaña le corta los pulmones tras expulsar el calor del bar.

Camina hasta el final del porche a su izquierda y baja al suelo de tierra dura. Se vuelve hacia el callejón, de ancho como una carreta, que une el *saloon* Bakerton's con otra estructura de troncos, una carnicería, recuerda Tom al reconocer el hedor metálico a sangre que llega desde el patio del matadero de detrás, no hay ventanas ni luz en ninguno de los lados del edificio. Recorre el callejón a oscuras hasta la parte de atrás del *saloon*, los ojos se enfocan en la noche, el mundo va tomando forma. Llega hasta la parte de atrás del *saloon* y ve la puerta, ahora cerrada, por la que ha salido Dillard. Oye las voces y el piano dentro. Con la boca seca por el whisky —y por el aire de la montaña y el polvo que las excavaciones de oro arrojan sobre el pueblo, y que se levanta de las calles abrasadas por el sol del verano—, Tom abre la funda del revólver, pone la mano sobre el Colt, nota el acero de la empuñadura caliente por el calor de su cuerpo. Luego cambia de opinión y cierra la funda. Su D Bar hace un sonido afilado al sacarlo de la vaina del cinturón.

Cruza el pequeño patio trasero del *saloon* y, a la izquierda de los establos, hay un cobertizo de tablas, dos puertas endebles con bisagras de cuero, una de las puertas está medio abierta, la luz naranja de una vela parpadea dentro. El hedor a mierda y a orina seca se mezcla con el olor a sangre de la carnicería de al lado. La segunda de las dos puertas está cerrada y Tom oye tras ella las pisadas de unas botas sobre las tablas del suelo, seguido de cerca por el sonido de una vomitona violenta.

Se hace a un lado del cobertizo, se pega a la pared a oscuras y siente que la estructura del cobertizo cruje a sus espaldas, oye las arcadas y el vómito salpicando el suelo embarrado del interior del meadero. Un gemido, un eructo y más arcadas, el cabrón del trampero separado de él por unos finos tablones de madera pero lo suficientemente cerca como para darse un apretón de manos.

Por fin, el silencio, luego el crujido de las tablas del suelo bajo las botas y la puerta del retrete sorprende a Tom al abrirse, al girar en las bisagras de cuero sueltas. Tom se vuelve a pegar a la pared del cobertizo con un golpe de su cuerpo contra la madera, una figura —es Dillard, Tom se asegura de ello— sale tambaleándose al patio y se dirige a la puerta del *saloon*. Tom sale de las sombras del lateral del retrete, traga saliva y vuelve a sacar el cuchillo.

La puerta de atrás del *saloon* se abre y la luz se proyecta contra el patio. Habla una silueta negra en el vano de la puerta.

—Joder, Dill. Pensábamos que te habrías muerto aquí afuera. Te toca echar una puta carta.

Tom se aprieta el cuchillo contra la pierna y pasa por detrás de Dillard, hacia las sombras, justo más allá del cuerpo luminoso del interior. La figura del hueco de la puerta se sobresalta por el movimiento repentino, echa mano al arma.

—¡Eh, tú! ¡No se asusta a un hombre de esa manera!

Pero Tom ya se ha ido, baja por el callejón entre el Bakerton's y la carnicería.

Camina por la calle desde un extremo de Black Lodge hasta el otro, y luego vuelve a recorrerla, el corazón le martillea en el pecho. Piensa que se le va a salir del cuerpo, el corazón, la sangre le corre por las venas como un río crecido por una tormenta. Su mente en irlandés, en inglés, rabiosa y confusa y dándose cuenta de que lo que siente es vergüenza, pero no la vergüenza que creía que sentiría, la de no lograr poner fin a lo que lleva deseando tanto tiempo. No. Se trata de una vergüenza diferente.

«Tú nunca te has propuesto y has planeado matar a un solo hombre en tu vida, muchacho. Nunca. Cada uno de los hombres que has matado, que descansen en paz algunos de ellos y se pudran en el infierno los demás, fueron víctimas del condenado momento. En la batalla o en defensa de tu propia vida, o de la de Michael o de la de Sara, pobre muchacha, que el Señor la bendiga. No era más que un cuerpo haciendo lo que debe hacer un cuerpo para seguir con vida. Pero esto de esconderse en las sombras con un cuchillo como... como un sicario turco. Como un asesino dublinés. No. Una cosa es romper una promesa hecha a Dios. Y otra distinta es hacerlo a oscuras, tal y como haría el mismo hombre al que quieres matar. Lo harás a la luz del día, de cara, o no lo harás. A ver si eres capaz de cumplir esa promesa, cobardica. Eres un bruto, un hijo de puta con la cara marcada.»

Se queda parado sobre la tierra oscura y siente la necesidad repentina de ir a buscar a Whitstable, desesperado de pronto por que salga el sol sobre Black Lodge y puedan ponerse en camino, hacia el refugio de las montañas y el campamento minero donde, de nuevo, estará con su Sara, donde Whitstable y él y ella y Michael se sentarán junto al fuego a contar historias bajo las estrellas. Su hogar. Súbitamente, siente ansias de alejarse del mundo de los hombres, de volver a su casa junto al riachuelo de las montañas, como una madre que se siente ansiosa por reencontrarse con su hijo perdido, y para acallar sus ansias regresa al Daisy's a por más whisky.

47

A Sara los latidos del corazón se le apaciguan y se ríe con Michael mientras están sentados en troncos a la sombra, fuera de la tienda de lona, las montañas se van tragando poco a poco el sol de la tarde. Ha ido con Michael hasta la trampa río arriba y ha sacado tres truchas, pero, después del encuentro con el oso, tiene las mismas ganas de seguir trabajando que Michael.

Así que fuman y comen bayas silvestres y ella observa a Michael machacar distraídamente, con un canto del río, las bayas del cubo hasta convertirlas en puré, luego añade un puñado del azúcar que les queda, cuatro tazas de agua del riachuelo, una pizca de la levadura fresca de Whitstable, lo cubre todo con un trapo cortado de una camisa vieja y lo coloca detrás de la tienda para que, en una o dos semanas, se convierta, según dice, en vino.

Y Sara corta pan, destripa y sala el pescado y luego lo fríe en tocino y grasa de pavo silvestre. Mientras cocina, piensa en el oso y se acuerda del día en que, cuando era una cría y estaba en el bosque con sus padres y su hermano, se encontraron con una hembra de oso pardo y sus oseznos y el padre de Sara, tal y como ha hecho Michael, le habló despacio a la osa, delante de su madre y de ella y de su hermano, interponiéndose entre el animal y su familia, hablándole en un francés amable mientras la osa resollaba y hacía ademanes de arremeter contra ellos.

Sara está cocinando y recordando que su padre les dijo que anduvieran hacia atrás lentamente, y que le hablaba a la osa como si fuera una vieja amiga que casualmente hubiesen encontrado andando por la vereda del bosque. Recuerda claramente al animal y a los tres cachorros —dos de ellos embobados, hocicando al lado de la vereda, y uno de ellos escondido tras su madre, el hocico asomando por detrás de las patas para observarlos furtivamente mientras su madre protestaba por su presencia—, y se acuerda de que la osa siguió su camino hacia el bosque con sus oseznos, y que ella y su madre y su hermano se quedaron callados y aterrados y luego se sintieron borrachos de felicidad, toda su familia contenta mientras su padre comprobaba las trampas y encontraba, en una de ellas, un glotón. Su padre no había tenido miedo. Eso también lo recuerda. Y recuerda que ahora Michael tampoco ha tenido miedo, o ha aparentado no tenerlo, aunque el oso de hoy era un oso pardo y no uno negro, y era tan alto, erguido sobre las dos patas traseras, como dos osos negros uno encima de otro.

Fríe en grasa el pan junto con el pescado y, cuando terminan de comer, Sara dice:

—Michael, lee la historia de la pequeña Nell. Léela, por favor.

Michael le sonríe.

—Ya mismo la terminamos.

Sara también le sonríe.

—Cuando la terminemos puedes enseñarme a mí a leerla y te la leeré yo a ti.

Él se ríe.

—Tampoco es que yo valga para maestro de escuela.

Le lee mientras el ocaso se desvanece en la oscuridad, el candil de Whitstable proyecta un luz débil, suficiente para ver, y Sara echa más leña al fuego para que la llama esté lo suficientemente alta como para mantenerlos calientes. No dice nada mientras Michael lee el pasaje en el que el viejo habla de cómo duerme Nell, que lleva tanto tiempo dormida, le besa los zapatos con los que ella ha estado caminando, sostiene a la altura de su cara el vestido que llevaba y, aun así, Nell sigue durmiendo, durmiendo, durmiendo. Sara le dice a Michael:

—¿Y por qué no se despierta?

Michael traga saliva y da un trago al café que ya se le ha enfriado en la taza.

—No se encuentra bien, muchacha. Está encamada porque está enferma, Sara, pichona. ¿Quieres que deje de leer por hoy?

Sara se queda callada un largo instante. El suave chisporroteo de un leño ardiendo. El aullido lejano de un lobo y la leve música del riachuelo.

—No —dice—. Sigue. *Á la fin*. Hasta el final. —No queda en ella rastro de la alegría del día. Pobre Nell, piensa. La pobre *huérfana*, que es una palabra que ha aprendido del libro, por fin había encontrado un lugar al que llamar hogar y ahora, ahora, ¿ahora?—. Sigue leyendo, Michael, por favor. Léeme.

Y eso hace Michael, y, mientras lee, el fuego se va apagando y él fuerza los ojos para ver las palabras de la página, y se detiene en una ocasión para limpiarse sus propias lágrimas y para acercarse a Sara y limpiarle las lágrimas de las mejillas con el pulgar, luego continúa.

—*Ningún sueño es tan bello y tranquilo, está tan libre de cualquier indicio de dolor, es tan hermoso de observar. Parecía una criatura que acabase de salir de entre las manos de Dios, y que estuviese esperando el primer soplo de vida, no una que ya hubiese vivido y padecido su muerte. El lecho estaba salpicado, aquí y allá, de bayas invernales y hojas verdes, recogidas en el lugar que se había convertido en su favorito. «Cuando muera, pon junto a mí algo que haya amado la luz, y que haya estado siempre bajo el cielo.» Esas habían sido sus palabras.*

Había muerto. La querida, la amable, la paciente y noble Nell había muerto. Su pajarillo, un pobre y ligero animal que se aplastaría con la presión de un solo dedo, revoloteaba con ligereza en su jaula, y el corazón fuerte de su joven dueña había quedado silenciado e inmóvil para siempre.

Michael no sigue leyendo, se quedan sentados mientras el fuego se apaga y quedan solo las brasas, y Sara solloza por Nell y por sí misma, una niña huérfana pero amada por los demás, cuya vida había acabado al cuidado de aquellos que la querían. El fuego apagado es un borrón naranja tras sus lágrimas cuando, finalmente, se levanta y le tiende la mano a Michael.

—Vamos —dice sin saber por qué, pero sabiendo que es lo que tiene que hacer—. Vamos a la cama, Michael.

Y Michael, sin saber por qué pero sabiendo simplemente que es lo que tiene que hacer, acepta su mano y se levanta y sigue a Sara, su Sara y la de su hermano, hasta el interior de la tienda de lona, bajo el cielo nocturno, raso y oscuro y adornado por un millón de estrellas.

48

Tom se bebe un último vaso en el Daisy's, no siente el efecto de la cerveza y el whisky. Tiene la boca seca, cansada, el farol le hace daño en los ojos después de la oscuridad de la calle y los establos de detrás del Bakerton's.

«Venga a la cama, estúpido. A la cama y ya verás las cosas a la luz del día.» Da un sorbo a la cerveza y se bebe de una el whisky. Se le acerca una mujer con un vestido rosa, pecas en el pecho y el pelo del color de la empuñadura de latón de su pistola. Le falta uno de los dientes delanteros, pero su sonrisa es cálida y él considera la posibilidad, sopesa el murmullo oscuro de la sala y que su cabeza no para de dar vueltas y que ella puede apaciguarla por un rato, y luego piensa en Sara, que se ha quedado en el campamento.

—Eres muy guapa —le dice a la mujer—. Eres muy guapa, pero yo me voy ya a dormir.

—¿Tú solito? —dice ella—. Esa no es forma de dormir.

—Eres irlandesa —dice y le sonríe, de nuevo sopesándola. Lo que daría por escucharla hablar, por compartir una botella con ella y escuchar su historia. Por hablar de su tierra, de Irlanda, de algo que no pudiera recordarle de ningún modo a este lugar, a este momento. Le pagaría simplemente por eso, aparte de por el cálido refugio de su piel. Y luego vuelve a pensar en Sara, en las furcias de la cantina del Fuerte Phil. «Eran medio esclavas, las pobres.» Y se acuerda de la noche en la que él y Michael y Sara y las demás furcias de la cantina acabaron con el patrón y con la señora y con el bruto muletero que las habían mantenido cautivas. Todo aquello lo ha traído hasta aquí, hasta ahora. No hay futuro en el que vivir, como dijo Whitstable. No hay ningún futuro que no venga marcado por el azote del látigo del pasado.

Pero la muchacha que está ahora a su lado, empolvada y con su sonrisa mellada, no parece ninguna esclava, aunque probablemente sea esclava de algo o de alguien. «Todos somos esclavos de algo. Mi pobre hermano y yo lo somos de cada uno de los golpes descerebrados que he pegado a lo largo de los años, que el Señor nos ayude.» La vuelve a mirar; sabe lo bien que cobran las furcias en los poblados de la fiebre del oro, pero todo lo que ve es a una pobre chica que explota su cuerpo a cambio de pan, igual que Michael y él vendieron el suyo, solo que de distinto modo. «Somos lo mismo, furcias y soldados. Nos usan y nos descartan cuando nos falla el cuerpo o la cabeza.»

—Una irlandesa para un irlandés —dice ella mientras le aprieta el brazo.

—*Am eile, a chailín. Táimse ag triall ar mo leaba...* —dice él y traga el último sorbo de amarga cerveza que le quedaba en el vaso. Luego continúa en inglés—: Otro día, muchacha. Yo me voy a la cama.

—*Leaba Muar a bheidh ann leat féin amháin ann* —le contesta, y Tom piensa «sí». «La cama estará fría sin ella.»

Se acerca y le acaricia la mano y su piel está caliente y suave. Ella le sonríe y entrelaza los dedos con los suyos. Tom retira la mano y le hace una señal a la vieja que atiende la barra.

—Señora, una bebida para esta bella flor, por favor. —Le sonríe con tristeza a la furcia irlandesa—. Que tengas suerte, muchacha —dice, y sale del Daisy's.

El aire nocturno de las montañas es frío, el cielo está raso y estrellado y Tom cruza hasta el Bakerton's, entra por la puerta lateral, que da al pequeño zaguán del hotel, donde están el mostrador y las escaleras que suben a las habitaciones. No quiere entrar en el bar. No quiere enfrentarse a la vergüenza de saber que no hará lo que tanto ha soñado hacer pero le prometió a Dios que no haría.

En la pequeña recepción, la lámpara está encendida. El empleado que estaba dormido cuando Tom ha bajado de su habitación, hace algo más de una hora, está ahora despierto, alerta, y parpadea nerviosamente cuando Tom cierra la puerta tras de sí. Los ojos de Tom se acostumbran a la luz brillante y se percatan de que hay varios hombres en el zaguán. Uno de ellos se levanta del escalón en el que estaba sentado y Tom nota la mirada de reconocimiento al verlo, la sensación de que ya se han cruzado antes. Luego se da cuenta de que hay otro hombre a su derecha, junto a la puerta, pegado a la pared y con el rifle en ristre; y que hay otro más apoyado en el mostrador.

El que se ha levantado de las escaleras apunta a Tom con una pistola y dice:

—Es él. Me cago en Dios, es el mismo hombre.

Las manos de Tom se mueven en busca de la funda del revólver. El cañón de un rifle se le clava en el cuello, por debajo de la mandíbula.

—No lo hagas, irlandesito. O vamos a tener que usarte para pintar la pared de rojo.

Los dedos de Tom se quedan paralizados sobre los tachones de latón de la funda. Sabe que no hay manera de abrirla y sacar el arma antes de que el hombre a su derecha, o incluso el de las escaleras, le disparen. El recepcionista está escondido tras el mostrador, y el hombre que está delante saca su pistola de debajo del brazo, y la pone a la altura de Tom.

—Venga. Levanta las putas manos muy despacio.

Tom cae en dónde ha visto antes al hombre de las escaleras, y reconoce también al que está delante del mostrador. Son dos de los justicieros del puesto comercial de Ger Ryan.

Levanta las manos lentamente y el que está en el mostrador, con los ojos inyectados en sangre, un sombrero de ala ancha y un ajado sobretodo del ejército confederado, enfunda la pistola, se acerca a Tom, le abre la funda del revólver, le saca el Colt y se lo mete en su cinturón. Luego le quita el cuchillo, y dice:

—Con este mismo cuchillo. Este tipo lo usó para matar al bueno de Espumarajos. Sabía que lo había visto en algún sitio. Cuando fui al meadero a buscar a Dill y lo vi allí.

Tom recuerda al justiciero del cuchillo Green River con el que luchó, recuerda la cicatriz del cuello y su pelo al estilo del general Custer. Espumarajos era como lo llamaban. Y este, el que le ha quitado el arma y el D Bar, se llamaba John no sé qué. *John Acres*. El pistolero de las escaleras, alto, delgado como un lebrel, también estaba en el puesto de Ryan, en la banda de hombres que lo rodeó y lo miró luchar contra Espumarajos.

—Yo no he matado a nadie —dice Tom—. Lo dejé tan vivo como estoy yo ahora.

—¿Tan vivo como tú? —dice el alto de las escaleras y se ríe—. No vas a seguir tan vivo como estás ahora mucho más tiempo, te vamos a colgar de una soga por asesinar al bueno de Espumarajos.

—Lo dejé con vida —dice Tom.

John Acres se retira con el cuchillo de Tom, también se lo guarda en el cinturón.

—Ah, lo *dejaste* con vida, pero no duró mucho tiempo, no, señor. Tenía la cabeza hinchada como una sandía y dos días más tarde estaba más muerto que Lincoln. —Se gira y escupe en el suelo al mencionar el nombre del presidente muerto—. Eso es un asesinato, irlandesito, da igual cómo lo mires.

—¿Es un asesinato aunque fuera él el primero que me clavara el cuchillo? —dice Tom.

—¿Qué has dicho, Mick? No te entiendo, muchacho, pero aquí un asesino es un asesino. El juez de Virginia City llegará pronto. Y no creo que el juez tenga una opinión distinta. ¿Verdad que sí, *sheriff*?

El joven que sostiene el rifle contra el cuello de Tom asiente.

—En funciones, *sheriff* en funciones. Ya te lo he dicho... El *sheriff* volverá la semana que viene.

La puerta que lleva a la taberna del *saloon* se abre y Tom ve a Dillard entrar haciendo eses en el zaguán.

—¡Me cago en la puta, muchachos! ¡Lo habéis cogido! No sabía que era el mismo tipo. Pero lo es. Ese es el que mató a Robinson. Y a los peregrinos. Un sucio y asqueroso bandido irlandés. Cuando entraste y dijiste que lo habías visto, no podía creérmelo. Voy a por la soga. Hay que colgar a este cabrón.

El trampero está borracho y sonríe, la cicatriz arrugada de la frente que le dejó el tiro de Michael brilla a la luz de la lámpara, bajo el sombrero inclinado hacia atrás. Tom vuelve los ojos al joven barbilampiño que sostiene el rifle contra su cuello y le dice:

—Si él es uno de los suyos, entonces usted no puede encarnar en absoluto la justicia. Él es el hijo de puta del trampero que mató a esa familia de peregrinos y que intentó matar a mi hermano. Tenemos pruebas.

Dillard dice:

—Es un puto mentiroso, Byron. Mató a Robinson. Él y su hermano y su india. Lo vi cuando estaba escondido entre los árboles, casi lo cortó por la mitad con un hacha, la puta india esa.

—Te voy a sacar las tripas —dice Tom.

—¿Qué has dicho, Mick? No hay quien te entienda, con esa boquita que tienes —dice el hombre que se llama John Acres.

—Voy a por la soga —repite Dillard.

El *sheriff* en funciones, que sostiene el rifle contra Tom y se llama Byron, dice:

—No. No vamos a hacer nada hasta que llegue el juez. El *sheriff* me ha dejado a cargo hasta que vuelva de Bannack. Lo encerraremos y llamaremos al juez.

—Joder, Byron —dice Dillard—, ¿qué más tiene que hacer un hombre para que lo ahorquen en este pueblo?

—Sentarse en el banquillo delante de un juez es lo que tiene que hacer. Venga, nos lo llevamos a la comisaría. —Con el cañón del rifle le pega un empujón en el cuello a Tom—. Muévete, y cuidado de no huir. Si lo haces, es probable que el rifle se dispare solo. Tendrás un juicio justo y limpio, pero no si intentas salir corriendo. —Hace un gesto a los demás—. Vosotros, Dill, y John, subid y traed a su compañero, al viejo. No podemos dejarlo suelto para que vaya a buscar ayuda de su hermano hasta que nos dé tiempo a ir a por él también. A por él y a por la india.

—De acuerdo, Byron, de acuerdo —dice Dillard—. Supongo que tú eres el que manda. Estaré aquí el día en que lo ahorquen, y estaré aquí también para salir en batida a buscar al otro irlandesito y a la puta que descuartizó a Robinson.

El *sheriff* en funciones estira el brazo que le queda libre para girar el pomo de la puerta y la abre todo lo que da de sí, hasta darle a Tom en la bota.

—Muévete, que abra la puerta. Despacio, venga...

Tom da un paso hacia adelante y el *sheriff* se mueve tras él, la mano izquierda vuelve a acercarse al pomo, para abrir la puerta un poco más y que Tom y él mismo puedan salir. Mientras estira la mano hasta el pomo, Tom nota que el cañón del rifle se separa del cuello un instante, el aire le resulta de pronto frío en el punto de la piel donde estaba el arma y, sin pensarlo, da un paso casi casual hacia un lado, siguiendo la puerta que se abre, y luego se gira, con las manos está buscando el cañón del rifle, lo agarra y tira de él hacia adelante.

El rifle se dispara en el pequeño zaguán, la bala se le clava en el abdomen al pistolero alto y delgado que se encuentra en el otro extremo de la estancia, justo cuando levantaba la pistola para disparar. Con el tiro en las tripas, el hombre da un paso hacia delante, blande la pistola, inofensiva porque no está amartillada. Se lleva las dos manos al estómago, la sangre le brota entre los dedos, luego cae sobre los primeros escalones de la exigua escalera.

Tom, que sigue moviéndose, con el disparo del rifle como un pitido ensordecedor en sus oídos, se pone de lado y da una patada a la puerta, arrebatándole de un tirón el rifle al hombre llamado Byron, la puerta lo golpea y, ya afuera, lo derriba de espaldas sobre el suelo de madera del porche.

Tom se aparta rápidamente de la puerta, cruza el zaguán, tiene cuidado con Dillard, que está allí plantado, borracho, pasmado, tiene cuidado con el que se llama John Acres, que le quitó el Colt y el cuchillo, y que forcejea para ponerlos a un lado en su cinturón y sacar su propia pistola. Mientras avanza, sostiene el rifle por el extremo del cañón, y con las dos manos lo blande, con toda su fuerza, como ha hecho muchas veces durante las batallas, sin pensar, su cuerpo es como un máquina sin conductor.

Un golpe con la culata de nogal en el cráneo y a John Acres se le va la cabeza hacia atrás, tropieza y retrocede dos pasos torpes por detrás de Dillard, alarga la mano a ciegas en busca de la puerta del *saloon*, antes de caer y desplomarse en el suelo justo a sus pies.

Entonces vuelve a la vida Dillard, pero no busca su arma. En lugar de eso, se gira y tira de la puerta del *saloon* y, cuando esta no se mueve por el cuerpo que hay tendido en el suelo, se gira y empieza a correr en bandazos hacia la puerta de la calle.

Tom vuelve a blandir el rifle y con la culata le destroza la clavícula al trampero, y lo derriba, despatarrado, sobre el sillón mullido en el que Tom vio a una furcia cansada y durmiendo el día anterior. El trampero intenta ponerse en pie y, esta vez, Tom le estampa la culata en la cara, lo deja aturdido, cae de nuevo en el sillón, la sangre le brota de la nariz.

—Ni te muevas —dice Tom mientras baja el rifle y alcanza el cinturón de John Acres para coger su Colt y su cuchillo.

El trampero no le hace caso e intenta levantarse, vuelve a caerse y, en ese momento, la puerta delantera se abre. El *sheriff* apunta hacia la sala y dispara, luego se pone a cubierto tras la pared de afuera y retira el arma para volver a amartillarla.

El disparo ha salido desbocado y ha dado en las escaleras, Tom se levanta, amartilla su revólver y dispara tres balas directamente a la pared, junto a la puerta. Oye un alarido y luego el golpe de un cuerpo que cae sobre las tablas del porche. Va hacia la puerta abierta, lanza una mirada afuera y ve al pistolero tendido a un lado del porche, una herida sangrante entre los omóplatos. El pistolero se gira boca arriba y logra alzar la pistola. Tom amartilla su arma y dispara al *sheriff* en la frente antes de volver a entrar en el zaguán.

Dillard está otra vez intentando levantarse del sillón, pero está demasiado borracho o aturdido por los disparos para lograrlo del todo. Tom se planta delante de él, alza la pierna y, con la bota, vuelve a empujar al trampero contra el sillón.

—Mírame —dice Tom.

El trampero levanta la vista y le escupe, la sangre y la flema se le quedan colgadas de los dientes rotos y le caen en la barbilla. Vuelve a escupir y dice:

—Irlandés de los cojones. Te voy a mandar al infierno.

Tom amartilla el revólver.

—Tú vas a llegar antes que yo, hijo de puta asesino. Esta es por los peregrinos, que en paz descansen. —Levanta el Colt y le dispara al trampero en la cara, la sangre le salpica la mano con la que ha disparado.

Por encima del pitido de sus oídos, mientras se está inclinando sobre el trampero muerto, identifica las voces al otro lado de la puerta del bar, el cuerpo que yace a sus pies está empezando a ceder a los empujones de quienes hay detrás. Desabrocha el cinturón del trampero muerto y saca la funda Slim Jim con el Remington New Model, hurga en los bolsillos en busca de un segundo tambor cargado para la pistola, y se lo guarda en el bolsillo antes de engancharse el arma enfundada de Dillard en el cinturón. El hombre inconsciente que yace a los pies de la puerta de la taberna gruñe y saca una de las piernas de debajo de su cuerpo, Tom le dispara en el corazón la última bala que le queda al Colt. Guarda el arma y saca el Remington del trampero, lo comprueba y coloca el martillo en una recámara cargada. Se agacha para volver a rebuscar en los bolsillos del trampero, encuentra un taco de dólares y se los guarda en el bolsillo.

Ahora se oyen también las voces de la calle, afuera del *saloon*, y Tom se asoma a la puerta y mira a los hombres y las furcias del bar que se han reunido ahí. Se gira, cruza el zaguán y pasa por encima del muerto de la escalera, sube los escalones hasta el segundo piso.

Un candil cuelga en mitad del pasillo de las habitaciones, proyectando sombras, y gracias a su luz Tom ve dos figuras emerger de una de las habitaciones. Levanta el revólver New Model y luego lo baja, desamartillándolo.

Whitstable está en calzones en mitad del pasillo, y una furcia de la China se refugia tras él.

—Bendito sea el Señor, Tom. Dime que no ha sido... que no era ese...

Tom entra en la habitación y recoge el zurrón que Sara le hizo con la piel de un alce, se lo cuelga al hombro. Vuelve a salir al pasillo.

—Lo siento, Whitstable.

—Ay, Tom.

—No me quedó otra, Ben. Lo intenté... —Las lágrimas empiezan a brotarle de los ojos, se le hace un nudo en la garganta. Se limpia las lágrimas—. Pero que les den por culo. Tienen lo que se merecen.

Whitstable esboza una sonrisa triste.

—Espera un momento.

—Entra en una habitación y luego reaparece en el pasillo. Le tiende unos billetes doblados—. Es el sueldo de Michael. Y el de Sara. Los necesitaréis.

Tom asiente, incapaz de mirar a los ojos a Whitstable.

—Gracias por toda tu bondad. A quien te pregunte, dile que nos encontramos por los caminos y que me porté bien y fui honesto contigo. No servirá de nada, pero probará tu inocencia.

Después aparta a Whitstable y a la furcia de la China a un lado y se abre paso hasta la puerta del final del pasillo. La atraviesa y baja las escaleras hasta el establo de detrás del *saloon*, está a oscuras, pasa junto al meadero y entra en el patio de la carnicería, el olor a cobre de la sangre flota en el aire y envuelve la mano de Tom mientras este se escabulle entre las sombras de Black Lodge, hasta las cuadras Anderson's.

Cuando nota su presencia, la yegua Nell se despierta agitada de su sueño y se acerca a la valla, las mulas hacen lo mismo. Entra en la sala de atrás de la cuadra por una puerta que encuentra sin el pestillo echado, y coge una cabezada y unas riendas de uno de los clavos de la pared, y una silla del estante de debajo.

De nuevo en la cuadra, Tom le coloca los aparejos a Nell. Aprieta fuerte las cinchas de la montura y se sube al animal, salen de Black Lodge cuando la luz empieza a teñir el cielo desde detrás de unas montañas repletas de marcas por las excavaciones.

49

Hace una hora que Tom se marchó, quizás algo más, y ya no ha habido más tiros. Whitstable, borracho pero completamente despabilado, está tumbado a oscuras, a su lado duerme la furcia china, una muchacha cortés, de sonrisa fácil, que casi le hace olvidar que ha tenido que pagarle por su tiempo.

Echará en falta al joven irlandés, piensa. Y a su hermano Michael y a la muchacha mestiza, Sara. Se pregunta si, de algún modo, no estará maldito. Encontrar por fin oro, conocer a hombres con los que está feliz de compartirlo, granjearse rápidamente una buena amistad en un sitio así, y con la misma rapidez verse despojado de ella.

Con Dios, muchachos, piensa, y mientras la furcia ronca a su lado recuerda con cariño las noches bajo el cielo adornado de estrellas, el chisporroteo de la hoguera de leña y el aullido lejano de los lobos, la agitación de las mulas en su corral, las historias que los jóvenes contaban y el lento avance por *La tienda de antigüedades*, leído con un acento que, a veces, casi no entendía. Se pregunta por qué no se ofreció nunca a leerlo él. Habrían disfrutado de su lectura, y de su representación.

Lo está pensando —y sonriendo con tristeza para sí mismo en la oscuridad, sopesando si debería contratar a más hombres o si quizá debería volver a trabajar a solas— cuando abren de una patada la puerta de la habitación de la furcia y el resto de justicieros del Comité de Vigilantes de Montana entran a por él. Lo arrastran hasta su habitación y lo golpean, le quitan lo que le queda de dinero y lo hacen desfilar, en calzones, hasta la comisaría del *sheriff*, donde lo sientan en un sillón de madera y estos hombres, estos amigos y compañeros de los hombres a los que Tom ha matado, apalean al Botargas, que es como lo conocen, sin piedad ni descanso hasta que les cuenta dónde está su campamento minero, cuánto se tarda en llegar, y cuánto armamento tienen los hermanos irlandeses.

Y, entonces, en pago por la muerte de sus amigos y como castigo por hacer que el Comité de Vigilantes de Montana parezca débil frente a los forajidos, lo siguen golpeando, por todo el cuerpo y en la cabeza, le revientan la nariz y los dientes, le fracturan el tímpano. Lo arrojan a la celda de rejas de acero que hay en la comisaría y lo encierran y, por la noche, inconsciente, el hombre que un día caminó sobre los escenarios de las ciudades de la costa este con Wilkes Booth, el hombre que conocía de memoria los principales soliloquios y muchos de los sonetos del bardo de Shakespeare, el hombre que reconocía los elementos y los minerales que acompañan al oro en la tierra como una madre reconoce los signos de la enfermedad en su propio hijo, sufre una conmoción cerebral, un derrame de sangre, vomita, se ahoga con los restos de la última comida que compartió con Tom y muere.

Los hombres que han asesinado a Benjamin Whitstable parten al amanecer, junto con cuatro pistoleros voluntarios. A los justicieros del Comité de Vigilantes no se les consideraba más que unos guardianes ocasionales de fiar frente al aumento de atracadores y asaltantes de minas que atormentan a la población de Black Lodge, pero Byron Wallis era un hombre popular, el sustituto de un *sheriff* muy querido, y su muerte vale el tiempo y la munición de los voluntarios. La batida avanza hacia el campamento del viejo actor y la severa venganza que esperan obtener allí, y quedan unos días para que el olor del cuerpo olvidado y abotargado del señor Whitstable alerte a los vecinos de Black Lodge sobre su presencia. En el cementerio del poblado, que cada vez es más grande, entierran el cuerpo con escasa pompa —el pastor del pueblo es bautista, y tiene resaca, y da por hecho que el muerto es católico porque iba en compañía de un Mick— bajo una lápida anónima, junto a los cuatro hombres que Tom mató en el Bakerton's.

Dos años después, un par de hermanos alemanes, tan trabajadores como desafortunados, terminarán el tejado de la cabaña a medio construir que encontrarán en un claro, a la orilla de un riachuelo en el que levantarán diques y emplearán la batea, el pico y las demoliciones para extraer de la tierra y el agua sedimentos de oro por valor de alrededor de cuarenta mil dólares. A pesar de ser tan beneficioso, el campamento minero de Whitstable junto al riachuelo es un depósito aluvial y no la roca madre que este pensaba haber encontrado, y los hermanos alemanes hacen planes de seguir inspeccionando, montañas adentro, en busca de la roca madre, tienen la intención de contratar a una cuadrilla de chinos para que trabajen en el campamento cuando los asesina y les arranca la cabellera un grupo de cazadores de pies negros que busca a los pocos búfalos que quedan en la región por la pradera de al otro lado del bosque, donde Tom y Michael y Sara, y el señor Whitstable, una vez pensaron en criar ganado.

50

Nunca antes de escribir esta historia se me había ocurrido que cuando estás a solas con otra alma que comparte tus pecados casi es posible convencerse el uno al otro de no haber cometido pecado alguno. Ojos que no ven corazón que no siente dice el refrán y para mi vergüenza Sara y yo vivimos precisamente así durante los días que siguieron a nuestra primera temeridad.

Trabajamos también un poco claro está y casi terminamos el tejado de la cabaña pero cada día empezábamos con las tareas más tarde de lo habitual y prácticamente nos quedábamos acostados en la tienda de lona hasta que hacía demasiado calor dentro y nos poníamos pegajosos por el sol y por el calor de nuestros cuerpos juntos y ya no se podía seguir allí dentro. Cuando terminábamos con nuestras pequeñas tareas y habíamos comprobado las trampas y todo eso me ponía sin mucho interés a buscar oro en el río y le enseñaba a Sara cómo se hacía.

Pero no tardábamos mucho en quitarnos la ropa y zambullirnos en la poza como dos niños bajo el sol del verano hasta que este se escondía tras las montañas y el fresco nos sacaba del agua y nos mandaba de vuelta a la tienda de lona y a la cama en la que cada uno perdía toda noción de sí mismo en el otro. No como niños en absoluto sino como auténticos pecadores destruíamos todo sentido de la bondad y la justicia entre nosotros y aun así éramos incapaces de parar. Como los adictos buscan la pipa de opio nosotros dos nos volvíamos a levantar de un lecho terrible de pecado por segunda vez al día para saciar nuestros estómagos en silencio junto al fuego.

Y la tercera mañana en aquella cama en el interior de la tienda de lona encendida por el sol me puse a enseñarle a leer a Sara y aunque había algo bueno en mi intención lo cierto es que Sara rápidamente se quedó dormida y yo también lo hice y me desperté luego cuando el sol ya se estaba poniendo así que apenas quedaba luz para ir a comprobar las trampas de los peces.

Al calor de aquellos días de verano y de nuestras pasiones nocturnas la verdad es que apenas teníamos ganas de comer mucho lo cual era una suerte porque no le disparamos una bala a un solo animal. Lo cierto es que no quería volver a la pradera. Creo ahora que toda aquella lujuria erigiéndose y agotándose en sí misma en aquella muchacha dulce y hambrienta cada día creciendo y retirándose como las mareas de una playa solitaria todo eso creo que me hizo volverme un cobarde. Pues era incapaz de pensar en una razón por la que Dios no enviaría al oso a atacarme como castigo por la forma en la que estaba traicionando a mi hermano con su mujer. Claro que sé que éramos dos haciéndolo pero ella no tenía lazos de sangre con Tom como yo sí los tenía que el Señor me perdone por esto aunque con toda probabilidad ni Él sea capaz de algo así.

Decirlo hace que suene terrible que es ciertamente lo que fue pero entonces me parecía algo maravilloso también estar tumbado junto a una muchacha que se notaba que me quería y que quería que fuese feliz y su placer era el mío todo el mismo. Ya he escrito antes que haría lo que fuera por ver sonreír a esa muchacha y era verdad incluso aunque Tom hubiese matado por ella en el pasado y probablemente volviera a hacerlo otra vez nuestros días a solas ella y yo acostados juntos durante horas enteras en el campamento parecían hacerla feliz y aunque no se lo preguntara (y nunca lo haría) creo que ella no veía nada malo en lo que estábamos haciendo. No obstante esto solo lo puedo imaginar porque ¿quién sabe realmente lo que le pasa por la cabeza y el corazón a otra persona?

Y por supuesto esta perversión terminó por acabar. Era el final del quinto día y estábamos los dos en la poza de agua bañándonos y salpicándonos agua bajo los últimos calores del sol de la tarde cuando Sara se quedó petrificada y callada de pronto y el agua se calmó alrededor de su piel desnuda. Me recordó al modo en que se había quedado petrificada al ver al oso y por un momento yo también lo hice y la carne de la espalda se me erizó pensando que el oso debía de estar cerca y ahí estaba yo de nuevo desarmado y completamente desnudo esta vez.

Pero sus ojos no estaban fijos en una única cosa sino que miraban a lo lejos a la nada y me parecía que estaba más bien poniendo el oído en algo que yo no oía. Entonces me dio la espalda y salió de la poza y no sé por qué pero se me ocurrió que sería la última vez que vería las curvas tersas y pálidas que caían por su espalda hasta el trasero y la mata de pelo negro entre sus piernas chorreando agua mientras recogía sus ropas y se marchaba hacia la tienda de lona con una timidez extraña y repentina en ella. O quizá no fuera timidez sino que era más bien una huida de mí de modo que su desnudez ya no fuera un regalo que ofrecerme sino solo un hecho que teníamos en común en cuanto seres vivos igual que lo tienen las bestias del bosque o los animales de la pradera.

Me quedé allí plantado en el agua escuchando y oí ligeramente las lejanas pisadas de nuestra yegua Nell antes de que en ese mismo momento Tom apareciera cabalgando en el campamento.

—¡Tom!

Grité y por supuesto mi grito tenía la intención de advertir a Sara del regreso de Tom aunque casi no hiciera falta porque ella lo había presentido todo el tiempo y ahora estaba saliendo de la tienda vestida y presentable aunque el pelo se notara que estaba mojado. No obstante Tom no pensó en nada de esto y ella se le acercó y él la tomó en sus brazos y la besó y la abrazó y ella lo correspondió mientras yo me quedé allí plantado desnudo y con el agua hasta la cintura ardiendo de vergüenza y debo confesar que también con un pinchazo de envidia en el corazón porque se me habían acabado los días a solas con esa dulce muchacha. Pero en realidad ese sentimiento no me duró mucho tiempo y me sentí aliviado de que Sara pareciera seguir enamorada de mi hermano y no pareciera revelarle nada de lo que habíamos hecho durante los días que habíamos estado juntos. Fue como si en esos días con ella ya hubiesen quedado en un pasado remoto o fueran un sueño o un libro de historias escrito por alguien como Dickens y no fuera algo tan real que me hacía seguir sintiendo calor en la p… mientras estaba allí metido en el agua.

Entonces Tom apartó a Sara por los hombros y me miró y me dijo:

—Hermano vístete porque tengo que contaros algo a los dos.

Y luego nos contó lo que había pasado en Black Lodge y con Dillard y con los justicieros del puesto de Ryan. Cuando terminó casi había anochecido y se comió dos truchas él solo porque no había comido nada durante el camino que apresuradamente había recorrido hasta volver desde ese lugar miserable. Y repitió solo que esta vez en irlandés:

—Lo siento Michael. No quería que esto pasara. Mi intención era dejar en paz al bastardo ese por mucho que me doliera hacerlo.

Aquí puedo escribir que creo que puede haber habido otras ocasiones en nuestra vida común de Tom y mía en las que podría haberme puesto hecho una furia con él por actuar movido por la ira contra otros hombres y de nuevo volver a meternos en terribles líos pero esta vez no sentí enfado alguno. A decir verdad por un momento casi me alegré del lío pues no quería quedarme en aquel campamento que era el escenario de mis pecados con la mujer que estaba allí junto al fuego como tampoco quería haberme quedado en el fuerte Phil K meses atrás por haber sido el escenario de otros pecados que Tom desencadenaba siempre como si acercara una cerilla a la hoguera. Estoy hablando de pecados porque juro que no fueron crímenes.

Pues para mí aquel campamento junto al riachuelo ya no era un hogar en el que vivir los cuatro juntos sino un lugar que me recordaría todo el tiempo cómo traicioné a mi hermano. Me maravilla ahora mientras escribo lo rápido que mi mente pasó de un pensamiento a otro. Un instante amaba aquel lugar y al instante siguiente ninguna velocidad era suficiente para salir de allí.

—¿Y el señor Whitstable? —le pregunté a mi hermano.

—Me dio tu sueldo —dijo Tom—. Y el de Sara. Pero debe de haberle dicho a alguien a dónde me dirigía porque me temo que me están siguiendo. He visto un rastro de polvo tras de mí al mirar valle abajo cuando estaba subiendo una colina. Ocho jinetes. Quizá más. Solo es posible que vengan tras de mí si el señor Whitstable les ha dicho dónde estamos y no lo estoy culpando.

Nos quedamos en silencio sentados mientras el fuego chisporroteaba y nos sumergía a cada uno de nosotros en sus propios pensamientos. Le pregunté a mi hermano:

—¿Cuánto tiempo calculas que tenemos Tom?

Él atizó el fuego con un palo.

—Un día a lo mejor. Si nos vamos antes de que amanezca.

—Bueno pues habrá que ponerse en marcha —les dije a los dos. Le sonreí a Sara al decirlo pero ella no sonrió y simplemente siguió mirando a través de la oscuridad hacia la cabaña que había ayudado a construir con sus propias manos.

—El cristal —dijo finalmente.

—¿Qué dices pichona? —contestó Tom.

—¿Vendían cristales en el pueblo? ¿Para las ventanas de la cabaña?

—No nos vamos a poder quedar aquí pichona —le dijo mi hermano y por primera vez en el más de un año que llevaba conociéndola desde que era una furcia y en los muchos meses que habían transcurrido desde entonces durante los que había sido como una hermana para mí y en los pocos días en los que la había conocido como mujer Sara estalló de ira.

—¡Ya lo sé! —dijo—. ¡Ya sé que hay que irse de aquí! —Y luego se puso a decir palabras iracundas en francés que yo no había oído nunca antes de que ella se las gritara a Tom—. ¡Pero dímelo! ¿Vendían cristales para las ventanas? ¿En ese pueblo?

Tom rodeó con el brazo a esa preciosa mujer y la atrajo hacia sí y entonces dijo:

—Sí muchacha sí. Sí que había pichona mía. Y el señor Whitstable los ha encargado a medida de las ventanas de aquí y a lo mejor un día podemos venir y visitarlo. ¿No te haría ilusión eso pichona?

Pero ella quedó sumida en un silencio. Los tres nos quedamos callados pensando todos lo mismo que era que había dos cosas valiosas que habíamos perdido para siempre: una era este hermoso lugar que podría haber sido nuestro hogar y otra era el buen amigo que habíamos encontrado en Benjamin Whitstable. Los tres sabíamos con seguridad que había las mismas posibilidades de venir un día de visita que de hacer escala en la luna para tomar un té. Los hombres a la fuga acusados de asesinato no acuden a visitar a viejos amigos a no ser que ese viejo amigo sea el mismísimo diablo.

Esto era nuestro final en el campamento minero y lo sabíamos.

Al alba cruzamos el riachuelo y seguimos la vereda en dirección al suroeste hacia las montañas. No sabíamos a dónde nos dirigíamos solo que nos estábamos alejando de Black Lodge y de los que venían a por nosotros para colgarnos en la horca a los tres por crímenes por los que no éramos más responsables que este mundo cruel y gélido.

Poco más puedo decir e imagino que quien haya leído hasta aquí me juzgará a mí y a mi hermano ya sea como inocentes o como culpables de los crímenes descritos pero pensando al menos que en estas líneas he dejado escrita la verdad.

Así que es en otro campamento y junto a otro río donde pongo el punto final. Hace dos días que volví de Virginia City con provisiones y munición además del cartel de se busca que encontré clavado en la fachada del *saloon* Steinberg's en el que habían escrito con letras gordas nuestros nombres el mío y el de Tom y nuestra raza que era irlandesa y que se sabía que íbamos con una india que tenía una cicatriz en la cara y además sobre todas estas palabras nos habían dibujado como si fuéramos dos auténticos bárbaros.

Casi le daría a uno la risa de no ser porque debajo de esos extraños dibujos que debían ser nosotros no ofrecieran una recompensa de quinientos dólares a cargo del poblado de Black Lodge por entregarnos vivos o muertos. Los dibujos de Tom y servidor no se parecen en nada a nosotros y a decir verdad yo no tendría miedo de que nos reconocieran por ellos pero no tengo ánimo alguno para reírme de ellos tampoco.

Adoptaremos nombres nuevos como hemos hecho en el pasado y viajaremos muy lejos de este territorio de Montana como es lógico pero hay algunas verdades que imagino que nunca podremos dejar atrás. Algunas de las cosas escritas en ese cartel son ciertas. Porque somos irlandeses y vamos con nuestra buena Sara que describen como una india y es verdad que vamos armados y que hemos matado a algunos hombres.

Pero lo realmente cierto de todo esto tal y como he intentado reflejarlo en estas líneas es que si bien hemos matado a algunos hombres a ninguno de ellos lo asesinamos. Pues cuando matas a un hombre que te mataría a ti antes o cuando derribas a un hombre que violaría y descuartizaría a los inocentes de este mundo sin pensar ni un instante en lo que está haciendo bueno pues eso no es asesinato y cuando esté ante Dios en persona e incluso ante el mismísimo diablo ya me encargaré de explicarlo.

Debería haber comprado más tinta en Virginia City porque casi he vuelto a quedarme sin ella así que debería ir terminando esto. Esta es la verdad de la mejor manera en que he sabido contarla. Ahora que sea lo que Dios quiera.

17 de septiembre de 1867

Agradecimientos

Quisiera trasladar mi agradecimiento a mi agente Jonathan Williams, por sus consejos expertos, su edición y su trabajo como representante; al Consejo de las Artes de Irlanda, por la beca literaria que me permitió comprar tiempo y espacio para terminar esta novela; a Starling Lawrence, Nneoma Amadiobi y sus colegas de W. W. Norton, por su fe y su trabajo incansable tras *El refugio de invierno*; a Allegra Huston, por sus correcciones y sugerencias expertas; a Seosamh Mac an Iomaire y Máire Uí Chatháin, por hacer que el irlandés de esta novela suene como el que realmente hablan los nativos, y no como el de los libros de texto... o el del traductor de Google; a la gente de la reserva crow y de la ciudad de Hardin, Montana, por responder a mis preguntas sin fin sobre la cultura y el lenguaje durante mi viaje de documentación en los días felices previos a la pandemia; a la fotógrafa Moya Nolan, de nuevo, por sus espléndidas fotografías de temáticas no tan espléndidas; y a mi madre, Juliet McCarthy, mi primera lectora, y al novelista Ed O'Loughlin, por sus sugerencias y correcciones de las primeras versiones del manuscrito. Quisiera también dar las gracias a mis «primeros» lectores de confianza: Eibhlin McCarthy, Colin McCarthy, Susannah McCarthy, Niall Hogan, Susan Dunne y Diarmuid O'Dochartaigh, quienes me brindaron valiosos comentarios y me animaron con los últimos borradores de la novela. Gracias a mis colegas de ODCS, sobre todo a la compañera con la que comparto mi trabajo, Carmel Hogan, por su buen humor y su apoyo profesional en el día a día; a mi padre, Geoffrey McCarthy; a mis hermanos y cuñados, Mary McCarthy, Geoffrey McCarthy, Sergo Gabunya, Karen Fullencamp, Jonathan Grimes, Gine Pavolovic-McCarthy, Breda Dunne, Eamonn Dunne, Karen Broderick y Susan Dunne, por apoyarme, animarme y alimentarme; y, de igual modo, a mis buenos amigos Dennis Carolan, Alex Connolly, Giovanna Tallarico, Julie Cruikshank, Georg Ulrich, Ingrid Seim, Niall y Natasha Mahon, así como Kieron y Teresa Roe; y a mi más antiguo amigo, Giles Steele-Perkins. Y, sobre todo, quisiera dar las gracias a Regina, Áine, y Eibhlin, porque sin su amor, su apoyo y su tolerancia (!) constantes no se podría haber escrito esta novela.